di Ken Follett

nella collezione Oscar

Alta finanza
Codice a zero
Il codice Rebecca
La cruna dell'Ago
Una fortuna pericolosa
Le Gazze Ladre
Un letto di leoni
Un luogo chiamato libertà
Il Martello dell'Eden
Il mistero degli Studi Kellerman
Mondo senza fine
Nel bianco
Notte sull'acqua
Il Pianeta dei Bruchi
I pilastri della Terra
Lo scandalo Modigliani
Sulle ali delle aquile
Il terzo gemello
Triplo
L'uomo di Pietroburgo
Il volo del calabrone

nella collezione NumeriPrimi°

La caduta dei giganti
L'inverno del mondo

nella collezione Omnibus

I giorni dell'eternità

KEN FOLLETT

L'UOMO DI PIETROBURGO

Traduzione di Patrizia Bonomi

OSCAR MONDADORI

Titolo originale dell'opera: *The Man From St Petersburg*

I edizione Omnibus maggio 1982
I edizione Oscar bestsellers giugno 1984

ISBN 978-88-04-62001-3

Questo volume è stato stampato
presso ELCOGRAF S.p.A.
Stabilimento - Cles (TN)
Stampato in Italia. Printed in Italy

Anno 2015 - Ristampa 46 47 48 49

L'uomo di Pietroburgo

Non si può amare l'umanità.
Si può solo amare la gente.

GRAHAM GREENE

Ringraziamenti

Nella stesura di questo libro sono stato aiutato da molti amici. Ringrazio sentitamente Alan Ernie, Pat Golbitz, M.E. Hirsh, Elaine Koster, Diana Levine, Caren Meyer e le sue collaboratrici, Sue Rapp, Pamela Robinson e il personale della Bertram Rota Ltd, Hilary Ross, Christopher Sinclair-Stevenson, Daniel Starger, Colin Tennant e – ultimo in ordine alfabetico, ma primo sotto ogni altro aspetto – Al Zuckerman.

I

Era un pigro pomeriggio di domenica, di quelli che Walden amava. Se ne stava in piedi davanti a una finestra a guardare l'ampia distesa del parco. Sul prato pianeggiante si stagliavano alberi rigogliosi: un pino silvestre, un paio di querce possenti, alcuni castagni, e un salice che pareva la chioma inanellata di una fanciulla. Il sole era alto e gli alberi proiettavano fresche ombre scure. Gli uccelli tacevano, ma un ronzio di insetti saliva dal rampicante in fiore che incorniciava la finestra. Anche la casa era silenziosa. La maggior parte dei domestici aveva la giornata di libertà. Gli unici ospiti per il fine settimana erano il fratello di Walden, George, sua moglie Clarissa, e i loro figli. George era andato a fare una passeggiata, Clarissa stava riposando, e i ragazzi non erano in vista. Walden si sentiva bene. Si era messo la finanziera per andare in chiesa, e fra qualche ora avrebbe indossato cravatta bianca e marsina per la cena; adesso, però, portava un comodo abito di tweed e una camicia dal colletto morbido. "A rendere perfetta la giornata," pensò "basterebbe che questa sera Lydia suonasse il pianoforte."

Si girò verso la moglie. «Cara, suonerai dopo cena?»

Lydia sorrise. «Se ti fa piacere.»

Walden udì un rumore e si voltò di nuovo verso la finestra. In fondo al viale, a circa mezzo chilometro di distanza, apparve un'automobile. Walden sentì una punta d'irritazione, come la fitta alla gamba destra che gli segnalava l'arrivo di un temporale. "Che seccatura, queste macchine." Non era di principio contrario alle automobili – lui stesso possedeva una Lanchester che usava regolarmente per andare e venire da Londra – ma in estate erano una tremenda seccatura per il paese, quando sollevavano nuvole di polvere sulla strada sterrata. Stava pensando di farne lastricare almeno duecento metri. Di solito non avrebbe avuto alcuna esitazione, ma le strade non erano più di sua competenza dal 1909, quando Lloyd George aveva istituito le Commissioni Strade: e questo, si rendeva conto, era il vero motivo della sua irritazione. Si era trattato di una tipica iniziativa della legislazione liberale: gli avevano sottratto del denaro per un lavoro che lui avrebbe comunque fatto, e poi non era successo niente. "Finirà che la strada la farò lastricare a mie spese" si disse. "Certo è un po' seccante dover pagare una cosa due volte."

La macchina arrivò nello spiazzo di ghiaia e si fermò con un rumoroso sussulto di fronte alla porta sud. I gas di scarico si levarono nell'aria raggiungendo la finestra. Walden trattenne il respiro. L'autista, con casco, occhialoni e tenuta da automobilista, scese e aprì la portiera al passeggero. Dalla macchina uscì un uomo di bassa statura con soprabito e cappello di feltro neri. Walden lo riconobbe ed ebbe un tuffo al cuore: poteva dire addio al suo tranquillo pomeriggio estivo.

«È Winston Churchill» disse.

«Che cosa imbarazzante» commentò Lydia.

Quell'uomo non intendeva darsi per vinto. Giovedì aveva mandato un biglietto che Walden aveva ignorato. Venerdì si era presentato nella sua casa di Londra, e si era sentito dire che il conte non c'era. Adesso era arrivato fino a Norfolk, di domenica. E sarebbe stato ancora una volta messo alla porta. Credeva forse di ottenere qualcosa con la sua insistenza?

Walden detestava trattare male la gente, ma Churchill se lo meritava. Il governo liberale di cui faceva parte come ministro era impegnato in un feroce attacco a quelle che erano le fondamenta stesse della società inglese. Frutto della sua politica erano la pesante tassazione sulle proprietà fondiarie, lo screditamento della Camera dei Lord, il tentativo di cedere l'Irlanda ai cattolici, l'indebolimento della Marina britannica e la resa di fronte al ricatto dei sindacati e di quei maledetti socialisti. Walden e i suoi amici non avrebbero stretto la mano a gente del genere.

La porta si aprì ed entrò nella stanza Pritchard, un cockney alto coi capelli neri lucidi di brillantina e un'aria austera chiaramente finta. Pritchard aveva preso il mare da ragazzo e aveva abbandonato la vita marinara sbarcando nell'Africa orientale. Walden, che si trovava lì per un safari, lo aveva assunto come sorvegliante dei portatori indigeni, e da allora erano rimasti insieme. Ora Pritchard era il maggiordomo di Walden, si spostava con lui da una residenza all'altra, e gli era amico quanto poteva esserlo un domestico.

«C'è il ministro della Marina, signore» annunciò Pritchard.

«Non sono in casa» disse Walden.

Pritchard parve a disagio. Non era abituato a mandare via i ministri del governo. "Il maggiordomo di mio padre avrebbe eseguito l'ordine senza batter ciglio" pensò Walden. Ma il vecchio Thomson se n'era andato tranquillamente in pensione, e adesso coltivava rose in una villetta in paese; Pritchard non avrebbe mai acquisito la sua dignitosa imperturbabilità.

Pritchard cominciò a parlare in fretta, come faceva quando era molto rilassato o molto teso. «Il signor Churchill ha previsto che lei si sarebbe dato assente, e mi ha chiesto di consegnarle questa lettera.» Gli porse una busta su un vassoio.

Walden detestava tutta quell'insistenza. Rispose in tono secco: «Restituiscigliela...». Poi si interruppe, e diede un'altra occhiata alla calligrafia sulla busta. C'era qualcosa di familiare in quelle grandi lettere, chiare e inclinate.

«Oh, mio dio» esclamò Walden.

Prese la busta, l'aprì e tirò fuori un foglio di spessa carta bianca, ripiegato una sola volta. In testa spiccava lo stemma reale stampato in rosso. Walden lesse:

Buckingham Palace, 1° maggio 1914

Mio caro Walden,
la prego di voler ricevere il giovane Winston.
George R.I.

«È del re» spiegò Walden a Lydia.

Era confuso a tal punto che arrossì. Era assolutamente da bifolchi coinvolgere il re in una faccenda simile. Walden si sentì come uno scolaretto ripreso per la sua indisciplina e invitato a rimettersi a fare il compito. Per un attimo, fu tentato di non obbedire al re. Ma le conseguenze... Lydia non sarebbe più stata ricevuta dalla regina, nessuno di loro sarebbe stato invitato alle feste cui avesse partecipato un membro della famiglia reale e, cosa peggiore di tutte, il debutto in società di Charlotte, la loro figliola, non sarebbe potuto avvenire a corte. La vita sociale della famiglia sarebbe stata rovinata. Tanto valeva che andassero a vivere in un altro paese. No, disobbedire al re era impensabile.

Walden trasse un sospiro. Churchill lo aveva sconfitto. In un certo senso era quasi un sollievo, perché ora avrebbe potuto mostrare un giustificato imbarazzo, senza che nessuno lo potesse biasimare. "Una lettera del re, mio caro" avrebbe spiegato. "Non ho potuto fare altrimenti, capisci."

«Accompagna qui il signor Churchill» disse a Pritchard.

Porse la lettera a Lydia. "I liberali non capiscono proprio come funziona la monarchia", pensò. «Il re non mostra sufficiente fermezza con quella gente» mormorò.

«Sta diventando una faccenda terribilmente noiosa» replicò Lydia.

In realtà, lei non era affatto annoiata, pensò Walden; anzi, la cosa doveva sembrarle piuttosto eccitante. Aveva fatto quell'affermazione perché era il genere di commento che avrebbe fatto una contessa inglese: e dal momento che lei era russa, e non inglese, le piaceva usare espressioni tipicamente inglesi, come quando, parlando in francese, si continua a ripetere *alors* e *hein?*

Walden tornò alla finestra. Nello spiazzo davanti a casa, la macchina di Churchill continuava a scoppiettare e a emanare gas di scarico. L'autista era fermo in piedi accanto alla vettura, con una mano sulla portiera, quasi fosse un cavallo al quale doveva impedire di andarsene. Qualche domestico stava a guardare a prudente distanza.

Entrò Pritchard e annunciò: «Il signor Winston Churchill».

Churchill aveva quarant'anni, esattamente dieci in meno di Walden. Era basso, magro e, secondo Walden, un po' troppo elegante per essere veramente signorile. La calvizie incipiente gli aveva lasciato un ciuffo di capelli sulla fronte e due sulle tempie che, sommati al naso corto e alla luce ironica che gli brillava perennemente negli occhi, gli davano un'aria maliziosa. Non a caso i caricaturisti lo ritraevano regolarmente come un cherubino malvagio.

Churchill gli strinse la mano e disse in tono cordiale: «Buongiorno, Lord Walden». Fece un inchino a Lydia. «Lady Walden, i miei omaggi.» Walden pensò fra sé: "Che cos'ha quest'uomo che mi dà così tanto sui nervi?".

Lydia gli offrì del tè e Walden lo invitò ad accomodarsi. Non aveva intenzione di perdersi in chiacchiere: era impaziente di sapere il motivo di tutto quel trambusto.

Churchill cominciò: «Innanzitutto le porgo le mie scuse, insieme a quelle del re, per averle imposto la mia presenza».

Walden annuì. Di certo non intendeva perdonargli quell'intrusione con una frase di cortesia.

Churchill continuò. «Devo aggiungere che non avrei fatto una cosa del genere, se non fossi stato costretto da ragioni estremamente urgenti.»

«Sarà meglio che mi dica quali sono, queste ragioni.»

«Lei è al corrente di quanto è successo nel mercato monetario?»

«Sì, è aumentato il tasso di sconto.»

«Da uno e tre quarti a poco meno del tre per cento. È un aumento considerevole, e si è verificato in poche settimane.»

«Immagino che lei ne conosca le cause.»

Churchill annuì. «Le aziende tedesche hanno proceduto alla riscossione su vasta scala dei loro crediti, raccogliendo liquidità e acquistando oro. Se vanno avanti così ancora per qualche settimana, la Germania avrà recuperato tutto quello che le spetta da parte di altri paesi, lasciando insoluti i suoi debiti nei loro confronti, e le sue riserve auree saranno più sostanziose di quanto non lo siano mai state.»

«Si stanno preparando per la guerra.»

«In questo, e in altri modi. Hanno imposto una tassa straordinaria, oltre a quelle normali, che frutterà allo stato un miliardo di marchi, destinati a potenziare un esercito che è già il più forte d'Europa. Ricorderà che nel 1909, quando Lloyd George aumentò le tasse di quindici milioni di sterline, da noi scoppiò quasi una rivoluzione. Bene: un miliardo di marchi equivale a *cinquanta* milioni di sterline. È il più imponente prelievo fiscale della storia europea...»

«Sì, esatto» lo interruppe Walden. Churchill minacciava di assumere toni istrionici e lui non intendeva assistere a uno dei suoi comizi. «È da qualche tempo che noi conservatori osserviamo con preoccupazione il militarismo tedesco. E adesso, lei viene a dirmi che avevamo ragione.»

Churchill restò impassibile. «La Germania attaccherà la Francia, è quasi certo. La questione è: noi interverremo in aiuto della Francia?»

«No» rispose Walden, sorpreso. «Il segretario degli Esteri ci ha assicurato che non abbiamo obblighi verso la Francia.»

«Sir Edward è senza dubbio in buona fede» ribatté Churchill. «Ma si sbaglia. I nostri accordi con la Francia sono tali per cui non potremmo assolutamente chiamarci fuori e assistere alla sua sconfitta da parte della Germania.»

Walden era sbalordito. I liberali avevano convinto tutti, lui compreso, che non avrebbero trascinato l'Inghilterra in una guerra; e ora uno dei loro ministri stava affermando il contrario. La doppiezza dei politici era intollerabile, ma Walden non si soffermò troppo a lungo su questa considerazione, cominciando a riflettere sulle eventuali conseguenze di una guerra. Pensò ai giovani che conosceva e che avrebbero dovuto combattere: i tranquilli giardinieri del suo parco, i servi sfrontati, i braccianti abbronzati, gli studenti chiassosi, gli oziosi sfaccendati dei club di St James's Park... Poi a questo pensiero se ne sostituì un altro, ben più agghiacciante, e chiese: «Possiamo vincere?».

Churchill assunse un'espressione grave. «Credo di no.»

Walden lo fissò. «Mio dio, ma che cosa avete combinato, voi al governo?»

Churchill si mise sulle difensive. «La nostra politica è stata quella di evitare la guerra, e non si può, allo stesso tempo, armarsi fino ai denti.»

«Però non ci siete riusciti.»

«Ci stiamo ancora provando.»

«Ma pensate di fallire.»

Churchill mostrò per un attimo un aria bellicosa, poi si rimangiò l'orgoglio e disse: «Sì».

«Allora che cosa succederà?»

«Se Inghilterra e Francia insieme non possono sconfiggere

la Germania, dobbiamo avere un altro alleato, un terzo paese al nostro fianco: la Russia. Impegnando la Germania a combattere su due fronti, possiamo vincere. L'esercito russo è inefficiente e corrotto, come del resto tutto in quel paese. Ma non ha molta importanza, purché tenga impegnata una parte delle forze tedesche.»

Churchill sapeva benissimo che Lydia era russa, ma con la mancanza di tatto che lo contraddistingueva non si era astenuto dal denigrare il suo paese davanti a lei. Walden lasciò correre: ormai era preso dalla discussione. «Esiste già un'alleanza fra Russia e Francia» osservò.

«Non è sufficiente» disse Churchill. «La Russia è obbligata a intervenire qualora la Francia fosse vittima di un'aggressione. Spetta alla Russia decidere se la Francia, nel caso specifico, è vittima oppure aggressore. Quando scoppia una guerra, entrambe le parti si proclamano sempre vittima. Pertanto, in base a quell'alleanza, la Russia interverrà solo se ne avrà voglia. A noi invece serve che si impegni in modo preciso a schierarsi al nostro fianco.»

«Non vi ci vedo proprio a stringere la mano allo zar.»

«Allora, ci sottovalutate. Per salvare l'Inghilterra, faremmo patti col diavolo.»

«I vostri elettori non lo apprezzeranno.»

«Loro non lo sapranno.»

Walden poté intuire dove portava quella strada, e trovò la prospettiva eccitante. «Che cosa avete in mente? Un trattato segreto o un accordo verbale?»

«Entrambe le cose.»

Walden puntò gli occhi su Churchill. Pensò: "Questo giovane demagogo potrebbe avere un cervello, e questo cervello potrebbe non lavorare nel mio interesse. Così, i liberali vogliono stipulare un patto segreto con lo zar, nonostante l'odio che il popolo inglese nutre per il brutale regime russo. Ma perché dirlo a me? Per una ragione o per l'altra, vogliono coinvolgermi, questo è chiaro. Ma a quale scopo? Per avere, se le cose non vanno per il verso giusto, un conservatore su cui scaricare la colpa? Ci vorrebbe qualcuno più sottile e scaltro di Churchill per attirarmi in una trappola del genere".

«Prosegua» disse Walden.

«Ho avviato dei colloqui con membri della Marina russa, parallelamente a quelli militari con i francesi. Per un certo tempo abbiamo proceduto a rilento, ma ora siamo arrivati a qualcosa di concreto. Verrà a Londra un giovane ammiraglio russo. Il principe Aleksej Andreevič Orlov.»

«Aleks!» esclamò Lydia.

Churchill la guardò. «Se non erro è un suo parente, Lady Walden.»

«Sì» confermò Lydia e parve turbata, per qualche motivo che Walden non seppe spiegarsi. «È figlio della mia sorella maggiore, quindi è mio... cugino?»

«Nipote» la corresse Walden.

«Non sapevo che fosse diventato ammiraglio» aggiunse Lydia. «Dev'essere stato promosso di recente.» Aveva ripreso la sua compostezza abituale, e Walden decise che quel momentaneo imbarazzo era stato una sua impressione. Era contento che Aleks venisse a Londra: quel ragazzo gli piaceva molto. Lydia stava dicendo: «È giovane per avere così tanto potere».

«Ha trent'anni» precisò Churchill, e Walden pensò che anche lui, a quarant'anni, era molto giovane per essere a capo di tutta la Marina britannica. L'espressione del suo viso sembrava voler dire: il mondo appartiene ai giovani di talento, come me e Orlov.

"Però hai per qualche motivo bisogno di me" pensò Walden.

«Inoltre,» proseguì Churchill «Orlov è nipote dello zar, di cui suo padre era fratello e, cosa più importante, è una delle poche persone, oltre a Rasputin, che goda del suo favore e della sua fiducia. Se c'è qualcuno nella Marina russa in grado di esercitare un'influenza sull'atteggiamento dello zar nei nostri confronti, questo è Orlov.»

Walden fece la domanda che aveva in mente. «E la mia parte in tutta la vicenda?»

«Voglio che in questi colloqui lei rappresenti l'Inghilterra. E che mi porti la Russia su un piatto d'argento.»

"Quest'uomo non resiste mai alla tentazione di essere melodrammatico" pensò Walden. «Lei vuole che Aleks e io negoziamo un'alleanza militare anglo-russa?»

«Esatto.»

Walden ravvisò immediatamente la difficoltà e l'importanza

del compito, e il prestigio che gliene sarebbe derivato. Nascose la propria eccitazione, e resistette alla tentazione di alzarsi e mettersi a camminare su e giù per la stanza.

Churchill proseguì: «Lei conosce personalmente lo zar. È stato in Russia e parla bene la loro lingua. È uno zio acquisito di Orlov. Già una volta lei ha convinto lo zar a schierarsi con l'Inghilterra invece che con la Germania: nel 1906, quando col suo intervento ha impedito che si ratificasse il trattato di Björkö». Churchill si interruppe. «Con tutto ciò, inizialmente non avevamo pensato a lei come rappresentante dell'Inghilterra a questi negoziati. Per come sono messe le cose a Westminster...»

«Sì, sì.» Walden non aveva alcuna intenzione di discutere ora dell'argomento. «Tuttavia, qualcosa vi ha fatto cambiare idea.»

«A farla breve, è stato lo zar a far ricadere la scelta su di lei. A quanto pare è l'unico inglese di cui si fidi. Comunque sia, ha mandato un telegramma a suo cugino, Sua Maestà il re Giorgio V, chiedendo perentoriamente che fosse lei a condurre i colloqui con Orlov.»

Walden poteva ben immaginare la costernazione dei liberali quando avevano saputo che avrebbero dovuto coinvolgere un tory reazionario in un piano così segreto. «Suppongo che voi siate inorriditi» disse.

«Nient'affatto. In politica estera le nostre posizioni non sono poi così lontane. E personalmente ho sempre pensato che le divergenze in politica interna non costituissero un buon motivo per privare il governo di Sua Maestà di un uomo delle sue capacità.»

"Ora anche l'adulazione" pensò Walden. "Devono proprio avere bisogno di me." «Come si manterrà la segretezza su tutta la faccenda?» domandò.

«Dovrà sembrare una visita amichevole. Se lei è d'accordo, Orlov sarà vostro ospite per la stagione mondana londinese. Lei lo introdurrà in società. Mi sbaglio, o vostra figlia debutterà quest'anno?» Guardò Lydia.

«È esatto» rispose Lydia.

«Quindi avrete comunque un'intensa vita sociale. Orlov è scapolo, come lei sa, ed è chiaramente un buon partito; potremo diffondere la voce che sta cercando una moglie inglese. Potrebbe anche trovarla.»

«Buona idea.» D'un tratto Walden scoprì che si stava divertendo. Una volta, all'epoca dei governi conservatori di Salisbury e Balfour, era stato una specie di diplomatico semiufficiale, ma negli ultimi otto anni non aveva preso parte alla politica internazionale. Ora gli si presentava l'occasione di ritornare sulla scena. Ripensò a quel periodo avvincente e stimolante: la segretezza, l'arte sottile delle trattative, i conflitti di personalità, l'uso attento di argomenti persuasivi in un'alternanza di vaghe promesse e larvate minacce di guerra. I russi non erano degli interlocutori facili, ricordava: tendevano a essere capricciosi, ostinati e arroganti. Ma Aleks sarebbe stato diverso. Quando Walden aveva sposato Lydia, al loro matrimonio c'era anche lui: allora era un bambino di dieci anni, vestito alla marinara. Da grande aveva studiato un paio d'anni all'università di Oxford, e aveva trascorso le vacanze a Walden Hall. Il padre del ragazzo era morto; per questo Walden gli aveva dedicato più tempo di quanto avrebbe fatto in circostanze normali, e aveva ricevuto in cambio l'amicizia di quel giovane dall'ingegno vivace.

C'erano le migliori premesse per una trattativa. "Credo che riuscirò a cavarmela bene" pensò. "Sarebbe un vero trionfo!"

«Posso dunque contare sulla sua collaborazione?» domandò Churchill.

«Certamente» rispose Walden.

Lydia si alzò. «No, rimanete pure seduti» disse ai due uomini che si erano alzati subito dopo di lei. «Vi lascio alle vostre discussioni politiche. Resta a cena con noi, signor Churchill?»

«Purtroppo ho un impegno in città.»

«Allora la saluto.» Gli strinse la mano.

Poi uscì dall'Ottagono, che era la stanza in cui prendevano sempre il tè, attraversò l'atrio spazioso, il vestibolo, ed entrò nella stanza dei fiori. Nello stesso momento, dalla porta che dava sul giardino entrò un aiuto giardiniere di cui lei ignorava il nome, con un fascio di tulipani rosa e gialli da mettere sul tavolo da pranzo. Una delle cose che Lydia più amava dell'Inghilterra in generale, e di Walden Hall in particolare, era l'abbondanza di fiori, e ne voleva sempre di freschi mattina e sera, anche d'inverno, quando dovevano essere coltivati in serra.

Il giardiniere si toccò il berretto – non era tenuto a toglierselo a meno che non gli venisse rivolta la parola, perché la stanza dei fiori faceva teoricamente parte del giardino – e posò i fiori su un tavolo di marmo, dopodiché uscì. Lydia si sedette e aspirò l'aria fresca e profumata. Quella era la stanza ideale per riprendersi dalle emozioni. Si sentiva scossa dalla conversazione che si era appena svolta e che aveva risvegliato in lei il ricordo di Pietroburgo. Le si riaffacciò l'immagine di Aleksej Andreevič al suo matrimonio, un bambino timido e grazioso. E rievocò quel giorno, il più triste della sua vita.

Era assurdo, pensò, aver scelto come rifugio la stanza dei fiori. Quella casa aveva camere e sale per quasi ogni funzione: stanze per la colazione, il pranzo, il tè e la cena, una per il biliardo e una per le armi; stanze per lavare, stirare, preparare le marmellate, pulire l'argenteria, appendere la selvaggina, conservare il vino, spazzolare i vestiti... I suoi alloggi erano composti da una camera da letto, uno spogliatoio e un salottino. Tuttavia, quando voleva stare in pace, andava lì e si sedeva su una sedia dura, guardava l'acquaio di pietra grezza e il tavolo di marmo con le gambe di ferro. Aveva notato che anche suo marito si era scelto un proprio rifugio: quando qualcosa lo preoccupava, Stephen andava nella sala delle armi e leggeva qualche libro sulla caccia.

Così, Aleks sarebbe stato suo ospite a Londra. Avrebbero parlato del loro paese, della neve, dei balletti, delle bombe; e vedendo lui avrebbe ripensato a un altro giovane russo, all'uomo che non aveva sposato.

Erano passati diciannove anni dall'ultima volta che l'aveva visto, ma ancora adesso bastava un accenno a Pietroburgo per riportarglielo alla mente, e per farle sentire un brivido sotto il vestito di seta damascata. Allora lui aveva diciannove anni, la sua stessa età: era uno studente dall'aria sparuta, con i lunghi capelli neri, il viso di un lupo e gli occhi di un cocker. Era magro come un chiodo. Aveva la pelle chiara, i peli del corpo morbidi e scuri, da adolescente, e le sue mani erano esperte. Lydia arrossì, non al pensiero di quel corpo maschile, ma del proprio, che la tradiva, impazzendo di piacere, facendola urlare in modo vergognoso. "Ero una viziosa" pensò " e lo sono ancora, perché lo rifarei."

Si sentì in colpa nei confronti del marito. In realtà, non riusciva quasi mai a pensare a lui senza sentirsi in colpa. Quando si erano sposati non lo amava, ma ora gli era legata da un profondo affetto. Era un uomo forte e generoso, e l'adorava. Il suo era un sentimento solido e delicato, del tutto privo della disperata passione che lei aveva conosciuto un tempo. Era felice, pensò Lydia, solo perché non aveva mai scoperto che l'amore poteva essere avido e selvaggio.

"Io non desidero più quel tipo di amore" si disse. "Ho imparato a vivere facendone a meno, e col tempo è diventato più facile. O almeno così dovrebbe essere: ho quasi quarant'anni!"

Alcune delle sue amiche provavano ancora certe tentazioni alle quali talvolta finivano per cedere. Non le parlavano delle loro relazioni, perché intuivano la sua disapprovazione; ma spettegolavano su quelle degli altri, e Lydia sapeva che certe feste nelle case di campagna erano teatro di una quantità di... adulteri. Una volta Lady Girard le aveva detto con l'aria condiscendente della donna esperta che dà saggi consigli a una giovane ospite: «Mia cara, se inviti la viscontessa e Charlie Scott negli stessi giorni, vedi di sistemarli in camere adiacenti». Lydia li aveva messi alle estremità opposte della casa, e la viscontessa non era più tornata a Walden Hall.

Molti dicevano che l'immoralità imperante andava imputata al defunto re, ma Lydia non condivideva quell'opinione. Era vero che il sovrano aveva protetto ebrei e cantanti, ma questo non bastava a farne un libertino. In ogni caso, era venuto a Walden Hall in due occasioni – una volta come principe del Galles, e un'altra come re Edoardo VII – ed entrambe le volte aveva tenuto un comportamento impeccabile.

Lydia si chiese se il nuovo re sarebbe mai stato suo ospite. Ricevere un monarca era estremamente impegnativo, ma anche molto eccitante: la casa sarebbe stata splendente, si sarebbero serviti pasti sontuosi e lei avrebbe dovuto comprare dodici vestiti nuovi per un solo fine settimana. E se il re fosse venuto a casa loro, avrebbe assicurato ai Walden la tanto ambita *entrée*, il diritto di entrare a Buckingham Palace nelle grandi occasioni dall'ingresso laterale, senza dover aspettare in fila lungo il Mall con altre duecento carrozze.

Pensò ai suoi ospiti di quel fine settimana. George era il fratello minore di Stephen: aveva il suo stesso fascino, ma non altrettanta serietà di carattere. Belinda, la figlia di George, aveva diciotto anni, come Charlotte. Avrebbero fatto entrambe il loro debutto in società quell'anno. La madre di Belinda era morta qualche anno prima e George si era risposato abbastanza rapidamente. La sua seconda moglie, Clarissa, era molto più giovane di lui, e assai vivace. Gli aveva dato due gemelli. Alla morte di Stephen, uno di loro avrebbe ereditato Walden Hall, a meno che Lydia non avesse dato alla luce un maschio in età avanzata. "Sento che potrei fare un figlio" pensò. "Semplicemente, non avviene."

Era quasi ora di prepararsi per la cena. Trasse un sospiro. Si sentiva a suo agio con l'abito che indossava e i capelli biondi sciolti, ma ora avrebbe dovuto mettere il bustino e farsi acconciare i capelli da una cameriera. Si diceva che molte donne giovani stessero sbarazzandosi dei bustini. Quella era una gran bella cosa, pensava Lydia, se si era dotate di una figura modellata come un otto, invece lei era magra in tutti i punti sbagliati.

Si alzò e uscì. L'aiuto giardiniere era vicino a un rosaio, e stava parlando con una cameriera. Lydia la riconobbe: era Annie, una ragazza graziosa e procace, dal sorriso generoso. Se ne stava con le mani in tasca, il viso rivolto al sole, e rideva per qualcosa che le aveva detto il giardiniere. "Ecco una ragazza che non ha bisogno di bustini" pensò Lydia. Annie avrebbe dovuto prendersi cura di Charlotte e Belinda, dato che l'istitutrice aveva il suo pomeriggio di libertà. «Annie! Dove sono le signorine?» chiese Lydia in tono secco.

Annie si piegò in un inchino, mentre il sorriso le moriva sulle labbra. «Non riesco a trovarle, milady.»

Il giardiniere si allontanò timidamente.

«Non si direbbe che tu le stia cercando» osservò Lydia. «Su, muoviti.»

«Subito, milady.» Annie corse verso il retro della casa. Lydia sospirò: le ragazze non erano certo da quella parte, ma non aveva voglia di richiamare Annie per rimproverarla ancora.

Passeggiò nel prato, pensando a cose familiari e piacevoli per allontanare il ricordo di Pietroburgo dalla sua mente. Il padre di Stephen, settimo conte di Walden, aveva fatto piantare cespugli di azalee e rododendri nel lato ovest del giardino. Lydia non aveva mai conosciuto il vecchio, morto prima che lei e Stephen si incontrassero, ma da quello che aveva sentito dire doveva essere stato il prototipo dell'uomo vittoriano. Ora i cespugli da lui voluti erano in splendida fioritura, e formavano una macchia di colore sgargiante, decisamente poco vittoriana. "Dovremmo far fare un quadro di Walden Hall" pensò Lydia. L'ultimo era stato dipinto prima che il parco avesse raggiunto il suo pieno rigoglio.

Si voltò verso la casa. L'edificio di pietra grigia era maestoso nella luce del sole pomeridiano. Al centro c'era la porta della facciata sud. Nell'ala orientale si trovavano il salotto e numerose sale da pranzo, e dietro si susseguivano le varie cucine, dispense e lavanderie che arrivavano fino alle scuderie. L'ala ovest comprendeva il soggiorno, l'Ottagono e, ad angolo, la biblioteca. Poi, lungo il lato ovest, la sala del biliardo, la sala delle armi, la stanza dei fiori, il fumoir e lo studio. Al primo piano, le camere da letto: quelle della famiglia erano quasi tutte sul lato sud, quelle degli ospiti sul lato ovest, e infine quelle della servitù sopra le cucine, non visibili, orientate verso nord-est. Sopra il primo piano si ergeva un'irrazionale affastellamento di torri, torrette e frontoni. Tutta la facciata era un tripudio di motivi ornamentali nel migliore stile rococò vittoriano: fiori, modanature e spirali, draghi, leoni e cherubini, cornicioni e merlature, pennoni, meridiane e doccioni. Lydia amava quel luogo, ed era una fortuna che Stephen, a differenza di molti discendenti dell'antica aristocrazia, potesse permettersi di mantenerlo.

Vide Charlotte e Belinda sbucare dagli arbusti in fondo al prato. Annie ovviamente non le aveva trovate. Indossavano entrambe cappelli con la tesa larga e abiti estivi accompagnati da calze nere da studentesse e scarpe nere basse. Poiché era quasi una debuttante, a volte Charlotte aveva il permesso di tirarsi su i capelli e di indossare un abito da mezza sera, ma Lydia preferiva che, di norma, mantenesse il suo aspetto di bambina, perché non era bene che una ragazza crescesse troppo in fretta. Le due cugine erano immerse in una fitta conversazione, e Lydia si chiese pigramente di che cosa stessero parlando. "Quali pensieri occupavano la mia mente quando avevo diciotto anni?" si domandò.

E allora affiorò l'immagine di un giovane dai capelli morbidi e dalle mani esperte e pensò: "Ti prego, mio dio, fa' che io possa serbare i miei segreti...".

«Pensi che ci sentiremo diverse dopo il nostro debutto?» chiese Belinda.

Charlotte si era già posta quella domanda. «Io no.»

«Ma saremo adulte.»

«Non vedo come una serie di balli, feste e picnic possa rendere adulta una persona.»

«Dovremo indossare il bustino.»

Charlotte rise. «Tu ne hai mai messo uno?»

«No, e tu?»

«L'ho provato la settimana scorsa.»

«E com'è?»

«Terribile. Non riesci nemmeno a camminare diritta.»

«Come stavi?»

Charlotte simulò con le mani un seno enorme. Scoppiarono tutt'e due a ridere. Appena Charlotte vide la madre, assunse un'espressione contrita, aspettandosi un rimprovero. Ma lei sembrava pensierosa, e si limitò a rivolgerle un vago sorriso per poi allontanarsi.

«Però sarà divertente» continuò Belinda.

«Quest'inverno? Già» convenne Charlotte in tono dubbioso. «Ma qual è lo scopo di tutto questo darsi da fare?»

«Incontrare il giovanotto giusto, naturalmente.»

«Intendi dire cercare marito.»

Raggiunsero la grande quercia al centro del prato, e Belinda si lasciò cadere sulla panchina sotto l'albero, con l'aria un po' imbronciata. «Tu pensi che debuttare in società sia una cosa molto sciocca, vero?»

Charlotte le si sedette accanto e guardò la lunga facciata sud di Walden Hall. Le alte finestre gotiche riflettevano i raggi del sole. Da quel punto, la casa sembrava essere stata costruita secondo un progetto razionale e regolare, ma dietro quella facciata si celava un'affascinante confusione architettonica. «Quello che è sciocco» disse Charlotte «è che si debba aspettare così tanto. Io non ho fretta di andare ai balli, di essere presentata in società e di conoscere dei giovanotti: sono cose di cui potrei fare a meno. Quello che non tollero è di essere trattata ancora come una bambina. Odio dover cenare con Marya: è ignorante, o finge di esserlo. In sala da pranzo, almeno, si sente parlare di qualcosa. Mio padre fa discorsi interessanti. Quando mi annoio, Marya mi propone di giocare a carte. Io sono stufa di giocare. È una vita che gioco.» Si lasciò sfuggire un sospiro. Parlare di quelle cose l'aveva resa ancora più nervosa. Guardò il viso calmo di Belinda, punteggiato di lentiggini e incorniciato dai riccioli rossi. Charlotte invece aveva un volto ovale, il naso diritto e il mento marcato; i suoi capelli erano folti e scuri. "Belinda è un cuor contento" pensò. "Certe cose la lasciano del tutto indifferente: per la verità, lei non se la prende mai per niente."

Le sfiorò il braccio. «Scusami, Belinda. Non intendevo accalorarmi così tanto.»

«Non fa niente.» Belinda le rivolse un sorriso indulgente. «Tu ti impunti sempre su cose che non hai alcuna possibilità di cambiare. Ti ricordi quella volta che avevi deciso che volevi andare a Eton?»

«Non è vero.»

«Invece sì. Facesti un pandemonio. Tuo padre aveva studiato a Eton, dicevi, e allora perché non saresti dovuta andarci anche tu?»

Charlotte non ricordava assolutamente l'episodio, ma doveva ammettere che si accordava perfettamente con la bambina che lei era a dieci anni. Disse: «Ma davvero pensi che le cose non possano essere diverse? Il debutto, la vita di società a Londra, e poi il fidanzamento, e il matrimonio...».

«Potresti suscitare uno scandalo ed essere costretta a emigrare in Rhodesia.»

«Non so come si faccia a suscitare uno scandalo.»

«Neanch'io.»

Rimasero silenziose per qualche istante. A volte Charlotte avrebbe voluto essere passiva come Belinda. La vita sarebbe stata più semplice... ma anche terribilmente noiosa. «Ho chiesto a Marya che cosa dovrò fare dopo essermi sposata» dichiarò. «E sai che cosa mi ha risposto?». Imitò l'accento russo della sua governante. «Fare? Ma, bambina mia, non farai niente.»

«Oh, che sciocchezza» commentò Belinda.

«Davvero? E che cosa fanno, le nostre madri?»

«Fanno parte della buona società: vanno ai ricevimenti, sono ospiti nelle case di campagna, vanno all'opera e...»

«Appunto: niente.»

«Mettono al mondo bambini...»

«Questa è tutta un'altra faccenda. Ne fanno un tale mistero...»

«È perché è... volgare.»

«Perché? Che cosa c'è di volgare?» Charlotte si accorse che stava scaldandosi di nuovo. Marya le ripeteva sempre di non infervorarsi. Trasse un respiro profondo e abbassò la voce. «Tu e io dovremo avere questi bambini. Non pensi che potrebbero spiegarci qualcosa, dirci come succede? Ci tengono tanto a che noi sappiamo tutto di Mozart, Shakespeare e Leonardo da Vinci.»

Belinda pareva a disagio ma molto interessata. "Anche lei ha le mie stesse curiosità" pensò Charlotte. "Chissà se sa qualcosa più di me."

«Ti rendi conto che crescono dentro di noi?» riprese.

Belinda annuì, poi disse tutto d'un fiato: «Ma come succede?».

«Oh, è una cosa che semplicemente accade, credo, quando si hanno pressappoco ventun anni. Ecco perché dobbiamo debuttare in società: per essere sicure di trovare un marito prima che cominciamo a fare dei figli.» Charlotte esitò. «Almeno, così credo» aggiunse.

Belinda chiese: «E poi come fanno a uscire?».

«Non lo so. Quanto sono grandi?»

Belinda mise le mani a una sessantina di centimetri l'una dall'altra. «Dopo un giorno, i gemelli erano così.» Ci ripensò, e accorciò la distanza. «Be', forse così.»

Charlotte osservò: «Quando una gallina depone l'uovo, le esce... da dietro». Evitò lo sguardo di Belinda. Non aveva mai avuto una conversazione così intima con qualcuno, mai. «L'uovo sembra troppo grosso, eppure esce.»

Belinda si avvicinò e disse a bassa voce. «Una volta ho visto Daisy partorire un vitello. Daisy è la mucca del Jersey della nostra fattoria.»

Charlotte era affascinata. «E che cosa è successo?»

«È stato orribile. Sembrava che le si aprisse la pancia, e c'era un sacco di sangue.» Rabbrividì.

«Che cosa spaventosa» disse Charlotte. «Temo che potrà succedere anche a me prima di avere scoperto come funziona. Ma perché non ce lo spiegano?»

«Non dovremmo parlare di queste cose.»

«Abbiamo il maledettissimo diritto di farlo!»

Belinda trasalì. «Imprecare non aiuta di certo.»

«Non m'importa.» La faceva impazzire il fatto che non ci fosse modo di sapere come andavano certe cose, nessuno a cui chiedere, nessun libro da consultare... Le venne un'idea. «In biblioteca c'è un armadietto chiuso a chiave: scommetto che lì dentro ci sono dei libri su questi argomenti. Andiamo a vedere!»

«Ma se è chiuso a chiave...»

«Oh, io so dov'è la chiave. Lo so da anni.»

«Passeremo un brutto guaio se ci scoprono.»

«Si stanno tutti cambiando per la cena: è la nostra occasione.» Charlotte si alzò.

Belinda esitò. «Succederà il finimondo.»

«Non m'interessa. Io vado comunque a guardare nell'armadietto, tu sei libera di fare come credi.» Charlotte si voltò e si diresse verso casa. Dopo un attimo, Belinda la raggiunse di corsa, come la cugina aveva previsto.

Attraversarono il portico colonnato ed entrarono nell'atrio ampio e fresco. Girando a sinistra, oltrepassarono il soggiorno e l'Ottagono ed entrarono nella biblioteca. Charlotte si ripeteva che ormai era grande, e quindi aveva il diritto di sapere. Tuttavia si sentiva come una bambina disobbediente.

La biblioteca era la sua stanza preferita. Trovandosi su un angolo della casa, con tre grandi finestre, era molto luminosa. C'erano delle sedie antiche, imbottite di pelle e comodissime. D'inverno il fuoco ardeva tutto il giorno e per passare il tempo c'erano giochi da tavolo e di pazienza, oltre a due o tremila volumi. Alcuni libri erano antichi, e si trovavano in quella stanza fin da quando era stata costruita la casa; ma ce n'erano anche molti di nuovi, perché mamma amava i romanzi e papà coltivava vari interessi e leggeva testi di chimica, agricoltura, viaggi, astronomia e storia. Charlotte amava soffermarsi in biblioteca soprattutto quando Marya aveva la sua giornata di libertà e non poteva toglierle di mano *Via dalla pazza folla* per sostituirlo con la storia di Tom spazzacamino. Talvolta con lei c'era suo padre, seduto alla scrivania vittoriana a leggere un catalogo di macchinari agricoli o il bilancio di una ferrovia americana, però non interferiva mai con le sue scelte letterarie.

In quel momento la stanza era vuota. Charlotte andò direttamente alla scrivania, aprì un piccolo cassetto quadrato in uno dei piedistalli, e tirò fuori una chiave.

Contro la parete a fianco della scrivania c'erano tre armadietti. In uno c'erano delle scatole di giochi da tavola. In un altro, carta da lettere e buste con lo stemma dei Walden. Il terzo era chiuso a chiave.

Dentro c'erano venti o trenta libri e una pila di vecchie riviste. Charlotte lanciò un'occhiata a una rivista. Si chiamava «The Pearl». Non sembrava molto promettente. In fretta, prese due libri a caso, senza guardare i titoli. Chiuse l'armadietto e rimise la chiave nel cassetto.

«Ecco!» esclamò trionfante.

«Dove possiamo andare a guardarli?» chiese Belinda in un sussurro.

«Ti ricordi il nostro nascondiglio?»

«Oh, sì!»

«Perché stiamo bisbigliando?»

Scoppiarono entrambe a ridere.

Charlotte si avviò verso la porta. D'un tratto, udì una voce nell'atrio: «Lady Charlotte... Lady Charlotte...».

«È Annie, ci sta cercando» disse Charlotte. «È simpatica, ma così sciocca. Usciamo dall'altra parte, presto.» Attraversò la stanza ed entrò nella sala del biliardo, che a sua volta conduceva nella sala delle armi; lì però c'era qualcuno. La ragazza rimase per un attimo in ascolto.

«È mio padre» bisbigliò Belinda con aria spaventata. «È andato a caccia con i cani.»

Per fortuna c'erano due porte a vetri che dalla sala del biliardo portavano sul terrazzo ovest. Charlotte e Belinda uscirono in punta di piedi e richiusero piano la porta dietro di loro. Il sole era basso all'orizzonte, di un color rosso intenso, e proiettava lunghe ombre sul prato.

«E ora come facciamo a tornare dentro?» chiese Belinda.

«Dal tetto. Seguimi!»

Charlotte corse fino al retro della casa e, attraversato l'orto, raggiunse le scuderie. Si infilò i due libri nel corpetto del vestito e strinse la cintura perché non le scivolassero.

Da un angolo del cortile delle scuderie si poteva accedere abbastanza facilmente al tetto delle stanze della servitù. Prima salì su una bassa carbonaia di ferro che veniva usata per riporre la legna. Di qui passò sulla tettoia di lamiera ondulata di un capanno degli attrezzi. Il capanno era a ridosso della lavanderia. Charlotte si arrampicò sul tetto d'ardesia di quest'ultima. Si voltò: Belinda la stava seguendo.

Distesa bocconi, Charlotte strisciò sulle tegole inclinate, spingendosi con le mani e con la parte laterale delle scarpe, fino a ritrovarsi davanti a un muro. A quel punto, si mise a sedere sul colmo del tetto.

Belinda la raggiunse e disse: «Non è pericoloso?».

«Lo faccio da quando avevo nove anni.»

Sopra di loro c'era la finestra di un abbaino dove dormivano due cameriere. Gli angoli superiori della finestra erano vicinissimi al tetto, che scendeva a doppio spiovente. Charlotte si alzò e sbirciò nella stanza. Dentro non c'era nessuno. Si arrampicò sul davanzale e si raddrizzò. Si inclinò a sinistra, mise un braccio e una gamba sul bordo del tetto e si issò sulle tegole. Poi si voltò e aiutò Belinda a salire.

Si fermarono lì qualche secondo, a riprendere fiato. Qualcuno le aveva detto, rammentò Charlotte, che Walden Hall aveva quasi quattro ettari di tetti. Era difficile crederci finché non ci si saliva e non ci si rendeva conto che lassù c'era quasi da perdersi, tra creste e avvallamenti. Da lì, si poteva raggiungere qualsiasi punto della casa utilizzando i passaggi, le scalette e i cunicoli predisposti per gli uomini che, ogni primavera, pulivano le grondaie, verniciavano i tubi di scolo e sostituivano le tegole rotte.

«Forza, il resto è facile» disse Charlotte.

C'era una scala che conduceva al tetto successivo, e dopo aver superato un ponticello di legno e alcuni gradini, arrivarono a una porticina quadrata inserita nel muro. Charlotte tolse il chiavistello e si ritrovò nel nascondiglio della sua infanzia.

Era una stanza bassa, senza finestre, con il soffitto spiovente e il pavimento di assi scheggiate. Probabilmente un tempo serviva come ripostiglio, ma ora era un luogo del tutto dimenticato. Una porta conduceva in un altro sgabuzzino adiacente alla nursery, inutilizzata da decenni. Quel nascondiglio Charlotte lo aveva scoperto quando aveva otto o nove anni, e vi si era rifugiata più volte per eludere la sorveglianza: a quanto pareva, quello era da sempre il suo passatempo preferito. Per terra c'erano dei cuscini, alcuni vasetti con delle candele e una scatola di fiammiferi. Sopra un cuscino era appoggiato un cane di pezza spelacchiato, che lei aveva nascosto lì dentro otto anni prima, quando Marya, la sua istitutrice, aveva minacciato di buttarlo via. Su un tavolino, vide un vaso incrinato pieno di matite colorate e un astuccio di pelle rossa. Ogni tanto si faceva l'inventario di Walden Hall, e Charlotte rammentava di aver sentito la signora Braithwaite, la governante della casa, che lamentava la sparizione degli oggetti più strani.

Belinda strisciò dentro e Charlotte accese le candele. Estrasse i due libri dal corpetto e lesse i titoli. Uno si chiamava *Medicina pratica*, l'altro *Il romanzo della passione*. Il manuale medico prometteva di essere più interessante. Si sedette su un cuscino e lo aprì. Belinda si mise a sedere accanto a lei, con aria colpevole. Charlotte si sentiva come se fosse in procinto di scoprire il mistero della vita.

Sfogliò il libro. Il testo trattava in modo esplicito e con abbondanza di particolari argomenti come reumatismi, fratture ossee e morbillo, ma quando arrivava a descrivere il parto diventava improvvisamente vago e nebuloso. Si facevano misteriosi accenni a doglie, rottura delle acque, e a un cordone che andava legato in due punti e poi tagliato con delle forbici, prima immerse nell'acqua bollente. Quel capitolo era stato evidentemente scritto per gente che già conosceva l'argomento. Comprendeva l'illustrazione di una donna nuda. Charlotte notò, ma era troppo imbarazzata per dirlo a Belinda, che la donna raffigurata non aveva peli là dove lei invece ne aveva molti. C'era poi il disegno di un bambino dentro il ventre materno, ma senza alcuna indicazione del passaggio attraverso il quale doveva poi uscire.

«Probabilmente il medico ti apre col bisturi» disse Belinda.

«E allora come facevano quando non esistevano i dottori?» ribatté Charlotte. «Comunque, questo libro non serve a niente.» Aprì l'altro a caso e lesse la prima frase che le capitò sotto gli occhi. «Lei

si abbassò con lasciva lentezza fino a essere completamente trafitta dalla mia verga turgida, poi mi deliziò con una serie di movimenti rotatori.» Charlotte aggrottò la fronte, e guardò Belinda.
«Chissà che cosa vuol dire» commentò Belinda.

Feliks Kšessinski era seduto in uno scompartimento in attesa che il treno partisse dalla stazione di Dover. Lo scompartimento era freddo. Lui stava immobile. Fuori era ancora buio, e poteva vedere la propria immagine riflessa nel finestrino: un uomo dai baffi ben curati, con un cappotto nero e la bombetta. Sulla rastrelliera sopra di lui c'era una valigetta. Lo si sarebbe potuto scambiare per il rappresentante di una fabbrica di orologi svizzeri, se non che chiunque avesse guardato con maggiore attenzione si sarebbe accorto che il cappotto era di poco prezzo, la valigia di cartone e la faccia non era quella di un venditore di orologi.

Stava pensando all'Inghilterra. Ricordò quando, da giovane, considerava la monarchia costituzionale inglese la forma di governo ideale. Il pensiero lo divertì, e sul pallido volto riflesso nel finestrino vide l'ombra di un sorriso. Da allora, aveva cambiato opinione riguardo al governo ideale.

Il treno partì, e pochi minuti dopo Feliks guardava il sole sorgere sopra i frutteti e i campi di luppolo del Kent. Non aveva smesso di stupirsi di quanto fosse bella l'Europa. Quando l'aveva vista per la prima volta era rimasto profondamente colpito, perché, come qualsiasi contadino russo, non si sarebbe mai immaginato che il mondo potesse avere quell'aspetto. Allora si trovava su un treno, ricordò. Aveva attraversato per centinaia di chilometri le province semispopolate della Russia nord-occidentale, con i loro alberi rachitici, i villaggi miserabili sepolti nella neve, e le strade fangose. Poi, una mattina, svegliandosi, si era ritrovato in Germania. Guardando i campi verdi ordinati, le strade pavimentate, le belle case nei paesi puliti e le aiuole fiorite nella stazione illuminata dal sole, aveva pensato di essere in paradiso. Poi, in Svizzera, seduto sulla veranda di un piccolo albergo di fronte alle montagne innevate a bere un caffè e a mangiare un panino fresco e croccante, aveva pensato: "Qui la gente dev'essere felice".

Ora, mentre guardava le fattorie inglesi risvegliarsi nel primo mattino, pensò all'alba nel suo paese natale: un cielo grigio, minaccioso, e un vento pungente; un campo paludoso gelato con chiazze di ghiaccio e ciuffi d'erba secca ricoperti di brina; lui con indosso un logoro camicione di tela, e i piedi già intirizziti dentro le scarpe di feltro infilate negli zoccoli; suo padre che camminava svelto al suo fianco, con gli abiti consunti del povero prete di campagna, e gli parlava della bontà di dio. Suo padre aveva amato il popolo russo perché dio lo amava. A Feliks era sempre stato chiaro che dio odiava il popolo, visto che lo trattava con tanta crudeltà.

Quella discussione aveva costituito l'inizio di un lungo viaggio che aveva portato Feliks dalla religione cristiana, attraverso il socialismo, al terrorismo anarchico; dalla provincia di Tambov, attraverso Pietroburgo e la Siberia, fino a Ginevra, dove aveva preso la decisione che lo aveva condotto in Inghilterra. Ricordò la prima riunione. E pensare che aveva rischiato di non parteciparvi...

Aveva rischiato di non partecipare alla riunione. Era stato a Cracovia, per prendere accordi con gli ebrei polacchi che introducevano clandestinamente la rivista «Mutiny» in Russia. Era ritornato a Ginevra la sera, e si era recato direttamente alla piccola tipografia di Ulrich, in una stradina secondaria. Il comitato di redazione era riunito: quattro uomini e due ragazze, seduti intorno a una candela nel retro del negozio dietro la lucida stampatrice, a respirare l'odore di carta da giornale e olio per macchina, progettando la rivoluzione russa.

Ulrich mise al corrente Feliks dell'argomento di cui stavano discutendo. Aveva incontrato Josef, una spia dell'Ochrana, la polizia segreta russa. Josef simpatizzava segretamente per i rivoluzionari, e passava informazioni false all'Ochrana. Qualche volta gli anarchici gli davano qualche notizia vera ma innocua, e Josef in cambio li aggiornava sulle attività dell'Ochrana.

Questa volta Josef aveva una notizia sensazionale. «Lo zar è pronto a stringere un'alleanza militare con l'Inghilterra» disse Ulrich a Feliks. «Il principe Orlov andrà a Londra per negoziare. L'Ochrana ne è informata, perché ha l'incarico di proteggere il principe durante il suo viaggio in Europa.»

Feliks si tolse il cappello e si sedette, chiedendosi se fosse una notizia credibile. Una delle due ragazze, una russa triste e malvestita, gli portò del tè in un bicchiere. Feliks tirò fuori dalla tasca una zolletta mezzo succhiata, se la mise fra i denti e sorseggiò il tè attraverso lo zucchero, alla maniera contadina.

«Il punto è» proseguì Ulrich «che l'Inghilterra potrebbe allora entrare in guerra con la Germania e avere i russi al suo fianco.»

La ragazza malvestita disse: «E non sarebbero i principi e i conti a essere uccisi, ma la gente comune».

Aveva ragione, pensò Feliks. La guerra sarebbe stata combattuta dai contadini. Aveva passato la maggior parte della sua vita fra quella gente. Erano duri, scorbutici e di idee ristrette, ma la loro insensata generosità e le loro sporadiche esplosioni di allegria davano un'idea di quello che sarebbero potuti essere in una società decente. Le loro preoccupazioni erano il tempo, gli animali, le malattie, i parti e come farla in barba ai proprietari. Per qualche anno, fino a che non raggiungevano la ventina, erano forti e vigorosi, e potevano sorridere, correre e amoreggiare; ma poi diventavano presto curvi e grigi, lenti e torvi. Ora il principe Orlov avrebbe preso quei giovani nel fiore degli anni e li avrebbe condotti davanti a un cannone per essere ammazzati o resi invalidi per sempre, e questo in nome della diplomazia internazionale.

Erano assurdità di quel tipo che avevano fatto diventare Feliks un anarchico.

«Come ci muoviamo?» chiese Ulrich.

«Dobbiamo far uscire la notizia sulla prima pagina del "Mutiny"» propose la ragazza malvestita.

Cominciarono a discutere sull'impostazione dell'articolo. Feliks stette ad ascoltare. Non era molto interessato alle questioni redazionali. Lui distribuiva la rivista e scriveva articoli che spiegavano come costruire le bombe, ed era profondamente insoddisfatto. A Ginevra era diventato un vero raffinato. Beveva birra invece di vodka, vestiva con camicia e cravatta, e andava ai concerti di musica sinfonica. Lavorava in una libreria. E intanto la Russia era in subbuglio. I lavoratori dei giacimenti petroliferi erano in guerra coi cosacchi, il parlamento era impotente, e un milione di operai era in sciopero. Lo zar Nicola II era il governante più incompetente e stupido che un'aristocrazia degenerata potesse produrre. Il paese era una polveriera, cui bastava solo una scintilla per esplodere, e Feliks voleva essere quella scintilla. Ma era indispensabile ritornare. Stalin era ritornato, e non aveva fatto in tempo a mettere piede sul suolo russo che era stato spedito in Siberia. La polizia segreta conosceva i rivoluzionari in esilio meglio di quanto non conoscesse quelli rimasti ancora in patria. Feliks era infastidito dal colletto rigido, dalle scarpe di pelle e dalla situazione.

Si guardò intorno, osservando il gruppetto di anarchici lì riuniti: Ulrich, il tipografo, con i capelli bianchi e il grembiule macchiato d'inchiostro, un intellettuale che prestava a Feliks libri di Proudhon e Kropotkin, ma anche un uomo d'azione, che una volta lo aveva aiutato a rapinare una banca; Olga, la ragazza malvestita, che sembrava fosse stata innamorata di Feliks fino al giorno in cui lo aveva visto rompere un braccio a un poliziotto e aveva cominciato ad avere paura di lui; Vera, la poetessa occasionale; Yevno, lo studente di filosofia che parlava sempre di un'ondata purificatrice di sangue e fuoco; Hans, l'orologiaio che scrutava nell'animo delle persone come se le avesse avute sotto la sua lente d'ingrandimento; infine Piotr, il conte spodestato, autore di brillanti saggi di economia e di ispirati editoriali rivoluzionari. Erano dei grossi lavoratori e dei sinceri rivoluzionari, e tutti molto intelligenti. Feliks sapeva quale importanza avesse la loro opera: in Russia, aveva fatto parte di quella gente che aspettava ansiosa riviste e opuscoli introdotti clandestinamente e che poi se li passava di mano in mano, finché erano ridotti a brandelli. Ma questo non bastava: i saggi di economia non difendevano dalle pallottole della polizia, e gli articoli più infuocati non bruciavano i palazzi.

Ulrich stava dicendo: «Questa notizia merita una diffusione più ampia di quella che potrebbe avere sul "Mutiny". Voglio che ogni contadino russo sappia che Orlov vuole portarlo a una guerra inutile e sanguinosa per obiettivi che non lo riguardano affatto».

Intervenne Olga. «Il primo problema è sapere se saremo creduti.»

Feliks obiettò: «Il primo problema è sapere se la notizia è vera».

«Possiamo controllare» disse Ulrich. «I compagni di Londra potrebbero appurare se Orlov arriverà alla data prevista, e se incontrerà la gente che deve incontrare.»

«Non basta diffondere la notizia» interloquì Yevno in tono eccitato. «Dobbiamo impedire le trattative!»

«E come?» chiese Ulrich, guardando il giovane studente da sopra gli occhiali cerchiati di metallo.

«Assassinando Orlov. È un traditore, tradisce il popolo, e deve essere giustiziato.»

«Questo farebbe sospendere i negoziati?»

«È probabile» dichiarò il conte Piotr. «Soprattutto se l'assassino fosse un anarchico. Ricordati: l'Inghilterra offre asilo politico agli anarchici, e questo irrita lo zar. Ora, se un suo principe fosse ucciso in Inghilterra da uno dei nostri compagni, lo zar potrebbe essere abbastanza esasperato da mandare a monte l'intera trattativa.»

«Allora sì che avremmo una notizia sensazionale!» esultò Yevno. «Potremmo dire che Orlov è stato assassinato da uno dei nostri, perché colpevole di tradimento nei confronti del popolo russo».

«Questo lo pubblicherebbero tutti i giornali del mondo» ammise Ulrich.

«Pensa all'effetto che produrrebbe in patria. I contadini russi considerano la coscrizione una sentenza di morte. Quando un ragazzo è chiamato alle armi, celebrano un funerale. Se sapessero che lo zar sta progettando di mandarli a combattere in una grande guerra europea, i fiumi diventerebbero rossi di sangue...»

Feliks pensò che aveva ragione. Yevno parlava sempre così, ma quella volta aveva proprio ragione.

«Tu vivi nel mondo dei sogni, Yevno» disse Ulrich. «Orlov è in missione segreta, non attraverserà Londra su una carrozza scoperta salutando la folla. Inoltre, conosco i compagni londinesi. Non hanno mai ucciso nessuno. Non vedo come si possa fare».

«Io sì» dichiarò Feliks. Si voltarono tutti a guardarlo. Le ombre proiettate sui loro volti dalle candele si spostarono. «Io so come fare.» La sua voce aveva un suono strano, soffocato. «Andrò a Londra e ucciderò Orlov.»

Nella stanza calò un improvviso silenzio, come se d'un tratto i loro discorsi di morte e distruzione si fossero fatti concreti e reali. Tutti fissavano Feliks sorpresi, tutti tranne Ulrich, che sorrideva fra sé e sé, quasi avesse già previsto quella soluzione.

II

Londra era incredibilmente ricca. Feliks aveva visto il lusso sfrenato in Russia e molta prosperità in Europa, però mai su così vasta scala. Lì nessuno andava in giro stracciato. Infatti, nonostante la temperatura mite, tutti indossavano vari strati di abiti pesanti. C'erano barrocciai, venditori ambulanti, spazzini e fattorini che sfoggiavano caldi cappotti senza strappi né toppe. Tutti i bambini calzavano degli stivali. Tutte le donne portavano il cappello, e che cappelli! Erano per lo più enormi, larghi quanto la ruota di una carrozza, e ornati con nastri, piume, fiori e frutti. Le strade erano affollate. Feliks vide più macchine lì in cinque minuti di quante ne avesse viste in tutto il resto della sua vita. Sembravano essere altrettanto numerose dei mezzi tirati da cavalli. Su ruote o a piedi, tutti andavano di fretta.

A Piccadilly Circus i veicoli erano fermi a causa di un incidente non insolito in qualsiasi città: un cavallo era caduto e il carretto si era rovesciato. Un gruppo di uomini stava cercando di rimettere in piedi l'animale e raddrizzare il carro, mentre dal marciapiede fioraie e signore truccate gridavano parole d'incoraggiamento e battute.

Via via che Feliks proseguiva verso est, la sua impressione iniziale di grande ricchezza si andò modificando. Passò davanti a una grande chiesa con cupola. Doveva essere la cattedrale di St Paul, stando alla mappa che aveva acquistato alla stazione Victoria. Poi, si ritrovò in quartieri più poveri. D'un tratto le splendide facciate di banche e palazzi adibiti a uffici lasciarono il posto a file di casette più o meno malconce. C'erano meno automobili e più cavalli, e questi erano più magri. I negozi erano per lo più semplici bancarelle. Non si vedevano in giro fattorini. E c'erano moltissimi bambini a piedi nudi, anche se la cosa era di per sé irrilevante, perché con quel clima Feliks non avrebbe comunque trovato necessario portare gli stivali.

L'aspetto della città peggiorò ulteriormente quando si inoltrò nell'East End. Qui c'erano caseggiati cadenti, squallidi cortili e vicoli fetidi, dove relitti umani ricoperti di stracci frugavano fra cumuli di spazzatura alla ricerca di cibo. Poi Feliks imboccò la Whitechapel High Street, e vide le consuete barbe, i capelli lunghi e gli abiti tradizionali dei vari ebrei ortodossi e negozietti che vendevano pesce affumicato e carne kasher; gli sembrava quasi di essere nel ghetto russo, solo che qui gli ebrei non avevano l'aria impaurita.

Si diresse al numero 165 di Jubilee Street, l'indirizzo che gli aveva dato Ulrich. Era una costruzione a due piani che assomigliava a una cappella luterana. Un cartello affisso fuori annunciava che il circolo "L'amico dei lavoratori" era aperto a tutti, indipendentemente dalle idee politiche, ma un'altra scritta ne rivelava la vera natura, indicando che era stato fondato da Piotr Kropotkin nel 1906. Feliks si chiese se lì a Londra avrebbe avuto modo di conoscere il leggendario Kropotkin.

Entrò. Nell'ingresso vide una pila di giornali, la cui testata era sempre «L'amico dei lavoratori», però in yiddish: «Der Arbeter Fraint».

Annunci alle pareti offrivano lezioni d'inglese, un corso di catechismo, una gita nella foresta di Epping e una conferenza sull'*Amleto*. Feliks varcò la soglia della sala. L'architettura confermò la sua prima impressione: si trattava sicuramente della navata di quella che un tempo era stata una chiesa nonconformista. L'avevano trasformata aggiungendo un palcoscenico a un'estremità e un bar dalla parte opposta. Un gruppo di persone, uomini e donne, stava provando un'opera teatrale. Forse era questo che facevano gli anarchici in Inghilterra, pensò Feliks; il che avrebbe spiegato perché erano autorizzati ad avere dei circoli. Si avvicinò al bar. Non si vedevano bevande alcoliche, ma sul banco facevano bella mostra *gefilte fish*, aringhe affumicate e, meraviglia delle meraviglie, un samovar.

La ragazza dietro al banco lo guardò e gli disse: «*Nu?*».

Feliks sorrise.

Una settimana dopo, il giorno in cui era previsto l'arrivo del principe Orlov a Londra, Feliks pranzò in un ristorante francese di Soho. Arrivò presto e si sedette a un tavolo vicino alla porta. Mangiò zuppa di cipolle, filetto e del formaggio di capra, con mezza bottiglia di vino rosso. Fece l'ordinazione in francese. I camerieri lo servirono con deferenza. Quando finì, c'era il massimo affollamento dell'ora di pranzo. In un momento in cui tre camerieri erano in cucina e gli altri due gli voltavano le spalle, Feliks si alzò con calma, si diresse verso la porta, prese cappotto e cappello, e uscì senza pagare.

Si incamminò lungo la strada sorridendo. Rubare lo divertiva.

Aveva imparato in fretta come vivere in quella città senza quasi spendere soldi. Per colazione, con due pence prendeva del tè zuccherato e una fetta di pane a una bancarella, ma quello era l'unico pasto che pagava. All'ora di pranzo rubava frutta o verdura dalle bancarelle. La sera si recava presso un istituto di beneficenza dove si guadagnava un piatto di minestra e pane a volontà ascoltando un incomprensibile sermone e cantando un inno. Aveva con sé cinque sterline, ma gli servivano per eventuali emergenze.

Alloggiava alle Dunstan Houses a Stepney Green, in un edificio di cinque piani dove abitava la metà dei capi anarchici londinesi. Dormiva su un materasso per terra nell'appartamento di Rudolf Rocker, il biondo, tedesco, carismatico direttore di «Der Arbeter Fraint». Il carisma di Rocker non aveva effetto su Feliks, immune a qualsiasi fascino, tuttavia la totale dedizione di quell'uomo era degna del massimo rispetto. La casa di Rocker e di sua moglie Milly era sempre aperta agli anarchici, e a tutte le ore del giorno e della notte arrivavano amici, messaggeri, si tenevano dibattiti, riunioni di redazione, si beveva tè, si fumavano sigarette. Feliks non pagava l'affitto, ma ogni giorno portava a casa qualcosa per la comunità: un chilo di salsicce, un pacchetto di tè, un cartoccio di arance. Gli altri pensavano che lui comprasse quelle provviste, ma ovviamente le rubava.

Aveva detto ai compagni di essere a Londra per fare delle ricerche al British Museum e finire il suo libro sull'anarchia naturale nelle comunità primitive. Gli avevano creduto. Erano cordiali, fiduciosi nella causa e innocui: credevano sinceramente che si potesse fare la rivoluzione con l'istruzione e il sindacalismo, con i saggi, le conferenze e le gite nella foresta di Epping. Feliks sapeva che la maggior parte degli anarchici fuori dalla Russia era come loro. Non li odiava, ma segretamente li disprezzava, perché in fondo avevano semplicemente paura.

Ciononostante, all'interno di quei gruppi c'era generalmente qualche individuo violento. Al momento del bisogno, Feliks avrebbe saputo trovarlo.

Per ora, quello che lo preoccupava era sapere se Orlov sarebbe effettivamente arrivato e come ucciderlo. Ma erano pensieri inutili, e cercò di distrarre la mente concentrandosi sull'inglese. Aveva imparato un po' di quella lingua in Svizzera, e durante il lungo viaggio in treno attraverso l'Europa aveva studiato un testo scolastico russo per bambini e una traduzione inglese del suo romanzo preferito, *La figlia del capitano* di Puškin, che in russo conosceva quasi a memoria. Ora leggeva il «Times» ogni mattina nella sala di lettura del circolo di Jubilee Street, e al pomeriggio passeggiava per le strade, facendo conversazione con ubriachi, vagabondi e prostitute: le persone che amava di più, quelle che infrangevano le regole. Le parole stampate dei libri presto si accordarono con i suoni che lo circondavano, ed era già in grado di dire tutto quello che voleva. In breve, avrebbe potuto anche parlare di politica in inglese.

Dopo essersi allontanato dal ristorante, si diresse verso nord. Attraversata Oxford Street, entrò nel quartiere tedesco a ovest di Tottenham Court Road. Fra i tedeschi c'erano molti rivoluzionari, ma tendevano a essere più comunisti che anarchici. Feliks ammirava la disciplina dei comunisti, ma lo insospettiva il loro autoritarismo. Inoltre non era, per temperamento, adatto all'attività di partito.

Attraversò tutto Regent's Park e raggiunse il quartiere residenziale del ceto medio. Passeggiò per le vie alberate, guardando nei giardinetti delle graziose ville di mattoni, alla ricerca di una bicicletta da rubare. Aveva imparato in Svizzera ad andare in bicicletta, e aveva scoperto che era il mezzo ideale per seguire qualcuno: era facile da manovrare, passava inosservata e nel traffico cittadino era abbastanza veloce da tener dietro a un'automobile o a una carrozza. Purtroppo, pareva che gli abitanti di quella zona di Londra tenessero le loro biciclette al sicuro. Vide un ciclista pedalare lungo la strada, e fu tentato di sbalzarlo di sella, ma in quel momento passavano tre pedoni e il furgone di un panettiere, e Feliks non voleva correre rischi. Poco più in là vide il fattorino di una drogheria che faceva una consegna, ma la sua bicicletta era troppo appariscente, con il grosso cesto davanti e una targa di metallo con il nome del negozio appesa alla canna. Feliks stava cominciando a prendere in esame strategie alternative quando finalmente vide quello che cercava.

Un uomo sulla trentina uscì in bicicletta da un giardino. Aveva un cappello di paglia e una giacca a righe abbottonata sulla pancia sporgente. Appoggiò la bicicletta al muretto e si chinò per mettere le mollette ai pantaloni.

Feliks gli si avvicinò rapidamente.

L'uomo vide la sua ombra, guardò in su e disse: «Buongiorno».

Feliks lo buttò a terra con uno spintone.

L'uomo cadde sulla schiena e guardò Feliks con un'espressione di sorpresa.

Feliks gli piombò addosso, puntando un ginocchio contro il bottone centrale della giacca a righe. L'uomo emise un gemito e restò senza fiato, impotente e boccheggiante.

Feliks si alzò e guardò verso la casa. A una finestra, una giovane donna assisteva alla scena con una mano davanti alla bocca spalancata, gli occhi sbarrati.

Guardò di nuovo l'uomo a terra: gli ci sarebbe voluto un minuto o più per trovare la forza di rialzarsi.

Feliks balzò in sella e pedalò via veloce.

"Un uomo che non ha paura può fare quello che vuole" pensò. Era una lezione che aveva appreso undici anni prima, su un binario di raccordo fuori Omsk. Nevicava...

Nevicava. Feliks era su un carro merci scoperto, seduto sopra un mucchio di carbone, mezzo morto di freddo.

Era da un anno che aveva freddo, da quando era fuggito dai

lavori forzati nella miniera d'oro. Quell'anno aveva attraversato la Siberia, dal gelido nord fin quasi agli Urali. Adesso era a solo millecinquecento chilometri dalla civiltà e dal caldo. La maggior parte del viaggio l'aveva fatta a piedi, anche se qualche tratto lo aveva percorso in treno, a volte su carri merci pieni di bestiame. Preferiva viaggiare con le bestie, perché lo scaldavano e poteva spartire il loro cibo. Sentiva di essere lui stesso simile a una bestia: non si lavava mai, come cappotto usava una coperta rubata a un cavallo, i suoi abiti laceri erano pieni di pulci e i capelli erano un nido di pidocchi. Il suo alimento preferito erano le uova d'uccello. Una volta aveva rubato un pony, lo aveva cavalcato fino a quando la bestia era morta per sfinimento, e poi aveva mangiato il suo fegato. Aveva perso la nozione del tempo. Sapeva che era autunno per via del clima, ma non aveva idea di che mese fosse. Spesso scopriva di non riuscire a ricordare quello che aveva fatto il giorno prima. Nei momenti di maggiore lucidità si rendeva conto di essere mezzo matto. Non parlava mai con nessuno. Quando arrivava in una città o in un villaggio, ci girava intorno, fermandosi a frugare tra i rifiuti. Sapeva solo che doveva continuare ad andare verso ovest, verso il caldo.

Ma il treno che trasportava carbone era stato spinto su un binario di raccordo, e Feliks pensò che rischiava di morire di freddo. C'era una guardia, un poliziotto tarchiato con un cappotto di pelliccia che era là per impedire ai contadini di portare via il carbone per riscaldare le loro case... A quel pensiero, Feliks si rese conto di avere un momento di lucidità e che sarebbe anche potuto essere l'ultimo. Si domandò che cosa lo avesse scosso dal torpore; poi sentì l'odore del pasto del poliziotto. Ma era un uomo grande e grosso, e aveva un fucile.

"Non m'importa" pensò Feliks. "Tanto sto per morire comunque."

Così si alzò, prese il pezzo di carbone più grosso che riuscì a sollevare, andò verso la baracca del poliziotto, entrò e lo colpì sulla testa.

Sul fuoco c'era un pentolino con dello stufato, troppo bollente per essere mangiato subito. Feliks prese il tegame, uscì e lo rovesciò sulla neve, poi si mise in ginocchio e divorò il cibo mescolata al ghiaccio che lo raffreddava. C'erano patate, rape, carote e pezzi di carne. Lui mandò giù tutto senza masticare. Il poliziotto uscì dalla baracca e gli assestò un forte colpo sulla schiena col manganello. Che quell'uomo avesse tentato di interromperlo mentre stava mangiando rese Feliks furioso. Si alzò e si avventò contro di lui, prendendolo a calci e graffiandolo. Il poliziotto rispose con altre manganellate, ma Feliks non sentiva nemmeno i colpi che si abbattevano su di lui. Lo prese per il collo e strinse, finché gli occhi dell'uomo non si chiusero, il suo viso diventò blu e gli uscì fuori la lingua. Poi, Feliks finì lo stufato.

Mangiò tutto quello che trovò nella baracca, si scaldò al fuoco, e dormì nel letto del poliziotto. Quando si svegliò, aveva ripreso a ragionare. Infilò gli stivali e il cappotto del morto e si incamminò verso Omsk. Lungo il tragitto scoprì una cosa molto interessante di se stesso: aveva perso la facoltà di provare paura. Nella sua mente era successo qualcosa: era come se fosse stato spento un interruttore. Non riusciva a pensare a nulla che potesse spaventarlo. Se avesse avuto fame, avrebbe rubato; se lo avessero inseguito, si sarebbe nascosto; se lo avessero minacciato, avrebbe ucciso. Niente poteva più nuocergli. Amore, orgoglio, desiderio e pietà erano emozioni cancellate. Non voleva niente.

Poi tornò a provare tutte quelle emozioni, tranne la paura.

Quando arrivò a Omsk, vendette il cappotto di pelliccia del poliziotto e si comprò dei pantaloni, una camicia, un gilet e un soprabito. Bruciò i suoi stracci e pagò un rublo per fare un bagno caldo e radersi in un alberghetto modesto. Mangiò in un ristorante, usando le posate invece delle mani. Vide la prima pagina di un giornale, e si ricordò come si faceva a leggere. Fu allora che si rese conto di essere risorto.

Sedeva su una panchina nella stazione di Liverpool Street, con accanto la bicicletta appoggiata contro il muro. Si chiese che aspetto potesse avere Orlov. Non sapeva nulla di lui all'infuori del suo titolo e della missione che gli era stata affidata. Il principe poteva essere un noioso e leale servo dello zar, oppure un libertino lascivo, o anche un mite vecchio dai capelli bianchi che amava soprattutto tenere i propri nipotini sulle ginocchia. Non aveva importanza: Feliks doveva ucciderlo comunque. Era sicuro che avrebbe riconosciuto Orlov, perché i russi del suo stampo non si sognavano neppure di viaggiare cercando di passare inosservati, fossero o meno in missione segreta.

Orlov sarebbe arrivato davvero? Se fosse stato sul treno indicato da Josef e poi si fosse incontrato con il conte di Walden, così come lui aveva detto, allora non ci sarebbero stati più dubbi: l'informazione ricevuta era esatta.

Pochi minuti prima dell'arrivo del treno, una carrozza coperta tirata da quattro magnifici cavalli si accostò alla banchina. C'erano un cocchiere seduto davanti e un lacchè in piedi dietro. Un ferroviere con un cappotto di foggia militare e i bottoni lucidi si avvicinò di corsa alla carrozza e parlò col cocchiere, indirizzandolo verso l'estremità della banchina. Poi arrivò il capostazione con finanziera e cappello a cilindro, e con un'aria d'importanza scrutò il suo orologio da taschino confrontandolo con quelli della stazione. Aprì la porta della carrozza per far scendere il passeggero.

Il ferroviere passò davanti alla panchina dov'era seduto Feliks, e questi lo trattenne per una manica. «Mi scusi, signore» disse, assumendo l'espressione candida dell'ingenuo turista straniero. «È il re d'Inghilterra?»

Il ferroviere sogghignò. «No, amico, è solo il conte di Walden.» E proseguì.

Dunque, Josef aveva detto il vero.

Feliks studiò Walden con l'occhio dell'assassino. Era alto, più o meno della sua statura, e robusto: un bersaglio più facile di un individuo basso e magro. Era sulla cinquantina. Sembrava in forma, a parte il fatto che zoppicava leggermente: poteva scappare, ma non troppo in fretta. Indossava una giacca a coda di rondine grigio chiaro e un cappello a cilindro dello stesso colore: i capelli sotto erano corti e diritti, e aveva la barba a badile come quella del defunto re Edoardo VII. Stava sulla banchina appoggiato a un bastone – un'arma potenziale – per alleggerire del proprio peso la gamba sinistra. Il cocchiere, il lacchè e il capostazione gli ronzavano intorno come api intorno all'ape regina. Lui aveva l'aria tranquilla. Non guardava l'orologio. Non badava ai tirapiedi che lo circondavano. "C'è abituato" pensò Feliks. "Per tutta la vita è sempre stato la persona importante del gruppo."

Arrivò il treno, con il suo pennacchio di fumo che usciva dalla ciminiera. "Potrei uccidere Orlov adesso" pensò Feliks, e per un istante provò l'esaltazione del cacciatore che sta per ghermire la preda; ma aveva già stabilito di non agire quel giorno. Era lì per osservare, non per passare all'azione. La maggior parte degli attentati anarchici, a suo avviso, falliva per eccesso di precipitazione o impulsività. Lui credeva nei piani e nell'organizzazione, tanto aborriti da molti anarchici che non si rendevano conto di quanto fosse importante programmare le proprie azioni: solo quando si comincia a voler organizzare la vita degli altri, allora si diventa dei tiranni.

Il treno si fermò con un grande sbuffo di vapore. Feliks si alzò e si avvicinò alla banchina. In fondo al treno c'era quella che sembrava una vettura privata, diversa dalle altre per i colori smaglianti della vernice recente. Si fermò proprio di fronte alla carrozza di Walden. Il capostazione si fece subito avanti e aprì la porta del vagone.

Feliks si irrigidì, e puntò lo sguardo sulla banchina, dove sarebbe apparsa la sua preda.

Dopo qualche attimo di attesa, Orlov comparve. Si soffermò un istante sul predellino, e in quella frazione di secondo Feliks lo fotografò con lo sguardo. Era un uomo di bassa statura, indossava un cappotto pesante con il collo di pelliccia e il cilindro nero. Aveva il viso roseo e giovanile, quasi da fanciullo, i baffetti corti ed era senza barba. Esibiva un sorriso esitante. Aveva un'aria vulnerabile. "Quanti misfatti sono compiuti da persone dalla faccia innocente" pensò Feliks.

Orlov scese dal treno. Lui e Walden si abbracciarono, alla maniera russa, ma senza perdere troppo tempo, poi salirono sulla carrozza.

"Un saluto piuttosto frettoloso" pensò Feliks.

Il lacchè e due facchini cominciarono a caricare i bagagli sulla carrozza. Apparve subito chiaro che non sarebbero riusciti a farci stare tutto, e Feliks sorrise pensando alla propria valigia di cartone mezza vuota.

La carrozza venne fatta girare. Il lacchè, a quanto pareva, si sarebbe fermato per prendersi cura del resto del bagaglio. I facchini si avvicinarono al finestrino della carrozza, da cui spuntò un braccio in una manica grigia che fece cadere nelle loro mani delle monete. La carrozza partì. Feliks inforcò la sua bicicletta e la seguì.

Nell'intenso traffico londinese non gli fu difficile starle dietro. Percorse con loro la città, seguendoli lungo lo Strand e attraverso St James's Park. Dall'altra parte del parco la carrozza seguì per qualche metro la strada che lo costeggiava, poi svoltò di colpo in un cortile circondato da mura.

Feliks balzò giù dalla sella e spinse a mano la bicicletta lungo il bordo del parco fino a trovarsi di fronte al cancello. Vide la carrozza fermarsi davanti all'ingresso imponente di una grande casa. Oltre il tetto della carrozza scorse due cappelli a cilindro, uno nero e uno grigio, sparire nell'edificio. Poi la porta venne chiusa, e non poté vedere altro.

Lydia osservava sua figlia con sguardo critico. Charlotte era in piedi davanti a una grande specchiera e stava provando l'abito da debuttante che avrebbe indossato per essere presentata a corte. Madame Bourdon, la sarta, una donna esile ed elegante, si affaccendava intorno a lei con gli spilli, sistemando balze e arricciature.

Charlotte era bella e allo stesso tempo innocente: proprio come si richiede a una debuttante. Il vestito di tulle bianco tempestato di cristalli arrivava fino a terra, coprendo in parte le scarpette a punta. La scollatura profonda era rifinita con un mazzolino di fiori di cristalli. Lo strascico era costituito da quattro metri di tessuto argenteo, orlato di chiffon rosa pallido e chiuso in fondo da un grosso fiocco bianco e argento. I capelli scuri di Charlotte erano raccolti in alto e stretti in un diadema che era appartenuto all'ultima Lady Walden, la madre di Stephen. Fra i capelli aveva le due piume bianche di rigore.

"La mia bambina è ormai diventata grande" pensò Lydia.

«È bellissimo, Madame Bourdon.»

«Grazie, milady.»

Charlotte dichiarò: «È terribilmente scomodo».

Lydia trasse un sospiro. Era il tipo di affermazione che ci si poteva aspettare da Charlotte. «Vorrei che tu non fossi così infantile» disse.

Charlotte si inginocchiò per raccogliere lo strascico. Lydia la ammonì: «Non devi abbassarti. Guarda, ti faccio vedere come si fa. Girati verso sinistra». Charlotte obbedì e lo strascico ricadde in drappeggi alla sua sinistra. «Raccoglilo col braccio sinistro, poi fai un altro quarto di giro verso sinistra.» Ora lo strascico si distese sul pavimento davanti a Charlotte. «Vieni avanti, e con la mano destra trattieni lo strascico sopra il braccio sinistro mentre cammini.»

«Funziona.» Charlotte sorrise. Quando sorrideva, era radiosa. "Una volta era sempre così" pensò Lydia. "Quando era piccola, sapevo sempre quello che le passava per la mente. Crescere significa imparare a mentire."

«Chi ti ha insegnato tutte queste cose, mamma?» le chiese Charlotte.

«La prima moglie di tuo zio George, la madre di Belinda, è lei che mi ha istruito prima del mio debutto in società.» Avrebbe voluto aggiungere: queste cose sono facili da insegnare, ma le lezioni più difficili dovrai apprenderle da sola.

Entrò nella stanza Marya, l'istitutrice di Charlotte. Era una donna efficiente e sbrigativa, vestita di grigio, l'unica persona di servizio che Lydia si fosse portata da Pietroburgo. In diciannove anni il suo aspetto non era cambiato. Lydia non aveva idea di quanti anni potesse avere. Cinquanta? Sessanta?

«È arrivato il principe Orlov, milady» annunciò. «Oh, Charlotte, sei splendida!».

Era ormai giunto il momento che Marya cominciasse a chiamarla "Lady Charlotte", pensò Lydia. «Charlotte, scendi non appena ti sarai cambiata» disse. Charlotte iniziò subito a slacciarsi le spalline che reggevano lo strascico. Lydia uscì.

Trovò Stephen nel soggiorno, che sorseggiava dello sherry. Lui le sfiorò il braccio nudo e disse: «Gli abiti estivi ti donano».

«Grazie» rispose lei con un sorriso. Anche lui stava molto bene con la giacca grigia e la cravatta color argento che si intonavano con il grigio argento della sua barba. "Tu e io saremmo potuti essere così felici..." D'un tratto desiderò dargli un bacio sulla guancia. Si guardò attorno: accanto alla credenza un servitore le stava versando uno sherry. Dovette frenare il suo impulso. Si sedette e prese il bicchiere che le veniva porto. «Come sta Aleks?»

«È sempre uguale» rispose Stephen. «Vedrai, scenderà fra un attimo. Come va il vestito di Charlotte?»

«L'abito è bellissimo. Piuttosto è l'atteggiamento di Charlotte che non mi piace. Di questi tempi, non le va bene niente. Non vorrei che diventasse cinica.»

Stephen non volle dar peso all'argomento. «Aspetta che un bell'ufficiale della Guardia cominci a rivolgerle le sue attenzioni, e vedrai che cambierà.»

Quell'osservazione irritò Lydia, poiché implicava che tutte le ragazze fossero schiave della loro natura romantica. Era il genere di cose che Stephen diceva quando non voleva riflettere su un argomento e che lo facevano assomigliare a un banale signorotto di campagna, quale non era. Tuttavia, lui era convinto che Charlotte non fosse diversa da qualsiasi altra diciottenne, e non voleva dare ascolto a opinioni contrarie. Ma Lydia sapeva che la personalità di Charlotte aveva qualcosa di selvaggio e di non inglese che andava represso.

In modo irrazionale, Lydia provava un senso di ostilità verso Aleks, rispetto a Charlotte. Non era colpa sua, ma lui rappresentava Pietroburgo, il pericolo del passato. Lydia si agitò sulla sedia, e si accorse dello sguardo indagatore di Stephen.

«Non sarai nervosa all'idea di rivedere il piccolo Aleks?» le chiese.

Lei si strinse nelle spalle. «I russi sono così imprevedibili.»

«Lui non è molto russo.»

Lydia sorrise al marito, ma quell'intimità che per un attimo si era creata fra loro si era dissolta, lasciando il posto al contenuto affetto di sempre.

La porta si aprì. "Stai calma" si disse Lydia.

Entrò Aleks. «Zia Lydia!» esclamò, e si chinò a baciarle la mano.

«Come stai, Aleksej Andreevič?» replicò lei in tono formale. Poi, con più calore, aggiunse: «Perbacco, sembri ancora un diciottenne».

«Magari» fece lui, e ammiccò.

Lydia gli chiese com'era andato il viaggio e mentre lui rispondeva, si ritrovò a domandarsi come mai fosse ancora scapolo. Aveva un titolo che da solo sarebbe bastato a fare colpo su molte ragazze, per non parlare delle loro madri; e per di più era molto attraente e straordinariamente ricco. "Sono sicura che ha spezzato parecchi cuori" pensò.

«Tuo fratello e le tue sorelle ti salutano con affetto» stava dicendo Aleks «e ti chiedono di pregare per loro.» Poi si accigliò. «Pietroburgo è in grande sconvolgimento, non è più la città che conoscevi.»

Stephen intervenne: «Abbiamo sentito di quel monaco».

«Rasputin. La zarina è convinta che attraverso di lui parli dio in persona, e lei ha una notevole influenza sullo zar. Ma Rasputin è solo un sintomo. Ci sono continuamente scioperi, e qualche volta dei disordini. Il popolo non crede più nella sacralità dello zar.»

«Che cosa bisognerebbe fare?» chiese Stephen.

Aleks trasse un sospiro. «Tutto. Ci servono un'agricoltura efficiente, più fabbriche, un parlamento che funzioni come quello inglese, la riforma fondiaria, sindacati, libertà di parola...»

«Se fossi in te non avrei troppa fretta di avere i sindacati» osservò Stephen.

«Può darsi. Tuttavia, la Russia deve in qualche modo mettersi al passo col ventesimo secolo. O lo facciamo noi, la nobiltà, oppure il popolo ci distruggerà e lo farà da solo.»

Lydia pensò che sembrava più radicale dei radicali. Come dovevano essere cambiate le cose in Russia, se un principe arrivava a parlare in quel modo! Sua sorella Tatiana, la madre di Aleks, accennava nelle lettere che le scriveva a dei "problemi", senza però lasciar intendere alcun pericolo reale per la nobiltà. Ma certo Aleks assomigliava di più a suo padre, il vecchio principe Orlov, un animale politico. Se fosse stato ancora vivo, avrebbe parlato nello stesso modo.

«C'è una terza possibilità» disse Stephen. «Qualcosa che potrebbe spingere l'aristocrazia e il popolo a unirsi».

Aleks sorrise, quasi prevedendo il seguito. «E cioè?»

«Una guerra.»

Aleks annuì gravemente. "La pensano nello stesso modo" notò Lydia. Aleks considerava sempre con rispetto le opinioni di Stephen: era per lui quello che più si avvicinava a una figura paterna, dopo che il vecchio principe era morto.

Entrò Charlotte, e Lydia le rivolse uno sguardo stupito. Indossava un vestito che non le aveva mai visto, di pizzo color crema con un bordo di seta marrone. Lei non lo avrebbe mai scelto, era piuttosto vistoso, ma non si poteva negare che a Charlotte stesse splendidamente. "Dove lo avrà comprato?"si chiese Lydia. "Da quando ha cominciato ad acquistare i vestiti senza farsi accompagnare da me? Chi le ha detto che quei colori mettevano in risalto i suoi capelli scuri e gli occhi castani? Ha anche un velo di trucco? E come mai non porta il bustino?"

Anche Stephen la stava guardando. Lydia notò che si era alzato in piedi, e quasi le venne da ridere. Era stata una reazione chiaramente involontaria di fronte all'improvvisa scoperta del fatto che sua figlia era diventata grande. Nel giro di un attimo si sarebbe sentito sciocco, rendendosi conto che sarebbe stato un po' eccessivo alzarsi ogni volta che sua figlia entrava in una stanza di casa sua.

Su Aleks, l'effetto fu ancora più evidente. Scattò in piedi, rovesciò il suo sherry, e diventò paonazzo. "Ma è timido!" si stupì Lydia. Il giovane si passò il bicchiere bagnato da una mano all'altra, così che non poté usare nessuna delle due per prendere quella della ragazza, e rimase lì impalato con aria confusa. Fu un momento imbarazzante: Aleks doveva ricomporsi prima di poter salutare Charlotte, ma chiaramente aspettava di salutarla prima di potersi ricomporre. Lydia stava per fare qualche futile osservazione tanto per rompere il silenzio, quando Charlotte prese il controllo della situazione.

Tirò fuori il fazzoletto di seta dal taschino di Aleks e gli asciugò la mano destra dicendo in russo: «Buongiorno, Aleksej Andreevič». Gli strinse la mano ora asciutta, gli prese il bicchiere dalla sinistra, lo asciugò, asciugò la mano sinistra, gli restituì il bicchiere, rimise il fazzoletto nel taschino, e invitò l'ospite a sedersi. Si sedette accanto a lui e disse: «Ora che hai finito di spandere in giro sherry, parlami di Djagilev. Si dice che sia uno strano personaggio. Tu l'hai conosciuto?».

Aleks sorrise. «Sì, l'ho conosciuto.»

Mentre Aleks parlava, Lydia rifletté meravigliata su quanto era appena successo. Charlotte aveva affrontato senza esitazioni quel momento d'imbarazzo, e aveva proseguito facendo una domanda che probabilmente si era preparata da prima, con cui era riuscita a trarre d'impaccio Orlov e metterlo a suo agio. E tutto ciò lo aveva fatto con la massima disinvoltura, come se avesse avuto vent'anni di esperienza. Da dove le veniva quella padronanza?

Lydia colse lo sguardo del marito. Anche lui aveva notato la sicurezza e la grazia di Charlotte, e sorrideva soddisfatto, pieno di orgoglio paterno.

Feliks camminava per St James's Park, riflettendo su quanto aveva visto. Di tanto in tanto, lanciava un'occhiata al di là della strada verso la bella facciata bianca della casa di Walden, che spuntava dal muro di cinta come la testa di un nobile sopra un colletto inamidato. "Loro credono, là dentro, di essere al sicuro" pensò.

Si sedette su una panchina, in un punto da cui poteva continuare a sorvegliare la casa. Intorno a lui brulicava la Londra della borghesia: le ragazze con i loro assurdi copricapi, i negozianti e gli impiegati in abito scuro e bombetta che tornavano a casa. C'erano bambinaie che chiacchieravano spingendo carrozzine o tenendo per mano bambini infagottati d'indumenti; c'erano gentiluomini con il cilindro che andavano e venivano dai club di St James's Park; servitori in livrea che portavano a spasso brutti cagnolini. Una grassona con una pesante borsa della spesa si lasciò cadere vicino a lui sulla panchina e disse: «Non le sembra che faccia piuttosto caldo?». Feliks non sapeva bene quale fosse la risposta appropriata, così sorrise e guardò altrove.

A quanto pareva, Orlov doveva essersi reso conto che in Inghilterra la sua vita poteva essere in pericolo. Alla stazione si era mostrato solo per pochi istanti, e a casa per niente. Doveva aver chiesto in anticipo che lo andassero a prendere con una carrozza coperta, perché la temperatura era mite e quasi tutti giravano a bordo di landò scoperti.

"Fino a oggi questo omicidio è stato progettato in astratto" rifletté Feliks. Riguardava una questione di politica internazionale, dispute diplomatiche, alleanze e possibili intese militari, ipotetiche reazioni di Kaiser e zar lontani. Ora, di colpo, era carne e sangue; era un uomo vero, di un certo peso e statura; un viso giovanile con i baffetti corti che doveva essere maciullato da una pallottola; un piccolo corpo avvolto in un cappotto pesante che doveva essere ridotto a brandelli da una bomba; era un collo ben rasato sopra una cravatta a pallini, una gola che doveva essere squarciata e zampillare sangue.

Feliks si sentiva assolutamente in grado di compiere un gesto simile. Anzi, era ansioso di passare all'azione. C'erano degli interrogativi, cui avrebbe trovato una risposta. C'erano dei problemi, ma li avrebbe risolti. Ci volevano nervi saldi: e lui li aveva.

Si immaginò Orlov e Walden in quella bella casa, con i loro abiti raffinati, circondati da servi silenziosi. Presto avrebbero cenato a una lunga tavola, ricoperta da una tovaglia di lino e apparecchiata con un servizio d'argento. Avrebbero mangiato con mani perfettamente pulite dalle unghie curate e le donne con i guanti. Avrebbero consumato una minima parte del cibo preparato, e rimandato il resto in cucina. Avrebbero conversato di concorsi ippici o dei nuovi modelli sfoggiati dalle signore, oppure di un re di loro conoscenza. Intanto la gente che doveva andare in guerra pativa il freddo nei tuguri delle steppe russe, e tuttavia riusciva ancora a offrire un piatto di minestra di patate a un anarchico di passaggio.

"Che gioia sarà uccidere Orlov" pensò. "Quale dolce vendetta. Quando avrò portato a termine quest'azione potrò morire soddisfatto."

Rabbrividì.

«Lei si sta buscando un raffreddore» disse la grassona.

Feliks si strinse nelle spalle.

«Per cena gli ho preso una bella cotoletta di agnello, e ho preparato una torta di mele» proseguì la donna.

«Ah» commentò Feliks. Di che cosa diavolo stava parlando, quella? Feliks si alzò dalla panchina e si diresse verso la casa. Si sedette per terra con la schiena appoggiata contro un albero. Avrebbe dovuto studiare per un paio di giorni quella casa, per rendersi conto del tipo di vita che Orlov avrebbe condotto a Londra. Doveva sapere quando usciva e dove andava, quali mezzi usava – carrozza, landò, automobile o taxi – e quanto tempo trascorreva con Walden. Doveva essere in grado di prevedere i suoi spostamenti, in modo da potergli tendere un'imboscata. Oppure, conoscere in anticipo i suoi programmi, magari corrompendo un domestico.

Poi c'era il problema di decidere quale arma usare e come procurarsela. La scelta dell'arma sarebbe dipesa dalle circostanze dell'omicidio. Il come procurarsela sarebbe dipeso dagli anarchici di Jubilee Street. A tale scopo poteva già escludere sia il gruppo di attori dilettanti, sia gli intellettuali delle Dunstan Houses e, in generale, tutti quelli che avevano mezzi di sussistenza legittimi. Ma c'erano quattro o cinque giovani sbandati che avevano sempre di che pagarsi da bere e che, nelle rare occasioni in cui discutevano di politica, parlavano di anarchia in termini di "espropriazione degli espropriatori", che altro non voleva dire se non finanziare la rivoluzione con le rapine. Loro dovevano avere delle armi, o sapevano dove trovarle.

Passarono vicino a lui due ragazze, forse delle commesse, e Feliks udì una di loro che raccontava all'altra: «... allora io gli ho detto: "Se credi, soltanto perché hai portato una ragazza al Bioscope e le hai offerto una birra, di poter..."». Si allontanarono.

Feliks si sentì invadere da uno strano sentimento. Si chiese se erano state quelle ragazze a farglielo nascere. Ma no, loro non significavano nulla per lui. Si domandò se era preoccupato. No. Soddisfatto? No, quello viene dopo. Eccitato? Improbabile.

Infine gli fu chiaro: era felice.

Era davvero molto strano.

Quella notte Walden andò nella camera di Lydia. Dopo che ebbero fatto l'amore, lei si addormentò con la testa sulla spalla del marito, e lui rimase sveglio a ricordare Pietroburgo nel 1895.

A quei tempi era sempre in viaggio: America, Africa, Arabia... soprattutto perché l'Inghilterra non era abbastanza grande per lui e suo padre insieme. L'alta società di Pietroburgo era vivace, anche se un po' troppo cerimoniosa. A lui piacevano il panorama russo e la vodka. Gli riusciva facile imparare le lingue straniere, e il russo, la più difficile che gli fosse mai capitato di parlare, lo stimolava a mettere alla prova le proprie capacità.

In quanto erede al titolo di conte, Walden era tenuto a rendere visita all'ambasciatore britannico; e l'ambasciatore, a sua volta, osservava le regole di cortesia invitandolo a ricevimenti, e presentandolo al bel mondo. Walden andava ai ricevimenti perché gli piaceva discutere di politica con i diplomatici almeno quanto giocare con gli ufficiali e ubriacarsi con le attrici. Era stato proprio a un ricevimento dell'ambasciata britannica che aveva conosciuto Lydia.

Di lei aveva già sentito parlare. Veniva decantata come un modello di virtù e di bellezza. Ed era bella davvero, di una bellezza fragile ed eterea, con la carnagione pallida, i capelli biondo chiaro e un vestito bianco. Era anche modesta, rispettabile, e assai garbata. Insomma, non aveva proprio nulla di eccitante, e Walden sfuggì rapidamente alla sua compagnia.

Ma più tardi, a cena, si ritrovò seduto vicino a lei, e fu costretto a fare conversazione. I russi parlavano tutti francese e se studiavano una terza lingua era il tedesco, perciò Lydia masticava poco l'inglese. Per fortuna Walden padroneggiava il francese. Il problema più grosso era trovare un argomento di conversazione. Walden disse qualcosa a proposito del governo russo, e lei rispose con luoghi comuni che erano sulle bocche di tutti i reazionari. Walden parlò con entusiasmo della caccia grossa in Africa, e Lydia si mostrò interessata fino a quando lui non accennò ai pigmei che vivevano nudi: a quel punto, lei arrossì e si voltò a parlare con il commensale che le sedeva accanto dall'altra parte. Walden la trovava assai poco interessante: il tipo di ragazza da sposare, e lui non stava progettando di sposarsi. Tuttavia, Lydia gli lasciò la strana sensazione che in lei ci fosse qualcosa di più di quanto appariva a prima vista.

Disteso accanto a lei, diciannove anni dopo, Walden pensò: "Ancora oggi mi comunica quella strana sensazione"; e sorrise malinconicamente nell'oscurità.

Quella sera a Pietroburgo l'aveva vista di nuovo. Dopo cena si era perso nei labirinti dell'ambasciata, ed era capitato nella sala da musica. Lei era lì da sola, seduta al pianoforte, e inondava la sala di note ardenti e appassionate. Era una musica che lui non conosceva, quasi dissonante. Ma fu Lydia ad affascinarlo. La sua bellezza pallida e inaccessibile era svanita: con gli occhi accesi, la testa e il corpo che vibravano nello slancio interpretativo, sembrava un'altra donna.

Walden non dimenticò mai quella musica. In seguito scoprì che era il concerto per pianoforte in si bemolle minore di Čajkovskij, e da allora andò a sentirlo ogni volta che ne ebbe l'occasione, anche se non ne rivelò mai il motivo a Lydia.

Quando lasciò l'ambasciata, tornò nel suo albergo a cambiarsi, perché aveva un appuntamento a mezzanotte per giocare a carte. Era un giocatore appassionato ma cauto: sapeva esattamente quanto poteva permettersi di perdere, e quando arrivava alla somma prestabilita smetteva di giocare. Se avesse accumulato grossi debiti, sarebbe stato costretto a ricorrere all'aiuto di suo padre, cosa che non avrebbe fatto per nessun motivo al mondo. Talvolta vinse somme piuttosto consistenti. Tuttavia, non era questo l'aspetto del gioco che lo attirava: gli piaceva bere e fare le ore piccole in compagnia maschile.

Ma quella sera a mezzanotte non andò all'appuntamento. Pritchard, il suo cameriere personale, gli stava annodando la cravatta quando bussò alla porta l'ambasciatore britannico. Aveva l'aria di essere saltato giù dal letto e di essersi vestito in tutta fretta. Il primo pensiero di Stephen fu che era scoppiata una sommossa e che tutti gli inglesi dovevano rifugiarsi nell'ambasciata.

«Brutte notizie, purtroppo» annunciò l'ambasciatore. «Sarà meglio che si sieda. Un cablogramma dall'Inghilterra. Suo padre.»

Il vecchio tiranno, a sessantacinque anni, era morto per un attacco cardiaco.

«Be', accidenti» esclamò Stephen. «Così presto.»

«Le mie più sentite condoglianze» disse l'ambasciatore.

«È stato molto gentile a venire di persona.»

«Era mio dovere.»

«La ringrazio.»

L'ambasciatore gli strinse la mano e uscì.

Walden rimase a fissare il vuoto, pensando al vecchio. Era stato un uomo molto alto, con una volontà di ferro e un brutto carattere. Col suo sarcasmo, poteva ferire la gente al punto di farla piangere. Con lui, c'erano tre possibilità: diventare come lui, soccombergli oppure allontanarsi. La madre di Stephen, una dolce e indifesa ragazza vittoriana, gli si era sottomessa, ed era morta giovane. Stephen si era allontanato.

Immaginò suo padre steso nella bara, e pensò: "Finalmente sei inerme. Non puoi più far piangere cameriere, tremare domestici o spaventare bambini. Non sei più in grado di combinare matrimoni, sfrattare inquilini o bocciare disegni di legge. Non puoi più mandare ladri in prigione, o far deportare gli agitatori politici in Australia. Cenere alla cenere, polvere alla polvere".

In seguito, aveva cambiato opinione su di lui. Ora, nel 1914, a cinquant'anni, Walden poteva ammettere di fronte a se stesso di avere ereditato alcune delle sue qualità: l'amore per il sapere, la fede nel razionalismo, l'impegno nel lavoro. Ma nel lontano 1895 aveva provato solo amarezza.

Pritchard portò una bottiglia di whisky su un vassoio e disse: «Questo è un triste giorno, milord».

Walden rimase colpito da quel "milord". Lui e suo fratello avevano titoli di cortesia – il suo era Lord Highcombe – ma erano sempre stati chiamati "sir" dai domestici, mentre "milord" era l'appellativo riservato a loro padre. Adesso Stephen era il conte di Walden. E con il titolo, era entrato in possesso di migliaia di ettari di terra nel sud dell'Inghilterra, un bel pezzo di Scozia, sei cavalli da corsa, Walden Hall, una villa a Montecarlo, un casino di caccia in Scozia e un seggio alla Camera dei Lord.

Avrebbe dovuto risiedere a Walden Hall. Era la residenza di famiglia, e il conte abitava sempre lì. Decise che avrebbe fatto installare la luce elettrica. Avrebbe venduto alcune tenute agricole per fare degli investimenti nel settore immobiliare a Londra e in quello ferroviario in America. Avrebbe tenuto il suo primo discorso alla Camera dei Lord. Di che cosa avrebbe parlato? Di politica estera, probabilmente. C'erano degli inquilini cui badare, diverse case da amministrare. Avrebbe dovuto comparire a corte durante la stagione mondana, dare feste e organizzare battute di caccia.

Gli occorreva una moglie.

Il ruolo di conte di Walden non poteva essere svolto da uno scapolo. Ci doveva essere una donna per accogliere gli invitati a tutti quei ricevimenti, rispondere agli inviti, decidere i menu con i cuochi, predisporre le stanze per gli ospiti, e sedere all'altro capo del lungo tavolo nella sala da pranzo di Walden Hall Doveva esserci una contessa di Walden.

Doveva esserci un erede.

«Mi occorre una moglie, Pritchard.»

«Sì, milord. È finita la vita da scapoli.»

Il giorno dopo Walden vide il padre di Lydia e gli chiese formalmente il permesso di fare visita alla figlia.

Vent'anni dopo, non riusciva a spiegarsi il suo comportamento così irresponsabile, che non era possibile giustificare nemmeno con la sua giovane età. Non si era chiesto se quella fosse la moglie che faceva per lui, ma soltanto se aveva la stoffa per diventare una contessa. Non si era domandato se sarebbe stato in grado di renderla felice. Aveva dato per scontato che quella passionalità nascosta che lei aveva rivelato suonando il pianoforte si sarebbe dispiegata per lui. E solo adesso capiva di essersi completamente sbagliato.

Andò a farle visita tutti i giorni per due settimane – gli sarebbe stato impossibile tornare a casa in tempo per assistere al funerale del padre – e poi chiese la sua mano, non a lei ma a suo padre. Il padre considerò la proposta con lo stesso spirito pratico di Walden. Gli aveva spiegato che voleva sposarsi subito, sebbene fosse in lutto, perché doveva tornare a casa e occuparsi delle sue proprietà. Il padre di Lydia comprese perfettamente. Si sposarono sei settimane dopo.

"Che giovane pazzo e arrogante sono stato" pensò. "Credevo che l'Inghilterra avrebbe sempre governato il mondo e che io avrei sempre governato il mio cuore."

La luna uscì da dietro una nuvola e illuminò la camera da letto. Guardò Lydia addormentata. "Ma questo non lo avevo previsto" pensò. "Non sapevo che mi sarei innamorato perdutamente, disperatamente, di te. Mi auguravo solo che ci piacessimo a vicenda, e questo poi è risultato essere sufficiente per te, ma non per me. Non avrei mai pensato che avrei avuto bisogno del tuo sorriso, che avrei bramato i tuoi baci, che avrei pazzamente desiderato vederti entrare nella mia stanza di notte. Non avrei mai pensato che sarei stato terrorizzato dall'idea di perderti."

Lei mormorò qualcosa nel sonno e si rigirò. Lui le sfilò il braccio da sotto il collo, poi si sedette sul bordo del letto. Se fosse rimasto lì più a lungo si sarebbe addormentato, e sarebbe stato sconveniente se la cameriera di Lydia li avesse sorpresi a letto insieme, quando fosse entrata con il tè del mattino. Walden infilò vestaglia e pantofole, uscì silenziosamente dalla stanza, attraversò i due spogliatoi gemelli, e tornò in camera sua. "Sono proprio un uomo fortunato" pensò sdraiandosi nel letto.

Walden controllò il tavolo della colazione. C'erano bricchi di caffè, tè cinese e indiano; brocche di panna, latte e liquore;

una grossa ciotola di porridge caldo; piatti di panini dolci e fette tostate; vasetti di marmellata, miele e confettura. Sul bordo del tavolo era disposta una fila di vassoi d'argento, ciascuno mantenuto caldo da un fornello a spirito, con dentro uova strapazzate, salsicce, pancetta, rognone e pesce. Poi c'erano i piatti freddi: manzo pressato, prosciutto e lingua. La fruttiera, su un tavolino a parte, offriva in bella mostra pesche, arance, meloni e fragole.

"Questo dovrebbe mettere Aleks di buon umore" pensò.

Prese delle uova e un po' di rognone, e andò a sedersi. I russi, rifletté, avrebbero voluto qualcosa in cambio della loro promessa di un aiuto militare, e questo lo preoccupava. Se avessero fatto delle richieste che l'Inghilterra non poteva accettare, l'intera trattativa sarebbe andata in fumo, e allora...

Il suo compito era fare in modo che ciò non accadesse.

Avrebbe dovuto manovrare Aleks. Il pensiero lo fece sentire a disagio. Il fatto di conoscere il ragazzo da tanto tempo lo avrebbe agevolato, ma in realtà sarebbe forse stato più facile per lui negoziare seguendo una linea decisa con una persona cui non era legato affettivamente.

"Devo mettere da parte i miei sentimenti" si disse. "Dobbiamo assicurarci l'appoggio della Russia."

Si versò del caffè e prese qualche panino dolce e del miele. Un minuto dopo entrò Aleks, con un'aria riposata e dinamica. «Dormito bene?» gli chiese Walden.

«Meravigliosamente.» Aleksej prese una pesca e cominciò a sbucciarla con coltello e forchetta.

«Non mangi altro?» chiese Walden meravigliato. «Una volta adoravi la colazione inglese. Ricordo che mangiavi una gran quantità di porridge, panna, uova, carne e fragole, e poi chiedevi alla cuoca delle altre fette di pane tostato.»

«Non sono più nell'età della crescita, zio Stephen.»

"Sarà bene che me lo ricordi" pensò Walden.

Dopo la colazione si trasferirono nel soggiorno. «Fra poco verrà annunciato il nostro piano quinquennale per l'esercito e la marina» disse Aleks.

"Ecco come fa" pensò Walden. "Ti comunica una cosa prima di chiedertene un'altra." Ricordò Aleks che diceva: "Quest'estate, zio, ho intenzione di leggere Clausewitz. A proposito, posso invitare un amico in Scozia per la stagione della caccia?".

«La somma preventivata per i prossimi cinque anni è di sette miliardi e mezzo di rubli» proseguì Aleks.

A dieci rubli la sterlina, calcolò Walden, facevano settecentocinquanta milioni di sterline. «È un programma ambizioso,» osservò «ma vorrei che lo aveste avviato cinque anni fa.»

«Anch'io» ammise Aleks.

«C'è la possibilità che non riusciate nemmeno a iniziarlo, prima che ci troviamo in guerra.»

Aleks si strinse nelle spalle.

Walden pensò: "Ovviamente non vuole sbilanciarsi in previsioni sui tempi in cui la Russia potrebbe intervenire in una guerra". «La prima cosa che dovreste fare è aumentare il calibro dei cannoni sulle vostre corazzate.»

Aleks annuì. «Stiamo per varare la nostra terza corazzata, e la quarta è in costruzione. Entrambe avranno cannoni da dodici pollici.»

«Non è sufficiente, Aleks. Churchill è passato al calibro di quindici pollici per i nostri cannoni.»

«E ha fatto bene. I nostri comandanti lo sanno, ma i nostri politici no. Conosci la Russia, zio: le idee nuove sono accolte con la massima diffidenza. Le innovazioni ci mettono un'eternità prima di essere approvate.»

«Quali sono le vostre priorità?» chiese Walden.

«Verranno subito stanziati cento milioni di rubli per la flotta nel Mar Nero.»

«Pensavo che il Mare del Nord fosse più importante.» "O almeno lo è per l'Inghilterra."

«Noi abbiamo un punto di vista più asiatico di voi: il nostro vicino prepotente è la Turchia, non la Germania.»

«Potrebbero allearsi.»

«Certo.» Aleks esitò. «Il grosso punto debole della Marina russa» proseguì «è che non abbiamo porti nei mari caldi.»

Pareva l'inizio di un discorso preparato. "Eccoci," pensò Walden "ora stiamo arrivando al nocciolo." «E Odessa?» chiese.

«È sul Mar Nero. Finché i turchi hanno Costantinopoli e Gallipoli, controllano il passaggio fra il Mar Nero e il Mediterraneo.

Quindi, per scopi strategici, il Mar Nero è praticamente un lago interno.»

«Ed è per questo che l'impero russo tenta da secoli di spingersi verso sud.»

«Perché no? Siamo slavi, e molte popolazioni balcaniche sono slave. Se aspirano alla libertà nazionale, è naturale che simpatizziamo con loro.»

«Certo. Inoltre, se l'ottenessero, è probabile che lascerebbero passare liberamente la vostra flotta nel Mediterraneo.»

«Il controllo slavo dei Balcani ci sarebbe utile. Ancora meglio sarebbe il controllo russo.»

«Su questo non c'è dubbio, anche se non mi sembra una prospettiva imminente.»

«Perché non ci rifletti su un momento?»

Walden aprì la bocca per replicare, poi la richiuse di colpo. "Ecco dunque" pensò. "È questo che vogliono. Questo è il prezzo. Ma noi non possiamo dare i Balcani alla Russia! Se il negoziato dipende da questo, è finita..."

Aleks stava dicendo: «Se dobbiamo combattere al vostro fianco, dobbiamo essere forti. La zona in questione è quella in cui abbiamo bisogno di rafforzarci, quindi contiamo ovviamente sul vostro aiuto».

Questo si chiamava parlare chiaro: dateci i Balcani e noi combatteremo al vostro fianco.

Riacquistando il proprio controllo, Walden inarcò le sopracciglia in un'espressione di perplessità e disse: «Se l'Inghilterra avesse il controllo dei Balcani, potremmo, in linea teorica, concedervi la zona. Ma non possiamo darvi quello che non abbiamo, quindi non vedo come possiamo aiutarvi a rafforzarvi, come dici tu, in quella zona».

La replica di Aleks fu così rapida che doveva essere già stata preparata. «Potreste riconoscere i Balcani come zona d'influenza russa.»

"Ah, messa così non è poi terribile" pensò Walden. "Una cosa del genere potremmo accettarla."

Provò un grande sollievo. Decise di verificare la determinazione di Aleks prima di concludere la discussione. Disse: «Potremmo sicuramente accordarvi una posizione privilegiata rispetto ad Austria e Turchia in quella parte del mondo».

Aleks scosse la testa. «Vogliamo di più» affermò deciso.

Ci aveva provato. Aleks era giovane e timido, ma non si lasciava sopraffare. Era andata male.

A quel punto, Walden aveva bisogno di tempo per riflettere. Fare quello che la Russia voleva avrebbe apportato una modifica negli schieramenti internazionali, e cambiamenti simili, come i movimenti della crosta terrestre, possono provocare terremoti in luoghi imprevisti.

«Forse vorrai consultarti con Churchill, prima di proseguire» disse Aleks accennando un sorriso.

"Sai benissimo che lo farò" pensò Walden. E d'un tratto si rese conto dell'abilità con cui Aleks aveva condotto quel colloquio. Prima lo aveva spaventato con una richiesta scandalosa. Così, quando poi aveva avanzato la sua proposta reale, Walden si era sentito sollevato e aveva accettato con entusiasmo.

"Credevo che sarei riuscito a manovrare Aleks, ma in realtà è stato lui a manovrare me." Walden sorrise. «Sono fiero di te, ragazzo mio» concluse.

Quel mattino Feliks meditò su quando, dove e come avrebbe ucciso il principe Orlov.

Il piano cominciò a prender forma nella sua mente mentre leggeva il «Times» nella biblioteca del circolo di Jubilee Street. Fu un paragrafo della «Cronaca di corte» a mettere in moto la sua mente:

> Il principe Aleksej Andreevič Orlov è arrivato ieri da Pietroburgo. Sarà ospite del conte e della contessa di Walden per la stagione mondana a Londra. Il principe Orlov sarà presentato ai reali a corte giovedì 4 giugno.

Adesso sapeva con certezza che Orlov si sarebbe trovato in un certo posto, un certo giorno, a una certa ora. Un'informazione del genere era essenziale per progettare scientificamente un omicidio. Feliks aveva pensato di ottenere simili informazioni da un domestico di Walden, oppure osservando i movimenti di Orlov e prendendo nota dei suoi spostamenti abituali. Così invece non doveva più correre rischi facendo domande ai domestici o pedinando qualcuno. Si chiese se Orlov fosse al corrente del fatto che la stampa rendeva noti i suoi programmi londinesi, quasi a uso e consumo di eventuali assassini. Pensò che era tipicamente inglese.

Il problema successivo era come arrivare abbastanza vicino a Orlov per poterlo uccidere. Entrare in un palazzo reale non era semplice. Ma anche per questo il «Times» indicava una soluzione. Sulla stessa pagina della cronaca di corte, fra il resoconto di un ballo dato da Lady Bailey e i particolari degli ultimi testamenti, lesse:

LA CORTE REALE

DISPOSIZIONI PER LE CARROZZE

Per facilitare il traffico delle carrozze che verranno a riprendere gli ospiti di Sua Maestà a Buckingham Palace, abbiamo disposto che, per quanto riguarda gli invitati che godono del privilegio di entrare dall'ingresso di Pimlico, i cocchieri lascino alla guardia che si trova alla sinistra del cancello un biglietto scritto chiaramente con il nome della signora o del signore cui appartiene la carrozza. Parimenti, per quanto riguarda gli altri invitati che accederanno dall'ingresso principale, un biglietto analogo dovrebbe essere consegnato alla guardia che si trova alla sinistra dell'arcata che conduce al Quadrangolo del palazzo.

Per permettere agli ospiti di trarre vantaggio da tali disposizioni, è necessario che per ogni carrozza ci sia un lacchè, dato che per chiamare le carrozze non può essere allestito altro servizio se non quello di dare i nomi ai lacchè in attesa vicino all'ingresso, ai quali spetta il compito di portare la carrozza. I cancelli verranno aperti alle 20.30 per accogliere gli invitati.

Feliks rilesse più volte il comunicato: il suo stile lo rendeva di difficile comprensione. Alla fine, gli sembrò di capire che, via via che gli invitati avessero lasciato il palazzo, i cocchieri sarebbero stati mandati a riprendere le loro carrozze, parcheggiate da qualche altra parte.

"Devo trovare il modo" si disse Feliks "di essere sulla carrozza dei Walden quando ritornerà a prenderli al palazzo reale."

Rimaneva un'altra grossa difficoltà. Gli serviva una pistola.

Avrebbe potuto procurarsene facilmente una a Ginevra, ma poi sarebbe stato rischioso attraversare le frontiere internazionali: se gli avessero perquisito il bagaglio, avrebbero potuto negargli il permesso di entrare in Inghilterra.

Senza dubbio doveva essere altrettanto facile procurarsene una a Londra, ma Feliks non sapeva come, e non aveva intenzione di chiederlo apertamente a qualcuno. Aveva notato dei negozi d'armi nel West End, frequentati da clienti che avevano tutta l'aria di appartenere alle classi alte: se anche avesse avuto i soldi per comperare una di quelle splendide pistole, non gliel'avrebbero venduta. Aveva bazzicato pub di infima categoria, dove sicuramente esisteva un traffico d'armi fra criminali, però non gli era mai capitato di vedere o sentire niente al riguardo, cosa peraltro poco sorprendente. La sua unica speranza erano gli anarchici. Con quelli che giudicava "seri" aveva avuto molti scambi di idee, ma loro non parlavano mai di armi, forse proprio perché c'era lui. Il problema era che li conosceva da troppo poco tempo, per essersi conquistato la loro fiducia. Nei gruppi anarchici si infiltravano sempre delle spie della polizia, e anche se ciò non impediva loro di accogliere i nuovi arrivati, li rendeva però cauti.

Ma ormai non aveva più tempo per le ricerche discrete. Avrebbe dovuto chiedere direttamente qual era la via più spiccia per procurarsi un'arma. Doveva agire con prudenza. E subito dopo avrebbe dovuto tagliare i contatti con Jubilee Street e spostarsi in un'altra zona di Londra per evitare il rischio di essere rintracciato.

Pensò ai giovani ebrei di Jubilee Street. Erano ragazzi arrabbiati e violenti. A differenza dei loro genitori, si rifiutavano di lavorare come schiavi nei laboratori dell'East End, a cucire i vestiti che l'aristocrazia ordinava ai sarti di Savile Row. A differenza dei genitori, non prestavano attenzione alle prediche moraleggianti dei rabbini, ma non avevano ancora deciso se la soluzione ai loro problemi andava cercata nella politica o nel crimine.

La sua possibilità migliore era Nathan Sabelinsky, decise. Sulla ventina, slavo, d'aspetto passabile. Portava colletti rigidi molto alti e un panciotto giallo. Feliks lo aveva visto nei covi dei giocatori d'azzardo: doveva avere soldi da spendere sia per il gioco sia per i vestiti.

Si guardò intorno nella biblioteca. Gli altri occupanti erano un vecchio addormentato, una donna con un cappotto pesante che leggeva *Il capitale* in tedesco e prendeva appunti, e un ebreo lituano chino su un giornale russo, che leggeva servendosi di una lente d'ingrandimento. Feliks lasciò la sala e scese da basso. Nathan non si vedeva, e neppure i suoi amici. "Forse è un po' presto per lui" pensò Feliks: se lavorava, lavorava di notte.

Feliks tornò alle Dunstan Houses. Mise in valigia il suo rasoio, la biancheria pulita e la camicia di ricambio. Disse a Milly, la moglie di Rudolf Rocker: «Ho trovato una stanza. Tornerò stasera a salutare Rudolf». Fissò la valigia al portapacchi della bicicletta e si avviò in direzione ovest, verso il centro, poi a nord verso Camden Town. Qui arrivò in una strada con i caseggiati alti, un tempo signorili, costruiti per le famiglie del ceto medio che ora si erano trasferite nei quartieri residenziali suburbani, serviti dalle nuove linee ferroviarie. In uno di quegli edifici Feliks prese in affitto una squallida stanza da un'irlandese di nome Bridget. Le diede dieci scellini in anticipo per due settimane.

Per mezzogiorno era di nuovo a Stepney, davanti alla casa di Nathan, in Sidney Street. Era una casetta a schiera, di quelle con due stanze al pianterreno e due al primo piano. La porta era spalancata. Feliks entrò.

Il rumore e gli odori lo aggredirono come uno schiaffo. In una stanza di circa sedici metri quadrati, quindici o venti persone stavano facendo lavori di sartoria: gli uomini cucivano a macchina, le donne a mano e i bambini stiravano gli abiti confezionati. Dalle assi da stiro si alzava un vapore che si mescolava con la puzza di sudore. Le macchine sferragliavano, i ferri fischiavano e i lavoratori chiacchieravano senza posa in yiddish. Pezzi di stoffa tagliati e pronti per essere cuciti erano ammonticchiati in ogni spazio libero del pavimento. Nessuno alzò gli occhi per guardare Feliks: tutti lavoravano a velocità frenetica.

Si rivolse alla persona più vicina, una ragazza con un neonato al collo. Stava cucendo i bottoni della manica di una giacca. «C'è Nathan?» le chiese.

«Di sopra» rispose lei senza smettere di lavorare.

Feliks uscì dalla stanza e salì la scala angusta. In entrambe le camere c'erano quattro letti. Erano quasi tutti occupati, presumibilmente da quelli che lavoravano di notte. Trovò Nathan nella stanza sul retro, seduto sul bordo di un letto, che si abbottonava la camicia.

Nathan lo vide e disse: «Feliks, *wie geht's?*».
«Ho bisogno di parlarti» rispose Feliks in yiddish.
«Dimmi.»
«Vieni fuori.»
Nathan mise il cappotto e uscirono in Sidney Street. Rimasero fermi al sole, vicino alla finestra aperta del laboratorio, così la loro conversazione si mescolava con il rumore proveniente dall'interno.
«L'attività di mio padre» spiegò Nathan. «Paga cinque pence una ragazza per cucire un paio di pantaloni, che richiede un'ora di lavoro. Poi paga altri tre pence alle ragazze che li tagliano, li stirano e cuciono i bottoni. Quando alla fine porta i pantaloni a un sarto del West End, riceve nove pence. Guadagna un penny: quanto basta per comperare una fetta di pane. Se al sarto del West End chiedesse dieci pence, lo caccerebbero fuori dal negozio e il lavoro verrebbe dato a uno dei tanti ebrei che aspettano in strada con la macchina per cucire sottobraccio. Io non voglio fare questa vita.»
«È per questo che sei diventato anarchico?»
«Quella gente confeziona i più begli abiti del mondo, ma hai visto, loro, come sono vestiti?»
«E come è possibile cambiare le cose? Con la violenza?»
«Io credo di sì.»
«Ero sicuro che la pensassi in questo modo. Nathan, mi serve una pistola.»
Nathan rise nervosamente. «Per fare che cosa?»
«Perché di solito gli anarchici vogliono una pistola?»
«Spiegamelo tu, Feliks.»
«Per rubare ai ladri, opprimere i tiranni e uccidere gli assassini.»
«Quale di queste cose hai intenzione di fare?»
«Te lo dico, se proprio lo vuoi sapere...»
Nathan rifletté un istante, poi disse: «Vai al pub Frying Pan, all'angolo fra Brick Lane e Thrawl Street. Chiedi di Garfield il Nano».
«Grazie!» esclamò Feliks trattenendo a stento una nota di trionfo. «Quanto la dovrò pagare?»
«Cinque scellini per una pistola con la cartuccia a spillo.»
«Preferirei qualcosa di più preciso.»
«Le buone pistole costano care.»
«Allora contratterò.» Feliks gli strinse la mano.

Nathan lo guardò montare in sella. «Magari un giorno me lo dirai.»

Feliks sorrise. «Lo leggerai sui giornali.» Agitò una mano e pedalò via.

Percorse in bicicletta Whitechapel Road e Whitechapel High Street. Poi svoltò a destra in Osborn Street. Di colpo, l'aspetto delle strade cambiò. Quella era la zona di Londra più decadente che avesse mai visto. Le strade erano strette e sporche, l'aria fumosa e fetida, la gente lacera. I canali di scolo erano pieni di rifiuti. Ciononostante, l'attività ferveva come in un alveare: uomini che correvano su e giù con i carretti, folle che si raccoglievano intorno alle bancarelle, prostitute a ogni angolo, e laboratori di falegnami e calzolai che si riversavano fin sul marciapiede.

Feliks lasciò la bicicletta fuori dalla porta del Frying Pan: se gliel'avessero portata via, non avrebbe fatto altro che rubarne un'altra. Per entrare nel pub dovette scavalcare quello che sembrava un gatto morto. All'interno c'era una sola stanza, bassa e spoglia, con il bancone in fondo. Donne e uomini anziani sedevano sulle panche lungo le pareti, mentre i giovani stavano in piedi al centro del locale. Feliks si diresse al bancone e ordinò birra e salsiccia.

Si guardò attorno e individuò Garfield il Nano. Non lo aveva notato subito perché era in piedi su una sedia. Era alto circa un metro e venti, con la testa grossa e una faccia da mezza età. Accanto alla sua sedia, stava accucciato un grosso cane nero. Lui stava parlando con due uomini robusti dall'aria decisa, con il panciotto di pelle e la camicia senza colletto. Forse erano le sue guardie del corpo. Feliks osservò le loro pance prominenti e sorrise fra sé e sé, pensando che quelli li avrebbe sistemati in un secondo. I due avevano in mano dei boccali di birra, ma il nano sembrava bere gin. Il barista servì a Feliks la birra e la salsiccia «Dammi anche un bicchiere del gin migliore» ordinò Feliks.

Una giovane donna vicino a lui lo guardò e gli chiese· «È per me?», con un sorriso civettuolo, esibendo una fila di denti marci. Feliks distolse lo sguardo da lei.

Quando arrivò il gin, pagò e si diresse verso il gruppetto che gli interessava, vicino a una finestrella che dava sulla strada. Si mise fra loro e la porta, e rivolgendosi al nano disse: «Signor Garfield?».

«Chi lo cerca?» replicò Garfield con voce stridula.

Feliks gli porse il gin. «Possiamo parlare di affari?»

Garfield prese il bicchiere, lo vuotò e disse: «No».

Feliks sorseggiò la sua birra. Era più dolciastra e meno frizzante di quella svizzera. «Vorrei acquistare una pistola» disse.

«Non capisco perché allora sei venuto qui.»

«Ho sentito parlare di te al circolo di Jubilee Street.»

«Sei un anarchico, eh?» Feliks non rispose.

Garfield lo squadrò dall'alto in basso. «Che tipo di pistola vorresti, ammesso che ne abbia una da darti?»

«A tamburo. Una buona.»

«Per esempio, una Browning a sette colpi?»

«Sarebbe perfetta.»

«Non ce l'ho. E se ce l'avessi, non la venderei. Ma se dovessi venderla, chiederei cinque sterline.»

«Mi avevano detto al massimo una sterlina.»

«Ti hanno informato male.»

Feliks rifletté. Il nano, trovandosi di fronte un anarchico, per di più straniero, aveva deciso di approfittarne. "D'accordo," pensò Feliks "starò al tuo gioco." «Non posso permettermi più di due sterline.»

«Non posso scendere sotto le quattro.»

«Compresa una scatola di munizioni?»

«D'accordo: quattro sterline con una scatola di munizioni.»

«Affare fatto» concluse Feliks. Notò una delle guardie del corpo abbozzare un sorriso. Dopo avere pagato le consumazioni, gli erano rimaste tre sterline, quindici scellini e un penny.

Garfield fece un cenno a uno dei suoi compari. L'uomo passò dietro il bancone e uscì dalla porta posteriore. Feliks mangiò la sua salsiccia. Pochi minuti dopo, l'uomo tornò con quello che sembrava uno straccio ripiegato. Lanciò un'occhiata a Garfield, che annuì. L'uomo consegnò l'involto a Feliks.

Feliks svolse il pacchetto, e dentro trovò una pistola e una scatoletta. Esaminò la pistola.

Garfield ringhiò: «Tienila giù. Non c'è bisogno di farla vedere al mondo intero».

La pistola era pulita e ben oliata, e il suo meccanismo era scorrevole. Feliks replicò: «Se non la guardo, come faccio a capire se funziona?».

«Dove credi di essere, da Harrods?»

Feliks aprì la scatola delle cartucce e caricò l'arma con movimenti rapidi ed esperti.

«Metti via quel maledetto arnese» sibilò il nano. «Dammi i soldi alla svelta e sparisci. Tu sei matto da legare.»

Feliks sentì un nodo alla gola. Deglutì. Fece un passo indietro e puntò la pistola contro il nano.

Garfield mormorò: «Gesù, Giuseppe e Maria».

«Vuoi che provi se funziona?»

Le due guardie del corpo si spostarono lateralmente, uno a sinistra e l'altro a destra, in modo che Feliks non potesse tenerli sotto tiro entrambi. Feliks ebbe un tuffo al cuore: non si aspettava che fossero così in gamba. La loro mossa successiva sarebbe stata quella di saltargli addosso. Nel pub calò un silenzio improvviso. Feliks si rese conto che non sarebbe riuscito a guadagnare la porta prima che uno dei due uomini lo avesse raggiunto. Il cane ringhiò, avvertendo la tensione nell'aria.

Feliks sorrise e sparò al cane.

Il rimbombo nel piccolo locale fu assordante. Nessuno si mosse. Il cane rantolò a terra sanguinante. Le guardie del corpo del nano rimasero paralizzate.

Feliks fece un altro passo indietro, allungò una mano dietro di sé e trovò la porta. La aprì, sempre puntando la pistola contro Garfield, e uscì.

Chiuse subito la porta, si mise la pistola in tasca e balzò in sella.

Udì la porta del pub che veniva aperta. Cominciò a pedalare. Qualcuno lo afferrò per la manica del cappotto. Pedalò più forte e si divincolò. Udì uno sparo, e si chinò d'istinto. Qualcuno gridò. Feliks oltrepassò un gelataio e svoltò un angolo. In lontananza, udì il fischio di un poliziotto. Si guardò indietro. Nessuno lo stava inseguendo.

Mezzo minuto dopo era perso nei labirinti di Whitechapel

Pensò: "Sono rimaste ancora sei pallottole".

III

Charlotte era pronta. Il vestito, fonte di indicibili torture, era perfetto. Lo completavano una rosa rossa infilata nel corsetto e un minuscolo mazzo di roselline dello stesso colore avvolto nello chiffon. Il diadema era fissato sui capelli raccolti, con sopra le due piume bianche. L'insieme era delizioso.

Lei era terrorizzata.

«Quando entrerò nella sala del trono,» stava dicendo a Marya «mi cadrà lo strascico, il diadema mi calerà sugli occhi, mi si scioglieranno i capelli, le piume scenderanno di traverso e io inciamperò nel vestito, finendo lunga distesa. Gli invitati si metteranno a ridere forte, e soprattutto Sua Maestà la regina. Io correrò fuori nel parco e mi butterò nel lago.»

«Non deve dire certe cose» la ammonì Marya. Poi aggiunse, più dolcemente: «Sarà la più graziosa di tutte».

Entrò nella camera la madre di Charlotte. Si fermò davanti a lei e la esaminò. «Mia cara, sei bellissima» disse, e la baciò.

Charlotte le gettò le braccia al collo e premette la guancia contro la sua, come era solita fare da bambina, incantata dalla morbidezza vellutata della carnagione di sua madre. Quando si scostò, notò sorpresa che la madre aveva gli occhi lucidi.

«Sei bellissima anche tu, mamma.»

Lydia indossava un vestito di charmeuse tinta avorio, con uno strascico di broccato bordato di chiffon color violetto. Nei capelli aveva tre piume, come d'uso per le donne sposate. Portava un bouquet di piselli odorosi e petunie rosa.

«Sei pronta?» le chiese.
«Lo sono da un'eternità» rispose Charlotte.
«Raccogli il tuo strascico.»
Charlotte lo raccolse come lei le aveva insegnato.
La madre annuì in segno di approvazione. «Andiamo?»
Marya aprì la porta. Charlotte si scostò per far passare prima la madre, ma questa disse: «No, cara... è la tua serata».
In fila, con Marya che reggeva lo strascico, percorsero il corridoio. Quando Charlotte raggiunse la scala, si udì uno scroscio di applausi.
Ai piedi delle scale si era riunita tutta la servitù: la governante, la cuoca, i lacchè, le cameriere, i domestici e gli stallieri. Tutti quei visi la guardavano ammirati e fieri. Charlotte fu commossa dall'affetto che le tributavano: era una serata importante anche per loro, si rese conto.
Al centro della piccola folla c'era suo padre, magnifico nella marsina di velluto nero, con i pantaloni al ginocchio, le calze di seta, la spada al fianco e la feluca in mano.
Charlotte scese lentamente le scale.
Suo padre la baciò e mormorò: «Bambina mia».
La cuoca, che la conosceva da anni e poteva prendersi delle confidenze, la tirò per un braccio e sussurrò: «È bellissima, milady».
Charlotte le strinse la mano e rispose: «Grazie, signora Harding».
Aleks le fece un inchino. Era splendente nella sua uniforme di ammiraglio della Marina russa. "Un bell'uomo" pensò Charlotte. "Chissà se stasera qualche ragazza si innamorerà di lui."
Due servitori in livrea aprirono la porta d'ingresso. Walden prese a braccetto Charlotte e la condusse fuori. Lydia li seguì accompagnata da Aleks. Charlotte pensò: "Se riesco a tenere la mente sgombra per l'intera serata, lasciandomi condurre come un automa, andrà tutto bene".
La carrozza aspettava fuori. William, il cocchiere, e Charles, il lacchè, stavano sull'attenti, uno da una parte e uno dall'altra della portiera, vestiti con la livrea di casa Walden. William, un uomo robusto coi capelli grigi, era calmo; invece Charles sembrava teso. Il padre aiutò Charlotte a salire in carrozza, e lei si sedette con grazia. "Non sono ancora caduta" si rincuorò.

Salirono anche gli altri tre passeggeri. Pritchard portò un cestino, che mise sul fondo della carrozza prima di chiudere la portiera.

La carrozza partì.

Charlotte guardò il paniere. «Perché lo spuntino?» chiese. «In fondo, dobbiamo percorrere poco più di un chilometro!»

«Aspetta di vedere la coda» spiegò il padre. «Ci metteremo quasi un'ora per arrivare.»

Charlotte pensò che forse quella serata, più che elettrizzante, sarebbe stata noiosa.

Com'era prevedibile, la carrozza si fermò all'altezza dell'Admiralty Arch, all'inizio del Mall. Mancava ancora quasi un chilometro per arrivare a Buckingham Palace. Walden aprì il cestino e tirò fuori una bottiglia di champagne. C'erano anche tramezzini al pollo, pesche di serra e della torta.

Charlotte sorseggiò un bicchiere di champagne, ma non volle nulla da mangiare. Guardò fuori dal finestrino. I marciapiedi erano gremiti di gente che guardava il corteo dei potenti. Vide un uomo alto, con un viso dai lineamenti delicati, curvo sulla bicicletta, che fissava intensamente la loro carrozza. Qualcosa nei suoi occhi la fece rabbrividire, e allontanò lo sguardo da lui.

Dopo un'uscita da casa tanto solenne, Charlotte trovò rilassante quell'attesa in coda. Via via che le carrozze varcavano il cancello del palazzo e si avvicinavano all'ingresso principale, lei ritrovava se stessa: irriverente, scettica e insofferente.

La carrozza si fermò e venne aperta la portiera. Charlotte raccolse lo strascico con il braccio sinistro, sollevò la gonna con la mano destra, scese dalla carrozza e si diresse verso il palazzo.

Il vasto atrio con il tappeto rosso sfavillava di luci e di colori. Nonostante il suo scetticismo, Charlotte sentì un brivido di eccitazione quando vide la folla di donne in abito bianco e di uomini nelle uniformi scintillanti. Da un lato e dall'altro stavano sull'attenti le guardie del corpo reale con la giubba rossa.

Charlotte e la madre lasciarono i loro mantelli al guardaroba, poi, scortate dal padre e da Aleks, attraversarono lentamente l'atrio e salirono la grande scalinata, fra le guardie con l'alabarda e mazzi di rose rosse e bianche. Poi percorsero la galleria dei ritratti ed entrarono nel primo di tre salotti di rappresentanza, con gli enormi candelieri e il pavimento in parquet lucido come uno specchio. Qui la processione terminava e la gente si riuniva a gruppi, chiacchierando e ammirando le toilette gli uni degli altri. Charlotte vide sua cugina Belinda con lo zio George e la zia Clarissa. Le due famiglie si salutarono con cordialità.

Lo zio George era vestito come il fratello, ma era così grasso e paonazzo che l'effetto era grottesco. Charlotte si chiese come si sentisse la zia Clarissa, così giovane e graziosa, con un marito tanto goffo.

Walden stava guardandosi intorno, come alla ricerca di qualcuno. «Hai visto Churchill?» chiese al fratello.

«Mio dio, che cosa vuoi da lui?»

Walden estrasse l'orologio. «Dobbiamo prendere i nostri posti nella sala del trono. Clarissa, ti affidiamo Charlotte, se non ti spiace.» Stephen, Lydia e Aleks si allontanarono.

Belinda disse a Charlotte: «Il tuo vestito è magnifico».

«È terribilmente scomodo.»

«Lo sapevo che avresti detto una cosa del genere!»

«Tu sei graziosa come sempre.»

«Grazie.» Belinda abbassò la voce. «Senti, il principe Orlov è davvero attraente.»

«Sì, è molto simpatico.»

«Direi che è più che simpatico.»

«Che cos'è quella strana luce che vedo nei tuoi occhi?»

Belinda abbassò ancora di più la voce. «Tu e io dovremo fare presto una lunga chiacchierata.»

«A che proposito?»

«Ricordi quello di cui abbiamo parlato nel nascondiglio, quando abbiamo preso quei libri dalla biblioteca di Walden Hall?»

Charlotte guardò verso i suoi zii, ma erano girati a parlare con un uomo dalla pelle scura e con un turbante di seta rosa. «Certo che me lo ricordo.»

«A proposito di quello.»

D'un tratto calò il silenzio. La folla arretrò verso le pareti della sala lasciando un passaggio libero al centro. Charlotte si voltò e vide il re e la regina che entravano nella sala, seguiti dai loro paggi, da alcuni membri della famiglia reale e dalla scorta indiana.

Ci fu un grande fruscio di seta quando tutte le donne presenti si piegarono in un inchino.

Nella sala del trono, l'orchestra nascosta nella galleria dei musici attaccò a suonare *Dio salvi il re*. Lydia guardò verso l'immenso vano della porta affiancato da giganti dorati. Il re e la regina entrarono con passo maestoso, con leggero sorriso. Salirono i gradini e si fermarono davanti ai troni, mentre il seguito si disponeva accanto a loro.

La regina Maria indossava un abito di broccato d'oro e portava una corona di smeraldi. "Non è una bellezza" pensò Lydia "ma dicono che lui la adori." Lei era stata fidanzata al fratello maggiore dell'attuale regnante, che era morto di polmonite; il suo matrimonio con il nuovo erede al trono era parso a suo tempo come un atto freddamente politico. E invece, tutti ora dovevano convenire che era una buona regina e una brava moglie. A Lydia sarebbe piaciuto conoscerla.

Ebbero inizio le presentazioni. Una dopo l'altra si fecero avanti le mogli degli ambasciatori, si inchinarono al re, poi alla regina, e tornarono indietro. Poi fu la volta degli ambasciatori, tutti vestiti con sgargianti uniformi da operetta, tranne l'ambasciatore degli Stati Uniti, con un normale frac nero, quasi a ricordare che gli americani non credevano molto in quel genere di assurdità.

Mentre si svolgeva la cerimonia, Lydia si guardava intorno, ammirando la tappezzeria di seta cremisi, gli affreschi del soffitto, gli enormi candelabri e le cascate di fiori. Lei amava lo sfarzo e la pompa, i bei vestiti e i rituali elaborati; le davano un senso di commozione e allo stesso tempo di pace. Colse lo sguardo della duchessa del Devonshire, la dama che si occupava del guardaroba della regina, e si scambiarono un sorriso discreto. Vide John Burns, il ministro socialista del Commercio, e osservò divertita che, per l'occasione, aveva scelto anche lui un abbigliamento prezioso e sgargiante.

Quando finirono le presentazioni dei diplomatici, il re e la regina si sedettero. La famiglia reale, i diplomatici e gli appartenenti alla più alta nobiltà fecero altrettanto. Lydia e Walden, con gli altri nobili di rango inferiore, rimasero in piedi.

A quel punto iniziarono le presentazioni delle debuttanti. Ogni ragazza si fermava davanti all'ingresso della sala del trono: un attendente le prendeva lo strascico dal braccio e lo stendeva dietro di lei. Poi la ragazza si avviava lungo l'interminabile tappeto rosso verso i troni, con tutti gli occhi puntati addosso. Se riusciva a essere aggraziata e disinvolta in quel momento, ci sarebbe riuscita sempre.

Quando la debuttante arrivava davanti ai reali, porgeva il suo biglietto d'invito al Lord Ciambellano, che leggeva il nome ad alta voce. La ragazza faceva un inchino al re, poi alla regina. Poche sapevano inchinarsi con eleganza, notò Lydia. Del resto, non era stato facile insegnare a Charlotte come fare una riverenza: anche le altre madri dovevano aver avuto lo stesso problema. Dopo gli inchini, le ragazze andavano a mescolarsi fra la folla, attente a non girare le spalle ai reali.

Le presentazioni si susseguivano in modo talmente rapido che ogni debuttante correva il rischio di calpestare lo strascico della precedente. Lydia aveva l'impressione che la cerimonia fosse meno personale, più meccanica di un tempo. Lei stessa era stata presentata alla regina Vittoria nel 1896, un anno dopo il matrimonio con Walden. La vecchia regina non sedeva sul trono, ma su un alto sgabello: sembrava quasi che fosse in piedi. Lydia era rimasta sorpresa dalla sua bassa statura. Le aveva dovuto baciare la mano. Ora questa parte del rituale era stata soppressa, presumibilmente per risparmiare tempo. La corte sembrava una fabbrica per produrre il maggior numero di debuttanti nel minor tempo possibile. Tuttavia, le ragazze ignoravano quel cambiamento e probabilmente, se anche ne fossero state consapevoli, non vi avrebbero dato grande peso.

D'un tratto, all'ingresso apparve Charlotte. L'attendente le distese lo strascico, poi le diede una leggera spinta, e lei avanzò sul tappeto rosso, a testa alta, con un'aria serena e sicura. Lydia si disse: "Questo è il momento per cui ho vissuto".

La ragazza che precedeva Charlotte si inchinò... e accadde l'impensabile. Invece di rialzarsi, la debuttante guardò il re, allargò le braccia in un gesto di supplica e gridò:

«*Maestà, per l'amor di dio, smetta di torturare le donne!*»

Lydia pensò: "Una suffragetta!".

Spostò immediatamente lo sguardo su sua figlia. Charlotte era immobile, a metà strada verso i troni, e fissava la scena con un'espressione di orrore sul viso terreo.

L'attonito silenzio che calò sulla sala durò soltanto una frazione di secondo. Due gentiluomini di corte furono i più lesti a reagire. Scattarono in avanti, afferrarono la ragazza per le braccia, e la trascinarono via senza tante cerimonie.

La regina era rossa in viso. Il re cercò di fare finta di niente. Lydia guardò di nuovo Charlotte, pensando: "Perché doveva toccare proprio a mia figlia di essere la prossima della fila?".

Ora gli occhi di tutti erano puntati su Charlotte. Lydia avrebbe voluto gridarle: "Fa' come se non fosse successo niente! Va' avanti!".

Charlotte restò immobile. Sulle sue guance riapparve un po' di colore. Lydia notò che traeva un profondo respiro.

Poi riprese a camminare. Lydia aveva il fiato sospeso. Charlotte porse il suo biglietto al Lord Ciambellano, che annunciò: «Lady Charlotte Walden». Charlotte era davanti al re.

"Attenta!" pensò Lydia.

Charlotte eseguì un inchino perfetto.

Poi si inchinò alla regina.

Fece un mezzo giro, e si allontanò.

Lydia si lasciò sfuggire un lungo sospiro.

La dama che si trovava vicino a Lydia, una baronessa che lei conosceva vagamente ma non ricordava con precisione chi fosse, le sussurrò: «Se l'è cavata molto bene».

«È mia figlia» dichiarò Lydia con un sorriso.

Walden era segretamente divertito dalla suffragetta. "Una ragazza impetuosa!" pensò. Certo, se Charlotte avesse fatto una cosa simile a corte ne sarebbe stato inorridito, ma trattandosi della figlia di qualcun altro, l'incidente gli parve un gradevole intermezzo in quella cerimonia interminabile. Aveva notato la calma che Charlotte aveva saputo dimostrare in quel frangente: era né più né meno quello che si sarebbe aspettato da lei. Era una ragazza molto sicura di sé, e Lydia poteva essere soddisfatta di se stessa per l'educazione che aveva saputo impartire alla figlia, invece di preoccuparsi sempre.

Anni prima, trovava piacevoli occasioni di quel genere. Da giovane, faceva la sua bella figura con quel tipo d'abbigliamento. Aveva anche le gambe adatte. Ora si sentiva ridicolo coi pantaloni al ginocchio e le calze di seta, per non parlare di quella dannata spada d'acciaio. Ed era stato alla corte di così tanti re, che quel rituale variopinto non lo affascinava più.

Si chiese che cosa ne pensasse re Giorgio. Walden provava simpatia per il re. Naturalmente, confronto al padre, Edoardo VII, Giorgio era un tipo scialbo e incolore. Le folle non lo avrebbero mai acclamato con l'entusiasmo che avevano riservato al vecchio re. Ma alla fine lo avrebbero amato per il suo fascino discreto e per lo stile di vita moderato. Sapeva essere fermo, anche se fino a quel momento lo aveva dimostrato troppo di rado; ed era una persona franca e onesta. Walden era convinto che si sarebbe rivelato un ottimo sovrano.

Venne infine presentata l'ultima debuttante, e i reali si alzarono. L'orchestra intonò una seconda volta l'inno nazionale. Il re e la regina salutarono, lui con un cenno della testa e lei con un inchino, prima gli ambasciatori, poi le loro mogli, le duchesse e infine i ministri. Il re prese per mano la regina. I paggi le sollevarono lo strascico. Il loro seguito indietreggiò. La coppia reale lasciò la sala, seguita dagli invitati, in ordine d'importanza.

Gli invitati si divisero nelle tre sale da pranzo: una per la famiglia reale e gli amici più stretti, una per il corpo diplomatico e una per tutti gli altri. Walden era un amico del re, ma non un amico intimo, e andò in quest'ultima sala. Aleks si unì ai diplomatici.

Nella sala da pranzo, Walden ritrovò i suoi familiari. Lydia era raggiante. Walden disse: «Congratulazioni, Charlotte».

Lydia chiese: «Chi era quella ragazza orribile?».

«Ho sentito qualcuno che diceva che è la figlia di un architetto» rispose Walden.

«Allora si spiega» commentò Lydia.

Charlotte apparve sconcertata. «E perché mai?»

Walden sorrise. «Tua madre intende dire che la ragazza non proviene dal fior fiore dell'alta società.»

«Ma perché pensa che il re torturi le donne?»

«Si riferiva alle suffragette. Ma adesso lasciamo perdere l'argomento. Questa per noi è una serata speciale. Il buffet ha un ottimo aspetto: andiamo a servirci.»

Sopra un lungo tavolo rettangolare, addobbato con decorazioni floreali, erano imbandite pietanze calde e piatti freddi. Camerieri in livrea oro e scarlatto della casa reale servivano aragoste, trote ripiene, quaglie, prosciutto, uova di piviere, e un assortimento di dolci e pasticcini. Walden si fece riempire il piatto e andò a sedersi. Dopo essere stato in piedi per oltre due ore nella sala del trono, gli era venuto appetito.

Prima o poi Charlotte avrebbe sentito parlare delle suffragette, dei loro scioperi della fame e dell'alimentazione forzata cui venivano sottoposte. Ma l'argomento era a dir poco sconveniente, e più lei fosse rimasta nell'ignoranza, meglio sarebbe stato, decise Walden. Alla sua età, doveva pensare solo a feste da ballo e scampagnate, vestiti e cappellini, pettegolezzi e corteggiamenti.

Ma tutti non facevano altro che parlare dell'"incidente" e di "quella ragazza". Il fratello di Walden si sedette accanto a lui e disse senza fare preamboli: «Si tratta di una certa signorina Mary Blomfield, figlia del defunto Sir Arthur Blomfield. In quel momento, sua madre si trovava nella sala dei ricevimenti. Quando le hanno riferito quello che aveva fatto la figlia, è svenuta». Lo scandalo sembrava divertirlo.

«Suppongo fosse l'unica cosa che potesse fare» fu la replica di Walden.

«Una vergogna terribile per la famiglia» disse George. «Non si vedrà un Blomfield a corte per almeno due o tre generazioni.»

«Non se ne sentirà la mancanza.»

«Già.»

Walden vide Churchill che si faceva largo fra la folla, dirigendosi verso di loro. Lui gli aveva scritto a proposito del suo colloquio con Aleks, ed era ansioso di discutere la mossa successiva... ma non lì. Volse lo sguardo altrove, sperando che Churchill cogliesse il messaggio. Ma avrebbe dovuto sapere che la sua era una vana speranza.

Churchill si chinò verso la sedia di Walden. «Possiamo scambiare due parole?»

Walden guardò suo fratello: George aveva un'espressione inorridita. Walden gli lanciò un'occhiata rassegnata e si alzò.

«Andiamo nella galleria dei ritratti» propose Churchill.

Walden lo seguì.

Churchill disse: «Suppongo che anche lei mi dirà che è tutta colpa del partito liberale se quella suffragetta ha inscenato la sua protesta».

«In effetti, lo credo probabile» replicò Walden. «Ma non è di questo che lei vuole parlare.»

«No di certo.»

I due uomini camminavano affiancati lungo la galleria. Churchill dichiarò: «Non possiamo riconoscere i Balcani come una zona d'influenza russa».

«Era quello che temevo lei dicesse.»

«Perché vorrebbero i Balcani? Voglio dire, lasciando perdere tutte quelle assurdità sulla loro simpatia per il nazionalismo slavo.»

«Vogliono un passaggio verso il Mediterraneo.»

«Questo tornerebbe a nostro vantaggio, se fossero nostri alleati.»

«Infatti.»

Arrivati in fondo alla galleria, si fermarono. E Churchill chiese: «C'è un modo per concedere loro questo passaggio, senza dover ridisegnare l'intera mappa della penisola balcanica?».

«Ho riflettuto a lungo su questo punto.»

Churchill sorrise. «E ha una controproposta.»

«Sì.»

«Sentiamo.»

Walden cominciò: «Qui stiamo parlando essenzialmente di tre distese d'acqua: il Bosforo, il Mare di Marmara e i Dardanelli. Se possiamo offrire loro queste vie d'acqua, non avranno bisogno dei Balcani. Per esempio, supponiamo che tutto il passaggio dal Mar Nero al Mediterraneo possa essere dichiarato via d'acqua internazionale, con il libero transito per le navi di qualsiasi nazione garantito congiuntamente da Russia e Inghilterra».

Churchill riprese a camminare lentamente, assorto. Walden al suo fianco attendeva una risposta.

Alla fine Churchill disse: «Quel passaggio *dovrebbe* essere comunque di libero transito internazionale. Quello che lei suggerisce è che noi offriamo come una concessione, qualcosa che ci andrebbe bene comunque.»

«Proprio così.»

Churchill alzò gli occhi e scoppiò in una risata improvvisa. «Quando si tratta di manovre machiavelliche, nessuno è in grado di battere l'aristocrazia inglese. Ottimo! Faccia la proposta a Orlov.»

«Non vuole parlarne col consiglio dei ministri?»

«No.»

«Neppure con il ministro degli Esteri?»

«Non in questa fase. I russi chiederanno sicuramente di apportare qualche modifica alla proposta: vorranno per lo meno sapere in modo particolareggiato come si intende far rispettare tale garanzia: mi presenterò al consiglio quando la trattativa sarà stata elaborata nei particolari.»

«Benissimo.» Walden si chiese quanto il consiglio dei ministri sapesse di quello che Churchill e lui stavano facendo. Anche Churchill sapeva essere machiavellico.

Churchill chiese: «Dove si trova Orlov in questo momento?».

«Nella sala da pranzo dei diplomatici.»

«Andiamo subito a parlargli.»

Walden scosse la testa, pensando che avevano ragione quanti accusavano Churchill di essere troppo impulsivo. «Non è il momento giusto.»

«Non possiamo aspettare che arrivi il momento giusto, Walden. Ogni giorno è importante.»

"Non sarai certo tu a dirmi quello che devo o non devo fare" pensò Walden. E replicò: «Questo lo deve lasciare giudicare a me. Parlerò con Orlov domattina».

Churchill fu sul punto di obiettare, ma riuscì con un visibile sforzo a controllarsi, e rispose: «D'accordo. Non credo che la Germania dichiarerà guerra questa notte». Guardò l'orologio. «Ora me ne vado. Mi tenga informato.»

«Naturalmente. Arrivederci.»

Churchill scese le scale e Walden tornò nella sala da pranzo. Il ricevimento stava per concludersi. Una volta che il re e la regina se ne erano andati, e che tutti avevano mangiato, non c'era più motivo di trattenersi. Walden radunò i suoi familiari e si avviò verso le scale. Nell'atrio incontrarono Aleks.

Mentre le signore si dirigevano al guardaroba, Walden chiese a un attendente di far venire la sua carrozza.

Tutto sommato, pensò, era stata una serata abbastanza positiva.

Il Mall ricordava a Feliks le strade del vecchio quartiere dell'Arbat di Mosca. Era un ampio viale diritto che andava da Trafalgar

Square a Buckingham Palace. Da un lato c'era una serie di grandi edifici, fra cui il St James Palace; dall'altro il parco. Le carrozze e le automobili delle personalità erano parcheggiate su entrambi i lati, fino a metà del viale. Autisti e cocchieri, appoggiati ai loro veicoli, aspettavano sbadigliando di essere chiamati a palazzo per riprendere i loro padroni.

La carrozza dei Walden aspettava sul lato verso il parco. Il cocchiere, con la livrea azzurra e rosa della famiglia Walden, era fermo vicino ai cavalli a leggere un giornale alla luce del fanale di una carrozza. A pochi metri, nascosto nell'oscurità del parco, Feliks lo teneva d'occhio.

Era disperato. Il suo piano era andato in fumo.

Lui non aveva capito la differenza fra i termini inglesi "cocchiere" e "lacchè" e di conseguenza aveva travisato il comunicato apparso sul «Times» che dava le disposizioni per le carrozze. Aveva pensato che il conducente della carrozza avrebbe atteso al cancello del palazzo che apparisse il suo padrone, per correre a prendere la carrozza. A quel punto, aveva progettato Feliks, lui avrebbe sopraffatto il cocchiere, avrebbe indossato la sua livrea, e avrebbe condotto lui stesso la carrozza al palazzo.

In realtà, era successo che il cocchiere era rimasto accanto alla carrozza, mentre il lacchè aspettava al cancello del palazzo. Appena fosse stata richiesta la carrozza, il lacchè sarebbe arrivato di corsa, poi lui e il cocchiere sarebbero tornati insieme a palazzo con la carrozza per riprendere i passeggeri. Questo significava che Feliks avrebbe dovuto sopraffare due persone, e non una soltanto; ed era difficile farlo senza che qualcuno delle centinaia di altri domestici presenti nel Mall lo notasse.

Da quando, un paio d'ore prima, si era reso conto del suo errore, si era arrovellato sul problema, mentre guardava il cocchiere che conversava con i colleghi, ammirava una Rolls-Royce posteggiata lì accanto e lucidava i finestrini della carrozza. Forse sarebbe stato più saggio rinunciare al piano, e uccidere Orlov un altro giorno.

Ma l'idea gli era intollerabile. Innanzitutto, non poteva essere certo che si sarebbe presentata un'altra opportunità. Inoltre, Feliks voleva ucciderlo subito. Aveva già pregustato il momento in cui avrebbe udito lo sparo della pistola, e il principe sarebbe caduto a terra. Aveva già pronto il cablogramma in codice da inviare a Ulrich a Ginevra. Si era immaginato l'eccitazione nella piccola tipografia, e poi i titoli sui giornali di tutto il mondo, e l'ondata rivoluzionaria che avrebbe percorso la Russia. "Non possono esserci rinvii" pensò. "Devo agire subito."

Mentre stava a guardare, un giovane con la livrea verde si accostò alla carrozza dei Walden e disse: «Salve, William. Come va?».

"Dunque, il cocchiere si chiama William" pensò Feliks.

William rispose: «Si tira a campare, John».

Feliks non capì il significato di quell'espressione.

«Qualche notizia interessante, sul giornale?»

«Sì, la rivoluzione. Il re dice che l'anno prossimo tutti i cocchieri potranno cenare a palazzo, mentre i signori aspetteranno sul Mall.»

«C'è proprio da crederci.»

«A me lo vieni a dire?»

John si allontanò.

"Posso sbarazzarmi di William," pensò Feliks "ma poi come sistemo il lacchè?"

Considerò la probabile sequenza di eventi. Walden e Orlov sarebbero giunti alla porta del palazzo. Il portiere avrebbe avvertito il lacchè di Walden, che sarebbe corso dal palazzo alla carrozza, a circa trecentocinquanta metri. Il lacchè avrebbe visto Feliks con indosso i vestiti del cocchiere, e avrebbe dato l'allarme.

E se invece il lacchè fosse arrivato dov'era parcheggiata la carrozza, per poi scoprire che non era più lì?

Quella sì che era un'idea!

Il lacchè avrebbe pensato di non ricordare il punto esatto. Si sarebbe messo a correre su e giù per il lungo il viale. Avrebbe cercato freneticamente la carrozza. Alla fine si sarebbe dato per vinto e sarebbe tornato al palazzo per dire al suo padrone che non riusciva a trovarla. Nel frattempo Feliks avrebbe condotto la carrozza e il suo proprietario nel parco.

Si poteva ancora fare!

Era più rischioso del piano precedente, ma poteva funzionare.

Non c'era più tempo per riflettere. I primi due o tre lacchè stavano già correndo lungo il Mall. La Rolls-Royce vicino alla carrozza dei Walden si mise in moto. William indossò lesto il cilindro.

Feliks sbucò dai cespugli e fece qualche passo verso di lui gridando: «Ehi, William!».

Il cocchiere guardò nella sua direzione, aggrottando la fronte.

Feliks gli fece cenno di avvicinarsi. «Vieni, presto!»

William ripiegò il giornale, esitò, poi si avviò lentamente verso Feliks.

Feliks lasciò che nella propria voce apparisse una nota di panico. «Guarda lì!» disse indicando i cespugli. «Tu ne sai qualcosa di questo?»

«Di che cosa?» chiese William confuso. Si mise al fianco di Feliks e guardò nella direzione da lui indicata.

«Di questo.» Feliks gli puntò contro la pistola. «Se fiati ti sparo.»

William era terrorizzato. Nella penombra, Feliks poteva vedere il bianco dei suoi occhi. Era un uomo robusto, ma più vecchio di Feliks. "Se fa qualche stupidaggine e compromette il mio piano lo ammazzo" pensò Feliks selvaggiamente.

«Cammina» gli ordinò.

L'uomo esitò.

"Devo portarlo lontano dalla luce". «Cammina, bastardo!»

William si addentrò fra i cespugli.

Feliks lo seguì. Quando si trovarono a una cinquantina di metri dal Mall gli disse: «Fermati».

William si fermò e si voltò.

Feliks pensò: " Se vuole assalirmi, questo è il momento giusto". Gli ingiunse: «Togliti i vestiti».

«Come?»

«Spogliati!»

«Tu sei pazzo» bisbigliò William.

«Hai ragione... sono pazzo! Spogliati!»

William esitò.

"Se gli sparo, accorrerà una folla? Oppure i cespugli smorzeranno il rumore? Posso ucciderlo senza fargli un buco nell'uniforme? Posso togliergli il soprabito e fuggire prima che arrivi qualcuno?" Feliks alzò il cane della pistola.

William cominciò a spogliarsi.

Feliks poteva udire il traffico che si faceva più intenso sul Mall: automobili che venivano messe in moto, finimenti che tintinnavano, zoccoli che scalpitavano e uomini che gridavano l'un l'altro e ai cavalli. Da un momento all'altro sarebbe potuto arrivare di corsa il lacchè a cercare la carrozza dei Walden. «Più in fretta!» ordinò Feliks.

William rimase con indosso solo la biancheria intima.

«Anche il resto» disse Feliks.

Il cocchiere si tolse tutto e rimase nudo, tremante di paura, coprendosi i genitali con le mani.

«Girati» disse Feliks.

William si girò.

«Stenditi per terra, a faccia in giù.»

William obbedì.

Feliks posò la pistola. Rapidamente, si tolse cappotto e cappello e infilò la livrea e il cilindro che William aveva lasciato cadere per terra. Guardò i pantaloni al ginocchio e le calze bianche, ma decise di non metterseli: una volta sulla carrozza, nessuno avrebbe notato i suoi pantaloni e gli stivali, soprattutto alla luce fioca dei lampioni.

Infilò la pistola nella tasca del suo cappotto e lo ripiegò sul braccio. Raccolse i vestiti di William.

William cercò di guardarsi intorno.

«Non muoverti!» disse Feliks.

Silenziosamente, si allontanò.

William sarebbe rimasto lì dov'era ancora per un po', poi, nudo com'era, avrebbe cercato di tornare a casa Walden senza farsi notare. Era molto improbabile che andasse a denunciare di essere stato derubato dei vestiti prima di essersene potuto procurare degli altri, a meno che non fosse un uomo straordinariamente privo di pudore. Certo se avesse saputo che Feliks stava per uccidere il principe Orlov avrebbe dimenticato il suo senso del pudore, ma come faceva a immaginare una cosa del genere?

Feliks spinse i vestiti di William sotto un cespuglio, e si diresse verso il Mall.

Era qui che le cose potevano mettersi male. Fino a quel momento, poteva essere semplicemente un tipo sospetto che spiava fra i cespugli. Ma da quel momento in poi era decisamente un impostore. Se uno degli amici di William, per esempio John, lo avesse guardato da vicino, il suo trucco sarebbe stato scoperto.

Salì veloce sulla carrozza, mise il proprio cappotto accanto a sé sul sedile, si sistemò il cilindro, allentò il freno e scosse le redini. La carrozza si immise nella strada.

Feliks trasse un sospiro di sollievo. "Fin qui è andata bene" pensò. "Ucciderò Orlov!"

Mentre percorreva il Mall guardava i marciapiedi, pronto ad avvistare un lacchè con la livrea azzurra e rosa. La peggiore disgrazia che gli sarebbe potuta capitare a quel punto era che il lacchè dei Walden vedesse la carrozza, riconoscesse i colori, e salisse con un balzo sul retro. Feliks imprecò quando un'automobile gli tagliò la strada, costringendolo a fermare i cavalli. Si guardò intorno teso. Il lacchè non era in vista. Dopo un attimo la strada fu sgombra e lui proseguì.

In fondo al viale vide uno spazio vuoto sulla destra, dal lato opposto al parco. Il lacchè sarebbe arrivato sul marciapiede opposto, e non avrebbe visto la carrozza. Si fermò in quello spazio e tirò il freno.

Saltò giù e si mise dietro ai cavalli, guardando dall'altra parte della strada. Si chiese se sarebbe uscito vivo da quell'avventura.

Nel piano originario c'era una buona probabilità che Walden salisse sulla carrozza limitandosi a lanciare un'occhiata al cocchiere, ma ora avrebbe sicuramente notato che mancava il lacchè. Sarebbe stato il portiere del palazzo ad aprire la portiera e abbassare il predellino. Walden avrebbe chiesto spiegazioni al cocchiere, oppure avrebbe rimandato le domande a quando fossero arrivati casa? Se gli avesse rivolto la parola, Feliks avrebbe dovuto rispondere, e la sua voce lo avrebbe tradito. "E allora che cosa farò?" si chiese Feliks. "Ucciderò Orlov davanti al palazzo e ne sconterò le conseguenze."

Vide il lacchè con la livrea azzurra e rosa che correva sull'altro lato del Mall.

Feliks saltò sulla carrozza, mollò il freno, ed entrò nel cortile di Buckingham Palace.

Si ritrovò in fondo a una fila. Davanti a lui, prendevano posto su carrozze e automobili gli appartenenti al bel mondo. Dietro di lui, da qualche parte lungo il Mall, il lacchè dei Walden stava correndo su e giù, in cerca della sua carrozza. Quanto tempo sarebbe trascorso prima che tornasse?

I domestici del palazzo avevano un sistema veloce ed efficiente per caricare gli invitati sui veicoli. Mentre salivano i passeggeri della carrozza davanti all'ingresso, un domestico chiamava i proprietari della seconda nella fila, e un altro chiedeva il nome di quelli della terza.

La coda avanzò, e un domestico si avvicinò a Feliks. «Il conte di Walden» disse Feliks. Il domestico si diresse verso il palazzo.

"Non devono uscire troppo presto" pensò Feliks.

La fila avanzò ancora, e ora c'era solo un'automobile prima di lui. "Voglia dio che non le si spenga il motore" si augurò Feliks. L'autista tenne aperta la portiera a un'anziana coppia. L'automobile si allontanò.

Feliks guidò la carrozza fino al portone, e si fermò appena un po' troppo avanti, in modo da trovarsi oltre il fascio di luce proveniente dall'interno e con le spalle all'ingresso.

Aspettò, senza osare guardarsi in giro.

Udì una giovane voce femminile che diceva in russo: «Allora, quante gentildonne ti hanno chiesto di sposarle stasera, cugino Aleks?».

Feliks sentì una goccia di sudore colargli in un occhio, e se la asciugò col dorso della mano.

Un uomo disse: «Dove diavolo è il mio lacchè?».

Feliks infilò la mano nella tasca del cappotto e strinse il calcio della pistola. "Ho ancora sei pallottole" pensò.

Con la coda dell'occhio vide un domestico del palazzo scattare in avanti, e un attimo dopo udì la portiera che veniva aperta. La carrozza ondeggiò leggermente mentre qualcuno saliva.

«William, dov'è Charles?»

Feliks si irrigidì. Sentiva lo sguardo di Walden fisso sulla sua nuca. La voce della ragazza dall'interno della carrozza disse: «Sali, papà».

«William invecchiando sta diventando sordo...» La voce di Walden giunse smorzata mentre saliva in carrozza. La portiera venne richiusa.

«Via, cocchiere!» disse il domestico del palazzo.

Feliks emise un sospiro e spronò i cavalli.

L'allentarsi della tensione lo lasciò per un attimo come indebolito. Poi, mentre conduceva la carrozza fuori dal cortile, si sentì invadere da un senso di esaltazione. Orlov era in sua balia, chiuso in una scatola, come un animale in trappola. Ora nulla poteva fermare Feliks.

Entrò nel parco.

Reggendo le redini con la destra, infilò la mano sinistra nella manica del suo cappotto. Dopodiché spostò le redini nella sinistra e infilò l'altra manica. Si alzò e si sistemò il cappotto sulle spalle. Mise la mano in tasca e tastò la pistola.

Si risedette e si avvolse una sciarpa intorno al collo.

Era pronto.

Ora doveva scegliere il momento.

Aveva solo pochi minuti a disposizione. Casa Walden distava meno di un chilometro e mezzo dal palazzo reale. Aveva fatto la strada in bicicletta la sera prima, in ricognizione. Aveva trovato due punti adatti, con un lampione che illuminasse la sua vittima e una fitta boscaglia in cui sparire subito dopo.

Il primo posto era cinquanta metri più avanti. Avvicinandosi, vide un uomo in abito da sera che si fermava sotto il lampione ad accendersi un sigaro. Passò oltre.

Il secondo posto era su una curva. Se anche lì ci fosse stato qualcuno, non avrebbe avuto altra scelta che quella di correre il rischio, e sparare, se necessario, all'intruso.

Sei pallottole.

Vide la curva. Mise i cavalli a un trotto un po' più veloce. Dall'interno della carrozza, udì la ragazza ridere.

Arrivò alla curva. Aveva i nervi tesi come le corde di un violino.

"*Adesso.*"

Mollò le redini e tirò il freno. I cavalli incespicarono e la carrozza si fermò con un sussulto.

Dall'interno udì una voce di donna urlare, e un uomo che imprecava. Qualcosa nella voce della donna lo turbò, ma non aveva il tempo di chiedersi perché. Balzò a terra, si tirò su la sciarpa coprendosi naso e bocca, estrasse la pistola e la puntò.

Animato da una veemenza rabbiosa, spalancò la portiera della carrozza.

IV

Una donna urlò, e il tempo parve fermarsi.

Feliks conosceva quella voce. Il suo suono lo tramortì, lo paralizzò.

Il suo compito era localizzare Orlov, puntargli addosso la pistola, premere il grilletto, assicurarsi che fosse morto con un'altra pallottola, poi voltarsi e correre fra i cespugli...

Invece, cercò la donna che aveva urlato e la vide: il suo volto gli era incredibilmente familiare, come se l'avesse visto il giorno precedente, e non diciannove anni prima. Aveva gli occhi sbarrati, e la sua bocca, una bocca piccola e ben disegnata, era spalancata.

"*Lydia!*"

Feliks rimase immobile, con la bocca aperta sotto la sciarpa, la pistola puntata verso un punto imprecisato, e pensò: "La mia Lydia, qui, in questa carrozza...".

Mentre la fissava, si accorse vagamente che Walden si stava spostando con grande lentezza, avvicinandosi a lui; ma Feliks aveva la mente occupata da un solo pensiero: "Lei era proprio così, con gli occhi e la bocca spalancati, quando giaceva nuda sotto il mio corpo, con le gambe strette intorno alla mia vita, e mi guardava e cominciava a gridare di piacere...".

Poi si accorse che Walden aveva sguainato una spada...

Per l'amor di dio, una *spada*?

... la lama luccicò sotto il lampione, Feliks si scansò troppo lentamente e troppo tardi, e la spada lo colpì alla mano destra; lasciò cadere per terra la pistola. Partì un colpo.

L'esplosione lo riscosse dal suo stato di torpore.

Walden ritirò la spada, e puntò al cuore. Feliks si scansò di lato. La lama attraversò il cappotto e la giacca, e gli trafisse una spalla. Lui balzò istintivamente indietro e la spada uscì dalla ferita. Sentì un fiotto di sangue bagnargli la camicia.

Guardò per terra, cercando la pistola, ma non riuscì a trovarla. Alzò di nuovo gli occhi, e vide che Walden e Orlov erano finiti l'uno contro l'altro mentre cercavano di uscire contemporaneamente dalla stretta apertura della carrozza. Con il braccio destro che gli pendeva inerte lungo il fianco, Feliks si accorse di essere disarmato e impotente. Non poteva nemmeno strangolare Orlov, con il braccio così fuori uso. Aveva fallito miseramente, e tutto a causa della voce di una donna proveniente dal passato.

In preda alla disperazione, si voltò e scappò via.

«Maledetta canaglia!» tuonò Walden.

A ogni passo, Feliks sentiva il dolore della ferita. Udì qualcuno che lo rincorreva. I passi erano troppo leggeri per essere quelli di Walden: era Orlov che lo stava inseguendo. Ebbe quasi una crisi di nervi all'idea che la sua preda gli stesse dando la caccia, mentre lui fuggiva.

Abbandonò il viale, e si lanciò in mezzo agli arbusti. Udì Walden gridare: «Aleks, torna indietro, ha una pistola!». "Non si sono accorti che mi è caduta" pensò Feliks. "Se l'avessi ancora potrei uccidere Orlov adesso."

Corse ancora per un tratto, poi si fermò, teso in ascolto. Non udì alcun rumore. Orlov aveva rinunciato all'inseguimento.

Si appoggiò a un albero. Quella breve corsa lo aveva sfinito. Appena ebbe ripreso fiato, si tolse il cappotto, poi la livrea rubata e si tastò le ferite. Gli facevano un male atroce, ma forse quello era un buon segno, perché se fossero state molto gravi non avrebbe sentito così tanto dolore. La spalla sanguinava poco e pulsava, mentre dalla mano, trafitta fra il pollice e l'indice, il sangue sgorgava abbondantemente.

Doveva uscire dal parco prima che Walden potesse dare l'allarme e farlo inseguire.

Con fatica, si infilò il cappotto. Lasciò la livrea per terra. Si strinse la mano destra sotto l'ascella sinistra, per alleviare il dolore e rallentare il flusso del sangue. Esausto, si diresse verso il Mall.

"*Lydia.*"

Per la seconda volta aveva sconvolto la sua vita. La prima volta, a Pietroburgo, nel 1895...

No, non doveva pensare a lei. In quel momento aveva bisogno di tutta la sua presenza di spirito.

Constatò con sollievo che la bicicletta era dove l'aveva lasciata, sotto i rami di un grande albero. La spinse attraverso il prato fino al limite del parco. Chissà se Walden aveva già avvertito la polizia? Stavano cercando un uomo alto con un cappotto scuro? Guardò verso il Mall. I lacchè stavano ancora correndo, mentre i motori delle automobili rombavano e le carrozze facevano manovra. Quanto tempo era passato da quando era salito sulla carrozza dei Walden? Venti minuti? In quel breve lasso di tempo il mondo si era capovolto.

Feliks trasse un profondo sospiro e spinse la bicicletta sulla strada. Erano tutti affaccendati, nessuno gli badava. Tenendo la mano destra nella tasca del cappotto, salì in sella. Cominciò a pedalare, tenendo il manubrio con la sinistra.

C'erano poliziotti tutt'intorno al palazzo. Se Walden avesse sollecitato rapidamente il loro intervento, avrebbero potuto circondare il parco e la zona circostante. Feliks guardò avanti, verso l'Admiralty Arch. Non sembrava esserci alcun blocco stradale.

Una volta oltrepassato l'arco, si sarebbe trovato nel West End, e non lo avrebbero più potuto rintracciare.

Cominciava ad abituarsi a tenere il manubrio con una mano sola e accelerò.

Mentre si avvicinava all'arco, un'automobile lo superò e, contemporaneamente, un poliziotto si mise in mezzo alla strada. Feliks si fermò, pronto a fuggire, ma il poliziotto stava semplicemente bloccando il traffico per consentire a un'altra automobile, appartenente forse a qualche dignitario, di uscire da un cancello. Quando l'automobile passò, il poliziotto fece il saluto, dopodiché lasciò ripartire gli altri veicoli.

Feliks superò l'arco e si trovò in Trafalgar Square.

"Walden, sei troppo lento" pensò con soddisfazione.

Era mezzanotte, ma il West End era rischiarato dai lampioni e pieno di gente. C'erano poliziotti dappertutto e non si vedevano altre biciclette: Feliks si sarebbe potuto notare. Considerò l'eventualità di abbandonare il suo mezzo di trasporto e tornare a Camden Town a piedi, ma non era sicuro di farcela: si sentiva troppo debole.

Da Trafalgar Square pedalò fino a St Martin's Lane, poi lasciò le strade principali per infilarsi nelle vie laterali della zona dei teatri. Un vicolo buio venne rischiarato improvvisamente quando si aprì una porta, da cui uscì un gruppo di attori che parlavano forte e ridevano. Più avanti Feliks udì gemiti e sospiri, e passò davanti a una coppia che amoreggiava davanti a un portone.

Arrivò a Bloomsbury. Lì era più buio e silenzioso. Si diresse a nord, lungo Gower Street, oltrepassò la facciata classica dell'università deserta. Pedalare gli costava uno sforzo enorme, e si sentiva tutto dolorante. "Ancora un paio di chilometri" si disse.

Smontò di sella per attraversare Euston Road, densa di traffico. Le luci dei veicoli lo accecarono. Aveva la vista annebbiata.

Davanti alla stazione di Euston, risalì in bicicletta e riprese a pedalare. Di colpo, sentì mancargli le forze. La luce di un lampione lo abbagliò. La ruota anteriore della bicicletta oscillò e urtò il marciapiede. Feliks cadde.

Rimase per terra, debole e stordito. Aprì gli occhi e vide un poliziotto che si avvicinava. Arrancò per mettersi in ginocchio.

«Alzato un po' troppo il gomito?» fece il poliziotto.

«Mi sento molto debole» riuscì a dire Feliks.

Il poliziotto lo prese per il braccio destro e lo mise in piedi. Il dolore alla spalla ferita fece ritornare Feliks in sé. Riuscì a tenere in tasca la mano sanguinante.

Il poliziotto lo annusò e, constatato che non puzzava d'alcol, mostrò un atteggiamento più cordiale. «Ora si sente meglio?» gli chiese.

«Tra un attimo.»

«Straniero, eh?»

Il poliziotto aveva notato il suo accento. «Francese» dichiarò Feliks. «Lavoro all'ambasciata.»

Il poliziotto diventò ancora più gentile. «Le chiamo un taxi?»

«No, grazie. Ormai mi manca poca strada.»

Il poliziotto tirò su anche la bicicletta. «Se fossi in lei, la spingerei a mano.»

Feliks afferrò il manubrio. «È quello che farò.»

«Bene, signore. *Bonne nuit.*»

«*Bonne nuit,* agente.» Con uno sforzo, Feliks sfoderò un sorriso. Spingendo la bicicletta con la mano sinistra, si allontanò. "Girerò nella prossima traversa e mi siederò a riposare" decise. Si voltò indietro: il poliziotto lo stava ancora guardando. Si costrinse a continuare a camminare, anche se aveva un bisogno disperato di fermarsi. "Alla prossima traversa" pensò. Ma quando ci arrivò, passò oltre dicendosi: "Tiro ancora fino alla prossima".

E così arrivò a casa.

Dopo quelle che gli erano sembrate ore, si ritrovò davanti all'alta casa a schiera di Camden Town. Controllò con occhi appannati il numero accanto alla porta per assicurarsi che fosse quello giusto.

Per andare nella sua stanza doveva scendere una scala di pietra che portava nel seminterrato. Appoggiò la bicicletta alla balaustra di metallo, per aprire il cancelletto. Poi fece l'errore di tentare di portare la bicicletta giù per le scale. Gli sfuggì di mano e precipitò giù con un grande fracasso. Un attimo dopo apparve sulla porta la sua affittacamere, Bridget, avvolta in uno scialle.

«Che cosa diavolo sta succedendo?» gridò.

Feliks si sedette su un gradino e non rispose. «Mi sa che ha bevuto troppo» osservò. Lo aiutò a scendere fino alla porta del seminterrato.

«Mi dia la chiave» gli disse.

Feliks dovette usare la mano sinistra per prendere la chiave dalla tasca destra dei pantaloni. Gliela porse e lei aprì la porta. Entrarono. Feliks rimase al centro della stanza mentre lei accendeva la luce.

«L'aiuto a togliere il cappotto» disse lei.

Feliks si lasciò spogliare, e la donna vide le macchie di sangue. «Ha fatto a botte?»

Feliks andò a stendersi sul lettino.

Bridget continuò: «Si direbbe che ha avuto la peggio!».

«Infatti» convenne Feliks, e perse i sensi.

Lo fece rinvenire un dolore atroce. Aprì gli occhi e vide Bridget che gli tamponava le ferite con qualcosa che bruciava come il fuoco. «Questa ferita sulla mano avrebbe bisogno di qualche punto» stava dicendo.

«Domani» riuscì a mormorare Feliks.

Lei gli accostò una tazza alle labbra. Era acqua calda e gin. Gli spiegò: «Brandy non ne ho».

Lui si rimise disteso e lasciò che lei lo fasciasse.

«Potrei chiamare il dottore, ma non ho soldi per pagarlo.»

«Domani.»

Lei si alzò. «Verrò a trovarla domattina appena mi sveglio.»

«Grazie.»

La donna uscì, e finalmente Feliks si concesse di far rivivere i suoi ricordi.

> Nel lungo corso della storia, si è verificato che tutto ciò che consente agli uomini di aumentare la loro produzione di beni, o anche soltanto di mantenerla, è finito nelle mani di pochi. La terra appartiene a una minoranza, che può anche proibire alla comunità di coltivarla. Le miniere di carbone, che rappresentano il lavoro di generazioni, appartengono anch'esse a pochi. Le macchine tessili, che costituiscono, nella perfezione attualmente raggiunta, il lavoro di tre generazioni di tessitori del Lancashire, sono nelle mani di una minoranza; e se i nipoti del tessitore stesso che inventò la prima macchina tessile reclamassero il diritto di mettere in moto una di esse, si sentirebbero dire: «Giù le mani! Questa macchina non è tua!». Le ferrovie appartengono a pochi azionisti, che magari non sanno nemmeno dove si trova la ferrovia che dà loro un reddito annuo più cospicuo di quello di un re medievale. E se i figli di quelli che sono morti a migliaia per scavare le gallerie si radunassero, folla stracciona e affamata, e andassero a chiedere pane e lavoro, sarebbero accolti da baionette e pallottole.

Feliks alzò gli occhi dal saggio di Kropotkin. La libreria era vuota. Il libraio era un vecchio rivoluzionario che si guadagnava da vivere vendendo romanzi a signore benestanti, e che teneva valanghe di opere sovversive nel retro del negozio. Feliks trascorreva moltissimo tempo lì dentro.

Aveva diciannove anni. Stava per essere espulso dalla prestigiosa Accademia ecclesiastica perché marinava la scuola, era indisciplinato, aveva i capelli lunghi e frequentava i nichilisti. Era affamato e senza un soldo, e presto non avrebbe avuto più una casa. Ma la vita era meravigliosa: non sentiva la mancanza di alcunché. Era assetato solo di nuove idee, e ogni giorno imparava nuove cose di poesia, storia, psicologia, e, soprattutto, politica.

Le leggi sulla proprietà non sono fatte per garantire all'individuo o alla società il godimento del prodotto del loro lavoro. Al contrario, sono fatte per sottrarre a chi produce una parte di ciò che egli ha creato. Quando, per esempio, la legge stabilisce i diritti che il signor Tizio ha su una casa, non si riferisce ai suoi diritti su una casetta che si è costruito per sé, o su una casa che ha messo in piedi con l'aiuto di alcuni amici. In questo caso, nessuno avrebbe dissertato sui suoi diritti! Al contrario, la legge stabilisce un diritto su una casa che non è il prodotto del suo lavoro.

Gli slogan anarchici gli erano sembrati ridicoli, la prima volta che li aveva sentiti: "La proprietà è un furto", "Governo uguale tirannia", "La vera giustizia è l'anarchia". Era sorprendente come, dopo averci riflettuto seriamente, gli fossero sembrati non soltanto veri, ma del tutto ovvi. Il punto di vista di Kropotkin sulla legge era incontestabile. Non c'era bisogno di leggi per combattere il furto nel villaggio natale di Feliks: se un contadino rubava il cavallo di un altro, o la sua sedia, o il cappotto che la moglie gli aveva cucito, tutto il paese avrebbe visto il colpevole in possesso di quei beni, e glieli avrebbe fatti restituire. L'unico furto avveniva quando il proprietario terriero chiedeva l'affitto; e in quel caso era il poliziotto che interveniva per *imporre* tale furto. Allo stesso modo funzionavano le cose con il governo. I contadini non avevano bisogno di nessuno che dicesse loro come spartirsi il terreno arabile e i pascoli: lo decidevano per conto proprio. Era solo l'aratura dei campi del proprietario che doveva essere imposta.

Non fanno che parlarci dei vantaggi offerti dalla legge e dalla punizione dei reati, ma hanno mai tentato, questi oratori, di confrontare i vantaggi attribuiti alla legge con gli effetti degradanti delle punizioni sugli esseri umani? Si pensi soltanto a tutte le passioni perverse risvegliate negli uomini dallo spettacolo delle atroci punizioni inflitte per le strade! L'uomo è l'animale più crudele che ci sia. E chi ha coltivato e sviluppato gli istinti più crudeli se non il re, il giudice e i preti, con l'arma della legge, in forza della quale sferzano e dilaniano le carni, gettano pece bollente sulle ferite, rompono braccia e gambe e frantumano ossa, fanno a pezzi uomini per mantenere la loro autorità? Si consideri soltanto la depravazione costituita nell'umana società dall'attività degli "informatori", appoggiati dai giudici e pagati in moneta sonante dai

> governi, col pretesto del loro contributo all'individuazione di un "crimine". Si provi ad andare in un carcere e si osservi quello che l'uomo diventa quando è immerso nel vizio e nella corruzione che trasudano dai muri stessi delle nostre prigioni. Infine, si consideri quale pervertimento mentale si alimenti fra gli uomini con l'idea di obbedienza, che è l'essenza stessa della legge; di castigo; di autorità in possesso del diritto di punire; della necessaria esistenza di giustizieri, carcerieri e delatori; in una parola, con tutti gli attributi che caratterizzano la legge e l'autorità. Si consideri tutto questo, e senza dubbio si dovrà giungere alla conclusione che una legge siffatta è un abominio che dovrebbe cessare di esistere.
>
> I popoli privi di un'organizzazione politica, e pertanto meno depravati di noi, hanno perfettamente capito che quello che noi chiamiamo "criminale" è semplicemente un uomo sfortunato e che il rimedio non consiste nel frustarlo, nell'incatenarlo, o nell'ucciderlo, ma nell'aiutarlo coi sentimenti più fraterni, con una cura basata sull'uguaglianza, su una vita condotta insieme con gli uomini onesti.

Feliks si era vagamente accorto che una cliente era entrata nel negozio, e che ora era in piedi vicino a lui, ma era tutto concentrato nella lettura di Kropotkin.

> Abolire le leggi! Abolire i giudici! Libertà, uguaglianza, solidarietà umana: queste sono le sole barriere che possiamo opporre agli istinti antisociali di alcuni esseri umani.

La cliente fece cadere un libro, e Feliks perse il filo dei propri pensieri. Distolse gli occhi dalla pagina che stava leggendo, vide il volume che era caduto per terra accanto alla gonna lunga della cliente, e istintivamente si chinò a raccoglierlo. Quando lo porse alla donna, vide il suo viso.

Rimase senza fiato. «Mio dio, lei è un angelo!» esclamò con assoluta convinzione.

Era bionda e minuta, e indossava una pelliccia grigio chiaro, dello stesso colore dei suoi occhi. Feliks non aveva mai visto una donna così bella.

Lei gli restituì lo sguardo e arrossì, ma non si voltò. Incredibilmente, sembrava che anche lei trovasse in lui qualcosa di affascinante.

Dopo un attimo, lui guardò il titolo del libro che le era caduto. Era *Anna Karénina*. «Stupidaggini sentimentali» commentò. Subito dopo, avrebbe voluto non avere pronunciato quelle parole, perché il momento magico fu rotto. Lei prese il libro e si allontanò. Diede il libro a una domestica che l'accompagnava e uscì dal negozio. Mentre la domestica pagava il libraio, Feliks vide dalla vetrina la donna che saliva su una carrozza.

Chiese al libraio chi fosse. Si chiamava Lydia, apprese, ed era la figlia del conte Šatov.

Scoprì dove abitava suo padre, e il giorno dopo gironzolò davanti alla casa nella speranza di vederla. Lei entrò e uscì due volte in carrozza, prima che uno stalliere venisse a cacciarlo via. Ma Feliks non se ne rammaricò, perché l'ultima volta che la carrozza gli era passata davanti, lei lo aveva guardato diritto negli occhi.

Il giorno successivo Feliks si recò alla libreria. Lesse per ore *Federalismo, socialismo e anti-teologismo* senza capire una sola parola. Ogni volta che passava una carrozza, guardava fuori dalla vetrina. Ogni volta che entrava un cliente nel negozio, il suo cuore si fermava.

Lei entrò nel tardo pomeriggio.

Questa volta lasciò la cameriera ad aspettarla fuori. Mormorò un saluto al libraio e andò nel retro del negozio, dove si trovava Feliks. Si guardarono. Feliks pensò: "Mi ama, altrimenti perché sarebbe venuta?".

Voleva parlarle, invece la strinse fra le braccia e la baciò. Lei rispose avida al suo bacio, aprì la bocca, gli si avvinse, affondandogli le dita nella nuca.

Fu sempre così fra loro: appena si vedevano, si lanciavano l'uno verso l'altra come animali pronti alla lotta.

Si incontrarono altre due volte nel negozio e una volta, di sera, nel giardino di casa Šatov. Quella volta Lydia era in camicia da notte. Feliks le infilò la mano sotto le vesti di lana e accarezzò tutto il suo corpo, con l'audacia che avrebbe usato con una ragazza di strada, spinto da un impeto travolgente. E lei si lasciò esplorare, sospirando e gemendo di desiderio.

Lydia gli diede del denaro perché prendesse una camera in affitto per conto proprio, e poi andò a trovarlo quasi tutti i giorni per sei stupefacenti settimane.

L'ultima volta fu nel tardo pomeriggio. Feliks, avvolto in una coperta per difendersi dal freddo, era seduto al tavolo a leggere

Che cos'è la proprietà? di Proudhon al lume di una candela. Quando udì i passi sulle scale, si sfilò i pantaloni.

Lei irruppe nella stanza, con indosso un mantello marrone col cappuccio. Lo baciò, gli succhiò le labbra, gli morse il mento e gli pizzicò i fianchi.

Si voltò e si tolse in fretta il mantello. Sotto aveva un vestito da sera bianco che doveva essere costato migliaia di rubli. «Slacciami, presto» disse.

Feliks cominciò a sfilarle i gancetti dietro la schiena.

«Sto andando a un ricevimento all'ambasciata britannica. Ho solo un'ora di tempo» spiegò Lydia ansante. «Fa' presto, ti prego.»

Nella fretta, lui strappò via un gancio dal tessuto. «Accidenti, si è rotto.»

«Non ha importanza.»

Lydia fece un passo avanti liberandosi del vestito, poi si tolse sottogonna, camiciola e mutandoni, rimanendo con il bustino, le calze e le scarpe. Si gettò fra le braccia di Feliks. Mentre lo baciava, lo spogliò del tutto.

«Oh, dio, come mi piace il tuo odore» sussurrò.

Lo faceva impazzire, quando diceva così.

Lei si sollevò i seni fuori dal bustino e implorò: «Mordimeli. Mordimeli forte. Voglio sentirli per tutta la sera».

Dopo un istante si scostò da lui. Si sdraiò sul letto. In fondo al bustino, la sua peluria bionda e rada luccicava umida fra le cosce.

Allargò le gambe e le sollevò in aria, aprendosi a lui. Feliks la contemplò un attimo, poi si lasciò cadere su di lei.

Lydia gli afferrò il pene e lo spinse dentro di sé, ardente di desiderio.

Lui sentiva i tacchi delle scarpe penetrargli nella schiena, ma non ci badava.

«Guardami» disse lei. «Guardami!»

Feliks le rivolse uno sguardo adorante.

Sul viso di Lydia si dipinse un'espressione di panico.

«Guardami» disse. «Sto venendo!»

Poi, sempre fissandolo negli occhi, aprì la bocca e urlò.

«Pensi che ci siano altri come noi?» gli chiese Lydia.

«In che senso?»

«Osceni.»

Lui sollevò la testa dal suo grembo e sorrise. «Solo i più fortunati.»

Lydia guardò quel corpo raggomitolato fra le sue gambe. «Sei forte e robusto, sei perfetto» disse. «Com'è piatto il tuo ventre, e com'è armoniosa la tua schiena, e come sono snelle e sode le tue cosce.» Gli fece correre un dito lungo il naso. «E hai il viso di un principe.»

«Sono un contadino.»

Pareva assorta. «Prima di incontrarti, io ero attratta dal corpo degli uomini e da tutto il resto, ma fingevo di non esserlo, perfino con me stessa. Poi sei arrivato tu, e non ho più potuto fingere.»

Lui le sfiorò con le labbra l'interno della coscia.

Lei ebbe un brivido. «Hai mai fatto questo a un'altra donna?»

«No.»

«Anche tu fingevi?»

«No.»

«In qualche modo lo avevo intuito. Tu sei speciale, sei libero e selvaggio come un animale, non obbedisci mai a nessuno, fai solo quello che vuoi tu.»

«Non avevo mai incontrato una donna che me lo permettesse.»

«In realtà tutte lo avrebbero desiderato. Qualsiasi donna lo desidererebbe.»

«Perché?» chiese Feliks lusingato.

«Perché hai un volto così crudele e uno sguardo così gentile.»

«È per questo che mi hai permesso di baciarti in libreria?»

«Io non te l'ho permesso. Non ho avuto scelta.»

«Avresti potuto gridare, dopo.»

«Da quel momento, non ho desiderato altro che tu lo rifacessi.»

«Avrei dovuto indovinare com'eri davvero.»

Allora fu lei a sentirsi lusingata. «Come sono davvero?»

«Fredda come il ghiaccio in superficie, e ardente come il fuoco dentro.»

Lei ridacchiò. «Sono una vera attrice. Tutti a Pietroburgo pensano che io sia una così brava ragazza. Sono citata a esempio alle più giovani, proprio come Anna Karénina. Ora che so come sono perversa in realtà, dovrò fingermi doppiamente casta.»

«Però non puoi esserlo.»

«Mi chiedo se tutti quanti fingano nella vita» continuò Lydia. «Mio padre, per esempio. Se sapesse che sono qui, in questo modo, si infurierebbe a morte. Ma anche lui da giovane deve aver provato simili sentimenti, non credi?»

«Credo che sia difficile stabilirlo» rispose Feliks. «Ma che cosa farebbe, realmente, se venisse a sapere di noi due?»

«Ti frusterebbe.»

«Prima dovrebbe prendermi.» Feliks fu colpito da un pensiero. «Quanti anni hai?»

«Quasi diciotto.»

«Mio dio, potrei andare in prigione per averti sedotto.»

«Convincerei mio padre a farti uscire.»

Lui si sollevò a guardarla. «Che cosa faremo, Lydia?»

«Quando?»

«In futuro.»

«Saremo amanti finché io non avrò raggiunto la maggiore età, e poi ci sposeremo.»

Lui la fissò. «Dici davvero?»

«*Certo.*» Sembrava sinceramente sorpresa del fatto che lui non fosse giunto alla stessa conclusione. «Che cos'altro potremmo fare?»

«Tu vuoi sposarmi?»

«Sì! Perché, tu no?»

«Oh, sì» mormorò lui. «Lo voglio.»

Lydia si mise seduta, cingendogli la testa fra le gambe, e gli accarezzò i capelli. «E allora è quello che faremo.»

Feliks disse: «Non mi hai mai spiegato come trovi il modo per venire qui».

«Non è molto interessante» replicò lei. «Racconto bugie, corrompo i domestici e corro dei rischi. Stasera, per esempio. Il ricevimento all'ambasciata inizia alle sei e mezzo. Sono uscita di casa alle sei e arriverò lì alle sette e un quarto. La carrozza è nel parco, e il cocchiere è convinto che io stia facendo una passeggiata con la mia cameriera. Lei è qui fuori che mi aspetta, fantasticando sul modo in cui spenderà i dieci rubli che le darò per farla stare zitta.»

«Sono le sette meno dieci» rilevò Feliks.

«Oh, mio dio. Presto, baciami ancora lì prima che me ne vada.»

Quella notte Feliks stava dormendo, e sognando il padre di Lydia che non aveva mai conosciuto, quando irruppero nella sua stanza con dei lumi. Lui si svegliò immediatamente e balzò giù dal letto. Dapprima pensò a uno scherzo da parte di un gruppo di studenti dell'università. Poi uno di loro gli diede un pugno in faccia e un calcio allo stomaco, e capì che erano della polizia segreta.

Suppose che lo stessero arrestando per via di Lydia, ed ebbe molta paura per lei. Sarebbe stata disonorata pubblicamente? E suo padre sarebbe arrivato al punto di costringerla a testimoniare contro il suo amante davanti alla corte?

Guardò i poliziotti che mettevano in un sacco tutti i suoi libri e un fascio di lettere. I libri erano tutti presi in prestito da qualcuno, ma nessuno dei proprietari era così stupido da segnarli con il proprio nome. Le lettere erano di suo padre e di sua sorella Nataša. Non aveva mai ricevuto lettere da Lydia, e ora ringraziava il cielo che non gliene avesse scritte.

Fu spinto fuori dall'edificio e quindi caricato su una carrozza pubblica.

Oltrepassato il fiume, costeggiarono i canali, evitando le vie principali. Feliks chiese: «Mi state portando alla prigione Litovsky?». Non ricevette risposta, ma quando attraversarono il ponte del palazzo, capì che lo portavano alla famigerata fortezza di San Pietro e Paolo, ed ebbe un tuffo al cuore.

Dopo il ponte, la carrozza girò a sinistra e passò sotto un'arcata buia. Poi si fermò davanti a un cancello. Feliks venne condotto in un atrio, dove un ufficiale dell'esercito lo guardò e scrisse qualcosa su un libro. Venne fatto risalire sulla carrozza, che proseguì all'interno della fortezza. Si fermarono davanti a un altro cancello, e aspettarono alcuni minuti prima che un soldato lo aprisse dall'interno. Di lì, Feliks dovette percorrere a piedi una serie di stretti corridoi finché arrivò a un terzo cancello di ferro che conduceva in una grande stanza piena d'umidità.

Dietro a un tavolo, sedeva il direttore della prigione. Disse: «Lei è accusato di essere un anarchico. Ammette di esserlo?».

Feliks esultò. Allora, quella faccenda non aveva nulla a che fare con Lydia! «Se lo ammetto?» esclamò. «Lo dichiaro a testa alta.»

Uno dei poliziotti consegnò un libro al direttore, che lo firmò.

Feliks venne spogliato, poi gli vennero date una veste di flanella grigia, un paio di grosse calze di lana e un paio di ciabatte di feltro giallo, molto più grandi della sua misura.

Dalla stanza del direttore, un soldato armato lo condusse attraverso tetri corridoi fino a una cella. Una pesante porta di quercia si chiuse dietro di lui, e la chiave girò nella serratura.

Nella cella c'erano un letto, un tavolino, uno sgabello e un lavabo. La finestra era una feritoia nel muro spesso. Il pavimento era ricoperto di feltro dipinto, e le pareti erano rivestite da una tappezzeria gialla.

Feliks si sedette sul letto.

Era lì che Pietro I aveva torturato e ucciso il proprio figlio. Lì la principessa Tarakanova era stata tenuta prigioniera in una cella che si era allagata, così che i topi le si erano arrampicati addosso per non annegare. Era sempre lì che Caterina II seppelliva vivi i suoi nemici.

Lì era stato imprigionato Dostoevskij, rammentò Feliks con fierezza. E così pure Bakunin, che era rimasto incatenato per due anni a un muro. E anche Nechayev era morto lì dentro.

Feliks si sentiva esaltato al pensiero di essere nel luogo dove erano passati tanti eroi, e allo stesso tempo terrorizzato dalla possibilità di doverci rimanere per sempre.

Udì la chiave girare nella serratura. Entrò un uomo basso e calvo con gli occhiali, con in mano una penna, un calamaio e dei fogli di carta. Posò tutto sul tavolo e disse: «Scrivi i nomi di tutti i sovversivi che conosci».

Feliks si sedette e scrisse: Karl Marx, Friedrich Engels, Piotr Kropotkin, Gesù Cristo...

L'uomo calvo gli strappò via il foglio. Andò alla porta della cella e bussò. Entrarono due guardie molto robuste. Legarono Feliks al tavolo e gli tolsero calze e pantofole. Cominciarono a frustargli le piante dei piedi.

La tortura proseguì per tutta la notte.

Quando gli strapparono le unghie, lui cominciò a rivelare nomi e indirizzi inventati. Loro sapevano che erano falsi e glielo dissero.

Quando gli bruciarono la pelle dei testicoli con una candela, elencò i nomi di tutti i suoi amici studenti, ma loro lo accusarono nuovamente di mentire. Ogni tanto sospendevano la tortura, quanto bastava per fargli sperare che finalmente fosse finita. Poi ricominciavano, e lui li scongiurava di ucciderlo per porre fine a quello strazio. Andarono avanti ancora molto tempo dopo che lui ebbe confessato tutto quello che sapeva.

Doveva essere quasi l'alba, quando era svenuto per l'ultima volta.

Quando rinvenne, si ritrovò disteso nel letto. Aveva le mani e i piedi fasciati. Soffriva atrocemente. Avrebbe voluto uccidersi, ma era troppo debole per muoversi.

La sera, venne nella sua cella l'uomo calvo. Quando lo vide, Feliks cominciò a singhiozzare, terrorizzato. L'uomo si limitò a sorridere e se ne andò.

Non ritornò mai più.

Tutti i giorni veniva a visitarlo un medico. Feliks cercava di carpirgli qualche informazione: c'era qualcuno fuori dalla prigione al corrente del fatto che lui era lì? Erano arrivati dei messaggi? Qualcuno aveva cercato di venirlo a trovare? Il medico gli rifaceva la medicazione e se ne andava.

Feliks continuava a pensare. Lydia doveva essere andata nella sua stanza in affitto e avere visto lo scompiglio lasciato dalla perquisizione della polizia. Qualcuno dei vicini doveva averle detto che la polizia segreta lo aveva portato via. E a quel punto lei che cosa aveva fatto? Si era messa a fare ricerche frenetiche, noncurante della sua reputazione? Oppure si era mossa in modo discreto, ed era andata a trovare il ministro dell'Interno, raccontandogli qualche storia a proposito dell'innamorato della sua cameriera messo in carcere per errore?

Ogni giorno Feliks sperava di avere notizie di Lydia, ma non gliene arrivarono mai.

Sei settimane dopo poteva camminare quasi normalmente, e lo rilasciarono senza dargli spiegazioni.

Tornò nel suo alloggio. Aveva sperato di trovare un messaggio di Lydia, ma non c'era nulla, e la sua stanza era stata affittata a un'altra persona. Si chiese come mai Lydia non avesse continuato a pagare l'affitto.

Andò a casa Šatov e bussò alla porta d'ingresso. Gli aprì un domestico. Feliks disse: «Feliks Davidovič Kšessinski presenta i suoi omaggi a Lydia Šatova».

Il domestico gli sbatté la porta in faccia.

Infine andò alla libreria. Il vecchio libraio gli disse: «Ho un messaggio per te. Lo ha portato ieri la *sua* cameriera».

Feliks strappò la busta con le mani tremanti. Il biglietto, scritto non da Lydia ma dalla cameriera, diceva:

> Sono stata licenziata e ora sono senza lavoro. Tutto per colpa sua. Lei si è sposata e ieri è partita per l'Inghilterra. Ora sa qual è il prezzo del peccato.

Guardò il libraio con gli occhi pieni di lacrime. «È tutto qui?» gridò angosciato.

Non seppe altro per i successivi diciannove anni.

A casa Walden erano state temporaneamente sospese le regole usuali, e Charlotte era in cucina con i domestici.

La cucina era immacolata, visto che la famiglia aveva cenato fuori. Nel camino il fuoco era spento, e le alte finestre erano spalancate, per lasciar entrare l'aria fresca della sera. I piatti usati per i pasti della servitù erano sistemati ordinatamente nella credenza; i mestoli e i coltelli da cucina pendevano da una fila di ganci. Ciotole e scodelle erano state riposte nel grande armadio di rovere.

Charlotte non aveva avuto il tempo di spaventarsi. Al primo momento, quando la carrozza si era fermata così bruscamente nel parco, era rimasta semplicemente perplessa. Poi, la sua preoccupazione era stata quella di far smettere sua madre di urlare. Quando erano arrivati a casa, si era sentita leggermente scossa, ma ora, ripensandoci, la faccenda le sembrava eccitante.

Le dava una sensazione di sicurezza stare seduta al grande tavolo di cucina a parlare di quanto era successo con le persone che tanta parte avevano nella sua vita: la cuoca, che era sempre stata affettuosa con lei; Pritchard, che Charlotte rispettava perché lo rispettava suo padre; la signora Mitchell, l'efficiente e capace governante della casa, che aveva sempre una soluzione per ogni problema.

L'eroe del momento era William, il cocchiere. Descrisse diverse volte lo sguardo folle negli occhi del suo assalitore, mentre lo minacciava con la pistola. Rincuorato dall'interesse che lo circondava, si riprese rapidamente dalla vergogna di essersi presentato in cucina nudo come un verme.

«Ovviamente,» spiegò Pritchard «ho pensato che il ladro volesse solo i vestiti di William. Sapevo che al palazzo c'era Charles, e quindi avrebbe potuto condurre lui la carrozza. Mi sono detto: è meglio non chiamare la polizia prima di avere parlato con il signore.»

Charles, il lacchè, intervenne: «Immaginate come mi sono sentito quando non ho più visto la carrozza! Mi sono detto: "Sono sicuro che era qui". 'Oh, bene,' ho poi pensato, 'William l'avrà spostata'. Corro su e giù per il Mall, guardo dappertutto. Alla fine torno al palazzo. "C'è un problema" dico al portiere. "La carrozza del conte di Walden è sparita." "Walden?" dice lui, con una certa mancanza di rispetto...».

La signora Mitchell lo interruppe: «I servi del palazzo... credono di essere più importanti dei nobili».

«Quello mi dice: "La carrozza dei Walden è già andata, amico". E io penso: "Accidenti, sono nei guai!". Corro attraverso il parco, e a metà strada tra qui e il palazzo trovo la carrozza, con milady in preda a un attacco isterico, e milord con la spada insanguinata!»

La signora Mitchell commentò: «E dopo tutto ciò, non è stato rubato niente».

«Un pazzo» disse Charles. «Un pazzo ingegnoso.»

Tutti concordarono su quel giudizio.

La cuoca servì il tè, versandolo per prima a Charlotte. «Come sta, ora, la milady?» le chiese.

«Oh, sta bene» rispose Charlotte. «Ha preso una dose di laudano ed è andata a letto. A quest'ora si sarà già addormentata.»

«E i signori?»

«Papà e il principe Orlov stanno bevendo un brandy in salotto.»

La cuoca sospirò forte. «Ladri nel parco e suffragette a corte: non so dove andremo a finire!»

«Ci sarà una rivoluzione socialista» proclamò Charles. «Ve lo dico io.»

«Saremo tutti assassinati nel nostro letto» aggiunse in tono lugubre la cuoca.

Charlotte chiese: «Che cosa intendeva quella suffragetta dicendo che il re tortura le donne?». Guardò Pritchard, che a volte era disposto a spiegarle cose che lei non era tenuta a sapere.

«Si riferiva all'alimentazione forzata» disse Pritchard. «Pare che sia una cosa dolorosa.»

«Alimentazione forzata?»

«Quando non vogliono mangiare, vengono nutrite con la forza.»

Charlotte era sconcertata. «E come?»

«In vari modi» rispose Pritchard con un'espressione che indicava chiaramente la sua volontà di non entrare nei particolari. «Per esempio, infilando un tubo nelle narici.»

Una cameriera disse: «Mi chiedo che cosa diano loro da mangiare».

«Probabilmente del brodo» rispose Charles.

«Non posso crederci» disse Charlotte. «E perché mai dovrebbero rifiutarsi di mangiare?»

«È una forma di protesta» spiegò Pritchard. «Crea difficoltà ai responsabili del carcere.»

«Del carcere?» Charlotte era stupefatta. «E perché sono in carcere?»

«Per avere infranto vetrine, preparato bombe, turbato la quiete...»

«Ma che cosa vogliono?»

Ci fu un attimo di silenzio, e i domestici si resero conto che Charlotte non aveva idea di chi fossero le suffragette.

Infine Pritchard disse: «Vogliono che venga concesso il diritto di voto alle donne».

«Oh.» E Charlotte si chiese: "Sapevo che le donne non possono votare?". Non ne era certa. Non aveva mai riflettuto su argomenti simili.

«Direi che la discussione si è spinta abbastanza lontano» intervenne la signora Mitchell con fermezza. «Passerà dei guai, signor Pritchard, se mette idee sbagliate in testa a milady.»

Charlotte sapeva che Pritchard non passava mai dei guai, perché era praticamente amico di suo padre. «Mi domando perché ci tengano a tal punto al voto» concluse.

Si udì uno squillo, e gli occhi di tutti si diressero istintivamente verso il quadro dei campanelli.

«La porta d'ingresso!» disse Pritchard. «A quest'ora di notte!» Uscì dalla cucina, infilandosi la giacca.

Charlotte bevve il tè. Si sentiva stanca. Le suffragette le avevano suscitato qualche perplessità e un certo timore, tuttavia voleva saperne di più.

Tornò Pritchard. «Dei tramezzini, per favore» disse alla cuoca. «Charles, porta un sifone di selz fresco in salotto.» Cominciò a sistemare piatti e tovaglioli su un vassoio.

«Be', dicci» disse Charlotte. «Chi è arrivato?»

«Un signore di Scotland Yard» rispose Pritchard.

Basil Thomson era un uomo con la testa rotonda, i capelli chiari e la fronte stempiata, i baffi folti e lo sguardo penetrante. Walden aveva già sentito parlare di lui. Suo padre era stato arcivescovo di York. Thomson aveva studiato a Eton e a Oxford, e aveva prestato servizio nelle colonie, come commissario locale e primo ministro del Tonga. Ritornato in patria, si era laureato in giurisprudenza e aveva lavorato nei servizi carcerari, diventando direttore del penitenziario di Dartmoor e conquistandosi la fama di sedatore di rivolte. Poi era passato nella polizia, ed era diventato un esperto dell'ambiente criminale anarchico dell'East End di Londra. Grazie alla sua competenza, era giunto al vertice della Sezione Speciale, l'unità della polizia politica.

Walden lo fece accomodare e cominciò a riferirgli gli avvenimenti della serata. Mentre parlava, guardava Aleks con la coda dell'occhio. Sembrava calmo, ma era pallido, beveva lunghi sorsi di brandy allungato con il selz, e stringeva ritmicamente con la mano sinistra il bracciolo della poltrona.

A un certo punto Thomson interruppe Walden, per chiedergli: «Si era accorto dell'assenza del lacchè, quando è arrivata la carrozza?».

«Sì, me n'ero accorto» rispose Walden. «Ho chiesto al cocchiere dove fosse finito, ma il cocchiere pareva non udirmi. Poi, visto il grande traffico all'ingresso del palazzo, e spronato da mia figlia a salire in fretta, ho deciso di non insistere finché non fossimo arrivati a casa.»

«Era proprio quello su cui contava quella canaglia, ovviamente. Deve avere i nervi saldi. Prosegua.»

«La carrozza si è arrestata improvvisamente nel parco, e l'uomo ha spalancato la portiera.»

«Che aspetto aveva?»

«Era alto. Una sciarpa, o qualcosa del genere, gli copriva il volto. Capelli scuri. Sguardo fisso.»

«Tutti i criminali hanno lo sguardo fisso» disse Thomson. «E prima, il cocchiere lo aveva potuto vedere meglio?»

«Non molto. In quel momento l'uomo aveva un cappello e, naturalmente, era protetto dal buio.»

«Mmh... E poi?»

Walden trasse un profondo sospiro. Al momento, aveva provato più collera che paura, ma ora, ripensandoci, tremava al pensiero di quello che sarebbe potuto succedere ad Aleks, Lydia o Charlotte. Disse: «Lady Walden ha urlato, e a quanto pare questo ha gettato nella confusione il tipo. Forse non si aspettava di trovare una donna nella carrozza. Comunque sia, ha esitato». "E grazie a dio che lo ha fatto" pensò. «L'ho colpito con la mia spada, e lui ha mollato la pistola.»

«Lo ha ferito gravemente?»

«Non credo. In quello spazio ristretto, non potevo imprimere un grande slancio al colpo, e la spada, ovviamente, non è molto affilata. Tuttavia l'ho ferito a sangue. Vorrei avergli mozzato la testa.»

Entrò il maggiordomo, e interruppero la conversazione. Walden si rese conto di avere parlato a voce un po' troppo alta. Cercò di calmarsi. Pritchard servì i tramezzini e il brandy. Walden disse: «Sarà meglio che tu rimanga alzato, Pritchard, ma puoi mandare a letto tutti gli altri».

«Bene, milord.»

Quando Pritchard fu uscito, Walden riprese: «Può anche darsi che si sia trattato di un semplice ladro, ed è quello che ho fatto credere alla servitù, oltre che a Lady Walden e a Charlotte. Tuttavia, a mio avviso, un ladro non sarebbe ricorso a un piano così elaborato. Sono assolutamente convinto che sia stato un attentato alla vita di Aleks».

Thomson si rivolse a Orlov. «È quello che penso anch'io, purtroppo. Lei ha idea di come si sapesse dove trovarla?»

Aleks incrociò le gambe. «Non ho tenuto segreti i miei movimenti.»

«D'ora in poi dovrà comportarsi diversamente. Dica, signore, la sua vita è mai stata minacciata?»

«La mia vita è sempre in pericolo» rispose secco Aleks. «Ma prima d'ora non avevo mai subito un attentato.»

«Esiste una qualche ragione per cui lei in particolare debba essere il bersaglio di nichilisti o rivoluzionari?»

«Per loro è sufficiente il fatto che io sia un principe.»

Walden si rese conto che i problemi della classe dirigente inglese, creati da suffragette, liberali e sindacati, erano irrisori rispetto a quelli che dovevano fronteggiare i russi, e compianse Aleks.

Questi proseguì in tono pacato: «Tuttavia, io sono conosciuto come un riformista, secondo i canoni russi. Avrebbero potuto scegliere una vittima più appropriata».

«Anche qui a Londra» convenne Thomson. «Qui ci sono sempre un paio di aristocratici russi, durante l'inverno.»

«Dove vuole arrivare?» chiese Walden.

Thomson riprese: «Mi domando se quella canaglia sa il motivo per cui il principe Orlov si trova qui, e se con l'attentato di stasera non intendesse sabotare i vostri colloqui».

Walden parve dubbioso. «E come ne sarebbero venuti a conoscenza, i rivoluzionari?»

«Sto solo facendo delle ipotesi» replicò Thomson. «Se l'attentato di stasera fosse riuscito, avrebbe effettivamente sabotato i colloqui?»

«Eccome» rispose Walden. Quel pensiero lo fece raggelare. «Se lo zar dovesse sapere che suo nipote è stato assassinato a Londra da un rivoluzionario, e soprattutto da un rivoluzionario russo espatriato, farebbe il diavolo a quattro. Lei sa, Thomson, che cosa pensano i russi dell'ospitalità che noi concediamo ai loro sovversivi: la nostra politica della "porta aperta" provoca da anni frizioni a livello diplomatico. Una cosa del genere potrebbe rovinare i rapporti fra Inghilterra e Russia per i prossimi vent'anni. E allora non si potrebbe nemmeno pensare a un'alleanza.»

Thomson annuì. «Era quello che temevo. Be', non c'è altro che possiamo fare stasera. Domattina all'alba metterò al lavoro il mio dipartimento. Perlustreremo il parco alla ricerca di eventuali indizi, interrogheremo i domestici, e penso che fermeremo qualche anarchico nell'East End.»

«Pensa di riuscire a catturare il nostro uomo?» chiese Aleks.

Walden sperò ardentemente che Thomson desse una risposta rassicurante, anche se era improbabile. «Non sarà facile» disse

Thomson. «È di certo uno che progetta minuziosamente i suoi piani, quindi avrà pensato a una via di scampo. Non possediamo una sua descrizione precisa. A meno che le sue ferite non siano così gravi da costringerlo ad andare all'ospedale, le nostre probabilità sono assai scarse.»

«Potrebbe tentare di uccidermi ancora» osservò Aleks.

«Per questo dobbiamo prendere delle misure per proteggerla. Come prima cosa, le suggerirei di lasciare questa casa domani stesso. Le riserveremo l'ultimo piano di un albergo, e le daremo una guardia del corpo. Lord Walden la incontrerà in segreto, e lei ovviamente dovrà sospendere i suoi impegni mondani.»

«Certo, capisco.»

Thomson si alzò. «È molto tardi. Devo dare tutte le disposizioni necessarie.»

Walden suonò il campanello per chiamare Pritchard. «C'è una carrozza ad aspettarla, Thomson?»

«Sì. Ci sentiremo per telefono domattina.»

Pritchard accompagnò fuori Thomson, e Aleks andò a dormire. Walden disse a Pritchard di chiudersi a chiave, poi salì in camera.

Non aveva sonno. Mentre si spogliava, lasciò che si liberassero in lui tutti i sentimenti contraddittori che aveva soffocato fino a quel momento. Dapprima si sentì fiero di sé. "In fondo," pensò "ho sguainato una spada e respinto un aggressore: non c'è male per un uomo di cinquant'anni con una gamba indebolita dalla gotta!" Poi si sentì depresso ripensando alla freddezza con cui avevano discusso delle conseguenze diplomatiche della morte di Aleks. Aleks: il giovanotto sveglio e allegro, timido e attraente, che lui aveva visto crescere e diventare uomo.

Andò a letto e, disteso, ricordò il momento in cui la portiera della carrozza si era spalancata ed era apparso l'uomo con in pugno la pistola. E ora provò paura, non per sé o per Aleks, ma per Lydia e Charlotte. Il pensiero che sarebbero potute essere uccise lo fece tremare. Ricordò quando, diciotto anni prima, teneva in braccio Charlotte, una bambina bionda e senza denti. Ricordò quando stava imparando a camminare, e continuava a cadere; ricordò quando le aveva regalato un pony tutto suo, e come si era sentito felice vedendo il viso raggiante di sua figlia; ripensò a Charlotte solo poche ore prima, mentre avanzava a testa alta verso i reali. "Se lei morisse," pensò "non credo che potrei sopportarlo."

E se Lydia morisse, rimarrei da solo. A quel pensiero, si alzò ed entrò nella stanza della moglie. Sul comodino, era accesa una lampada. Lei era profondamente addormentata, distesa sulla schiena, con le labbra leggermente schiuse, i capelli biondi sciolti sul cuscino. Aveva un'aria tenera e vulnerabile. "Non sono mai stato capace di farti capire quanto ti amo" pensò Walden. Improvvisamente, sentì il bisogno di toccarla, di sentire che era calda e viva. Si infilò nel suo letto e la baciò. Lei rispose al bacio senza svegliarsi. "Lydia," pensò "non potrei vivere senza di te."

Lydia era rimasta a lungo sveglia nel letto, pensando all'uomo con la pistola. Era stato uno shock tremendo, e aveva urlato in preda a un terrore istintivo. Ma c'era stato anche qualcos'altro, qualcosa nel portamento dell'uomo, o nella sua struttura fisica, che le aveva comunicato una sensazione misteriosamente sinistra, come se si fosse trovata alla presenza di un fantasma. Avrebbe voluto poter aver visto i suoi occhi.

Dopo un po' di tempo, aveva preso dell'altro laudano e si era finalmente addormentata. Sognò che l'uomo con la pistola entrava nella sua stanza e si stendeva accanto a lei. Erano nel suo vero letto, ma lei aveva diciotto anni. L'uomo posava la pistola sul cuscino bianco. Aveva ancora il volto coperto dalla sciarpa. Lei si accorse che lo amava. Lo baciò sulla bocca attraverso la sciarpa.

Fecero l'amore in modo meraviglioso. Lei cominciò a pensare che forse stava sognando. Voleva vederlo in faccia. Disse: «Chi sei?», e una voce le rispose: «Stephen». Lei sapeva che non era così, ma in qualche modo la pistola sul cuscino si era trasformata nella spada di Stephen, con la punta insanguinata; e lei cominciò a essere assalita dal dubbio. Si avvinse all'uomo che giaceva sopra di lei, temendo che il sogno finisse prima di raggiungere il piacere. Poi cominciò vagamente a sospettare che stava avvenendo davvero quello che lei stava sognando; tuttavia il sogno continuò. Si sentì invadere da un'ondata di piacere. Perse il controllo di se stessa. Proprio nel momento in cui stava per raggiungere l'orgasmo, l'uomo del sogno si tolse la sciarpa dal volto; allora Lydia aprì gli occhi e vide il viso di Stephen. E in quel momento fu sopraffatta dall'ebbrezza, e per la prima volta in diciannove anni gridò di gioia.

V

Presto sarebbero usciti per andare al ballo in onore del debutto di Belinda. Charlotte era eccitata e allo stesso tempo perplessa. Non era mai stata a un ballo in città, sebbene avesse partecipato a numerose feste in campagna, molte delle quali a Walden Hall. Le piaceva ballare, e sapeva di essere brava, ma odiava quello che considerava una specie di mercato del bestiame, con le ragazze che rimanevano a fare da tappezzeria in attesa che qualche giovanotto le invitasse a ballare. Le sarebbe piaciuto che nel "bel mondo" ci fossero state usanze più civili.

Si recarono nella casa di Mayfair di zio George e zia Clarissa alle undici e mezzo, poiché prima, secondo Lady Walden, non era elegante presentarsi a un ballo a Londra. Una tenda a strisce e una corsia rossa andavano dal marciapiede al cancello del giardino, che era stato trasformato in una specie di arco di trionfo romano.

Ma questo non bastò a preparare Charlotte a quello che vide dopo aver attraversato l'arco. L'intero giardino era stato trasformato in un atrio romano. Le aiuole erano state ricoperte da una pedana di legno a quadri bianchi e neri, così da sembrare piastrelle di marmo. La pedana era delimitata da un colonnato di pilastri bianchi, collegati l'uno all'altro da ghirlande di alloro. Al di là del colonnato, in una specie di chiostro, erano state messe delle panchine. Al centro della pedana, c'era una fontana: da una scultura che rappresentava un ragazzo con un delfino uscivano zampilli d'acqua illuminati da fari di luce colorata, che ricadevano in una vasca di marmo. Sul terrazzo di una camera del primo piano un complesso suonava musica sincopata. Ghirlande di rose ornavano i muri, e dai balconi pendevano vasi di begonie. Un grande telo, color turchino, era stato steso dal cornicione della casa fino al muro di cinta del giardino.

«È un miracolo» mormorò Charlotte.

«C'è molta gente, George» disse suo padre al fratello.

«Abbiamo invitato ottocento persone. Ma che cosa diavolo è successo nel parco?»

«Oh, è stato meno grave di quanto può sembrare» minimizzò Walden con un breve sorriso. Poi prese George sotto braccio, e si spostarono per parlare.

Charlotte osservò gli invitati. Tutti gli uomini erano in abito da sera: cravatta bianca, panciotto bianco, e marsina. Era un abbigliamento che donava soprattutto ai giovani, o per lo meno agli uomini snelli, pensò Charlotte: avevano un'aria focosa mentre ballavano. Guardando i vestiti delle donne, notò che il suo e quello della madre erano un po' fuori moda, con i loro vitini di vespa, le arricciature e le balze. La zia Clarissa indossava una gonna lunga, diritta e affusolata con una camicia attillata, e Belinda portava pantaloni all'orientale.

Charlotte si rese conto che non conosceva nessuno. "Chi mi inviterà a ballare," si chiese "dopo papà e zio George?" E invece, Jonathan, il fratello minore di zia Clarissa, ballò un valzer con lei e poi la presentò a tre suoi compagni di Oxford, che danzarono tutti con lei. Charlotte trovò la loro conversazione noiosa: dopo qualche commento ammirato a proposito dell'arredo del giardino o dell'orchestra, non avevano altri argomenti. Charlotte tentò: «Pensa che le donne dovrebbero avere il diritto di voto?». Le risposte che ottenne furono: «No, di certo», «Non ho opinioni in proposito» e «Non sarà una di loro, vero?».

L'ultimo cavaliere, che si chiamava Freddie, l'accompagnò dentro casa per la cena. Era un giovane dal portamento elegante, con i lineamenti regolari – "un bel ragazzo" pensò Charlotte – e i capelli chiari. Stava finendo il primo anno a Oxford. Era un bel posto, le disse, ma confessò di non essere molto portato per lo studio e di essere in dubbio se ritornarci in ottobre.

L'interno della casa era decorato con festoni floreali e illuminato a giorno. Per cena c'era minestra calda e fredda, aragosta, quaglie, fragole, gelato e pesche. «Ci sono sempre le stesse cose da mangiare» osservò Freddie. «Usano tutti lo stesso organizzatore di rinfreschi.»

«Lei va a molte feste da ballo?» chiese Charlotte.

«Be', sì. Per la verità, di continuo, durante la stagione.»

Charlotte bevve un bicchiere di champagne nella speranza di acquistare un po' di buonumore, poi lasciò Freddie e girò per le altre sale da ricevimento. In una di esse c'erano diversi tavoli di bridge. In un'altra due anziane duchesse tenevano corte. In una terza, degli uomini di mezza età giocavano a biliardo, mentre altri, più giovani, fumavano. Qui c'era anche Belinda, con una sigaretta fra le dita. Charlotte non aveva mai capito perché si dovesse fumare, se non per avere un'aria sofisticata. Belinda aveva indubbiamente un'aria sofisticata.

«Hai un vestito stupendo» disse Belinda.

«Non è vero. Il tuo, piuttosto, è sensazionale. Come hai fatto a convincere zia Clarissa a lasciarti vestire in quel modo?»

«A lei stessa piacerebbe vestirsi così!»

«Ha un'aria tanto più giovane di mia madre. E naturalmente lo è.»

«Ed essere una matrigna fa la differenza. Che cosa vi è successo, dopo il ricevimento a corte?»

«Oh, è stata una cosa incredibile! Un pazzo ci ha minacciato con una pistola!»

«Me lo stava raccontando prima tua madre. Non sei rimasta terrorizzata?»

«Ero troppo occupata a cercare di calmare la mamma. Dopo mi è venuta una paura da morire. Perché mi avevi detto, a palazzo, che volevi fare una lunga chiacchierata con me?»

«Ah, ascolta.» Prese Charlotte da parte, lontano dagli uomini. «Ho scoperto come escono.»

«Che cosa?»

«I bambini.»

«Oh!» Charlotte era tutta orecchi. «Dimmi.»

Belinda abbassò la voce. «Escono fra le gambe, da dove esce la pipì.»

«Ma è troppo stretto!»

«Si allarga.»

"Che cosa orribile" pensò Charlotte.

«Ma non è tutto» continuò Belinda. «Ho scoperto come si fa a farli.»

«E come?»

Belinda prese Charlotte sotto braccio e la condusse all'altra estremità della stanza. Si fermarono davanti a uno specchio inghirlandato di rose. Belinda abbassò la voce in un sussurro. «Quando ti sposi, sai che devi andare a letto con tuo marito?»

«Sì?»

«Sì.»

«Papà e mamma hanno camere da letto separate.»

«Non sono comunicanti?»

«Sì.»

«È perché possano stare nello stesso letto.»

«E perché?»

«Perché per concepire un bambino bisogna che il marito metta il suo membro in quel posto lì da dove escono i bambini.»

«Quale membro?»

«Ssst! È un coso che gli uomini hanno fra le gambe... Non hai mai visto un'illustrazione del *David* di Michelangelo?»

«No.»

«Be', è un coso con cui loro fanno la pipì. Sembra un dito.»

«E bisogna fare così, per fare i bambini?»

«Sì.»

«E tutte le persone sposate lo fanno?»

«Sì.»

«Che orrore. Chi ti ha detto queste cose?»

«Viola Pontadarvy. Mi ha giurato che è vero.»

E in qualche modo Charlotte sapeva che era così. Era come se Belinda le avesse fatto riaffiorare alla memoria qualcosa che aveva dimenticato. Inspiegabilmente, la cosa sembrava avere senso. Era la strana sensazione di disagio che talvolta provava quando sognava, quando un terribile sospetto si rivelava fondato, o quando temeva di cadere e improvvisamente scopriva che *stava* cadendo.

«Sono contenta che tu abbia scoperto la verità» disse. «Se una si sposa senza sapere niente... dev'essere terribilmente imbarazzante!»

«A qualche ragazza succede, pare» disse Belinda. «Toccherebbbe alla madre spiegare tutto la sera prima del matrimonio, ma se si ha una madre troppo timida, allora... una lo scopre quando succede.»

«Grazie a dio c'è Viola Pontadarvy.» Un pensiero colpì Charlotte. «Credi che tutto questo abbia qualcosa a che fare con... l'emorragia, sai, una volta al mese?»

«Non lo so.»

«Io credo di sì. È tutto collegato: tutte le cose di cui la gente non parla. Be', adesso sappiamo perché non se ne parla: sono talmente disgustose.»

«Quello che si deve fare a letto si chiama rapporto sessuale, ma Viola dice che la gente comune lo chiama fare su e giù.»

«Quante cose sa, Viola.»

«Ha dei fratelli. È da anni che sa queste cose.»

«E loro come hanno fatto a saperle?»

«Dai compagni di scuola. I ragazzi sono sempre molto interessati a questo genere di cose.»

«Be',» fece Charlotte «in effetti loro hanno un fascino dell'orrido.»

D'un tratto vide nello specchio l'immagine riflessa di zia Clarissa. «Che cosa state facendo voi due in quell'angolino?» chiese. Charlotte avvampò, ma in realtà zia Clarissa non si aspettava una risposta, perché proseguì: «Per favore, Belinda, va' in giro e parla con gli ospiti: è la tua festa».

Clarissa si allontanò e le due ragazze si incamminarono attraverso le sale. Le stanze erano disposte in modo circolare, così che dopo averle attraversate tutte ci si ritrovava al punto di partenza, in cima alle scale. Charlotte dichiarò: «Non credo che ce la farò mai a fare una cosa del genere».

«Davvero?» disse Belinda con una strana espressione.

«Che cosa vuoi dire?»

«Non lo so. Ci ho pensato su. Potrebbe anche essere piacevole.»

Charlotte la guardò fissa.

Belinda apparve imbarazzata. «Devo andare a ballare» disse. «Ci vediamo dopo!»

Scese le scale. Charlotte la seguì con lo sguardo, chiedendosi quanti altri segreti sconvolgenti le riservasse la vita.

Poi tornò nella sala da pranzo e prese un altro bicchiere di champagne. Che strano modo aveva la razza umana per perpetuarsi, pensò. Anche gli animali facevano probabilmente qualcosa di simile. E gli uccelli? No, gli uccelli deponevano le uova. E che vocaboli! "Membro" e "fare su e giù". Le centinaia di persone eleganti e raffinate intorno a lei conoscevano quei vocaboli, ma non li pronunciavano mai. E poiché non venivano mai pronunciati, erano imbarazzanti. E dato che erano imbarazzanti, non venivano mai pronunciati. C'era qualcosa di profondamente stupido in tutta quella faccenda. Se il Creatore aveva stabilito che gli uomini dovessero "fare su e giù", perché fingere di non farlo?

Finì il suo bicchiere e uscì in giardino. Suo padre e sua madre stavano danzando una polka, e con una certa leggiadria. Mamma si era ripresa dopo l'incidente nel parco, e papà stava proprio bene nel suo completo da sera. Quando gli faceva male la gamba non ballava, ma evidentemente quella sera non gli dava disturbi. Nonostante il fisico robusto, si muoveva con un'agilità sorprendente. Mamma aveva un'aria felice. Quando ballava, riusciva a lasciarsi un po' andare. Aveva abbandonato la sua abituale riservatezza, e sorrideva radiosa, noncurante di mettere in mostra le caviglie.

Quando la polka finì, il padre colse lo sguardo di Charlotte e le si avvicinò. «Posso avere l'onore di questo ballo, Lady Charlotte?»

«Ma certo, milord.»

Era un valzer. Papà sembrava distratto, ma la fece volteggiare con maestria. Charlotte si domandò se aveva la stessa aria radiosa di sua madre. Probabilmente no. D'un tratto, pensò a suo padre e sua madre che facevano su e giù, e si sentì terribilmente imbarazzata.

Il padre le chiese: «Ti diverti, alla tua prima grande festa da ballo?».

«Sì, grazie» rispose lei compunta.

«Mi sembri pensierosa.»

«Sto cercando di venirti dietro meglio che posso.» Le luci e i colori si fecero leggermente confusi, e improvvisamente Charlotte dovette fare uno sforzo per rimanere in piedi. Temette di cadere e fare una figura ridicola. Suo padre si accorse della sua instabilità e la resse un po' più saldamente. Un attimo dopo la musica cessò.

Il padre la condusse via dalla pedana. «Ti senti bene?» le chiese.

«Sì, è solo che per un attimo mi è girata la testa.»

«Hai fumato?»
Charlotte scoppiò a ridere. «No.»
«Di solito è per questo che alle signore gira la testa alle feste. Segui il mio consiglio: se vuoi provare a fumare, fallo in privato.»
«Non credo di esserne tentata.»
Charlotte rimase seduta per il ballo successivo, poi fu invitata nuovamente da Freddie. Mentre danzavano, a Charlotte venne dato di pensare che lo scopo per cui tutti i giovanotti e tutte le ragazze, loro due compresi, andavano alle feste, era quello di trovare un consorte. Per la prima volta considerò Freddie come un eventuale marito. Era impensabile.
"E allora che tipo di marito vorrei?" si chiese. In realtà, non ne aveva idea.
«Jonathan l'ha semplicemente presentata come Charlotte, ma ho saputo che lei è Lady Charlotte Walden» disse Freddie.
«Sì, e il suo nome per intero qual è?»
«Sono il marchese di Chalfont.»
"Dunque," pensò Charlotte "siamo socialmente compatibili."
Poco dopo lei e Freddie si misero a conversare con Belinda e gli amici di Freddie. Parlavano di un nuovo lavoro teatrale, intitolato *Pigmalione*, che si diceva fosse assolutamente esilarante ma alquanto volgare. I ragazzi manifestarono l'intenzione di andare ad assistere a un incontro di pugilato, e Belinda disse di volersi unire a loro, ma le risposero che non se ne parlava nemmeno. Discussero di musica jazz. Un ragazzo se ne intendeva abbastanza, perché aveva vissuto per un certo tempo negli Stati Uniti; ma a Freddie non piaceva e disquisì con una certa supponenza sulla "negrificazione della società". Bevvero caffè e Belinda fumò un'altra sigaretta. Charlotte cominciava a divertirsi.
A quel punto sua madre si avvicinò al gruppo. «Tuo padre e io ce ne andiamo» annunciò. «Vuoi che ti rimandiamo la carrozza?»
Charlotte si accorse di essere stanca. «No, vengo anch'io» disse. «Che ore sono?»
«Le quattro.»
Andarono a prendere i loro mantelli. La madre le chiese: «Hai passato una piacevole serata?».
«Sì, grazie, mamma.»
«Anch'io. Chi erano quei giovanotti?»

«Amici di Jonathan.»
«Erano simpatici?»
«Abbiamo avuto una conversazione abbastanza interessante, verso la fine.»
Suo padre aveva già chiamato la carrozza. Mentre si allontanavano dalle luci della festa, Charlotte ricordò quanto era accaduto l'ultima volta che erano tornati in carrozza, ed ebbe paura.
Suo padre teneva la mano di sua madre. Avevano un'aria felice. Charlotte si sentì esclusa. Guardò fuori dal finestrino. Nel chiarore dell'alba scorse quattro uomini col cilindro che risalivano Park Lane, forse di ritorno da un locale notturno. Quando la carrozza girò intorno a Hyde Park Corner, vide qualcosa di strano. «Che cos'è?» chiese.
Sua madre guardò fuori. «Che cosa, cara?»
«Sul marciapiede. Sembrano delle persone.»
«È così.»
«Che cosa fanno lì?»
«Stanno dormendo.»
Charlotte inorridì. Erano in otto o dieci, accovacciati contro un muro, avvolti in cappotti, coperte e giornali. Non era in grado di distinguere se erano uomini o donne, ma alcuni di quei fagotti erano abbastanza piccoli per essere dei bambini.
«E perché dormono lì?» domandò.
«Non lo so, cara» rispose sua madre.
«Perché non hanno altri posti dove dormire, naturalmente» disse suo padre.
«Non hanno una casa?»
«No.»
«Non sapevo che ci fosse qualcuno di così povero» mormorò Charlotte. «È terribile.» Pensò a tutte le stanze della casa di zio George, ai piatti che erano stati imbanditi per essere appena assaggiati da ottocento persone che avevano già cenato e ai vestiti elaborati che si esibivano ogni anno, mentre c'era gente che dormiva coperta solo da vecchi giornali. Dichiarò: «Dovremmo fare qualcosa per loro».
«Noi?» disse suo padre. «Che cosa dovremmo fare?»
«Costruire delle case per loro.»
«Per tutti?»

«Quanti sono?»

Suo padre alzò le spalle. «Migliaia.»

«Migliaia! Pensavo che fossero soltanto quelli.» Charlotte era sconvolta. «Non potresti costruire tante piccole casette?»

«Con le case non si guadagna, soprattutto se sono di quella categoria.»

«Forse dovresti costruirle lo stesso.»

«Perché?»

«Perché il più forte dovrebbe aiutare il più debole. Ho sentito che lo dicevi al signor Samson.» Samson era l'amministratore di Walden Hall, e cercava sempre di risparmiare sui lavori di manutenzione delle case affittate.

«Ci occupiamo già di parecchia gente» obiettò suo padre. «Tutta la servitù cui paghiamo il salario, tutti gli affittuari che coltivano le nostre terre e vivono nelle nostre fattorie, tutti quelli che lavorano nelle aziende in cui facciamo investimenti, tutti gli impiegati statali che vengono pagati con le nostre tasse...»

«Non mi pare che tutto questo sia una scusa sufficiente» lo interruppe Charlotte. «Quella povera gente dorme per strada. Come farà l'inverno?»

Sua madre intervenne brusca: «Tuo padre non ha bisogno di scuse. È un aristocratico per nascita e ha amministrato bene il suo patrimonio. Ha il diritto di avere quello che ha. Quei disgraziati sul marciapiede sono tutti fannulloni, criminali, ubriaconi e falliti».

«Anche i bambini?»

«Non essere impertinente. Ricordati che hai ancora tante cose da imparare.»

«Sto per l'appunto cominciando a capire quante sono» replicò Charlotte.

Mentre la carrozza entrava nel giardino di casa, Charlotte vide una persona che dormiva per terra vicino al cancello. Decise che avrebbe dato un'occhiata più da vicino.

La carrozza si fermò davanti alla porta d'ingresso. Charles aiutò a scendere prima la madre e poi la figlia. Charlotte attraversò di corsa il giardino. William stava chiudendo il cancello. «Un attimo» gridò Charlotte.

Udì suo padre che diceva: «Che cosa diavolo...?».

Lei corse in strada.

La persona che stava dormendo lì davanti era una donna. Era distesa sul marciapiede con le spalle appoggiate al muro di cinta. Indossava stivali da uomo, calze di lana, un sudicio cappotto blu e un enorme cappello che un tempo doveva essere stato alla moda: un lacero mazzetto di fiori di stoffa pendeva dalla tesa larga. Teneva la testa inclinata di lato, con il viso rivolto verso Charlotte.

Quel volto arrotondato e la bocca larga avevano qualcosa di familiare. La donna era giovane...

«Annie!» gridò Charlotte.

La donna aprì gli occhi.

Charlotte la fissò inorridita. Due mesi prima Annie era una domestica di Walden Hall in grembiule lindo e inamidato, con una crestina bianca in testa: una ragazza graziosa con un seno florido e una risata irrefrenabile. «Annie, che cosa ti è successo?»

Annie balzò in piedi e fece un patetico inchino. «Oh, Lady Charlotte, speravo di vederla, lei è sempre stata buona con me. Non ho un posto dove andare...»

«Ma come ti sei ridotta così?»

«Sono stata licenziata, milady, senza il benservito, quando hanno scoperto che aspettavo un bambino. So di avere sbagliato...»

«Ma tu non sei sposata!»

«Però stavo con Jimmy, l'aiuto giardiniere...»

Charlotte ripensò a quanto le aveva rivelato Belinda; se era vero quello che aveva appreso, allora era chiaramente possibile che una ragazza avesse un bambino senza essere sposata. «Dov'è il bambino?»

«L'ho perduto.»

«L'hai *perduto*?»

«Voglio dire, è nato troppo presto, milady, è nato morto.»

«Che cosa terribile» mormorò Charlotte. Questa era una cosa che non aveva pensato fosse possibile. «E come mai Jimmy non è con te?»

«Ha preso il mare. Mi amava, ne sono certa, ma il matrimonio lo terrorizzava: ha solo diciassette anni...» Annie si mise a piangere.

Charlotte udì la voce di suo padre. «Charlotte, vieni dentro immediatamente.»

Si voltò verso di lui. Lo vide sul cancello nel suo abito da sera, con il cilindro in mano, e di colpo le apparve come un vecchio cinico e crudele. Gli disse: «Ecco una delle persone per cui ti preoccupi tanto».

Suo padre guardò la ragazza. «Annie! Che cosa significa questa storia?»

Annie rispose: «Jimmy se n'è andato, milord, così non mi sono potuta sposare, e non potevo trovare un altro posto perché lei non mi ha dato il benservito, e mi vergognavo di tornare a casa mia, così sono venuta a Londra...».

«Sei venuta a Londra a mendicare» tagliò corto Walden.

«Papà!» gridò Charlotte.

«Tu non puoi capire, Charlotte...»

«Capisco benissimo.»

Sopraggiunse sua madre che le ordinò: «Charlotte, sta' lontana da quell'essere!».

«Non è un essere, è Annie.»

«Annie!» strillò Lady Walden. «È una donna perduta!»

«Ora basta» disse Walden. «Nella nostra famiglia non si usa discutere per strada. Entriamo subito in casa.»

Charlotte mise un braccio intorno alle spalle di Annie. «Ha bisogno di un bagno, di abiti puliti e di una colazione calda.»

«Non essere ridicola!» osservò sua madre. La vista di Annie pareva averla resa quasi isterica.

«D'accordo» acconsentì il padre. «Portala in cucina. Le cameriere a quest'ora saranno già sveglie. Di' loro di prendersi cura di lei. Poi raggiungimi in soggiorno.»

La madre obiettò: «Stephen, è assurdo...».

«Adesso entriamo» la interruppe il marito.

Charlotte accompagnò Annie in cucina. Una serva stava pulendo il camino e un'altra affettava la pancetta per la colazione. Erano da poco passate le cinque: Charlotte non aveva mai immaginato che cominciassero a lavorare così presto. Quando entrò, col suo vestito da ballo e Annie al fianco, le due donne la guardarono stupite.

Charlotte disse: «Lei è Annie. Lavorava a Walden Hall. Ha passato qualche guaio ma è una brava ragazza. Deve fare un bagno. Trovatele degli abiti puliti e bruciate quelli che indossa ora. Poi fatele fare colazione».

Per un attimo, le due serve rimasero ammutolite, poi una disse: «Sarà fatto, milady».

Annie strinse un braccio a Charlotte. «Oh, grazie, milady.»

Charlotte uscì.

"Ora passerò dei guai" pensò, mentre saliva le scale. Ma la cosa non le importava molto. Si sentiva quasi tradita dai suoi genitori. A che cosa le erano serviti anni di istruzione se in una sola sera aveva scoperto che le cose più importanti non le erano mai state insegnate? Di certo il pretesto era quello di proteggere le giovani fanciulle, ma il termine più appropriato, a suo avviso, era "inganno". Se pensava a come era stata ignorante fino a quella sera, si sentiva ridicola, e questo la rendeva furiosa

Entrò decisa in soggiorno.

Suo padre stava accanto al caminetto con un bicchiere in mano. Sua madre era seduta al pianoforte, e suonava accordi in chiave minore nelle ottave basse con un'espressione accorata sul viso. Avevano tirato le tende. Di mattino, la stanza aveva un aspetto strano, con i mozziconi di sigaro nei posacenere e i contorni degli oggetti illuminati dalla fredda luce dell'alba. Era una stanza che si usava la sera, che aveva bisogno di lampade e calore, liquori e servitori in livrea, e di persone in abiti appropriati.

In quel momento tutto aveva un'aria diversa.

«E allora, Charlotte» cominciò suo padre. «Tu non puoi capire che tipo di donna sia Annie. L'abbiamo licenziata per una ragione, sai. Ha fatto una cosa molto brutta che non posso spiegarti...»

«So che cosa ha fatto» disse Charlotte, mettendosi a sedere. «E anche con chi lo ha fatto: con un aiuto giardiniere di nome Jimmy.»

La madre trasalì.

Il padre disse: «Non credo che tu abbia la minima idea di quello che stai dicendo».

«E di chi è la colpa?» sbottò Charlotte. «Come ho fatto ad arrivare a diciotto anni senza sapere che c'è gente così povera da essere costretta a dormire per la strada, che le cameriere che aspettano un bambino vengono licenziate, e che... gli uomini non sono fatti nello stesso modo delle donne? E ora non cominciate a dirmi che sono cose che io non posso capire e che ho ancora molto da imparare! Ho passato la mia vita a imparare, e adesso scopro che ho imparato quasi soltanto bugie! Come avete potuto? Con che coraggio?» Scoppiò a piangere, e si odiò per quella sua manifestazione di debolezza.

Udì la madre che diceva: «Oh, questo è davvero troppo».

Il padre le si sedette accanto e le prese una mano. «Mi dispiace che tu la pensi in questo modo» le disse. «Tutte le ragazze sono tenute all'oscuro di certe cose. Lo si fa per il loro bene. Non ti abbiamo mai mentito. Se non ti abbiamo detto quanto sia crudele e duro il mondo, è stato soltanto perché volevamo che tu godessi la tua infanzia il più a lungo possibile. Forse abbiamo sbagliato.»

La madre sbottò: «Volevamo tenerti al di fuori dei guai in cui si è cacciata Annie!».

«Io non la metterei proprio in questi termini» obiettò il padre.

La collera di Charlotte sfumò. Lei si sentì di nuovo bambina. Avrebbe voluto posare la testa sulla sua spalla, ma era troppo orgogliosa per farlo.

«Vogliamo perdonarci, e tornare a essere amici?» le disse suo padre.

Un'idea le si era insinuata nella mente, e ora la espresse senza pensarci sopra. «Mi permettereste di tenere Annie come mia cameriera personale?»

Il padre cominciò: «Be'...».

«Nemmeno per idea!» lo interruppe la madre in tono isterico. «È assolutamente fuori discussione! Una ragazza di diciott'anni, figlia di un conte, con una donna perduta come cameriera! No, assolutamente no!»

«E allora che cosa farà?» chiese Charlotte in tono calmo.

«Avrebbe dovuto pensarci quando... Avrebbe dovuto pensarci prima.»

Intervenne il padre. «Charlotte,» disse «non possiamo lasciare che una donna disonorata viva sotto questo tetto. Anche se io glielo permettessi, i domestici ne sarebbero scandalizzati. La metà di loro si licenzierebbe. Già così ci saranno delle chiacchiere, solo perché l'abbiamo ospitata in cucina. Capisci, non siamo solo tua madre e io a evitare certa gente, ma tutta la società.»

«Allora le comprerò una casa,» disse Charlotte «le darò un vitalizio e le sarò amica.»

«Tu non hai denaro» osservò sua madre.

«Mio nonno russo mi ha lasciato qualcosa.»

«Ma finché non avrai raggiunto i ventun anni il denaro è affidato a me,» precisò il padre «e io non ti permetterò di usarlo per questo scopo.»

«E allora che ne sarà di lei?» chiese Charlotte con una nota disperata nella voce.

«Facciamo un patto» propose il padre. «Io le darò una certa somma per trovarsi un alloggio decente, e le troverò un lavoro in una fabbrica.»

«E la mia parte nel patto quale sarebbe?»

«Devi promettermi che non cercherai mai più di metterti in contatto con lei.»

Charlotte provò una stanchezza infinita. Suo padre aveva una risposta per tutto. Era impossibile discutere con lui, e lei non aveva più la forza di insistere. Trasse un sospiro.

«D'accordo» disse.

«Brava. Allora, adesso va da lei a riferirle quanto abbiamo stabilito e a dirle addio.»

«Non so se riuscirò a guardarla negli occhi.»

Suo padre le diede un colpetto affettuoso sulla mano. «Ti sarà molto riconoscente, vedrai. E dopo che le avrai parlato, va' a letto. Provvederò io a tutti i particolari.»

Charlotte non sapeva bene se aveva vinto o perso, se suo padre era stato crudele o generoso, se Annie si sarebbe sentita aiutata oppure respinta. «Va bene» disse alla fine. Avrebbe voluto dire a suo padre che gli voleva bene, ma non le vennero le parole. Dopo un attimo, si alzò e uscì dalla stanza.

Il giorno dopo il fallimento dell'attentato, Feliks fu svegliato a mezzogiorno da Bridget. Si sentiva molto debole. Bridget stava accanto al suo letto con una grossa tazza in mano. Feliks si sedette e prese la tazza. Conteneva una bevanda deliziosa che sembrava un miscuglio di latte caldo, zucchero, burro e pezzetti di pane. Mentre lui beveva, Bridget si affaccendava intorno nella stanza, cantando un motivo sentimentale che parlava di ragazzi che davano la vita per l'Irlanda.

Bridget uscì dalla stanza e poi vi fece ritorno con un'altra irlandese pressappoco della sua stessa età, che era infermiera. La donna gli suturò la ferita sulla mano e fasciò quella alla spalla.

Dalla conversazione, Feliks capì che si trattava di quella che procurava gli aborti nel quartiere. Bridget le spiegò che Feliks si era trovato coinvolto in una rissa in un pub. L'infermiera chiese uno scellino per la visita e dichiarò: «Non morirà. Se fosse stata una ferita da rimetterci la pelle, non avrebbe sanguinato tanto. Per come è messo, si sentirà debole per parecchi giorni».

Dopo che l'infermiera se ne fu andata, Bridget rimase a parlare con lui. Era una donna in carne e di buon carattere, che si avviava verso la sessantina. Il marito si era cacciato in qualche pasticcio in Irlanda ed erano fuggiti a Londra, dove lui era morto alcolizzato, a quanto diceva Bridget. Aveva due figli che facevano i poliziotti a New York e una figlia che lavorava come domestica a Belfast. In lei c'era una vena d'amarezza che si esprimeva di tanto in tanto in osservazioni sarcastiche, spesso a spese degli inglesi.

Mentre gli spiegava perché l'Irlanda avrebbe dovuto avere un governo autonomo, Feliks si addormentò. Bridget lo svegliò nuovamente verso sera, per dargli della minestra calda.

Il giorno dopo, quando le ferite fisiche cominciarono visibilmente a guarire, Feliks si sentì pungere dal dolore di quelle morali. Fu riassalito dalla disperazione e dall'avvilimento che aveva provato mentre fuggiva nel parco. Era fuggito! Come era potuta succedere una cosa simile?

Lydia.

Adesso era Lady Walden.

Si sentì sopraffare da un'ondata di nausea.

Si impose di pensare con lucidità e freddezza. Sapeva che si era sposata ed era andata in Inghilterra. E, ovviamente, l'uomo che aveva sposato doveva essere un aristocratico e una persona con un grande interesse per la Russia. Era altrettanto ovvio che la persona incaricata di condurre le trattative con Orlov dovesse appartenere alla classe dirigente ed essere un esperto di affari russi. "Non potevo indovinare che si sarebbe trattato dello stesso uomo," pensò Feliks "ma avrei dovuto prendere in considerazione questa possibilità."

La coincidenza non era così straordinaria come gli era sembrata in un primo momento, ma non era meno disastrosa. Due volte nella sua vita Feliks era stato completamente, totalmente felice. La prima volta quando a quattro anni, prima che sua madre morisse, aveva ricevuto in dono una palla rossa. La seconda volta quando Lydia si era innamorata di lui. Ma la palla rossa non gli era stata portata via.

Non poteva immaginare felicità più grande di quella che aveva provato con Lydia, né dolore più profondo di quello provocato dalla sua perdita. Da allora, Feliks non aveva più vissuto sentimenti così intensi. Dopo che lei era partita dalla Russia, lui aveva cominciato a vagabondare per il paese, vestito come un monaco, predicando le idee anarchiche. Diceva ai contadini che la terra era loro perché erano loro a lavorarla; che il legname delle foreste apparteneva a chi abbatteva gli alberi; che nessuno aveva il diritto di governarli, eccetto loro stessi. E poiché autogoverno significava assenza di governo, si chiamava anarchia. Era un bravissimo oratore e si conquistò molti amici, ma non si innamorò più, e sperava che non gli sarebbe mai più successo.

Il suo periodo di predicazione si concluse nel 1899, durante lo sciopero nazionale degli studenti, quando lo arrestarono come agitatore e lo mandarono in Siberia. Gli anni di peregrinazioni lo avevano già reso avvezzo al freddo, alla fame e agli stenti; ma ora, lavorare in una squadra di forzati incatenati, scavare l'oro in una miniera con attrezzi di legno, continuare a sgobbare quando l'uomo incatenato al suo fianco era caduto morto, assistere alla fustigazione di donne e bambini: tutto questo gli aveva fatto conoscere l'angoscia, la disperazione, e infine l'odio. In Siberia aveva imparato la realtà della vita: rubare o morire di fame, nascondersi o essere picchiato, lottare o morire. Lì aveva imparato a essere scaltro e spietato. Lì aveva compreso il meccanismo fondamentale dell'oppressione, che consisteva nel mettere le sue vittime l'una contro l'altra, invece che contro il loro oppressore.

Riuscì a fuggire, e cominciò il lungo viaggio verso la follia che terminò quando uccise il poliziotto nei pressi di Omsk, e si accorse che non aveva più paura.

Rientrò in seno alla civiltà come acceso rivoluzionario. Quasi non riusciva più a credere ai suoi scrupoli di un tempo rispetto a lanciare bombe contro i nobili che mantenevano i lavori forzati in quelle miniere in Siberia. Era indignato per i pogrom contro gli ebrei che il governo aveva fomentato a ovest e a sud della Russia. Era disgustato dalla frattura fra bolscevichi e menscevichi determinatasi al secondo congresso del partito socialdemocratico. Si riconosceva nelle idee diffuse da una rivista che arrivava da Ginevra, intitolata «Pane e libertà», sulla cui testata spiccava la citazione di Bakunin: «La spinta alla distruzione contiene una spinta alla creazione». Così, avverso al governo, deluso dai socialisti e convinto dagli anarchici, andò a Białjstock, un grosso centro tessile, e fondò il gruppo Lotta.

Quelli erano stati anni di gloria. Feliks non avrebbe mai dimenticato il giovane Nisan Farber, che aveva accoltellato il padrone dello stabilimento tessile davanti alla sinagoga il giorno dell'espiazione. Feliks stesso aveva sparato al capo della polizia. Poi aveva portato avanti la sua battaglia a Pietroburgo, dove aveva fondato un altro gruppo anarchico chiamato Senza Autorizzazione e progettato l'assassinio del granduca Sergej. Quell'anno, il 1905, a Pietroburgo erano stati compiuti omicidi, rapine in banca, scioperi e sommosse: la rivoluzione pareva alle porte. Poi si era scatenata la repressione. Più feroce, efficiente, e molto più sanguinaria di quanto non lo fossero mai stati i rivoluzionari. La polizia segreta piombò nel cuore della notte nelle abitazioni dei membri di Senza Autorizzazione, e li arrestò tutti quanti all'infuori di Feliks, che uccise un poliziotto, ne ferì un altro e scappò in Svizzera. Nessuno ormai poteva fermarlo: la sua risolutezza e la sua furia spietata erano troppo forti.

In tutti quegli anni, e anche in quelli successivi, trascorsi tranquillamente in Svizzera, Feliks non aveva mai amato nessuno. Gli era capitato di incontrare delle persone alle quali si era vagamente affezionato: un guardiano di porci in Georgia, un vecchio dinamitardo ebreo a Białjstock, Ulrich a Ginevra. Ma tutte quelle figure tendevano a uscire dalla sua vita così come c'erano entrate. C'erano state anche delle donne. Molte di loro avvertivano la sua natura violenta e lo sfuggivano, ma altre ne erano irresistibilmente attratte. A volte lui aveva ceduto alla tentazione, ma ne era rimasto sempre più o meno deluso. Entrambi i suoi genitori erano morti, e da vent'anni non aveva notizie di sua sorella. Guardandosi indietro, vedeva la sua vita dopo la perdita di Lydia come una lenta discesa verso l'apatia. Era sopravvissuto attraverso una progressiva perdita di sensibilità, passando per l'esperienza della prigione, della tortura, del lavoro forzato, e della lunga, terribile fuga dalla Siberia. Non gli importava più nemmeno di se stesso. Questo, aveva stabilito, spiegava la sua assenza di paura, perché si può avere paura soltanto se c'è qualcosa a cui si tiene.

Lui era contento del proprio modo di essere.

Il suo amore non era diretto alle singole persone, ma a tutto il popolo. La sua pietà era rivolta alle intere masse contadine che morivano di fame, a tutti i bambini sofferenti, ai soldati atterriti, ai minatori. Non odiava nessuno in particolare: il suo odio era rivolto a tutti i principi, i proprietari terrieri, i capitalisti e gli alti gradi militari.

Questa sua dedizione totale a una causa più alta lo rendeva simile a un prete. Anzi, come lui sapeva, a un certo prete: suo padre. Non si sentiva affatto sminuito dal paragone. Rispettava la sua nobiltà d'animo, anche se disprezzava la causa che aveva servito. Lui, Feliks, aveva scelto la causa giusta. La sua vita non sarebbe stata vana.

Questa era la personalità che si era venuta formando nel corso degli anni, e che si era consolidata in età matura. Se era rimasto sconvolto dall'urlo di Lydia, era perché aveva fatto sorgere in lui l'immagine dell'altro uomo, quello che sarebbe potuto essere, un uomo tenero e appassionato, un uomo innamorato, capace di provare gelosia, desiderio, orgoglio e paura. "Preferirei essere lui?" si chiese. Quell'uomo sarebbe stato felice di guardarla nei suoi grandi occhi grigi e di accarezzarle i capelli biondi e fini, di vederla ridere allegramente dei propri inutili tentativi per imparare a fischiare, di discutere con lei di Tolstòj, di mangiare insieme pane nero e aringhe affumicate e di guardarla torcere in una smorfia il suo grazioso visetto al primo sorso di vodka. Quell'uomo sarebbe *allegro.*

Sarebbe anche *preoccupato.* Si chiederebbe se Lydia è felice. Esiterebbe a premere il grilletto per timore di colpirla di rimbalzo. Magari si farebbe degli scrupoli a uccidere il nipote a cui lei era probabilmente affezionata. Quell'uomo sarebbe un mediocre rivoluzionario.

"No," pensò quella sera, mentre si addormentava, "non vorrei essere lui."

Durante la notte sognò di sparare a Lydia, ma quando si svegliò non riuscì a ricordare se aveva provato dolore.

Il terzo giorno uscì. Bridget gli diede una camicia e un cappotto che erano appartenuti a suo marito. Non gli andavano molto bene, perché Feliks era più alto e magro di lui. Poté invece riutilizzare i propri pantaloni e gli stivali, una volta che Bridget ebbe tolto le macchie di sangue.

Riparò la bicicletta, che era rimasta danneggiata quando l'aveva lasciata cadere giù dalle scale. Raddrizzò una ruota incurvata, rappezzò una gomma forata e sistemò la pelle strappata del sellino. Salì e pedalò per un breve tratto, ma capì subito di non essere ancora in grado di percorrere lunghe distanze. Decise di camminare.

Era una magnifica giornata di sole. A una bancarella che vendeva abiti di seconda mano in Mornington Crescent prese, in cambio di mezzo penny e del cappotto del marito di Bridget, un cappotto più leggero e della sua misura.

Si sentiva particolarmente allegro, mentre camminava per le strade di Londra sotto il sole. "Non ho alcun motivo di essere allegro" si disse. "Il mio piano audace e astuto è andato in fumo perché una donna ha gridato e un uomo di mezza età ha brandito una spada. Un vero fiasco!"

Era stata Bridget a metterlo di buonumore, si rese conto. Aveva capito che lui era nei guai e gli aveva offerto il suo aiuto senza pensarci due volte. Questo gli aveva ricordato la generosità del popolo nel cui nome sparava colpi di pistola, lanciava bombe e si faceva trafiggere da una spada. Gli aveva ridato forza.

Si diresse verso St James's Park e si fermò nel solito punto, di fronte a casa Walden. Guardò la facciata di pietra bianca e lucida e le finestre alte ed eleganti. "Puoi buttarmi per terra," pensò "ma non mettermi fuori combattimento: se sapessi che sono di nuovo qui, ti verrebbe la tremarella."

Rimase di guardia. Il problema era che un attentato fallito mette all'erta la vittima designata. Ora sarebbe stato davvero difficile uccidere Orlov, perché avrebbe preso delle precauzioni. Feliks avrebbe scoperto quali erano e come eluderle.

Alle undici uscì la carrozza, e dietro al finestrino a Feliks parve di vedere una barba a badile e un cilindro: Walden. Ritornò all'una. Uscì di nuovo alle tre, e questa volta Feliks riconobbe un copricapo femminile, forse di Lydia, oppure della figlia. Chiunque fosse, tornò alle cinque. Verso sera arrivarono diversi ospiti e, a quanto parve, la famiglia cenò a casa. Nessun segno di Orlov. Evidentemente, era stato trasferito altrove. "Ma io scoprirò dove" si disse Feliks.

Tornando a Camden Town, comprò un giornale. Quando arrivò a casa, Bridget gli offrì del tè, e lui lesse il giornale nel soggiorno. Non c'era alcun accenno a Orlov, né sulla cronaca di corte né su quella mondana.

Bridget notò la colonna che stava leggendo. «Notizie interessanti per un tipo come te» osservò ironica. «Senza dubbio, stai decidendo a quale festa partecipare stasera.»

Feliks sorrise senza replicare.

«Io so chi sei: un anarchico» disse Bridget.

Feliks restò immobile.

«Chi pensi di uccidere?» proseguì la donna. «Spero che si tratti di quel maledetto re.» Bevve rumorosamente il suo tè. «Be', non guardarmi in quel modo. Sembra che tu voglia sgozzarmi. Non ti preoccupare, non parlerò. Mio marito ha fatto fuori un po' d'inglesi, a suo tempo.»

Feliks era confuso. Bridget aveva indovinato le sue intenzioni, e le approvava! Non sapeva che cosa dire. Si alzò e ripiegò il giornale. «Lei è una brava donna» commentò.

«Se avessi vent'anni di meno ti bacerei. Esci, prima che io faccia qualcosa di poco dignitoso.»

«Grazie per il tè» rispose Feliks e si ritirò.

Trascorse il resto della serata seduto nella sua stanza nel seminterrato, con gli occhi fissi sulla parete, a pensare. Chiaramente Orlov si teneva al riparo, ma dove? Se non era a casa Walden, forse era all'ambasciata russa, oppure ospite di un dipendente dell'ambasciata, oppure in un albergo, o a casa di un amico di Walden. Poteva anche darsi che si trovasse fuori Londra, in una casa in campagna. Non c'era modo di controllare tutte le possibilità.

Non sarebbe stato facile. Feliks cominciò a essere preoccupato.

Considerò l'idea di pedinare Walden. Forse era la cosa migliore da fare, ma presentava parecchi aspetti negativi. Se anche, in una città come Londra, fosse stato possibile seguire una carrozza con la bicicletta, le forze non gli avrebbero retto. Inoltre, non poteva lasciar passare troppo tempo. Se, per esempio, nei giorni a venire Walden si fosse recato in diverse case private, due o tre uffici, un paio di alberghi e un'ambasciata, come avrebbe fatto a capire in quale di quei posti si trovava Orlov? Era possibile, ma avrebbe richiesto tempo.

E intanto, le trattative sarebbero proseguite e la prospettiva della guerra si sarebbe avvicinata.

E se poi Orlov, dopo tutte le ricerche, fosse semplicemente rimasto in casa Walden senza più uscirne?

Feliks si addormentò arrovellandosi sul problema e si svegliò con la soluzione.

Avrebbe interrogato Lydia.

Si lucidò gli stivali, si lavò i capelli e si rasò. Si fece prestare da Bridget una sciarpa di cotone bianco e se l'avvolse intorno al collo, nascondendo così la mancanza di colletto e cravatta. Alla bancarella di abiti usati a Mornington Crescent trovò una bombetta della sua misura. Si guardò nello specchio inclinato del commerciante: aveva un'aria più che rispettabile. Proseguì soddisfatto.

Non aveva idea di quale sarebbe stata la reazione di Lydia nel rivederlo. Era sicuro che lei non l'avesse riconosciuto la notte dell'attentato fallito: aveva il volto coperto e il suo grido era stato una reazione istintiva alla vista di uno sconosciuto armato di pistola. Ammesso che fosse riuscito a entrare in casa sua e a vederla, lei che cosa avrebbe fatto? Lo avrebbe cacciato fuori? Avrebbe immediatamente cominciato a spogliarsi, come faceva un tempo? Oppure si sarebbe comportata con la massima indifferenza, trattandolo come un vecchio amico di gioventù di cui non le importava più niente?

Era necessario che Lydia fosse stupita e sconvolta, e ancora innamorata di lui: solo questo gli avrebbe permesso di farsi rivelare un segreto.

Di colpo, si rese conto di non ricordare più il suo aspetto. Era molto strano. Sapeva quanto era alta, che non era né grassa né magra, con i capelli chiari e gli occhi grigi. Però non riusciva a ricostruire nella mente una sua immagine precisa. Se si concentrava sulla linea del naso, riusciva a ricordarla, e riusciva anche a ricomporre una visione vaga e indefinita di Lydia nella fioca luce di una sera a Pietroburgo. Ma se cercava di mettere a fuoco l'immagine, essa svaniva.

Arrivò al parco e rimase esitante davanti alla casa. Erano le dieci. "Saranno già svegli?" si chiese. In ogni caso, era meglio aspettare che Walden uscisse. Gli venne in mente che gli sarebbe anche potuto capitare di incontrare Orlov nell'ingresso, ora che non era armato.

"Se lo vedo lo strangolo con le mie mani" pensò con furia selvaggia.

Si chiese che cosa stesse facendo Lydia in quel momento. Forse si stava vestendo. "Ah, sì," pensò "me la posso immaginare col bustino, intenta a spazzolarsi i capelli davanti a uno specchio. Oppure starà facendo colazione. Senza dubbio ci saranno uova, carne e pesce, ma lei mangerà solo una fetta di pane e burro e uno spicchio di mela."

Davanti all'entrata apparve la carrozza. Un paio di minuti dopo qualcuno ci salì e la vettura si avviò verso il cancello. Quando lo varcò, Feliks era fermo sul lato opposto della strada. D'un tratto, si trovò a fissare Walden, al di là del finestrino, mentre anche lui lo fissava. Feliks provò l'impulso di gridargli: "Ehi, Walden, io l'ho posseduta per primo!". Si limitò a sorridere e a togliersi il cappello. Walden rispose con un cenno della testa, poi la carrozza si allontanò.

Feliks si chiese come mai si sentisse tanto euforico.

Varcò il cancello e attraversò il giardino. Notò che c'erano dei fiori a tutte le finestre della casa, e pensò: "Ah, sì, i fiori le sono sempre piaciuti". Salì gli scalini dell'ingresso e suonò il campanello.

"Forse chiamerà la polizia" pensò.

Dopo qualche istante un domestico aprì la porta. Feliks entrò. «Buongiorno» disse.

«Buongiorno, signore» rispose il domestico.

Dunque, ho davvero un'aria rispettabile. «Vorrei vedere la contessa di Walden. È una questione estremamente urgente. Mi chiamo Konstantin Dmitrič Levin. Sono sicuro che Lady Walden si ricorderà di me dai tempi di Pietroburgo.»

«Sì, signore. Konstantin...?»

«Konstantin Dmitrič Levin. Le do il mio biglietto.» Feliks si frugò nelle tasche. «Ah! Non li ho presi.»

«Non fa niente, signore. Konstantin Dmitrič Levin.»

«Esatto.»

«Se non le spiace attendere qui un momento, vado a vedere se la contessa è in casa.»

Feliks annuì, e il domestico si allontanò.

VI

Lo scrittoio in stile regina Anna era uno dei pezzi d'arredamento della casa di Londra che Lydia preferiva. Antico di due secoli, era di lacca nera con decorazioni in oro che raffiguravano scene d'ispirazione vagamente cinese: pagode, salici, isole e fiori. Quando si apriva la ribalta, appariva una serie di caselle per le lettere bordate di velluto rosso e dei cassettini per le penne e altri oggetti di cancelleria. Nella base bombata erano alloggiati degli ampi cassetti e in alto, al di sopra della testa stando seduti, c'era una libreria chiusa da uno sportello rivestito con uno specchio. L'antico specchio rimandava un'immagine appannata e distorta del soggiorno alle spalle di Lydia.

Sullo scrittoio c'era una lettera non finita per sua sorella, la madre di Aleks, che stava a Pietroburgo. La scrittura di Lydia era piccola e disordinata. Aveva iniziato, in russo: "Non so che cosa pensare di Charlotte", e poi si era fermata. Seduta con lo sguardo perso nello specchio appannato, rifletteva.

Quel periodo si stava rivelando movimentato nel peggior modo che ci si potesse immaginare. Dopo la protesta della suffragetta a corte e l'assalto di quel folle nel parco, aveva pensato che non sarebbero potute capitare altre disavventure. E per qualche giorno la vita era trascorsa tranquilla. Charlotte era stata introdotta con successo in società. Non c'era più Orlov a turbare la serenità di Lydia con la sua presenza, perché si era trasferito all'Hotel Savoy e non partecipava più ai ricevimenti mondani. La festa di Belinda era riuscita benissimo. Quella sera Lydia aveva dimenticato le sue preoccupazioni e aveva trascorso ore meravigliose Aveva ballato il valzer, la polka, il two-step, il tango e perfino il turkey trot. Aveva fatto coppia con metà dei membri della Camera dei Lord, con diversi giovanotti, e soprattutto con suo marito. In realtà non era troppo elegante ballare così tanto col proprio marito, ma Stephen era talmente incantevole nel suo abito da sera ed era un ballerino così bravo, che lei si era lasciata trascinare. Il loro matrimonio attraversava decisamente una delle sue fasi più felici. Guardandosi indietro negli anni, aveva l'impressione che spesso quei periodi positivi fossero coincisi con la stagione delle feste. E poi era saltata fuori Annie a rovinare tutto.

Lydia aveva solo un vago ricordo di lei a Walden Hall. Era impossibiie conoscere tutta la servitù della casa: erano una cinquantina di domestici, oltre ai giardinieri e agli stallieri. Perfino fra di loro c'era chi non conosceva i propri padroni: in una memorabile occasione, Lydia aveva fermato una cameriera che stava passando nell'atrio per chiederle se Lord Walden fosse in camera sua, e si era sentita rispondere: «Vado subito a vedere, signora. Chi devo dire?».

Tuttavia, Lydia ricordava il giorno in cui la signorina Braithwaite, la governante della casa, era venuta da lei con la notizia che Annie era incinta e che quindi andava cacciata via. La signorina Braithwaite non aveva detto che era incinta, ma che aveva trasgredito alle regole morali. Sia Lydia sia la signorina Braithwaite avevano provato un certo imbarazzo, ma nessuna delle due si era particolarmente scandalizzata: erano cose che succedevano alle cameriere. Non era la prima e non sarebbe stata l'ultima volta. Le peccatrici andavano licenziate – era l'unica soluzione in una casa rispettabile – e naturalmente non potevano avere referenze. Senza il benservito, una cameriera non poteva trovare un altro lavoro, ma di solito questo non costituiva un problema, perché la ragazza sposava il padre del bambino oppure tornava nella sua casa paterna. E poi, dopo qualche anno, quando il bambino era cresciuto, poteva anche tornare a lavorare presso la famiglia di un tempo, come sguattera o lavandaia, o in qualche altra attività che non l'avrebbe messa a contatto con i padroni.

Lydia aveva immaginato che la vita di Annie avrebbe seguito

questo corso. Ricordava che un giovane aiuto giardiniere se n'era andato senza preavviso e aveva preso la via del mare – aveva saputo la cosa per via della difficoltà di trovare ragazzi disposti a lavorare come giardinieri per una paga ragionevole – ma ovviamente nessuno le aveva parlato del rapporto fra Annie e il giovane.

"Non siamo dei datori di lavoro senza cuore" pensò Lydia. "Siamo relativamente generosi. Eppure Charlotte ha reagito come se Annie si trovasse in quella situazione per colpa mia. Non capisco dove vada a prendere certe idee. Che cosa ha detto? 'Io so che cosa ha fatto Annie, e con chi l'ha fatto.' In nome del cielo, dove impara a parlare in questo modo, quella bambina? Ho dedicato tutta la mia vita alla sua educazione, per fare di lei una giovane pura, innocente e rispettabile, e non una come me... Mio dio, non voglio nemmeno pensarci..."

Intinse la penna nel calamaio. Avrebbe voluto confidare i suoi crucci alla sorella, ma per lettera era così difficile. Non sarebbe stato facile nemmeno di persona, pensò. Charlotte era l'unica con cui avrebbe davvero voluto comunicare intimamente. "Perché, invece, quando ci provo divento petulante e tirannica?"

Entrò Pritchard. «Un certo signor Konstantin Dmitrič Levin chiede di vederla, milady.»

Lydia aggrottò la fronte. «Non mi pare di conoscerlo.»

«Il signore dice che è una questione urgente, milady, e pare convinto che lei debba ricordarsi di lui da Pietroburgo.» Pritchard aveva un'aria dubbiosa.

Lydia esitò. Il nome le suonava familiare. Di tanto in tanto, venivano a trovarla a Londra dei russi che conosceva appena. Di solito, esordivano offrendosi di portare dei messaggi al suo paese natale, e finivano chiedendo un prestito per il viaggio. Lydia li aiutava volentieri. «Va bene» disse. «Fallo entrare.»

Pritchard uscì. Lydia intinse di nuovo la penna e scrisse: "Che cosa si può fare quando una figlia ha diciotto anni e una volontà propria? Stephen dice che mi preoccupo troppo. Vorrei..."

"Con Stephen non si riesce nemmeno a parlare" pensò. "Cerca solo di tranquillizzarmi senza darmi ascolto."

La porta si aprì e Pritchard annunciò: «Il signor Konstantin Dmitrič Levin».

Lydia disse in inglese senza voltarsi: «Sono subito da lei, signor Levin». Udì il domestico chiudere la porta mentre scriveva: "... potergli credere". Posò la penna e si girò.

Lui le disse in russo: «Come stai, Lydia?».

Lydia mormorò: «Oh, mio dio».

Si sentì il cuore stretto in una morsa di ghiaccio e le mancò il fiato. Davanti a lei c'era Feliks: alto, magro come non mai, vestito in modo trasandato, con un'assurda bombetta nella mano sinistra. I suoi capelli erano ancora lunghi e neri, senza tracce di grigio. Quella pelle bianca, il naso come una lama ricurva, la bocca larga, e gli occhi dolci e tristi: lo stesso di un tempo.

Lui disse: «Scusami se ti ho turbata».

Lydia non riusciva a parlare. In lei si agitava una tempesta di sentimenti contrastanti: sbigottimento, timore, piacere, orrore, affetto e paura. Lo guardò ancora. Era invecchiato. Il suo viso era segnato: due pieghe profonde gli attraversavano le guance, e agli angoli della sua bella bocca c'erano delle rughe rivolte verso il basso. Parevano rughe nate dal dolore e dalla sofferenza. Nella sua espressione c'era qualcosa che prima non c'era stato, qualcosa di spietato, o di crudele, o forse soltanto di duro. Appariva stanco.

Anche lui la stava osservando. «Sembri una ragazzina» disse meravigliato.

Lydia distolse lo sguardo da lui. Il cuore le batteva all'impazzata. La paura diventò il sentimento dominante. "E se Stephen torna?", pensava. "E viene in questa stanza? E mi guarda perplesso, come a chiedermi: 'Chi è quest'uomo?'. E se io arrossisco? E comincio a balbettare e..."

«Vorrei che tu dicessi qualcosa» disse Feliks.

Lei tornò a guardarlo. Con uno sforzo, disse: «Vattene».

«No.»

Di colpo, Lydia si rese conto di non avere la forza di farlo andare via. Lanciò un'occhiata al campanello con cui avrebbe potuto chiamare Pritchard. Feliks sorrise come se sapesse quello che le passava per la mente.

«Sono passati diciannove anni» le disse.

«Sei invecchiato» replicò lei in tono brusco.

«Anche tu sei cambiata.»

«Che cosa ti aspettavi?»

«Mi aspettavo questo» rispose lui. «Che tu avessi paura di ammettere che eri felice di vedermi.»

Era sempre riuscito a leggerle nel cuore con quegli occhi vellutati. A che cosa serviva fingere? Lui sapeva riconoscere le finzioni, rammentò Lydia. L'aveva capita fin dal primo momento che aveva posato gli occhi su di lei.

«Ebbene?» le chiese. «Non sei felice?»

«Sono anche spaventata» rispose lei, e poi si rese conto di avere ammesso di essere felice. «E tu?» aggiunse subito. «Che cosa provi?»

«Non provo più niente» rispose lui, ed ebbe uno strano sorriso doloroso. Era un'espressione che lei non gli aveva mai visto. Intuì che in quel momento era sincero.

Feliks prese una sedia e si sedette accanto a lei. Lydia si tirò indietro di scatto. «Non voglio farti del male...» disse lui.

«Farmi del male?» Lydia fece una debole risata. «Mi rovinerai la vita!»

«Tu hai rovinato la mia» replicò lui. Poi inarcò le sopracciglia, come sorpreso di se stesso.

«Oh, Feliks, non avrei voluto.»

Di colpo, Feliks si sentì teso. Cadde un silenzio pesante. Lui sorrise ancora con quell'espressione amara e chiese: «Che cosa accadde?».

Lei esitò. Si rese conto che in tutti quegli anni aveva sempre desiderato potergli dare una spiegazione. Cominciò: «Quella sera mi strappasti il vestito...».

«Che cosa farai con questo strappo nel vestito?» chiese Feliks.

«Mi farò dare un punto dalla mia cameriera prima di arrivare all'ambasciata» rispose Lydia.

«La tua cameriera si porta sempre dietro ago e filo?»

«Altrimenti perché ci si farebbe accompagnare da una cameriera quando si esce a cena?»

«Già, perché?» Feliks era steso sul letto e la guardava. Lydia sapeva che gli piaceva guardarla mentre si vestiva. Una volta l'aveva fatta ridere fino alle lacrime imitandola nell'atto di infilarsi i mutandoni.

Prese il vestito che lui le porgeva e lo indossò. «Ci mettono tutti un'ora per prepararsi per la sera» disse. «Prima di conoscerti non immaginavo che lo si potesse fare in cinque minuti. Allacciamelo.»

Davanti allo specchio, si sistemò la pettinatura mentre lui le chiudeva i ganci sulla schiena. Quando terminò l'operazione, Feliks la baciò su una spalla. Lei inarcò il collo. «Non ricominciare» lo ammonì. Lui prese il mantello marrone e glielo porse.

L'aiutò a indossarlo e disse: «Le luci svaniscono quando tu te ne vai».

Lei fu turbata. Non gli accadeva spesso di essere sentimentale. Rispose: «Capisco quello che provi».

«Domani verrai?»

«Sì.»

Sulla porta lei lo baciò. «Grazie».

«Ti amo tanto» disse lui.

Lydia uscì. Mentre scendeva le scale udì un rumore alle sue spalle e si guardò indietro. Dalla porta dell'appartamento accanto, il vicino di Feliks la stava osservando. Parve imbarazzato quando incrociò lo sguardo di Lydia. Lei gli rivolse un cortese cenno di saluto, e lui si ritirò. Le venne in mente che forse li sentiva fare l'amore attraverso il muro. Tanto peggio. Sapeva benissimo di compiere cose immorali e vergognose, ma si rifiutava di pensarci.

Uscì in strada. La cameriera l'aspettava all'angolo. Si avviarono insieme verso il parco dove le attendeva la carrozza. Era una serata fredda, ma Lydia ardeva di un calore che le attraversava tutto il corpo. Spesso si domandava se la gente fosse in grado di indovinare, vedendola, che aveva appena fatto l'amore.

Il cocchiere abbassò il predellino evitando di guardarla. "Lui lo sa" pensò Lydia sorpresa. Poi decise che era impossibile.

Nella carrozza, la cameriera le aggiustò in fretta il vestito. Lydia cambiò il mantello marrone con una stola di pelliccia. La cameriera le ravviò i capelli. Lydia pagò il suo silenzio con dieci rubli. Poi arrivarono all'ambasciata britannica.

Lydia entrò composta.

Non era difficile, scoprì, assumere la sua seconda personalità e diventare la Lydia casta e schiva che la buona società conosceva. Non appena rientrava nel suo mondo reale, si sentiva intimorita dal potere brutale della sua passione per Feliks, e si trasformava davvero in un giglio tremante. Non fingeva. In effetti, per la maggior parte delle ore del giorno, quella fanciulla ben educata che lei era le appariva come il suo vero io. E allora pensava di essere in qualche modo stregata, quando stava con Feliks. Ma quando era con lui, e anche quando la notte era da sola nel suo letto, rifiutava la sua personalità ufficiale che l'avrebbe privata della più grande gioia mai conosciuta.

Entrò nell'atrio, col suo vestito bianco, e un'aria giovane e un po' nervosa.

Incontrò suo cugino Kiril, che formalmente doveva farle da cavaliere. Era un vedovo sulla trentina, un tipo irritabile che lavorava per il ministro degli Esteri. Lui e Lydia non si erano molto simpatici, ma dato che lui aveva perso la moglie e i genitori di Lydia non uscivano volentieri, ai ricevimenti si facevano invitare insieme. Lydia insisteva sempre perché Kiril non si disturbasse ad andarla a prendere, e in questo modo riusciva a organizzare i suoi incontri clandestini con Feliks.

«Sei in ritardo» rilevò Kiril.

«Mi dispiace» replicò lei mentendo.

Kiril l'accompagnò nel salone. Furono accolti dall'ambasciatore e sua moglie, e poi presentati a Lord Highcombe, il figlio maggiore del conte di Walden. Era un uomo alto, di bell'aspetto, sui trent'anni, vestito in modo impeccabile ma sobrio. Aveva un'aria molto inglese, con i capelli corti castano chiari e gli occhi azzurri. Aveva un viso sorridente e aperto che Lydia giudicò abbastanza attraente. Parlava bene il francese. Scambiarono una breve conversazione educata. Poi, lui venne presentato ad altre persone.

«Sembra un uomo piacevole» commentò Lydia con Kiril.

«Non lasciarti ingannare» disse Kiril. «Si dice che sia uno scapestrato.»

«Mi sorprende.»

«Gioca a carte con degli ufficiali che conosco, e mi dicevano che certe sere finiscono ubriachi fradici.»

«Tu sai sempre un mucchio di cose sulla gente, e sempre negative.»

Kiril tese la bocca sottile in un sorriso. «È colpa mia o loro?»

Lydia chiese: «Come mai è qui?».

«A Pietroburgo? Be', il fatto è che ha un padre molto ricco e dispotico con cui non va d'accordo. Così, va in giro per il mondo passando il suo tempo a bere e a giocare in attesa che il vecchio muoia.»

Lydia non pensava che lei e Lord Highcombe si sarebbero parlati ancora, ma la moglie dell'ambasciatore, visto che entrambi non erano sposati, aveva assegnato loro due posti vicini a tavola. Alla seconda portata lui tentò di avviare una conversazione. «Conosce per caso il ministro delle Finanze?» le chiese.

«No, mi dispiace» rispose Lydia in tono freddo. Sapeva tutto di lui, naturalmente. Era il grande beniamino dello zar; però aveva sposato una donna non soltanto divorziata, ma anche ebrea, e questo metteva in un certo imbarazzo la gente che voleva invitarlo. Improvvisamente, Lydia immaginò la rabbia che Feliks avrebbe mostrato nei confronti di simili pregiudizi. Poi si accorse che Walden aveva ripreso a parlare.

«Mi piacerebbe molto conoscerlo. So che è una persona incredibilmente energica e lungimirante. Il suo progetto di ferrovia transiberiana è meraviglioso. Ma la gente dice che non è un tipo molto raffinato.»

«Sono sicura che Sergej Julevič Vitte è un servitore fedele del nostro adorato sovrano» replicò Lydia in tono cortese.

«Senz'altro» concluse Walden, e si girò verso la signora seduta accanto a lui dall'altra parte.

"Pensa che io sia noiosa" si disse Lydia.

Dopo un po' gli chiese: «Lei viaggia molto?».

«Per la maggior parte del tempo» rispose lui. «Vado in Africa quasi ogni anno, per la caccia grossa.»

«Che cosa affascinante! A quali animali dà la caccia?»

«Leoni, elefanti... una volta un rinoceronte.»

«Nella giungla?»

«La caccia si fa nelle praterie a est, ma una volta mi sono spinto a sud fino alla foresta equatoriale, per vederla.»

«Ed è proprio come la raffigurano i libri?»

«Sì, ci sono anche i pigmei nudi.»

Lydia si sentì arrossire, e si girò dall'altra parte. "Perché mai doveva dire una cosa del genere?" pensò. Non parlò più con lui. Avevano conversato abbastanza per ottemperare alle regole dell'etichetta, e chiaramente nessuno dei due aveva voglia di proseguire.

Dopo cena, Lydia suonò il meraviglioso pianoforte a coda

dell'ambasciatore, poi Kiril l'accompagnò a casa. Andò diritta a letto e sognò di Feliks.

Il mattino seguente, dopo la colazione, il padre la fece convocare nel suo studio da un domestico.

Il conte era piccolo e magro, aveva cinquantacinque anni e un'aria stanca e tesa. Lydia era la più giovane dei suoi quattro figli: gli altri tre, tutti sposati, erano due maschi e una femmina. La madre era sempre in cattive condizioni di salute. Lydia aveva vaghi ricordi di un tempo migliore, quando erano una bella famiglia intorno a un tavolo da pranzo. Ma erano passati molti anni da allora. Se ora suo padre la chiamava nello studio, significava una cosa sola: guai.

Quando Lydia entrò, lui era in piedi davanti alla scrivania, con le mani dietro la schiena e il viso acceso dalla collera. La cameriera di Lydia stava vicino alla porta con le guance rigate di lacrime. Lydia capì subito di che cosa si trattava, e si sentì tremare.

Non ci furono preamboli. Suo padre gridò: «Hai avuto degli incontri segreti con un uomo!».

Lydia incrociò le braccia cercando di smettere di tremare. «Come l'hai scoperto?» gli chiese lanciando un'occhiata accusatoria alla cameriera.

Suo padre emise un brontolio disgustato. «Non guardare lei» disse. «È stato il cocchiere a parlarmi delle tue passeggiate stranamente lunghe nel parco. E ieri ti ho fatta seguire.» Alzò nuovamente la voce. «Come hai potuto comportarti in modo simile, come una volgare contadina?»

Fino a che punto sapeva come stavano le cose? Non era a conoscenza di tutto, no di certo! «Sono innamorata» dichiarò Lydia.

«Innamorata?» tuonò. «Sei in calore, vorrai dire.»

Lydia si aspettò di essere percossa. Indietreggiò di alcuni passi, pronta a fuggire. Lui sapeva tutto. Era la catastrofe completa. Che cosa avrebbe fatto?

Il padre aggiunse: «Il peggio è che non puoi certo sposarlo».

Lydia era sbalordita. Si aspettava di essere cacciata di casa, mandata via senza un soldo e umiliata. Ma lui aveva in mente una punizione ancora più dura. «Perché non posso sposarlo?» gridò.

«Perché è praticamente un servo della gleba, e per giunta anarchico. Non capisci? Sei rovinata!»

«E allora lascia che io lo sposi, se ormai sono rovinata!»

«No!» urlò lui.

Cadde un pesante silenzio. La cameriera, ancora in lacrime, singhiozzava sommessamente. Lydia sentì un campanello d'allarme risuonarle nella mente.

«Tua madre ne morirà» disse il conte.

Lydia mormorò: «Che cosa intendi fare?».

«Per ora, rimarrai confinata in camera tua. E non appena avrò preso gli accordi necessari, entrerai in un convento.»

Lydia lo fissò inorridita. Era una sentenza di morte.

Fuggì dalla stanza.

Il pensiero di non poter più rivedere Feliks era insopportabile. Le lacrime le scorrevano copiose. Corse in camera sua. Non sarebbe sopravvissuta a un simile castigo. "Morirò" pensò. "Morirò."

Piuttosto che lasciare Feliks avrebbe lasciato per sempre la sua famiglia. Non appena le si affacciò alla mente quest'idea, capì che era l'unica cosa da fare. E doveva farlo subito, prima che suo padre mandasse qualcuno a chiuderle la porta a chiave.

Guardò nel suo borsellino: aveva solo pochi rubli. Aprì il cofanetto dei gioielli. Prese un braccialetto di brillanti, una catenina d'oro, qualche anello. Cacciò tutto nel borsellino, infilò il soprabito e corse giù per le scale. Uscì di casa dalla porta di servizio.

Si precipitò in strada. La gente la guardava, stupita alla vista di una ragazza elegante e raffinata che correva disperatamente, col viso solcato di lacrime. Lei non ci badò. Aveva girato per sempre le spalle alla rispettabilità. Sarebbe fuggita con Feliks.

Ben presto si sentì sfinita, e rallentò l'andatura. Di colpo, tutta la vicenda le apparve in una luce meno tragica. Lei e Feliks sarebbero potuti andare a Mosca, o in una città di campagna, o anche all'estero, magari in Germania. Feliks si sarebbe potuto cercare un lavoro. Era istruito, quindi non gli sarebbe stato difficile trovare un posto come impiegato, e forse anche di meglio. Lei avrebbe potuto eseguire lavori di cucito a domicilio. Avrebbero preso una casetta in affitto e l'avrebbero arredata con mobili di poco prezzo. Avrebbero avuto dei bambini, dei maschi forti e delle femmine graziose. Le cose che avrebbe perso le apparivano prive di valore: vestiti di seta, pettegolezzi mondani, servi onnipresenti, case spaziose e cibi raffinati.

Come sarebbe stato vivere con lui? Sarebbero andati a letto e avrebbero dormito insieme. Che cosa romantica! Avrebbero passeggiato, tenendosi per mano, noncuranti di esibire il loro amore. La sera si sarebbero seduti davanti al caminetto a giocare a carte, o a leggere, oppure soltanto a chiacchierare. Tutte le volte che avesse voluto, avrebbe potuto accarezzarlo, o baciarlo, o anche spogliarsi per lui.

Arrivò a casa di Feliks e corse su per le scale. Quale sarebbe stata la sua reazione? Prima sarebbe apparso sgomento, poi eccitato. E, subito dopo, avrebbe affrontato i problemi pratici che presentava la situazione. Sarebbero dovuti andarsene immediatamente, avrebbe detto, perché era probabile che il padre di lei avrebbe mandato qualcuno a riprenderla. Sarebbe stato risoluto. «Andremo nel tal posto» avrebbe detto, e si sarebbe messo a parlare di biglietti, valigie e travestimenti.

Lydia estrasse la chiave, ma era inutile. La porta dell'appartamento era aperta e scardinata. Entrò, gridando: «Feliks, sono io... Oh!».

Si fermò sulla soglia. C'era disordine dappertutto, come se fossero entrati dei ladri o ci fosse stata una rissa. Feliks era sparito.

Di colpo, Lydia si sentì terrorizzata.

Perlustrò la casa in uno stato di stordimento, guardando stupidamente dietro le tende e sotto il letto. Tutti i libri erano spariti. Il materasso era stato sventrato. Lo specchio era rotto, quello specchio dove si erano guardati mentre facevano l'amore un pomeriggio in cui fuori nevicava.

Lydia si aggirò vanamente nel corridoio esterno. Apparve alla porta l'inquilino dell'appartamento accanto. Lydia lo guardò. «Che cosa è successo?» gli chiese.

«Ieri notte lo hanno arrestato» rispose l'uomo.

Il cielo parve crollarle addosso.

Si sentì mancare. Si appoggiò al muro per sostenersi. Arrestato! E perché? Dov'era? Chi lo aveva arrestato? Come avrebbero potuto fuggire insieme, se lui era in prigione?

«Pare che fosse un anarchico.» Il vicino fece un sorriso allusivo e aggiunse: «Ma poteva anche essere qualsiasi altra cosa».

Era troppo. Non poteva succedere una cosa del genere proprio lo stesso giorno in cui suo padre aveva...

«Papà» mormorò Lydia. «È stato lui.»

«Si sente poco bene?» chiese il vicino. «Vuole entrare a sedersi un momento?»

Lydia notò la sua espressione equivoca. Dopo tutto il resto, non poteva sopportare anche quell'individuo osceno. Raccolse le forze e, senza rispondergli, scese lentamente le scale e uscì in strada.

Camminava piano, senza una direzione, chiedendosi che cosa poteva fare. Doveva trovare un modo per far uscire Feliks di prigione. Ma non aveva idea di come muoversi. Avrebbe dovuto appellarsi al ministro dell'Interno? Allo zar? Non sapeva, però, come arrivare fino a loro, se non seguendo la prassi regolare. Avrebbe potuto scrivere. Ma aveva bisogno di Feliks quel giorno stesso. Avrebbe potuto fargli visita in carcere? Almeno avrebbe visto come stava, e lui avrebbe saputo che lei stava lottando per la sua liberazione. Forse, se fosse arrivata in carrozza, elegantemente vestita, avrebbe potuto farsi amico il secondino... Ma non sapeva dove fosse il carcere, forse non ce n'era uno soltanto, e non disponeva della sua carrozza. E se fosse tornata a casa suo padre l'avrebbe messa sotto chiave e lei non avrebbe mai più rivisto Feliks...

Ricacciò indietro le lacrime. Polizia, carceri, criminali: era un mondo a lei sconosciuto. A chi rivolgersi? Gli amici anarchici di Feliks erano certamente esperti in quel tipo di cose, ma lei non li aveva mai conosciuti e non sapeva dove trovarli.

Prese in considerazione l'idea di ricorrere ai suoi fratelli. Maks, che amministrava la tenuta di campagna della famiglia, si sarebbe schierato sulle stesse posizioni del padre, e ne avrebbe approvato in pieno l'operato. Dmitri, il fatuo e scervellato Dmitri, le avrebbe dato tutta la sua simpatia, ma non sarebbe stato in grado di aiutarla.

C'era una sola cosa da fare: andare da suo padre e supplicarlo che facesse rilasciare Feliks.

Esausta, girò su se stessa e tornò a casa.

Il suo risentimento nei confronti del padre cresceva via via che si avvicinava. Lui avrebbe dovuto amarla, avere cura di lei, preoccuparsi della sua felicità. E che cosa aveva fatto, invece? Aveva cercato di rovinarle la vita. Lei sapeva quello che voleva, sapeva che cosa l'avrebbe resa felice. Era la sua vita. Aveva il diritto di scegliere.

Arrivò a casa fremente.

Si diresse subito nello studio ed entrò senza bussare. «Lo hai fatto arrestare» disse in tono d'accusa.

«Sì» ammise il padre. Il suo atteggiamento era mutato. La maschera di furore era stata sostituita da un'espressione pensosa e cauta.

«Devi farlo rilasciare immediatamente» disse Lydia.

«In questo momento lo stanno torturando.»

«No» mormorò Lydia. «Oh, no.»

«Gli stanno frustando le piante dei piedi...»

Lydia urlò.

Suo padre alzò la voce. «Con delle verghe sottili e flessibili...»

C'era un tagliacarte sulla scrivania.

«... che tagliano rapidamente la pelle morbida...»

"Lo uccido."

«... finché esce così tanto sangue che...»

Lydia perse il lume della ragione.

Prese il tagliacarte e si avventò contro suo padre. Alzò il braccio e lo riabbassò con tutta la forza che aveva, mirando a quel collo grinzoso, urlando: «Ti odio, ti odio, ti odio...».

Lui si scansò di lato, le afferrò il polso, la costrinse a lasciare il tagliacarte e la fece sedere.

Lydia scoppiò in un pianto isterico.

Dopo qualche minuto, suo padre riprese a parlare, in tono calmo, come se niente fosse successo. «Potrei far interrompere la tortura immediatamente» disse. «Posso farlo rilasciare quando voglio.»

«Oh, ti prego» singhiozzò Lydia. «Farò tutto quello che vorrai.»

«Sul serio?» volle sapere lui.

Lei lo guardò attraverso le lacrime. Le si accese una luce di speranza. Diceva davvero? Avrebbe fatto rilasciare Feliks? «Qualsiasi cosa» rispose. «Qualsiasi cosa.»

«Mentre tu eri fuori è venuto a trovarmi qualcuno» disse in tono discorsivo. «Il conte di Walden. Mi ha chiesto il permesso di farti visita.»

«Chi?»

«Il conte di Walden. Era Lord Highcombe ieri sera, quando ti è stato presentato, ma stanotte suo padre è morto, così adesso il conte è lui.»

Lydia fissava suo padre senza capire. Si ricordava di quell'inglese, ma non riusciva a capire come mai suo padre fosse passato di punto in bianco a parlare di lui.

Gli disse: «Non torturarmi. Dimmi che cosa devo fare perché Feliks venga rilasciato».

«Sposare il conte di Walden» disse il padre a bruciapelo.

Lydia cessò di piangere. Rimase a guardarlo, come inebetita. Perché le stava dicendo una cosa del genere? Era assurdo.

Lui proseguì: «Walden vorrà sposarsi in fretta. Tu lascerai la Russia e andrai in Inghilterra insieme a lui. Così questa faccenda vergognosa potrà essere dimenticata e nessuno ne saprà niente. È la soluzione ideale».

«E Feliks?» mormorò Lydia.

«La sua tortura avrà fine oggi stesso. Il ragazzo verrà rilasciato al momento della tua partenza per l'Inghilterra. Non lo rivedrai mai più, per tutta la vita.»

«No» disse Lydia. «In nome di dio, no.»

Si sposarono otto settimane più tardi.

«Hai davvero cercato di accoltellare tuo padre?» le chiese Feliks sgomento, e al tempo stesso divertito.

Lydia annuì. E pensò: "Grazie a dio, non ha indovinato il resto".

Feliks dichiarò: «Sono fiero di te».

«È stato un gesto terribile.»

«Lui era un uomo terribile.»

«Io non lo giudico più così.»

Rimasero un attimo in silenzio. Poi Feliks disse piano: «Dunque, alla fine non mi hai mai tradito».

L'impulso di prenderlo fra le braccia era quasi irresistibile. Lydia si impose di rimanere immobile. Superò quel momento.

«Tuo padre mantenne la parola» disse lui assorto. «La tortura cessò quel giorno stesso. Mi rilasciarono il giorno dopo la tua partenza per l'Inghilterra.»

«Come sapevi dov'ero andata?»

«Da un messaggio della tua cameriera. Me lo lasciò in libreria. Ovviamente lei non sapeva del patto con tuo padre.»

Le cose che avevano da dirsi erano tante e così importanti che ammutolirono. Lydia aveva ancora paura di muoversi. Notò che

Feliks continuava a tenere la mano destra in tasca. Non le pareva che una volta avesse quell'abitudine.

«Hai imparato a fischiare?» le chiese lui all'improvviso.

Lydia non poté fare a meno di ridere. «Non ci sono mai riuscita.»

Fra loro calò di nuovo il silenzio. Lydia desiderava che lui se ne andasse e con pari disperazione desiderava che restasse. Alla fine gli chiese: «Che cosa hai fatto da allora?».

Feliks si strinse nelle spalle. «Ho viaggiato molto. E tu?»

«Ho cresciuto mia figlia.»

Gli anni trascorsi l'uno lontano dall'altra sembravano un argomento spiacevole per entrambi.

«Che cosa ti ha spinto a venire qui?» gli domandò Lydia.

«Oh...» Feliks parve per un attimo confuso dalla domanda. «Devo vedere Orlov.»

«Aleks? E perché?»

«C'è un marinaio anarchico in prigione: devo convincere Orlov a rilasciarlo... Sai come vanno le cose in Russia. La giustizia non esiste, valgono solo gli appoggi.»

«Aleks non è più qui. Abbiamo subito una tentata rapina nella nostra carrozza e si è spaventato.»

«Dove posso trovarlo?» chiese Feliks. Sembrava improvvisamente teso.

«All'Hotel Savoy. Ma non credo che potrai vederlo.»

«Ci proverò.»

«È una cosa importante per te, vero?»

«Sì.»

«Fai sempre... politica?»

«È la mia vita.»

«Spesso i giovani cambiano interessi, diventando adulti.»

Lui fece un sorriso amaro. «Spesso i giovani si sposano e hanno una famiglia.»

Lydia provò un grande dolore per lui. «Feliks, mi dispiace tanto.»

Lui le prese la mano.

Lei la scostò bruscamente e si alzò. «Non toccarmi» disse.

Feliks la guardò sorpreso.

«Io ho imparato la lezione, anche se tu non lo hai fatto» gli disse. «Mi avevano insegnato a credere che la lussuria è peccato, e che distrugge chi le soggiace. Per un certo tempo, quando eravamo... insieme... smisi di crederlo, o per lo meno così finsi. E guarda che cos'è successo: ho rovinato la mia vita e la tua. Mio padre aveva ragione: la lussuria distrugge. Questo non l'ho dimenticato, e non lo dimenticherò mai.»

Lui le rivolse uno sguardo triste. «È questo che dici a te stessa?»

«È la verità.»

«La morale di Tolstòj. Se segui il bene forse non sarai felice, ma se segui il male sarai certamente infelice.»

Lei trasse un profondo sospiro. «Ora desidero che tu te ne vada, e che non ritorni mai più.»

Lui le rivolse un lungo sguardo, poi si alzò. «Benissimo» disse.

A Lydia parve che le si spezzasse il cuore.

Feliks le si avvicinò di un passo. Lei rimase immobile, sapeva che si sarebbe dovuta allontanare da lui, ma era incapace di farlo. Lui le mise le mani sulle spalle e la guardò negli occhi, e poi fu troppo tardi. Lei ricordò quello che succedeva un tempo, quando si guardavano negli occhi, e fu perduta. Lui l'attirò a sé e la baciò, stringendola fra le braccia. Era come se tutti quegli anni non fossero passati. Lydia sentì sulle sue quelle labbra inquiete, dolci e amorevoli, e fu pervasa da un desiderio struggente. Spinse il proprio corpo contro quello di lui. Un fuoco le ardeva nel ventre. Fu percorsa da un brivido di piacere. Gli cercò le mani e le tenne fra le sue, per avere qualcosa cui aggrapparsi, una parte del suo corpo da stringere, con tutte le sue forze...

Lui lanciò un grido di dolore.

Si staccarono. Lei lo guardò confusa.

Feliks portò la mano destra alla bocca. Lydia vide che aveva una brutta ferita, e che stringendogli la mano lei gliel'aveva fatta sanguinare. Fece per prendergli la mano, per chiedergli scusa, ma lui si tirò indietro. Era avvenuta una trasformazione in lui, l'incantesimo si era spezzato. Feliks si girò e si diresse con passo deciso verso la porta. Con gli occhi sbarrati, lei lo guardò uscire. La porta sbatté. Lydia emise un grido di disperazione.

Rimase per qualche istante ferma a fissare dove prima c'era lui. Si sentiva distrutta. Si lasciò cadere su una sedia. Cominciò a tremare in modo incontrollabile.

Per alcuni lunghi minuti, si agitò in lei un tumulto di sentimenti, impedendole di recuperare la sua lucidità. Infine quella tempesta si placò e predominò il sollievo per aver resistito alla tentazione di rivelargli l'ultimo capitolo della storia. Quello era un segreto che conservava nel più profondo del cuore, come un frammento di proiettile in una ferita rimarginata. E lì sarebbe rimasto fino al giorno della sua morte, per essere sepolto con lei.

Feliks si fermò nell'atrio per rimettersi il cappello. Si diede un'occhiata allo specchio, e torse il viso in un ghigno di selvaggio trionfo.

Lydia non sarebbe potuta essere più ingenua. Aveva creduto alla storia del marinaio anarchico, e gli aveva rivelato, senza un attimo di esitazione, il nascondiglio di Orlov. Lo esaltava il potere che ancora esercitava su di lei. "Ha sposato Walden per amore mio" pensò "e ora io le ho fatto tradire il marito."

Tuttavia, l'incontro aveva avuto momenti pericolosi anche per lui. Mentre Lydia gli raccontava la sua storia, lui l'aveva guardata e si era sentito invadere da una profonda tristezza, da un dolore struggente che gli aveva fatto venire voglia di piangere. Ma dall'ultima volta in cui aveva pianto era passato così tanto tempo che i suoi occhi parevano aver dimenticato come si faceva. E quei momenti pericolosi erano passati.

"In realtà io sono invulnerabile al sentimento" si disse. "Le ho mentito, ho tradito la sua fiducia in me, l'ho baciata e sono fuggito via. L'ho usata. Il destino, oggi, è dalla mia parte. È un buon giorno per un'impresa audace."

Aveva perso la sua pistola nel parco, perciò gli occorreva un'altra arma. Per un assassinio in una camera d'albergo la cosa migliore sarebbe stata una bomba. Non c'era bisogno di una mira particolarmente precisa, perché in qualsiasi punto l'ordigno fosse arrivato, avrebbe ucciso chiunque si fosse trovato nella stanza. "Se in quel momento con Orlov ci fosse casualmente anche Walden, tanto meglio" pensò Feliks. In tal caso, gli venne in mente, Lydia lo avrebbe praticamente aiutato a uccidere suo marito.

E allora?

Allontanò il pensiero di Lydia dalla sua mente e cominciò a occuparsi di formule chimiche.

Entrò in una farmacia di Camden Town e comprò quattro bottigliette di un comune acido in formula concentrata. L'acido gli costò quattro scellini e cinque pence, compresi i vetri a rendere.

Portò a casa le bottigliette e le appoggiò sul pavimento della sua stanza.

Uscì di nuovo e acquistò quattro bottigliette dello stesso acido in un altro negozio. Il farmacista gli chiese a che cosa gli servissero. «Per pulire» gli rispose, e l'uomo parve soddisfatto.

In una terza farmacia comprò quattro bottigliette di un altro acido. E poi una bottiglietta di glicerina pura e una bacchetta di vetro, lunga trenta centimetri.

Aveva speso sedici scellini e otto pence, ma avrebbe recuperato quattro scellini e tre pence restituendo le bottiglie vuote. Così, gli sarebbero rimaste poco meno di tre sterline.

Avendo acquistato gli ingredienti in negozi differenti, nessuno dei farmacisti aveva motivo di sospettare che li avrebbe utilizzati per fabbricare degli esplosivi.

Andò di sopra, da Bridget, e le chiese in prestito la bacinella più grande che aveva.

«Vuoi preparare una torta?» chiese lei.

«Sì» rispose Feliks.

«Allora non farci saltare tutti per aria.»

«No, lo prometto.»

A ogni buon conto, Bridget andò a passare per precauzione il pomeriggio da una vicina.

Feliks scese da basso, si tolse la giacca, si rimboccò le maniche e si lavò le mani.

Mise la bacinella nel lavandino.

Guardò le tredici bottigliette di vetro marrone allineate sul pavimento.

La prima parte del lavoro non era molto pericolosa.

Mescolò i due diversi tipi di acido nella bacinella di Bridget, poi rimise il miscuglio nelle bottiglie.

Lavò la bacinella, la asciugò, la mise di nuovo nel lavandino e ci versò dentro la glicerina.

Il lavandino aveva un tappo di gomma appeso a una catenella. Feliks mise il tappo in posizione inclinata nel foro di scarico, in modo da chiuderlo parzialmente. Aprì il rubinetto. Quando l'acqua ebbe quasi raggiunto il bordo esterno della bacinella, regolò il rubinetto in modo che entrasse tanta acqua quanta ne usciva, mantenendosi a un livello costante nel lavandino senza traboccare nella bacinella.

L'operazione successiva aveva ucciso più anarchici dell'Ochrana.

Con estrema cautela, cominciò ad aggiungere il miscuglio di acidi alla glicerina mescolando piano ma in modo costante con la bacchetta di vetro.

La stanza nel seminterrato era molto calda.

Di tanto in tanto, si levava dalla bacinella uno sbuffo di fumo marrone rossastro, segno che la reazione chimica stava cominciando a non essere più sotto controllo. Quando succedeva, Feliks smetteva di aggiungere acido, ma continuava a mescolare finché l'acqua nel lavandino raffreddava la bacinella e rallentava la reazione. Quando il fumo svaniva, Feliks aspettava qualche minuto, e poi riprendeva a versare l'acido.

Ilya era morto così, rammentò. Davanti al lavandino di una stanza in un seminterrato, mentre mescolava acidi e glicerina: forse era stato troppo impaziente. Quando tolsero le macerie, di lui non era rimasto più niente da seppellire.

Al pomeriggio seguì la sera. L'aria si fece più fresca, ma Feliks sudava ugualmente. La sua mano era ferma come la roccia. Poteva udire le voci dei bambini in strada, che giocavano e ripetevano una cantilena. Avrebbe voluto avere del ghiaccio. Avrebbe voluto avere la luce elettrica. La camera era densa di vapori acidi. Lui aveva la gola irritata. Il miscuglio nella ciotola era limpido.

Si ritrovò a sognare Lydia a occhi aperti. Nel suo sogno lei entrava nella stanza, nuda, sorridente, e lui le diceva di andarsene perché aveva da fare.

Versò l'ultima bottiglia di acido con la stessa lentezza e delicatezza della prima.

Sempre mescolando, aumentò il getto del rubinetto in modo da far traboccare l'acqua nella bacinella.

Quando ebbe finito, aveva una ciotola di nitroglicerina.

Era un liquido esplosivo venti volte più potente della polvere da sparo. Lo si poteva far esplodere con un detonatore, ma non era necessario: bastava un fiammifero o anche solo il calore di un caminetto. Feliks aveva conosciuto un pazzo che si portava sempre una bottiglia di nitroglicerina nella tasca interna del cappotto, finché il calore del corpo non l'aveva fatta esplodere, provocando la morte sua, quella di altre tre persone e di un cavallo in una strada di Pietroburgo. Per far esplodere una bottiglia di nitroglicerina bastava romperla, o lasciarla cadere per terra, o anche soltanto scuoterla.

Feliks immerse con la massima attenzione una bottiglia pulita nella bacinella e lasciò che si riempisse lentamente di esplosivo. Quando la bottiglia fu colma, la chiuse, badando che non fosse rimasta della nitroglicerina fra il collo della bottiglia e il tappo di vetro smerigliato.

Nella bacinella era rimasto del liquido. Ovviamente, non poteva rovesciarlo nel lavandino.

Feliks andò a prendere il cuscino del letto. Sembrava fatto con cascami di cotone. Feliks fece un piccolo strappo nella fodera e tirò fuori un po' dell'imbottitura: ritagli di stoffa mescolati con qualche piuma. Li immerse nel liquido rimasto nella bacinella: veniva assorbito abbastanza bene. Feliks usò dell'altra imbottitura per asciugare tutto il liquido, poi l'avvolse in un foglio di giornale. Quello era un composto molto più stabile, come la dinamite. In pratica, era dinamite. Sarebbe esploso con minor facilità del liquido puro. Ma Feliks non aveva intenzione di usare la dinamite. Aveva bisogno di qualcosa di più rapido e sicuro.

Lavò e asciugò la bacinella. Chiuse il lavandino, lo riempì d'acqua, poi vi adagiò delicatamente la bottiglia di nitroglicerina, per tenerla in fresco.

Andò di sopra a restituire il recipiente.

Tornò giù e guardò la bomba nel lavandino. "Non ho avuto paura" pensò. "Per tutto il pomeriggio, non ho avuto paura di morire. Anche adesso non ho paura."

Si sentì soddisfatto.

Uscì per andare a fare un giro di ricognizione all'Hotel Savoy.

VII

Walden notò che all'ora del tè sia Lydia sia Charlotte avevano un'aria assorta. Anche lui era pensieroso. Fra loro si svolse una conversazione distratta.

Dopo essersi cambiato per la cena, Walden sedeva nel soggiorno, sorseggiando dello sherry, in attesa che la moglie e la figlia scendessero. Erano invitati fuori a cena, dai Pontadarvy. Era un'altra serata tiepida. Fino ad allora avevano avuto una bella estate, da un punto di vista climatico.

Il trasferimento e lo stato di semiclausura di Aleks all'Hotel Savoy non erano serviti ad accelerare il ritmo delle trattative con i russi. Aleks ispirava affetto come un gattino, e del gattino aveva i denti aguzzi e affilati. Walden gli aveva fatto la sua controproposta: libero transito internazionale dal Mar Nero al Mediterraneo. Aleks aveva obiettato seccamente che era un'offerta inadeguata, in quanto, nel caso di una guerra, che avrebbe reso lo stretto d'importanza vitale, né la Gran Bretagna né la Russia, con la migliore volontà del mondo, avrebbero potuto impedire ai turchi di chiudere il canale. La Russia voleva non solo il diritto di transito, ma anche il potere di farlo rispettare.

Mentre Walden e Aleks discutevano sul modo in cui si sarebbe potuta conferire alla Russia tale autorità, i tedeschi avevano completato i lavori per allargare il canale di Kiel: un progetto strategico decisivo, che avrebbe permesso alle loro corazzate di passare dal Mare del Nord, dove si sarebbero concentrati i combattimenti, alle acque sicure del Baltico. Per di più, le riserve auree della Germania avevano raggiunto un livello da primato, grazie alle manovre finanziarie che in maggio avevano indotto Churchill a presentarsi a Walden Hall. La Germania non avrebbe potuto essere in condizioni più favorevoli per affrontare una guerra: ogni giorno che passava si rendeva più necessaria un'alleanza anglo-russa. Ma Aleks aveva i nervi saldi, e non avrebbe fatto concessioni affrettate.

Inoltre, via via che Walden veniva a saperne di più sulla Germania – la sua industria, il suo governo, il suo esercito, le sue risorse naturali – si rendeva conto che aveva tutti i requisiti per sostituire la Gran Bretagna come maggiore potenza mondiale. Personalmente non gli interessava più di tanto che la Gran Bretagna occupasse il primo, il secondo o il nono posto, purché rimanesse una nazione libera. Amava l'Inghilterra. Era orgoglioso del suo paese. La sua industria dava lavoro a milioni di persone e la sua democrazia era un modello per tutto il mondo. La popolazione stava migliorando il proprio livello d'istruzione, e di conseguenza sempre più larghi strati acquisivano il diritto di voto. Anche le donne lo avrebbero ottenuto prima o poi, soprattutto se la smettevano di infrangere le vetrine. Walden amava i campi e le colline, l'opera e il music hall, il ritmo frenetico delle metropoli e la serenità della vita di campagna. Era fiero degli inventori, dei drammaturghi, degli imprenditori e degli artigiani cui aveva dato i natali il suo paese. L'Inghilterra era un gran bel posto, e per quanto lo riguardava avrebbe impedito che degli invasori prussiani lo rovinassero.

Il problema era però che non sapeva fino a che punto avesse la possibilità di farlo. Si chiese se davvero aveva una visione chiara di quello che era l'Inghilterra moderna, con i suoi anarchici e le sue suffragette, governata da giovani agitatori come Churchill e Lloyd George, minacciata da forze ancora più pericolose come il nascente partito laburista e i sempre più potenti sindacati. Il potere era ancora nelle mani di appartenenti allo stesso ceto di Walden – le mogli rappresentavano la buona società e i mariti la classe dirigente – ma il paese non era più governabile come un tempo. Talvolta, Walden aveva la triste sensazione che tutto gli stesse sfuggendo di mano.

Entrò Charlotte: la sua presenza gli rammentò che non era

solo in campo politico che la situazione sembrava sfuggire al suo controllo. La figlia non si era ancora cambiata. Walden la avvertì: «Dobbiamo uscire fra poco».

«Io resterò a casa, se non ti dispiace» disse lei. «Ho un leggero mal di testa.»

«Non ti prepareranno la cena, se non avvisi in fretta la cuoca.»

«Non ce n'è bisogno: mi farò solo portare uno spuntino in camera.»

«Sembri un po' pallida. Bevi un bicchierino di sherry, ti farà venire appetito.»

«D'accordo.»

Charlotte si sedette e il padre le versò da bere. Mentre le porgeva il bicchiere, le annunciò: «Adesso, Annie ha un lavoro e una casa».

«Ne sono felice» replicò lei in tono freddo.

Walden trasse un profondo respiro. «Devo ammettere che ho avuto un atteggiamento sbagliato riguardo a quella faccenda.»

«Oh!» Charlotte sembrava stupita.

"Accade così di rado che io riconosca di essere nel torto?" si chiese Walden. E aggiunse: «Naturalmente, non sapevo che il suo... ragazzo... fosse fuggito e che lei si vergognasse di andare dai suoi. Ma avrei dovuto informarmi. Come hai detto giustamente, mi sarei dovuto preoccupare di lei».

Charlotte non disse nulla, ma si sedette sul divano accanto a lui e gli prese la mano. Walden era commosso.

Le disse: «Tu sei d'animo gentile, e spero che rimarrai sempre così. Posso anche auspicare che imparerai a esprimere i tuoi generosi sentimenti con un po' più... di calma?».

Lei alzò gli occhi verso di lui. «Farò del mio meglio, papà.»

«Spesso mi domando se non siamo stati troppo protettivi con te. Naturalmente, è stata la mamma a decidere della tua educazione, ma devo dire che mi sono trovato quasi sempre d'accordo con lei. Alcuni sostengono che i figli non andrebbero protetti da quelli che potremmo chiamare i fatti della vita. Ma sono in pochi a essere di quest'idea, e in genere si tratta di gente terribilmente volgare.»

Rimasero per qualche minuto in silenzio. Come al solito, Lydia ci metteva un'eternità per cambiarsi. C'erano altre cose che Walden voleva dire a Charlotte, ma non era sicuro di averne il coraggio. Passò mentalmente in rassegna vari modi per iniziare il discorso, senza trovarne uno che non fosse imbarazzante. Charlotte gli stava vicina, silenziosa e soddisfatta. Lui si chiese se potesse immaginare i pensieri che gli stavano attraversando la mente.

Lydia sarebbe scesa da un momento all'altro. Ora o mai più. Walden si schiarì la voce. «Un giorno sposerai un uomo per bene, e insieme a lui apprenderai tutte quelle cose che adesso per te sono misteriose e forse un po' inquietanti.» "Potrebbe bastare" pensò. Quello era il momento per troncare, per concludere l'argomento. Coraggio! «Ma c'è una cosa che devi sapere fin da ora. In realtà dovrebbe essere tua madre a dirtelo, ma in qualche modo penso che non ne sia capace. Ecco perché lo farò io.»

Si accese un sigaro, tanto per avere le mani occupate. Non poteva più tornare indietro. Sperava quasi che entrasse Lydia in quel momento, per poter interrompere la conversazione. Ma non accadde.

«Hai detto di sapere quello che hanno fatto Annie e il giardiniere. Be', non erano sposati, quindi non andava bene. Ma quando si è sposati, farlo è bellissimo.» Si sentì arrossire e sperò che la figlia non alzasse lo sguardo proprio in quel momento. «È bello come fatto fisico, capisci» proseguì con coraggio. «Impossibile da descrivere, forse è un po' come sentire il calore di un caminetto... Tuttavia, la cosa principale, quella di cui sicuramente adesso tu non puoi renderti conto, è che è meraviglioso come fatto spirituale. In un certo senso vi si esprime tutto l'affetto, la tenerezza e il rispetto e... insomma, l'amore che c'è fra un marito e una moglie. Quando si è giovani non lo si può capire. Le ragazze in special modo tendono a vedere solo gli aspetti più superficiali di un legame. E alcuni sfortunati non arrivano mai a scoprire il lato positivo. Ma se tu sei consapevole della felicità che la vita ti può riservare, e scegli come marito un uomo dolce e sensibile, sicuramente lo scoprirai. Ecco perché te ne ho voluto parlare. Ti ho messa terribilmente in imbarazzo?»

Cogliendolo di sorpresa, Charlotte voltò la testa e gli diede un bacio sulla guancia. «Sì, ma non meno di quanto tu abbia messo in imbarazzo te stesso» rispose.

Scoppiarono entrambi a ridere.

Entrò Pritchard. «La carrozza è pronta, milord, e la milady sta aspettando nell'atrio.»

Walden si alzò. «Non una parola con la mamma, per ora» bisbigliò a Charlotte.

«Comincio a capire perché tutti dicono che sei una persona tanto buona» disse Charlotte. «Ti auguro una piacevole serata.»

«Arrivederci» la salutò lui. Mentre raggiungeva la moglie si disse: "Be', ogni tanto la imbrocco".

Dopo quel colloquio, Charlotte stava quasi per ritornare sulla sua decisione di andare all'assemblea delle suffragette.

Dopo l'episodio di Annie, mentre ancora covava in lei un senso di acuta ribellione, aveva visto il manifesto attaccato alla vetrina di una gioielleria in Bond Street. Il suo sguardo era stato attratto dalla scritta: VOTO ALLE DONNE, poi aveva notato che la sala in cui si sarebbe tenuta l'assemblea non era distante da casa sua. L'annuncio non elencava le oratrici, ma Charlotte aveva letto sui giornali che spesso la ben nota signora Pankhurst interveniva a quelle manifestazioni senza preavviso. Charlotte si era fermata vicino a quel manifesto fingendo, agli occhi di Marya che l'accompagnava, di guardare i braccialetti esposti. Mentre lo stava leggendo, dal negozio era uscito un commesso, e si era messo a grattarlo via dalla vetrina. D'impulso, Charlotte decise di andare all'assemblea.

Ora, dopo il colloquio con il padre, si sentiva meno risoluta. L'aveva colpita sentirlo ammettere di avere sbagliato, vederlo così vulnerabile, quasi umile. Ed era rimasta assolutamente sbalordita udendolo parlare dei rapporti sessuali come di fatti meravigliosi. Si rese conto di non essere più risentita nei suoi confronti per averla lasciata crescere nell'ignoranza. D'un tratto, comprese il punto di vista di suo padre.

Nulla però cambiava il fatto che lei era ancora profondamente ignorante, e che non poteva contare sui suoi genitori per sapere tutta la verità su certe cose, come per esempio il movimento delle suffragette. Decise che ci sarebbe andata.

Suonò il campanello per chiamare Pritchard, e gli chiese di farle portare un'insalata in camera, poi andò di sopra. Uno dei vantaggi di essere femmina era che nessuno faceva troppe domande se si accusava un mal di testa: era naturale che le donne ogni tanto fossero indisposte.

Quando arrivò il vassoio, mangiucchiò qualche boccone, in attesa che arrivasse l'ora della cena della servitù, poi indossò soprabito e cappello e uscì.

Era una serata tiepida. Camminò spedita verso Knightsbridge. Provò uno strano senso di libertà, e pensò che per la prima volta percorreva da sola le vie di una città. "Potrei fare qualsiasi cosa" pensò. "Non ho appuntamenti e non c'è nessuno ad accompagnarmi. Nessuno sa dove sono. Potrei cenare in un ristorante, o prendere un treno per la Scozia. Potrei affittare una stanza in un albergo, oppure salire su un autobus. Potrei anche mangiare una mela per strada, e buttare il torsolo nel canale di scolo."

Le sembrava che tutti dovessero notarla, ma in realtà nessuno badava a lei. Aveva sempre avuto la vaga sensazione che se si fosse trovata in giro da sola, strani uomini l'avrebbero importunata. Invece non parevano neppure vederla. Gli uomini non stavano in agguato, andavano tutti da qualche parte, vestiti con il frac, o con abiti di lana leggera, o con la marsina. "Perché dovrebbe essere pericoloso?" pensò. Poi si ricordò del delinquente nel parco, e accelerò il passo.

Via via che si avvicinava al luogo dell'assemblea, notò un crescente numero di donne che andavano nella stessa direzione. Alcune erano a due a due o in gruppo, ma molte erano da sole come lei. Si sentì più tranquilla.

Fuori dalla sala c'era una folla di centinaia di persone. Molte erano vestite con i colori delle suffragette: verde, bianco e violetto. Alcune distribuivano volantini o vendevano un giornale intitolato «Voto alle donne». In giro c'erano parecchi poliziotti, che ostentavano un'aria di divertito disprezzo. Charlotte si mise in coda per entrare.

Quando arrivò alla porta, una donna con una fascia al braccio le chiese sei pence. Con un riflesso automatico, Charlotte si voltò, poi si rese conto che con lei non c'erano né Marya né un servitore in livrea o una cameriera per pagarle le cose. Era da sola, e non aveva soldi. Non aveva previsto di dover pagare l'ingresso, e anche se ci avesse pensato, forse non sarebbe riuscita a mettere insieme sei pence.

«Mi dispiace» disse. «Non ho soldi con me... Non sapevo...» E fece per andarsene.

La donna del servizio d'ordine la fermò per un braccio. «Va bene lo stesso» le disse. «Se non hai soldi puoi entrare gratis.» Dall'accento doveva essere una del ceto medio, e anche se le si era rivolta con gentilezza, Charlotte poteva immaginare quello che stava pensando: così elegante, e senza nemmeno un soldo!

Charlotte balbettò: «Grazie... vi manderò un assegno...».

Entrò, rossa di vergogna. "Meno male che non ho tentato di cenare al ristorante o di prendere un treno" pensò. Non aveva mai dovuto preoccuparsi di avere dei soldi con sé: chi l'accompagnava disponeva sempre di contante, suo padre aveva il conto aperto in tutti i negozi di Bond Street, se le veniva voglia di pranzare al Claridge's o di fare colazione al Café Royal, le bastava lasciare il suo biglietto da visita sul tavolo, e avrebbero mandato il conto a suo padre. Ma questo non glielo avrebbe pagato.

Prese posto nelle prime file: non voleva perdersi niente, dopo tanta fatica. "Se voglio fare spesso cose del genere," pensò "dovrò trovare il modo di procurarmi un po' di denaro... sudici penny, sovrane d'oro, e banconote spiegazzate."

Si guardò intorno. La maggioranza del pubblico che riempiva la sala era costituita da donne, per lo più della borghesia, con vestiti di serge e cotone, più che di cachemire e seta. Ce n'erano alcune che appartenevano chiaramente a una classe più elevata: parlavano più sottovoce ed erano meno ingioiellate, e avevano l'aria di essersi messe, come Charlotte, gli abiti dell'anno prima e cappelli modesti, quasi per mimetizzarsi. Charlotte non vide nella sala donne del proletariato.

Sulla tribuna c'era un tavolo con davanti uno striscione verde, bianco e violetto, con la scritta: VOTO ALLE DONNE. Un leggio era appoggiato sul tavolo. Dietro di esso erano allineate sei sedie.

Charlotte pensò: "Tutte queste donne... che si ribellano agli uomini!". Non sapeva se sentirsi eccitata, o provare vergogna.

Il pubblico applaudì quando cinque donne salirono sul podio. Erano tutte vestite in modo impeccabile con abiti classici; nemmeno una aveva la gonna stretta o il cappello a cloche. Erano davvero quelle le persone che rompevano le vetrine, sfregiavano i quadri, lanciavano bombe? Avevano un'aria così rispettabile...

Cominciarono i discorsi. Per Charlotte non erano molto interessanti. Vertevano su organizzazione, finanziamenti, petizioni, emendamenti, votazioni ed elezioni straordinarie. Provò una punta di delusione: non stava imparando nulla. Forse, avrebbe dovuto leggere dei libri sull'argomento prima di partecipare a un'assemblea, per poter capire meglio come funzionava. Dopo un'ora circa, era pronta ad andarsene, quando l'oratrice che stava parlando venne interrotta.

Su un lato della ribalta apparvero due donne. Una era una ragazza dall'aspetto atletico in tenuta da automobilista. Le stava accanto, sostenendosi a lei, una donna piccola e fragile con un soprabito verde pallido e un grande cappello. Il pubblico cominciò ad applaudire. Le donne al tavolo si alzarono in piedi. L'applauso si fece più intenso, e fu accompagnato da acclamazioni. Le donne vicine a Charlotte cominciarono ad alzarsi, e nel giro di pochi secondi mille donne furono in piedi.

La signora Pankhurst avanzò lentamente fino al leggio.

Charlotte poteva vederla abbastanza bene. Aveva gli occhi scuri e infossati, la bocca larga e diritta, il mento forte. Sarebbe stata bella, se non fosse stato per il naso schiacciato. Le conseguenze delle ripetute reclusioni e degli scioperi della fame si mostravano nel suo volto, nelle sue mani scarne e nel colorito giallastro della pelle. Era una donne esile e smunta.

Sollevò le mani, e quasi all'istante gli applausi e le ovazioni si spensero.

Cominciò a parlare. Aveva una voce forte e chiara, anche se non gridava. Charlotte notò con sorpresa che aveva l'accento del Lancashire.

«Nel 1894» disse «venni eletta nel consiglio per l'assistenza sociale, come responsabile dell'ospizio dei poveri. La prima volta che andai in quel posto fui inorridita alla vista di bambine di sette o otto anni inginocchiate a lavare i lunghi corridoi di fredda pietra. Quelle bambine, estate e inverno, avevano vestiti leggeri di cotone, con le maniche corte. Di notte non indossavano niente del tutto: le camicie da notte erano considerate un lusso eccessivo per i poveri. Il fatto che la bronchite fosse diffusa fra loro quasi in permanenza non aveva suggerito agli assistenti sociali alcuna trasformazione relativa al loro abbigliamento. Non ho bisogno di aggiungere che, fino al mio arrivo, gli assistenti erano tutti uomini. Scoprii che c'erano donne incinte che lavavano i pavimenti, che facevano i lavori più pesanti, quasi fino al momento del parto. Molte di loro non erano sposate; erano giovanissime, delle ragazzine. Dopo il parto, queste povere madri avevano il permesso di rimanere all'ospedale solo per due settimane. Dopodiché, dovevano scegliere se restare all'ospizio dei poveri guadagnandosi da vivere lavando i pavimenti o con altri lavori umili, nel qual caso venivano separate dai loro bambini, oppure andarsene con le loro creature. La scelta era fra restare e rimanere miserabili, oppure andare via con un neonato di due settimane, senza prospettive, senza una casa, senza soldi, senza un posto dove stare. Che ne era di quelle ragazze e dei loro sfortunati figli?».

Charlotte ascoltava sbigottita discutere pubblicamente di argomenti così delicati. Ragazze madri... senza casa, senza soldi... E perché dovevano essere separate dai loro figli nell'ospizio dei poveri? Davvero succedevano cose del genere?

Ma il peggio doveva ancora arrivare. La signora Pankhurst alzò il tono della voce. «Secondo la legge, se un uomo che ha rovinato una ragazza versa un acconto di venti sterline, l'istituto cui viene affidato il bambino non è soggetto a ispezione. Se l'istituto prende un solo bambino per volta, avvenuto il pagamento delle venti sterline, gli ispettori non possono fare niente.»

Istituti... uomini che rovinano ragazze... i termini non erano familiari a Charlotte, ma il loro significato era spaventosamente chiaro.

«Naturalmente i bambini muoiono entro un tempo brevissimo, e allora gli istituti sono pronti a ricevere un'altra vittima. Da anni le donne chiedono che venga cambiata la legge per l'assistenza ai poveri, che vengano protetti i bambini illegittimi, e che si renda impossibile a qualsiasi ricco mascalzone di sfuggire alle proprie responsabilità nei confronti di suo figlio. Sono stati fatti mille tentativi, che sono sempre falliti...» a questo punto la sua voce assunse un tono appassionato «perché coloro cui davvero premono queste cose sono soltanto delle donne!»

Il pubblico scoppiò in un applauso, e una signora seduta accanto a Charlotte gridò: «Brava!».

Charlotte si girò verso di lei e le afferrò un braccio. «È tutto vero?» chiese. «È così?»

La signora Pankhurst riprese a parlare.

«Vorrei avere il tempo, e la forza, di raccontarvi tutte le situazioni tragiche che ho conosciuto quand'ero in quel consiglio. Nel dipartimento che si occupava degli indigenti non ricoverati negli istituti di carità, sono entrata in contatto con vedove che lottavano disperatamente per tenere insieme la loro famiglia. A quelle donne la legge offriva un'assistenza del tutto inadeguata, e per loro e il bambino non restava che andare all'ospizio dei poveri. Anche se la donna aveva il neonato attaccato al seno, era considerata per legge come un uomo robusto. Le donne, ci dicono, dovrebbero stare a casa e occuparsi dei loro figli. Io riempivo di stupore i miei colleghi maschi, dicendo loro: "Quando le donne avranno il voto, faranno in modo che le madri *possano* stare a casa a occuparsi dei loro figli!".

«Nel 1899 fui assegnata all'ufficio di stato civile di Manchester. Nonostante la mia esperienza nel consiglio per l'assistenza sociale, non potei fare a meno di rimanere sgomenta di fronte alla mancanza di considerazione riservata in genere a donne e bambini. Mi sono capitate ragazzine di tredici anni che venivano nel mio ufficio a registrare la nascita di un figlio, ovviamente illegittimo. Nella maggior parte dei casi, non si poteva fare nulla: i sedici anni segnano il confine tra la capacità e la non capacità di intendere e di agire, ma in genere un uomo può sostenere che era convinto che la ragazza avesse superato i sedici anni. Una volta – io lavoravo ancora – una madre, giovanissima, abbandonò il suo bambino, che morì. La ragazza fu processata per omicidio e condannata a morte. L'uomo che, secondo giustizia, era da ritenere il vero assassino del bimbo, non ricevette alcuna punizione.

«In quel periodo non facevo che chiedermi che cosa si potesse fare. Mi unii al partito laburista, sperando che conducesse una campagna per l'emancipazione delle donne, così che la classe politica non potesse più ignorare il problema. Non successe nulla.

«Intanto, le mie figlie erano cresciute. Un giorno Christabel mi aprì gli occhi dicendo: "Da quanto tempo voi donne vi battete per il voto? Quanto a me, intendo ottenerlo!". Da quel giorno due principi mi hanno guidata: "Voto alle donne" e "Quanto a me, intendo ottenerlo!".»

Una donna gridò: «Anch'io», e ci fu un altro scroscio di applausi. Charlotte si sentiva stordita. Come la famosa Alice del racconto, le pareva di avere attraversato lo specchio e di ritrovarsi in un mondo dove nulla era come appariva. Negli articoli di giornale che parlavano delle suffragette, non aveva mai trovato alcun accenno alla legge per l'assistenza ai poveri, a madri di tredici anni (era davvero possibile?) o a bambini che si ammalavano di bronchite negli istituti di carità. Charlotte non avrebbe creduto a nessuna di quelle cose se non avesse visto con i propri occhi Annie, una rispettabile cameriera qualsiasi di Norfolk, che dormiva su un marciapiede di Londra dopo essere stata "rovinata" da un uomo. Che cos'era qualche vetrina infranta, quando accadevano cose del genere?

«Abbiamo aspettato molti anni prima di accendere la torcia della militanza. Avevamo tentato ogni altra via, e solo dopo decenni di sforzi, sofferenze e sacrifici ci siamo rese conto che il governo non avrebbe seguito il diritto e la giustizia, ma solo i propri interessi. A quel punto, non ci restava che mettere in crisi tutti gli aspetti delle istituzioni inglesi. Dovevamo dimostrare che la legge inglese era un fallimento e i tribunali dei teatri da farsa. Dovevamo screditare il governo agli occhi del mondo. Dovevamo gettare fango su sport e affari, danneggiare la proprietà, intimorire l'alta società, scandalizzare le chiese, sconvolgere tutta l'ordinata vita del paese! Dovevamo portare avanti questa battaglia fino a che la popolazione inglese non ne avesse potuto più. Quando la gente fosse arrivata al punto di dire al governo: "Mettete un freno a tutto questo nel solo modo possibile, cioè dando il voto alle donne", allora noi avremmo spento la nostra torcia.

«Il grande statista americano Patrick Henry ha così riassunto le cause che hanno portato alla rivoluzione americana: "Abbiamo presentato petizioni, abbiamo protestato, abbiamo supplicato, ci siamo prostrati ai piedi del trono: tutto è stato vano. Dobbiamo combattere. Ripeto, dobbiamo combattere". Patrick Henry invocava quindi la necessità di uccidere, come unico mezzo possibile per assicurare la libertà politica degli *uomini*. Le suffragette non hanno mai fatto questo né mai lo faranno. In realtà, lo spirito ispiratore della nostra militanza è un profondo e costante rispetto per la vita umana.

«È in questo spirito che lo scorso anno le donne hanno avviato la loro lotta. Il 31 gennaio sono stati bruciati con gli acidi dei tratti erbosi di alcuni campi da golf. Il 7 e l'8 febbraio sono stati tagliati i fili telegrafici e telefonici in diverse località, e per qualche ora tutte le comunicazioni fra Londra e Glasgow sono state interrotte. Pochi giorni dopo sono state infrante le vetrine di alcuni dei più eleganti club di Londra e fracassate le serre di orchidee ai Kew Gardens, dove molte piante preziose sono morte per il freddo. Si è inscenata un'invasione alla mostra di gioielli alla Torre di Londra ed è stata rotta una bacheca. Il 18 febbraio la casa di campagna del signor Lloyd George ancora in costruzione a Walton-on-the-Hill è stata semidistrutta da una bomba esplosa il mattino presto, prima dell'arrivo degli operai.

«Più di mille donne sono state arrestate nel corso di queste agitazioni e hanno pagato con un periodo di detenzione: sono uscite dal carcere indebolite nel fisico, ma non nello spirito. Nessuna di loro, se le donne fossero libere, violerebbe la legge. Sono donne seriamente convinte che il benessere dell'umanità esiga questo sacrificio. Sono convinte che i mali da cui la nostra civiltà è afflitta non saranno mai eliminati, finché le donne non avranno il diritto di voto. C'è un solo modo per porre fine alla nostra agitazione. C'è un solo modo per spegnere la nostra lotta. E non è la deportazione!»

«No!» gridò una donna.

«Non è il carcere!»

L'intera sala gridò: «No!».

«È che ci venga fatta giustizia!»

«Sì!»

Charlotte si ritrovò a gridare con le altre. La fragile donna sul podio pareva emanare una legittima indignazione. I suoi occhi fiammeggiavano mentre coi pugni stretti e il mento alto riprendeva a parlare con voce rotta dalla passione.

«Il fuoco delle sofferenze che consuma le nostre sorelle in prigione arde anche in noi. Perché noi soffriamo con loro, partecipiamo al loro tormento, e ben presto divideremo con loro la vittoria. Questo fuoco andrà a lambire molte che ora appaiono indifferenti, e susciterà in loro una fiamma che non si spegnerà più. Darà il dono della favella a molte che finora sono state mute, ed esse sapranno diffondere la fede nella liberazione. La sua luce sarà vista in lontananza da donne infelici e oppresse, e getterà uno spiraglio di speranza nella loro vita. Perché lo spirito che oggi anima le donne non può essere soffocato: è più forte di ogni tirannia e oppressione. È più forte anche della stessa morte!»

Nel corso della giornata Lydia aveva maturato un terribile sospetto.

Dopo pranzo era andata in camera sua a riposare. Non era riuscita a pensare ad altro che a Feliks. Lei era ancora sensibile al suo magnetismo: era inutile fingere il contrario. Ma non era più una fanciulla inerme. Aveva delle risorse in se stessa. Ed era decisa a non perdere il proprio controllo, a non lasciare che Feliks distruggesse la serenità che con tanto impegno si era costruita.

Pensò a tutte le domande che non gli aveva posto. Che cosa ci faceva a Londra? Come si guadagnava da vivere? Come aveva fatto a trovarla?

Feliks si era presentato a Pritchard con un nome falso. Chiaramente, aveva temuto che lei non lo avrebbe ricevuto. Ora le venne in mente perché "Konstantin Dmitrič Levin" le era parso così familiare: era un personaggio di *Anna Karénina*, il libro che aveva comprato il giorno in cui aveva conosciuto Feliks. Era un sottile richiamo che faceva riemergere una schiera di ricordi oscuri, come un sapore che rievochi l'infanzia. Avevano discusso del libro. Lydia aveva sostenuto che era di un realismo toccante, perché lei sapeva che cosa succede quando nell'animo di una donna rispettabile si dà libero sfogo alla passione: Anna era Lydia. Ma il romanzo non era incentrato su Anna, aveva replicato Feliks, ma su Levin e la sua ricerca di una risposta alla domanda: "Come devo vivere?". La risposta di Tolstòj era: "Nel profondo del tuo cuore tu sai ciò che è giusto". Feliks argomentava che era proprio quel tipo di sciocca moralità, che deliberatamente ignorava la storia, l'economia e la psicologia, che aveva condotto alla totale inettitudine e degenerazione della classe dirigente russa. Quella era stata la sera in cui avevano mangiato i funghi sottaceto e lei aveva assaggiato per la prima volta della vodka. Indossava un abito turchese, che dava ai suoi occhi grigi dei riflessi azzurri. Feliks le aveva baciato le punte dei piedi, e poi...

Sì, Feliks aveva proprio trovato il modo giusto per farle ritornare alla memoria tutti quei ricordi.

Era a Londra da molto tempo, si chiese Lydia, oppure era venuto solo per Aleks? Doveva avere una ragione importante per rivolgersi a un ammiraglio a Londra, per il rilascio di un marinaio detenuto in Russia. Per la prima volta, le venne il dubbio che Feliks non le avesse detto la verità. In fondo, era ancora un anarchico. Nel 1895 era dichiaratamente non violento, ma poteva anche essere cambiato.

"Se Stephen sapesse che ho detto a un anarchico dove si trova Aleks..."

Ci aveva pensato, bevendo il tè. Ci aveva pensato mentre la cameriera la stava pettinando, con il risultato che l'acconciatura era risultata un mezzo disastro. Ci aveva pensato durante la cena, con il risultato che la sua conversazione con la marchesa di Quort e il signor Chamberlain era stata tutt'altro che brillante, mentre un giovanotto di nome Freddie continuava ad augurarsi ad alta voce che Charlotte non avesse nulla di grave.

Ripensava alla mano ferita di Feliks, che gli aveva fatto lanciare un grido quando lei gliel'aveva stretta. Aveva solo intravisto il taglio, ma le era sembrato abbastanza grave da richiedere una sutura.

Tuttavia, solo alla fine della serata, mentre si spazzolava i capelli in camera, si affacciò alla sua mente l'idea di un rapporto fra Feliks e l'uomo nel parco.

A quel pensiero, fu presa da un improvviso terrore. Lasciò cadere la spazzola con il dorso d'oro sulla toilette, rompendo una fiala di profumo.

E se Feliks fosse venuto a Londra per uccidere Aleks?

Se fosse stato Feliks a minacciarli nel parco, non per derubarli ma per colpire Aleks? L'uomo armato era alto come Feliks? Aveva la sua struttura fisica? All'incirca sì. E Stephen lo aveva ferito con la spada...

Poi Aleks aveva lasciato casa loro perché era spaventato (o forse, si rese conto allora, perché *sapeva* che la "rapina" era stata un tentativo di assassinio) e Feliks non sapeva dove si trovava, e allora era venuto da lei...

Lydia si guardò allo specchio. Vide una donna con gli occhi grigi, le sopracciglia chiare, i capelli biondi, un viso grazioso, e il cervello di una gallina.

Era mai possibile una cosa del genere? Era possibile che Feliks l'avesse ingannata in quel modo? Sì, perché era vissuto diciannove anni nella convinzione che lei lo avesse tradito.

Raccolse i pezzi di vetro della fiala e li mise in un fazzoletto, poi asciugò il profumo che si era rovesciato. Non sapeva che cosa fare. Doveva avvertire Stephen, ma come? "Sai, a proposito, stamattina è passato di qui un anarchico e mi ha chiesto dov'era Aleks. E siccome una volta eravamo amanti gliel'ho detto..." Doveva architettare una storia. Si mise a riflettere. Una volta riusciva a mentire con la massima disinvoltura, ma adesso era fuori esercizio. Alla fine decise di imbastire una storia con le bugie che Feliks aveva raccontato a lei e a Pritchard.

Si infilò una vestaglia di cachemire sopra la camicia da notte di seta e si diresse nella camera di Stephen.

Lui era seduto davanti alla finestra, in pigiama e vestaglia, con un bicchierino di brandy in una mano e un sigaro nell'altra, e guardava il parco illuminato dalla luna. Fu sorpreso di vederla entrare, poiché era sempre lui che la notte andava in camera sua. Si alzò sorridendo e l'abbracciò. Lei capì che Stephen aveva frainteso il significato della sua visita, pensava che fosse venuta per fare l'amore.

Gli disse: «Devo parlarti».

Lui si tirò indietro. Parve deluso. «A quest'ora di notte?»

«Forse ho fatto una grossa stupidaggine.»

«Be', dimmi.»

Si sedettero l'una di fronte all'altro davanti al caminetto. D'un tratto Lydia desiderò di essere venuta davvero per fare l'amore. Disse: «Stamattina è venuto qui un tale. Ha detto che mi aveva conosciuto a Pietroburgo. Be', aveva un nome che mi era familiare e mi pareva di avere un vago ricordo di lui... Sai come succede, a volte...».

«Qual era il suo nome?»

«Levin.»

«Continua.»

«Ha detto che doveva vedere il principe Orlov.»

Stephen si fece di colpo molto attento. «E perché?»
«Per qualcosa che aveva a che fare con un marinaio ingiustamente messo in carcere. Questo... Levin... intendeva parlare con lui per cercare di ottenere il suo rilascio.»
«Che cosa gli hai detto?»
«Gli ho detto che Orlov alloggia all'Hotel Savoy.»
«Accidenti» imprecò Stephen. Poi le chiese perdono. «Scusami.»
«In seguito mi è venuto in mente che forse quel Levin poteva avere delle cattive intenzioni. Aveva una mano ferita, e mi sono ricordata che tu avevi ferito quell'uomo nel parco... Quindi, capisci, mi si è piano piano insinuato il dubbio che... Ho commesso una terribile sciocchezza, vero?»
«Non è colpa tua. In realtà è mia. Avrei dovuto dirti la verità a proposito dell'uomo nel parco, ma non volevo spaventarti. Ho sbagliato.»
«Povero Aleks» disse Lydia. «Non posso pensare che qualcuno voglia ucciderlo. È un ragazzo tanto caro.»
«Che aspetto aveva, quel Levin?»
La domanda mise Lydia in agitazione. Fino a quel momento, era riuscita a pensare a "Levin" come a un assassino sconosciuto. Adesso era costretta a descrivere Feliks. «Be'... alto, magro, coi capelli scuri, più o meno della mia età, evidentemente russo. Un bel viso, dai lineamenti piuttosto marcati...» La sua voce si affievolì. "E io lo desideravo con tutte le mie forze."
Stephen si alzò. «Vado a svegliare Pritchard. Mi farò portare in macchina all'albergo.»
Lydia avrebbe voluto implorarlo: "No, non andare, vieni a letto con me, ho bisogno del tuo calore e della tua tenerezza". Disse: «Mi dispiace molto».
«Forse è meglio così» dichiarò Stephen.
«In che senso?» chiese lei sorpresa.
«Perché se viene al Savoy per assassinare Aleks, lo prenderò.»
Allora Lydia capì che alla fine uno dei due uomini che amava avrebbe ucciso l'altro.

Feliks tolse delicatamente la bottiglia di nitroglicerina dal lavandino. Attraversò la stanza come se stesse camminando sulle uova. Il cuscino era sul materasso. Allargò lo strappo fino a ottenere un'apertura di circa quindici centimetri, e ci infilò dentro la bottiglia. Sistemò bene l'imbottitura, in modo che la bomba fosse protetta. Prese il cuscino e, con la massima cautela, lo mise nella sua valigia. La chiuse e cominciò a respirare in modo più regolare.

Si mise il cappotto, la sciarpa e il cappello da signore per bene. Lentamente, raddrizzò la valigia e la sollevò.

Uscì.

Il tragitto fino al West End fu un incubo.

Ovviamente non aveva potuto usare la bicicletta, ma anche camminare era angosciante. Era fissa nella sua mente l'immagine della bottiglia di vetro dentro al cuscino; a ogni passo sentiva la lieve onda d'urto che gli risaliva il corpo, per poi scendere lungo il braccio fino alla valigia. Gli pareva di vedere le molecole di nitroglicerina che vibravano sempre più rapide, al di sotto della sua mano.

Vide una donna che lavava il marciapiede davanti a casa sua. Si spostò dall'altra parte della strada, per non correre il rischio di scivolare sul lastricato bagnato. La donna lo schernì: «Abbiamo paura di bagnarci i piedi, signorino?».

Dai cancelli di una fabbrica a Euston uscì un gruppo di operai che rincorrevano un pallone. Feliks rimase immobile mentre intorno a lui si urtavano e spingevano per impossessarsi della palla. Alla fine qualcuno la colpì, mandandola lontano, e la mischia si sciolse con la rapidità con cui si era formata.

Attraversare Euston Road fu un vero e proprio balletto con la morte. Attese per cinque minuti sul bordo del marciapiede che si aprisse un varco sufficientemente sicuro nel traffico, poi passò quasi di corsa.

In Tottenham Court Road entrò in una cartoleria. Nel negozio non c'erano altri clienti. Posò delicatamente la valigia sul banco. Un commesso gli chiese: «Come posso esserle utile, signore?».

«Vorrei una busta, per favore.»

Il commesso inarcò le sopracciglia. «Una e basta, signore?»

«Sì.»

«Che tipo di busta preferisce?»

«Una busta normale, ma di buona qualità.»

«L'abbiamo di colore azzurro, avorio, verde Nilo, crema...»

«Bianca.»

«Bene, signore.»
«E un foglio di carta.»
«Un foglio di carta.»
Il tutto gli costò tre pence. Per principio, avrebbe preferito andarsene senza pagare, ma non poteva svignarsela con la bomba nella valigia.

Charing Cross Road brulicava di gente diretta al lavoro. Non era assolutamente possibile camminare senza essere urtati. Feliks si fermò in un portone, riflettendo sul da farsi. Decise infine di tenere la valigia fra le braccia per proteggerla dalla folla frettolosa.

In Leicester Square si rifugiò in una banca. Si sedette a un tavolo dove alcuni clienti compilavano degli assegni. C'era un vassoio con penne e calamaio. Appoggiò la valigia a terra, tenendola fra le gambe. Si rilassò un momento. Impiegati in finanziera camminavano silenziosi intorno a lui con fasci di carte in mano. Feliks prese una penna e scrisse sulla busta:

PRINCIPE A. A. ORLOV
Hotel Savoy
Strand
Londra

Piegò il foglio di carta bianco e lo infilò nella busta, perché non fosse troppo leggera: non doveva sembrare vuota. Leccò il lembo di carta gommata e chiuse la busta. Poi, con riluttanza, prese la valigia e uscì dalla banca.

In Trafalgar Square immerse il fazzoletto nella fontana e se lo passò sul viso.

Oltrepassò la stazione di Charing Cross e si diresse a est lungo il Tamigi. Vicino a Waterloo Bridge un gruppetto di ragazzini stava appoggiato al parapetto, a tirare sassi nel fiume. Feliks si rivolse a quello dall'aria più sveglia.

«Vuoi guadagnarti un penny?»
«Certo, signore!»
«Hai le mani pulite?»
«Certo, signore!» Il ragazzo esibì un paio di mani luride.
"Andranno bene lo stesso" pensò Feliks. «Sai dov'è l'Hotel Savoy?»
«Certo, signore!» Feliks gli diede la busta e un penny. «Con

ta lentamente fino a cento, poi porta questa lettera all'albergo. Capito?»

«Certo, signore!»

Feliks salì gli scalini che conducevano al ponte. C'era una folla di uomini in bombetta che arrivavano dal lato della stazione di Waterloo. Feliks si unì al flusso.

Entrò da un giornalaio e comprò una copia del «Times». Mentre stava per uscire, arrivò un giovanotto aprendo la porta di colpo. Feliks tese un braccio e lo fermò gridandogli: «Guarda dove vai!».

L'uomo gli lanciò un'occhiata stupita. Mentre usciva, Feliks lo udì che diceva al giornalaio: «Tipo nervoso, eh?».

«Straniero» ribatté il giornalaio.

Feliks girò nello Strand ed entrò nell'albergo. Si sedette nell'atrio e mise la valigia fra le gambe.

Da quella posizione poteva vedere sia l'entrata sia il banco del portiere. Infilò la mano nel cappotto e consultò un immaginario orologio da taschino, poi aprì il giornale e si mise a sfogliarlo con l'aria di chi è arrivato in anticipo a un appuntamento.

Si tirò la valigia più vicino e allungò le gambe per proteggerla da un eventuale calcio tirato per sbaglio da qualcuno di passaggio. L'atrio era affollato: mancava poco alle dieci. "Questa è l'ora in cui la classe dirigente fa colazione" pensò Feliks. Lui non aveva mangiato: non aveva fame, quel giorno.

Osservò la gente al di sopra del giornale. C'erano due tipi che potevano essere dei poliziotti. Feliks si domandò se avrebbero potuto impedirgli la fuga. "Ma," rifletté "se anche potessero sentire l'esplosione, come farebbero a sapere chi, fra le decine di persone che si trovano nell'atrio, è il responsabile? Nessuno sa qual è il mio aspetto. Solo se fossi ricercato, lo conoscerebbero. Devo accertarmi di non essere ricercato."

Si chiese se il ragazzino sarebbe arrivato. Dopo tutto, aveva già intascato il suo penny. Forse a quell'ora aveva buttato la busta nel fiume ed era entrato nella pasticceria più vicina. In tal caso, Feliks non avrebbe fatto altro che rifare tutta la trafila, finché non avesse trovato un ragazzino onesto.

Lesse un articolo del giornale, senza tuttavia smettere di tenere d'occhio la porta. Il governo voleva far pagare i danni prodotti dalle femministe a chi sovvenzionava l'Unione sociale e politica delle donne. Si proponeva una legge speciale per rendere possibile quel progetto. "A che livello di stupidità arrivano i governi, quando diventano intransigenti" pensò Feliks: da quel momento in poi, tutti i finanziamenti sarebbero stati anonimi e il provvedimento sarebbe stato raggirato.

Dov'era finito quel ragazzino?

Si chiese che cosa stesse facendo Orlov in quel momento. Con ogni probabilità si trovava in una camera dell'albergo, forse si stava radendo, oppure scriveva una lettera o stava parlando con Walden. "Non mi dispiacerebbe uccidere anche Walden" pensò Feliks.

Non era da escludere che da un momento all'altro i due attraversassero l'atrio. Sarebbe stato troppo bello. "In tal caso, che cosa farei?" si chiese Feliks? "Lancerei la bomba, e morirei felice."

Attraverso il vetro della porta vide il ragazzino.

Stava percorrendo la stradina che portava all'ingresso dell'albergo. In mano aveva la busta: la teneva per un angolo, quasi con disgusto, come se fosse stata sporca, e non invece per il timore di insudiciarla con le sue mani. Si avvicinò alla porta ma venne fermato da un portiere col cilindro. Ci fu una breve discussione fra i due, non udibile dall'interno, poi il ragazzo se ne andò. Il portiere entrò nell'atrio con la busta in mano.

Feliks si mise all'erta. Avrebbe funzionato?

Il portiere diede la busta al capofattorino. Questi la guardò, prese una matita, scribacchiò qualcosa nell'angolo in alto a destra – un numero di camera? – e chiamò un fattorino.

Stava funzionando!

Feliks si alzò, prese con calma la valigia, e si diresse verso le scale. Il fattorino lo superò al primo piano e proseguì la salita.

Feliks lo seguì.

Era fin troppo facile.

Lasciò che il fattorino lo distanziasse di una rampa di scale, poi affrettò il passo per non perderlo di vista.

Al quinto piano il fattorino si avviò per il corridoio.

Feliks si fermò e lo seguì con lo sguardo.

Il ragazzo bussò a una porta. Gli venne aperto. Venne allungata una mano a ritirare la busta.

"Ti ho trovato, Orlov."

Il fattorino si allontanò con studiata lentezza e fu chiamato indietro. Ricevette una mancia. Disse: «Grazie mille, signore, grazie». La porta fu richiusa.

Feliks si incamminò lungo il corridoio.

Il fattorino notò la sua valigia e fece per prendergliela, dicendo: «Posso aiutarla, signore?».

«No!» rispose Feliks in tono secco.

«Va bene, signore» disse il ragazzo, e si allontanò.

Feliks arrivò davanti alla porta della camera di Orlov. Possibile che non ci fossero maggiori misure di sicurezza? Walden poteva forse credere che un assassino non riuscisse a entrare nella camera di un albergo londinese, ma Orlov avrebbe dovuto essere meno ingenuo. Per un attimo Feliks meditò di ritirarsi e di studiare ulteriormente la situazione, e magari compiere una ricognizione più accurata. Ma ormai era troppo vicino a Orlov.

Posò la valigia sul tappeto del corridoio. La aprì, estrasse il cuscino, e con cautela tirò fuori la bottiglia.

Si sollevò lentamente, e bussò alla porta.

VIII

Walden osservò la busta. L'indirizzo era stato scritto con caratteri ordinati e anonimi. Doveva averlo scritto uno straniero, perché un inglese avrebbe messo "Principe Orlov" o "Principe Aleksej" ma non "Principe A.A. Orlov". Walden avrebbe voluto conoscere il contenuto della busta, ma Aleks se n'era andato quella notte, e lui non poteva aprirla in sua assenza: si trattava pur sempre della posta di un'altra persona.

La passò a Basil Thomson, che non si faceva certi scrupoli: la aprì ed estrasse il foglio ripiegato. «È bianco!» esclamò.

Udirono bussare alla porta.

Si mossero tutti rapidamente. Walden si spostò verso la parete dove si aprivano le finestre, lontano dalla porta e fuori tiro, e si mise dietro al divano, pronto ad abbassarsi. I due poliziotti si appostarono ognuno a un lato della stanza con la pistola in pugno. Thomson si mise al centro, dietro una grande poltrona imbottita.

Bussarono di nuovo.

Thomson disse: «Avanti. È aperto».

La porta si aprì, e lui si stagliò sulla soglia.

Walden si aggrappò allo schienale del divano. Aveva davvero un'aria terrificante.

Era un uomo alto con la bombetta e il cappotto nero abbottonato fino al collo. Aveva una faccia lunga, pallida e spettrale. Nella mano sinistra stringeva una bottiglietta di vetro. Si guardò rapidamente intorno nella stanza, e capì in un lampo che gli era stata tesa una trappola.

Sollevò la bottiglia e avvertì: «Nitroglicerina!».

«Non sparate!» gridò Thomson ai poliziotti.

Walden era in preda al panico. Sapeva benissimo che cos'era la nitroglicerina: se la bottiglia fosse caduta, sarebbero morti tutti. Lui voleva vivere, non voleva morire in un attimo di lancinante agonia.

Ci fu un lungo momento di silenzio. Nessuno si mosse. Walden guardò in faccia il criminale. Aveva un volto affilato, duro, determinato. In quella breve, terribile pausa, ogni dettaglio s'impresse nella mente di Walden: la bocca larga, gli occhi tristi, i capelli neri e folti che spuntavano dal cappello. "È pazzo?" si chiese Walden. "Spietato? Crudele? Sadico?" Il suo volto rivelava soltanto una totale assenza di paura.

Fu Thomson a rompere il silenzio. «Arrenditi» ordinò. «Posa la bottiglia per terra. Smettila di fare l'idiota.»

Walden si stava domandando: "Se i poliziotti sparassero, e lui cadesse, farei in tempo ad afferrare la bottiglia prima che si spacchi sul pavimento?".

La risposta era: "No".

L'uomo rimase immobile, tenendo la bottiglia bene in alto. "Sta guardando me, e non Thomson" notò Walden. "Mi sta studiando: mi sta osservando attentamente. È uno sguardo personale. Gli interesso, come lui interessa a me."

Si era accorto che Orlov non c'era; che cosa avrebbe fatto, ora?

L'uomo si rivolse a Walden in russo: «Lei non è stupido come sembra».

Walden pensò: "È un pazzo suicida? Ucciderà se stesso insieme a noi?". Forse conveniva farlo parlare...

Poi l'uomo sparì.

Walden lo udì correre nel corridoio.

Si precipitò alla porta. Gli altri tre lo avevano preceduto.

I poliziotti si misero in ginocchio, puntando le pistole. Walden vide il criminale fuggire con una strana andatura strascicata, il braccio sinistro lungo il fianco, nel tentativo di tenere la bottiglia più ferma possibile mentre correva.

"Se esplode adesso," si chiese Walden "ci ucciderà a questa distanza? Probabilmente no."

Thomson stava pensando la stessa cosa. Ordinò: «Fuoco!».

Risuonarono due spari.
L'uomo si fermò e si girò.
L'avevano colpito?
Lui portò il braccio all'indietro e lanciò la bottiglia verso di loro.
Thomson e i due poliziotti si buttarono per terra. Walden si rese conto in quella frazione di secondo che se la nitroglicerina fosse esplosa in qualsiasi punto vicino a loro, sarebbe stato del tutto inutile essersi stesi per terra.
La bottiglia roteò in aria. Sarebbe caduta a poco più di un metro da Walden. E sarebbe sicuramente esplosa.
Walden corse verso la bottiglia.
Scendeva descrivendo un arco. Walden allungò le braccia. La prese. Le dita scivolarono sul vetro. La strinse, in preda al panico. Fu sul punto di perderla, poi la riafferrò...
"Non cadere, ti prego, non cadere..."
... e come un portiere di calcio in una parata, si portò la bottiglia al petto, ruotando il busto per accompagnare la traiettoria, poi perse l'equilibrio, e cadde sulle ginocchia. Però riuscì a mantenersi saldo, sempre stringendo la bottiglia, e pensò: "Sto per morire".
Non accadde nulla.
Gli altri lo fissavano mentre lui, in ginocchio, stringeva la bottiglia fra le braccia come un neonato.
Uno dei poliziotti svenne.

Feliks fissò per un attimo Walden sbalordito, poi si voltò e corse giù per le scale.
"Incredibile, quel Walden. Che sangue freddo!"
Udì un grido alle sue spalle: «Inseguitelo!».
"Ancora una volta sono in fuga" pensò. "Che cosa mi sta succedendo?"
Quelle scale parevano non finire mai. Sentì dei passi dietro di lui. Riecheggiò uno sparo.
Sul pianerottolo successivo andò a sbattere contro un cameriere con un vassoio. Il cameriere cadde, e quello che c'era sul vassoio si sparpagliò dappertutto.
I suoi inseguitori erano un paio di rampe più indietro. Feliks arrivò in fondo alle scale. Si ricompose ed entrò nell'atrio dell'albergo.

Era ancora affollato.

Con la coda dell'occhio, vide i due uomini che aveva identificato come probabili poliziotti. Stavano discutendo con aria preoccupata: dovevano avere udito gli spari in lontananza.

Attraversò l'atrio lentamente, costringendosi a resistere alla tentazione di mettersi a correre. Aveva la sensazione che tutti lo guardassero. Tenne lo sguardo fisso davanti a sé. Raggiunse la porta e uscì.

«Taxi, signore?» chiese il portiere.

Feliks salì sul primo taxi davanti all'albergo e la vettura partì.

Quando imboccarono lo Strand, si voltò verso l'albergo. Dalla porta, uscì di corsa uno dei poliziotti che lo avevano inseguito giù per le scale, e dietro di lui i due appostati nell'atrio. Dissero qualcosa al portiere, che indicò il taxi di Feliks. I poliziotti estrassero le pistole e si misero a correre in quella direzione.

Il traffico era intenso. La vettura si fermò nello Strand.

Feliks balzò fuori.

L'autista gli gridò: «Ehi, amico! Dove vai?».

Feliks attraversò la strada passando fra le macchine e si mise a correre verso nord.

Si guardò alle spalle. Lo stavano ancora inseguendo.

Doveva mantenere il proprio vantaggio fino a quando non gli fosse stato possibile riuscire a far perdere le proprie tracce da qualche parte, in un dedalo di viuzze, oppure in una stazione.

Un poliziotto in divisa lo vide mentre correva e lo guardò con sospetto dall'altro lato della strada. Un attimo dopo, quando sopraggiunsero i suoi inseguitori si unì anche lui alla caccia.

Feliks aumentò l'andatura. Il cuore gli batteva forte e gli mancava il fiato.

Svoltò un angolo e si ritrovò nel mercato di frutta e verdura di Covent Garden.

Le strade erano invase da camioncini e carri. Dappertutto circolavano facchini con ceste di legno sulla testa o che spingevano carriole. Uomini muscolosi in canottiera scaricavano casse di mele dai carri. Uomini con la bombetta compravano e vendevano cassette di lattuga, pomodori e fragole, e uomini col berretto le prendevano e le trasportavano. Il frastuono era assordante.

Feliks si tuffò in mezzo a quella confusione.

Si nascose dietro una pila di cassette vuote e spiò attraverso le fessure. Dopo qualche istante vide i suoi inseguitori. Si erano fermati, e si guardavano intorno. Si scambiarono qualche parola, poi si separarono prendendo in direzioni diverse.

"Lydia mi ha dunque tradito" pensò Feliks, mentre riprendeva fiato. "Ha capito subito che cercavo Orlov per ucciderlo? No. Stamattina non recitava una parte. Non fingeva mentre mi baciava. Ma se avesse creduto alla storia del marinaio in prigione, non avrebbe riferito nulla a Walden. Be', forse in un secondo tempo si è resa conto che le avevo mentito, e allora ha avvertito il marito, perché non voleva essere in parte responsabile dell'assassinio di Orlov. Non mi ha proprio tradito... La prossima volta non mi bacerà. Non ci sarà una prossima volta!"

Il poliziotto in uniforme stava venendo nella sua direzione. Feliks girò intorno alla pila di cassette e si ritrovò in un angolo tranquillo, nascosto dalle ceste tutt'intorno a lui.

"In ogni caso," pensò "sono sfuggito alla trappola che mi hanno teso. Per fortuna avevo la nitroglicerina. Ma sono loro che devono avere paura di me. Il cacciatore, quello che tende le trappole, sono io. Anche se il vero pericolo è Walden. È la seconda volta che si mette di mezzo. Chi avrebbe mai pensato che un attempato aristocratico si sarebbe dimostrato così audace?"

Si chiese dove fosse il poliziotto. Sbirciò fuori.

Si ritrovò faccia a faccia con lui.

Il poliziotto rimase stupito quando Feliks lo afferrò per il bavero e lo trascinò dietro le cassette.

Il poliziotto barcollò.

Feliks gli fece lo sgambetto. L'uomo cadde a terra. Feliks gli fu addosso e lo prese per il collo. Cominciò a stringere.

Feliks odiava i poliziotti.

Si ricordò di Białjstock, quando i crumiri, dei manigoldi con delle spranghe di ferro, avevano pestato i lavoratori davanti alla fabbrica, mentre la polizia assisteva imperturbabile. Rammentò il pogrom, quando i criminali avevano devastato il quartiere ebraico, appiccando incendi, prendendo a calci i vecchi e violentando le ragazze, davanti alla polizia che li guardava divertita. Ricordò la Domenica Rossa, quando l'esercito aveva sparato sulla folla inerme davanti al Palazzo d'Inverno, fra gli applausi della polizia. Rievocò i poliziotti che lo avevano condotto alla fortezza di San Pietro e Paolo per essere torturato, e quelli che lo avevano scortato in Siberia e gli avevano rubato il cappotto, e poi quelli che avevano caricato gli scioperanti a Pietroburgo, distribuendo manganellate, colpendo le donne... Colpivano sempre le donne.

Un poliziotto era un lavoratore che vendeva l'anima al diavolo.

Feliks aumentò la stretta.

Udì un rumore.

Girò la testa di scatto.

Un bambinetto di due o tre anni lo guardava mordendo una mela mentre lui strangolava il poliziotto.

Feliks pensò: "Che cosa sto aspettando?".

Mollò la presa.

Il bambino si avvicinò e guardò l'uomo privo di sensi.

Feliks controllò al di là delle cassette: nessun poliziotto in vista.

Il bambino gli chiese: «Dorme?».

Feliks si allontanò.

Uscì dal mercato senza scorgere traccia dei suoi inseguitori.

Si diresse verso lo Strand.

Cominciò a sentirsi in salvo.

A Trafalgar Square salì su un autobus.

"Stavo per morire" continuava a pensare Walden. "Stavo per morire."

Erano nella stanza dell'Hotel Savoy, e Thomson stava dando istruzioni ai suoi uomini. «Ci è sfuggito tra le mani» stava dicendo. «Non accadrà una seconda volta. Ora sappiamo qualcosa di lui, e scopriremo molti altri particolari. Sappiamo che era a Pietroburgo nel o prima del 1895, perché Lady Walden si ricorda di lui. Sappiamo che è stato in Svizzera, perché la valigia in cui teneva la bomba è svizzera. E conosciamo il suo aspetto.»

"Quel volto" pensò Walden, e strinse i pugni.

Thomson proseguì: «Watts, tu e i tuoi uomini andrete a fare un giretto nell'East End. Il nostro uomo è quasi certamente russo, quindi è probabile che sia anarchico ed ebreo, ma non fateci troppo conto. Vediamo se riusciamo a dargli un nome. In tal caso, telegrafate a Zurigo e a Pietroburgo per chiedere informazioni.

«Richards, tu ti occuperai della busta. È probabile che abbia acquistato solo quella, quindi ci sarà forse un commesso che si ricorderà del cliente a cui è stata venduta.

«Woods, tu invece ti occuperai della bottiglia. È da mezzo gallone, con il tappo di vetro smerigliato. Sul fondo c'è stampigliato il marchio della fabbrica. Chiedi a chi forniscono quel tipo di bottiglie a Londra. Sguinzaglia i tuoi uomini in tutte le farmacie e vedi se si trova qualcuno che si ricorda di un cliente corrispondente alla descrizione del nostro uomo. Naturalmente, avrà acquistato gli ingredienti in posti diversi; e se riusciamo a rintracciare quei posti, sapremo in quale zona della città cercarlo».

Walden rimase colpito: non si era reso conto che il criminale avesse lasciato tanti indizi. Cominciò a sentirsi meglio.

Thomson si rivolse a un giovane col cappello di feltro e il colletto floscio. «Taylor, il tuo è il compito più importante. Lord Walden e io abbiamo visto il criminale soltanto di sfuggita, ma Lady Walden ha potuto osservarlo a lungo. Verrai con noi a casa sua e col suo aiuto e il nostro farai uno schizzo di quell'individuo. Voglio che venga stampato stasera stessa, e distribuito in tutte le stazioni di polizia di Londra entro domani a mezzogiorno.»

"A questo punto," pensò Walden "non ci può più scappare." Poi si ricordò di avere formulato lo stesso pensiero quando gli avevano teso la trappola in quell'albergo, e ricominciò ad avere paura.

Feliks si guardò allo specchio. Si era fatto tagliare i capelli molto corti, come un prussiano, e si era depilato le sopracciglia, lasciando solo due righe sottili. Avrebbe smesso di radersi, così che nel giro di una settimana avrebbe avuto bocca e mento coperti da barba e baffi. Purtroppo non poteva fare nulla per mascherare il suo naso. Aveva comprato un paio d'occhiali di seconda mano con la montatura di metallo. Avevano le lenti piccole, così poteva guardare al di sopra di esse. Aveva sostituito la bombetta con un berretto di tweed, e il cappotto nero con un giaccone blu da marinaio.

Un osservatore attento lo avrebbe potuto riconoscere, ma guardandolo di sfuggita si aveva l'impressione di trovarsi davanti a un uomo totalmente diverso.

Doveva lasciare la casa di Bridget. Aveva acquistato tutti gli ingredienti per fabbricare la nitroglicerina in quella zona, e quando la polizia lo avesse scoperto avrebbe cominciato una ricerca di porta in porta. Prima o poi sarebbero arrivati in quella strada, e un vicino avrebbe dichiarato: "Lo conosco, abita nel seminterrato di Bridget".

Era in fuga. Si sentiva umiliato e depresso. Era stato in fuga in altre occasioni, ma sempre dopo aver ucciso, non prima.

Raccolse rasoio, biancheria di ricambio, la dinamite che si era fabbricato, e il suo libro di Puškin; avvolse tutto quanto nella camicia pulita. Poi salì da Bridget.

«Gesummaria, che cosa ti sei fatto alle sopracciglia?» disse la donna. «Eri così un bell'uomo.»

«Devo andarmene» dichiarò Feliks.

Lei guardò il suo fagotto. «Vedo che hai preso la tua roba.»

«Così se viene la polizia non avrà bisogno di mentire.»

«Dirò che ti ho buttato fuori perché sospettavo che tu fossi un anarchico.»

«Addio, Bridget.»

«Togliti quegli assurdi occhiali e dammi un bacio.»

Feliks la baciò sulla guancia e uscì.

«Buona fortuna, ragazzo mio» gli gridò dietro lei.

Feliks prese la bicicletta e, per la terza volta da quando era a Londra, andò a cercarsi un alloggio.

Pedalava lentamente. Non era più indebolito dalle ferite, ma si sentiva demoralizzato dagli insuccessi. Attraversò tutta la zona settentrionale della città e la city, poi andò dall'altra parte del fiume percorrendo il London Bridge. Si diresse quindi verso sud-est, e passò davanti a un pub chiamato The Elephant and Castle.

I quartieri poveri dalle parti di Old Kent Road erano il posto giusto in cui trovare una sistemazione a poco prezzo e dove nessuno faceva domande. Prese una stanza al quarto piano di un caseggiato che, come gli disse in tono lugubre il portinaio, apparteneva alla Chiesa d'Inghilterra. Lì non avrebbe potuto preparare della nitroglicerina: nella stanza non c'era l'acqua, così come nel resto della casa. C'erano soltanto una canna e una latrina in cortile.

La stanza era squallida. In un angolo c'era una trappola per topi, e l'unica finestra era coperta con un foglio di giornale. L'intonaco era scrostato e il materasso puzzava. Il portinaio, un uomo grasso e curvo che strascicava le pantofole di stoffa, gli disse fra un colpo di tosse e l'altro: «Se vuole riparare la finestra, le posso procurare il vetro a poco prezzo».

Feliks gli chiese: «Dove posso tenere la bicicletta?»

«Se fossi in lei me la porterei di sopra. In qualsiasi altro posto gliela ruberanno.»

Con la bicicletta nella stanza, ci sarebbe stato appena lo spazio sufficiente per andare dalla porta al letto.

«La prendo» disse Feliks.

«Sono dodici scellini.»

«Aveva detto tre scellini alla settimana.»

«Quattro settimane anticipate.»

Feliks gli diede il denaro. Dopo aver comprato gli occhiali e i vestiti, gli rimanevano soltanto una sterlina e diciannove scellini.

Il portinaio disse: «Se vuole ridipingerla, posso procurarle la vernice a metà prezzo».

«Glielo farò sapere» rispose Feliks. La camera era sudicia, ma quello era l'ultimo dei suoi pensieri.

L'indomani si sarebbe dovuto rimettere alla ricerca di Orlov.

«Stephen! Grazie al cielo, sei sano e salvo!» esclamò Lydia.

Lui le cinse le spalle con un braccio. «Certo che sono sano e salvo.»

«Che cos'è successo?»

«Purtroppo non l'abbiamo preso.»

Lydia provò un senso di sollievo che la fece quasi svenire. Fin dal momento in cui Stephen aveva dichiarato: "Prenderò quell'uomo", lei aveva avuto doppiamente paura: paura che Feliks uccidesse Stephen, e se questo non fosse successo, paura di essere responsabile per la seconda volta nella sua vita dell'arresto di Feliks. Sapeva quello che aveva passato la prima volta, e il pensiero le faceva venire la nausea.

«Tu conosci Basil Thomson, mi pare» disse Stephen. «E questo è il signor Taylor, disegnatore della polizia. Noi tutti lo aiuteremo a tracciare il ritratto del nostro uomo.»

Lydia ebbe un tuffo al cuore. Sarebbe stata costretta a visualizzare per ore il proprio amante davanti a suo marito. "Quando finirà questo calvario?" si domandò.

Stephen le chiese: «A proposito, dov'è Charlotte?».

«A fare acquisti» gli rispose Lydia.

«Bene. Non voglio che sappia niente di questa faccenda. In particolare, non voglio che sappia dove si trova Aleks.»

«Non dirlo neppure a me» disse Lydia. «Preferisco non saperlo neanch'io. Così non potrò ripetere lo stesso errore.»

Si misero a sedere, e il pittore tirò fuori il suo blocco da disegno. Schizzò infinite volte quel viso. Lydia avrebbe potuto farne il ritratto in cinque minuti. Dapprima cercò di fuorviare il pittore dicendo "non proprio" quando un particolare era perfettamente somigliante, ed "ecco, così" quando era decisamente sbagliato. Ma anche Stephen e Thomson avevano visto Feliks in faccia, seppure per breve tempo, e la correggevano. Poi, temendo di essere scoperta, collaborò pienamente, con la terribile consapevolezza che forse li avrebbe aiutati a mettere ancora una volta Feliks in prigione. Tracciarono infine un ritratto molto somigliante dell'uomo che Lydia amava.

Stressata da quel compito, prese del laudano e andò a dormire. Sognò che stava andando a Pietroburgo per incontrare Feliks. Nella logica assurda dei sogni, le pareva di essere nella carrozza che la portava alla nave insieme a due duchesse, che nella realtà l'avrebbero esclusa dalla buona società se avessero conosciuto il suo passato. Comunque, fecero un errore e si recarono a Bournemouth invece che a Southampton. Là si fermarono a riposarsi, anche se erano le cinque e la nave salpava alle sette. Le duchesse raccontarono a Lydia che loro dormivano insieme la notte e che si scambiavano carezze audaci. In un certo senso, la cosa non appariva affatto sorprendente, anche se le due donne erano entrambe molto anziane. Lydia continuava a ripetere: "Adesso dobbiamo andare", ma loro non le badavano. Poi arrivò un uomo con un biglietto. Era firmato: "Il tuo amante anarchico". Lydia disse al messaggero: "Dite al mio amante anarchico che sto cercando di prendere la nave delle sette". Ecco: se l'era lasciato scappare. Le duchesse si scambiarono un'occhiata d'intesa. Alle sette meno venti, ancora a Bournemouth, Lydia si rese conto di non avere pronto il bagaglio. In grande fretta, mise la sua roba nelle valigie, ma continuava a mancarle qualcosa, i minuti passavano, lei era in ritardo e per qualche motivo la valigia non si riempiva. Presa dall'angoscia, uscì senza bagaglio, montò sulla carrozza, che guidò lei stessa, perse la strada sul lungomare di Bournemouth e non riuscì a uscire dalla città, e quando si svegliò Southampton era ancora molto lontana.

Rimase sdraiata con il cuore che le batteva forte e gli occhi sbarrati fissi sul soffitto, e pensò che era soltanto un sogno. Grazie a dio!

Feliks andò a letto depresso e si svegliò furibondo.

Ce l'aveva con se stesso. Uccidere Orlov non era un'impresa sovrumana. Il principe era sorvegliato, certo, ma non poteva essere rinchiuso in una camera blindata sotterranea come il denaro in una banca. Inoltre, perfino le camere blindate delle banche potevano essere rapinate. Lui era intelligente e risoluto. Con pazienza e tenacia avrebbe trovato il modo di aggirare gli ostacoli che si sarebbero frapposti tra lui e il suo obiettivo.

Lo cercavano. Bene, lui non si sarebbe fatto trovare. Avrebbe usato le vie secondarie, evitando i vicini, e sarebbe stato sempre all'erta, pronto ad avvistare le divise blu dei poliziotti. Da quando aveva iniziato la sua vita di violenza era stato ricercato molte volte, ma non lo avevano mai preso.

Si alzò, si lavò alla canna dell'acqua nel cortile, ricordando di non farsi la barba, si mise il berretto di tweed, la giacca da marinaio e gli occhiali, fece colazione a un chiosco, inforcò la bicicletta e si diresse, evitando le strade principali, verso St James's Park.

La prima cosa che vide fu un poliziotto in uniforme che camminava su e giù davanti all'abitazione dei Walden. Questo significava che lui non avrebbe potuto mettersi nel suo solito punto d'osservazione. Si sarebbe dovuto appostare più lontano. E non poteva neppure rimanere a lungo nello stesso posto, altrimenti il poliziotto avrebbe finito per notarlo.

Verso mezzogiorno, un'automobile uscì dalla casa. Feliks corse a prendere la bicicletta.

Non aveva visto l'automobile entrare, quindi con ogni probabilità doveva essere quella di Walden. Fino ad allora la famiglia aveva sempre usato la carrozza, ma non c'era motivo perché non possedessero anche delle vetture a motore. Feliks era troppo lontano per poter vedere chi c'era all'interno. Sperò che si trattasse di Walden.

L'automobile si diresse verso Trafalgar Square. Feliks tagliò attraverso il prato per raggiungerla.

Quando arrivò sulla strada, la macchina lo precedeva di pochi metri. Riuscì a starle dietro mentre girava intorno a Trafalgar Square, poi però lo distanziò dirigendosi verso nord lungo Charing Cross Road.

Feliks pedalò più forte, ma senza sforzarsi troppo. Prima di tutto non voleva attirare l'attenzione, e poi intendeva conservare le forze. Ma esagerò con la cautela, perché quando raggiunse l'incrocio con Oxford Street l'automobile era sparita. Si maledì. "Che direzione ha preso?" si domandò. Fra le varie possibilità, tirò a indovinare, e proseguì diritto.

Nel traffico più intenso in fondo a Tottenham Court Road avvistò nuovamente l'automobile, e trasse un sospiro di sollievo. Si arrischiò ad avvicinarsi abbastanza per vedere all'interno. Al volante c'era un uomo col berretto d'autista. Sul sedile posteriore sedeva un signore con i capelli grigi e la barba: Walden!

"Ucciderò anche lui" pensò Feliks. "Perdio, lo ucciderò."

Davanti alla stazione di Euston superò la vettura, correndo il rischio di essere riconosciuto da Walden quando la macchina lo avesse superato di nuovo. Rimase davanti per tutta Euston Road, guardandosi continuamente alle spalle per controllare che l'automobile lo stesse ancora seguendo. Si fermò all'incrocio di King's Cross, col fiato corto, finché la macchina lo oltrepassò. L'automobile svoltò in direzione nord. Feliks girò la faccia mentre lo superava, poi la seguì.

Il traffico era abbastanza intenso, e gli permetteva di mantenere una distanza costante dalla macchina, anche se con una certa fatica. Feliks cominciò a sperare che Walden stesse andando da Orlov. Una casa nella parte settentrionale della città, uguale a tante altre, sarebbe stata un buon nascondiglio. Si sentiva eccitato. Forse avrebbe potuto ucciderli entrambi.

Dopo circa un chilometro, il traffico cominciò a diradarsi. L'automobile era grossa e potente. Feliks dovette pedalare sempre più velocemente. Era in un bagno di sudore. Si chiese quanta strada ancora poteva mancare.

Il traffico più intenso di Holloway Road gli concesse una breve tregua, poi la macchina aumentò velocità lungo Seven Sisters Road. Feliks pedalava al massimo. Da un momento all'altro l'automobile poteva lasciare la strada principale; mancavano forse pochi minuti perché arrivasse a destinazione. "Mi basta un po' di fortuna" pensò. Raccolse le sue ultime riserve di energia. Gli facevano male le gambe e respirava a fatica. La macchina lo staccò nettamente. Quando fu a un centinaio di metri di distanza e sempre in accelerazione, Feliks rinunciò.

Si accostò al bordo della strada e rimase seduto sulla sella, chino sul manubrio, in attesa di riprendersi. Era stremato.

Era sempre così, pensò amaramente: le classi dominanti lottavano con tutte le comodità. Eccolo lì, Walden, comodamente seduto in una grossa automobile, con un sigaro in bocca, libero anche dall'incombenza di guidare.

Walden stava chiaramente uscendo dalla città. Orlov poteva trovarsi in un posto qualsiasi a nord di Londra raggiungibile in mezza giornata con una macchina potente. Feliks era stato sconfitto. Un'altra volta.

Non gli rimaneva che tornare a St James's Park, a tenere d'occhio la casa.

Charlotte era ancora turbata dal discorso della signora Pankhurst.

Per forza c'erano miseria e sofferenze finché tutto il potere era nelle mani di una metà del mondo che non capiva i problemi dell'altra metà. Gli uomini accettavano una società brutale e ingiusta perché era tale non per loro, ma solo per le donne. Se le donne avessero avuto il potere, non sarebbe più rimasto nessuno da opprimere.

Il giorno dopo l'assemblea delle suffragette, Charlotte continuò a riflettere su quanto aveva ascoltato. Vedeva tutte le donne intorno a lei – cameriere, commesse, bambinaie nel parco, perfino sua madre – in una luce nuova. Intuiva che stava cominciando a capire come funzionava il mondo. Non nutriva più rancori nei confronti dei suoi genitori per averle mentito. In realtà, più che averle mentito, le avevano taciuto delle cose. E fra l'altro, se si doveva parlare di menzogna, ingannavano se stessi quasi quanto avevano ingannato lei. E suo padre le aveva parlato con franchezza, vincendo le proprie resistenze. Tuttavia, Charlotte voleva scoprire da sola come stavano le cose, per essere sicura della verità.

La mattina riuscì a procurarsi un po' di soldi con un semplice espediente. Andò a fare commissioni con un lacchè e gli disse: «Mi dia uno scellino». Poi, mentre lui l'aspettava con la carrozza davanti all'ingresso principale di Liberty, in Regent Street, uscì da una porta laterale e raggiunse Oxford Street, dove trovò una donna che vendeva il giornale delle suffragette «Voto alle donne». Il giornale costava un penny. Charlotte rientrò da Liberty e, nella toilette delle signore, nascose il giornale sotto il vestito. Poi tornò alla carrozza.

Dopo pranzo, lesse il giornale nella sua stanza. Apprese che l'incidente svoltosi al palazzo reale in occasione del suo debutto in società non era stato il primo, e che già altre volte la situazione delle donne era stata sottoposta all'attenzione dei reali. Il dicembre dell'anno precedente tre suffragette in splendidi abiti da sera si erano barricate in un palco del Covent Garden. Era accaduto in occasione della rappresentazione di gala della *Jeanne d'Arc* di Raymond Roze, a cui assistevano i reali con un vasto seguito. Alla fine del primo atto una suffragetta si era alzata in piedi e aveva cominciato a parlare al re servendosi di un megafono. Impiegarono mezz'ora per abbattere la porta del palco e tirare fuori le donne. Poi, nelle prime file della galleria si alzarono altre quaranta suffragette, lanciando una pioggia di volantini sulla platea. Subito dopo, uscirono in massa.

Sia prima di questo episodio sia dopo, il re si era rifiutato di dare udienza alla signora Pankhurst. Appellandosi a un antico diritto di presentare una petizione al re, di cui godevano tutti i sudditi colpiti da ingiustizie, le suffragette annunciarono che una loro delegazione si sarebbe recata al palazzo reale, accompagnata da migliaia di donne.

Charlotte seppe che la marcia avrebbe avuto luogo quel giorno. Quel pomeriggio. In quel momento.

Voleva parteciparvi.

Era del tutto inutile capire quello che non andava, si disse, se non si faceva niente per cambiarlo. E le risuonavano ancora nelle orecchie le parole della signora Pankhurst: «Lo spirito che oggi anima le donne non può essere soffocato...».

Suo padre era uscito in macchina con Pritchard. La madre riposava, come sempre dopo mangiato. Nessuno poteva fermarla.

Si mise un vestito molto semplice e il cappello e il cappotto meno eleganti che aveva, poi scese silenziosamente le scale e uscì di casa. Feliks camminava nel parco, tenendo sempre d'occhio la casa, arrovellandosi.

Doveva a tutti i costi trovare il modo di scoprire dov'era andato Walden con l'automobile. Ma come? Poteva tentare ancora con Lydia? Forse, con un certo rischio, sarebbe riuscito a evitare il poliziotto che sorvegliava la casa, ma gli sarebbe poi stato possibile uscire di là? Lydia non avrebbe dato l'allarme? Anche se lo avesse lasciato andare via, difficilmente gli avrebbe rivelato il nascondiglio di Orlov, adesso che sapeva perché lo stava cercando. Forse avrebbe potuto sedurla, ma dove e quando?

Non poteva seguire la macchina di Walden in bicicletta. E con un'altra macchina? Ne poteva rubare una, ma non sapeva guidare. E se avesse imparato? E anche allora, l'autista di Walden non si sarebbe accorto di essere seguito?

Se avesse potuto nascondersi nella macchina di Walden... Questo significava introdursi nel garage, aprire il baule, trascorrerci dentro parecchie ore, sperando che nel frattempo nessuno lo aprisse per metterci qualcosa. Era troppo rischioso.

L'autista conosceva l'indirizzo, naturalmente. Si poteva corromperlo? Farlo ubriacare? Rapirlo? Feliks stava esaminando queste possibilità quando vide la ragazza uscire di casa.

Si domandò chi fosse. Forse una cameriera, perché i membri della famiglia uscivano sempre in carrozza. Ma era uscita dalla porta principale, e Feliks sapeva che le cameriere non lo facevano mai. Forse era la figlia di Lydia. Forse lei sapeva dov'era Orlov.

Feliks decise di seguirla.

La ragazza si diresse verso Trafalgar Square. Feliks lasciò la bicicletta fra i cespugli e le andò dietro, osservandola più da vicino. Dai vestiti non sembrava una cameriera. Si ricordò che la sera del suo primo tentativo di uccidere Orlov nella carrozza c'era una ragazza. Non l'aveva vista bene, perché tutta la sua attenzione, malauguratamente, si era concentrata su Lydia. Nei lunghi giorni passati a osservare la casa, aveva scorto di tanto in tanto una ragazza nella carrozza. Doveva essere la stessa, decise Feliks. Ora era sgattaiolata fuori per una passeggiata clandestina mentre suo padre era assente e la madre era occupata.

C'era in lei qualcosa di vagamente familiare, pensò mentre attraversavano Trafalgar Square. Era sicuro di non averla mai vista da vicino, tuttavia guardando quella figura snella che camminava con le spalle diritte e il passo svelto e deciso aveva una strana sensazione di déjà vu. Ogni tanto scorgeva di sfuggita il suo profilo quando si voltava per attraversare una strada, e la linea del mento, o forse qualcosa negli occhi, parevano fargli vibrare una corda sepolta nella memoria. Che gli ricordasse Lydia da giovane? No, nemmeno lontanamente, si rese conto: Lydia era piccola e fragile, con i lineamenti delicati. Quella ragazza aveva un volto deciso, dai lineamenti marcati. Gli ricordava il ritratto di un pittore italiano che aveva visto in una galleria a Ginevra. Dopo un po' gli venne in mente il suo nome: Modigliani.

Le si avvicinò ancora di qualche passo, e dopo alcuni minuti la vide in faccia. Il suo cuore per un attimo si fermò. "È bellissima" pensò.

Dove stava andando? A un appuntamento con un giovanotto? A comprare qualcosa di illegale? A fare qualcosa che i suoi genitori avrebbero disapprovato, come andare al cinema o al music hall?

L'incontro con un ragazzo era l'ipotesi più probabile. E anche quella più promettente dal punto di vista di Feliks. Avrebbe potuto scoprire chi era, e minacciarlo di rivelare tutto se la ragazza non gli avesse rivelato dove si nascondeva Orlov. Lei non si sarebbe arresa subito, naturalmente, soprattutto se le era stato detto che un assassino era sulle tracce di Orlov. Ma dovendo scegliere fra l'amore di un giovane e la salvezza di un cugino russo, Feliks era convinto che una ragazza avrebbe scelto l'amore.

Gli giunse alle orecchie un rumore in lontananza. Seguì la ragazza dietro un angolo. Di colpo, si trovò in una via piena di donne in corteo. Tante vestivano i colori delle suffragette: verde, bianco e violetto. E molte reggevano degli striscioni. Erano migliaia. Da qualche parte, giungeva il suono di una banda.

La ragazza si unì alle dimostranti.

Feliks esultò. "Fantastico!"

Lungo i bordi della strada erano allineati i cordoni della polizia, ma la maggior parte dei poliziotti aveva la faccia rivolta verso il corteo, così Feliks poteva camminare sul marciapiede alle loro spalle. Accompagnò il corteo, senza perdere di vista la ragazza. Aveva proprio bisogno di un po' di fortuna, e ora gli era arrivata. Una suffragetta! La si poteva ricattare, ma forse c'erano modi più sottili per manovrarla.

"Comunque," pensò Feliks "da lei otterrò quello che voglio."

Charlotte era eccitata. Il corteo era disciplinato; le addette al servizio d'ordine badavano che le donne marciassero in fila. La maggior parte delle manifestanti erano donne ben vestite, dall'aria rispettabile. La banda suonava un allegro two-step. C'erano anche alcuni uomini, con uno striscione che riportava la scritta: NO AL GOVERNO CHE NON DÀ IL VOTO ALLE DONNE IN PARLAMENTO. Charlotte non si sentiva più una "sbandata dalle idee eretiche". Perbacco, pensava, tutte queste migliaia di donne la pensano come me! Nelle ultime ventiquattr'ore ogni tanto si era chiesta se gli uomini non avessero ragione a sostenere che le donne erano deboli, stupide, ignoranti: in realtà ogni tanto anche lei si sentiva debole e stupida ed era effettivamente ignorante. Adesso pensava: "Se noi studiassimo non saremmo ignoranti, se pensassimo con la nostra testa non saremmo stupide; e se lottassimo unite non saremmo deboli".

La banda cominciò a suonare l'inno *Gerusalemme*, e le donne si misero a cantare. Charlotte si unì a loro con slancio.

Non cesserò di lottare con lo spirito,
né la spada dormirà nella mia mano,

"Non m'interessa se mi vede qualcuno," pensò Charlotte con atteggiamento di sfida "fossero anche le duchesse!"

finché non avremo fondato Gerusalemme
nella verde e amena terra d'Inghilterra.

Il corteo attraversò Trafalgar Square ed entrò nel Mall. D'un tratto i poliziotti si fecero molto più numerosi. C'erano anche parecchi curiosi, soprattutto uomini, che guardavano, fermi ai lati della strada. Lanciavano grida e fischi di scherno. Charlotte udì uno di loro che diceva: «Vi serve soltanto un po' di buon su e giù!». Si sentì avvampare.

Notò che molte donne reggevano un'asta con in cima una freccia argentata. Ne chiese il significato alla donna che le stava accanto.

«Rappresenta le frecce sui vestiti del carcere» rispose la donna. «Tutte le donne che portano quell'asta sono state in prigione.»

«In prigione!» Charlotte rimase sbalordita. Sapeva che alcune suffragette erano state messe in carcere, ma guardandosi intorno vide centinaia di frecce d'argento. Per la prima volta si affacciò alla sua mente il dubbio che avrebbe potuto finire la giornata in prigione. Si sentì svenire. "Io non vado avanti" pensò. "La mia casa è proprio là, dall'altra parte del parco. Posso arrivarci in cinque minuti. In prigione! Morirei!" Si guardò indietro, poi pensò: "Non ho fatto niente di male! Perché devo temere di finire in prigione? Perché non dovrei presentare istanza al re? Se non facciamo così, noi donne resteremo sempre deboli, ignoranti e stupide". Poi la banda riprese a suonare, e lei raddrizzò le spalle e marciò a tempo.

La facciata di Buckingham Palace si stagliava in fondo al Mall. Una fila di poliziotti, di cui molti a cavallo, la proteggeva. Charlotte era quasi alla testa del corteo: si chiese che cosa intendessero fare le organizzatrici della manifestazione, quando avessero raggiunto il cancello.

Si ricordò di una volta che mentre usciva da Derry & Toms le si era avvicinato un ubriaco. Un signore in cilindro lo aveva spinto via col bastone, e il suo lacchè aveva subito fatto salire Charlotte sulla carrozza ferma accanto al marciapiede.

Quel giorno nessuno sarebbe accorso a proteggerla.

Arrivarono al cancello.

"L'ultima volta che sono stata qui," pensò Charlotte "avevo un invito."

La testa del corteo giunse fino al cordone di polizia. Ci fu un attimo in cui tutto parve immobile. La folla dietro spingeva. Improvvisamente, Charlotte vide la signora Pankhurst. Indossava una gonna e una giacca di velluto color violetto, una camicia bianca col colletto alto e un corpetto verde. Il cappello era violetto, aveva una grande piuma di struzzo bianca e la veletta. La donna si era staccata dal resto del corteo e in qualche modo era riuscita, senza farsi notare, a raggiungere il cancello più lontano del cortile del palazzo. Era una figura piccola e coraggiosa, che marciava a testa alta verso il cancello del re!

La fermò un ispettore di polizia. Era un uomo massiccio, alto almeno trenta centimetri più di lei. Ci fu un breve scambio di battute. La signora Pankhurst fece un passo avanti. L'ispettore le bloccò la strada. Lei cercò di spingerlo via. Allora Charlotte, raggelata, vide il poliziotto afferrare la signora Pankhurst con tutt'e due le braccia, sollevarla da terra, e portarla via.

Charlotte era furibonda, e così tutte le donne intorno a lei. Le manifestanti premettero contro il cordone. Charlotte vide un paio di loro che erano riuscite a passare e correvano in direzione del palazzo, inseguite dai poliziotti. I cavalli si mossero, facendo risuonare minacciosamente gli zoccoli sul selciato. Il cordone fu rotto. Alcune donne vennero alle mani con i poliziotti, e furono buttate per terra. Charlotte era terrorizzata all'idea di essere malmenata. Alcuni uomini che assistevano alla scena corsero in aiuto della polizia, e la mischia si trasformò in rissa. Una donna di mezza età vicina a Charlotte fu afferrata per le cosce. «Mi tolga le mani di dosso, signore!» gridò indignata. «Cara mia, ti posso acchiappare come voglio, oggi!» Un gruppo di uomini con la paglietta si fece largo fra la folla, distribuendo pungi e spintoni alle manifestanti. Charlotte urlò. Un gruppo di suffragette che brandivano clave da ginnastica passò al contrattacco: volarono pagliette dappertutto. Non c'erano più spettatori: erano tutti coinvolti nel tafferuglio.

Charlotte avrebbe voluto fuggire, ma ovunque si girasse ci si azzuffava. Un tipo con la bombetta afferrò una donna per un braccio. Una mano le cercò il seno, l'altra le frugò fra le gambe. Charlotte udì che diceva: «È da tanto che lo desideravi, eh?». Era sconvolta dalle manifestazioni di bestialità cui assisteva: era come quei dipinti medievali che raffiguravano l'inferno, in cui tutti i dannati pativano indicibili torture. Soltanto che quello che si svolgeva intorno a lei era reale, e lei era coinvolta. Fu spinta da dietro e cadde per terra, scorticandosi le mani e le ginocchia. Qualcuno le pestò una mano. Cercò di rialzarsi e fu sbattuta giù di nuovo. Si rese conto che rischiava di essere calpestata da un cavallo e di morire. Disperata, si attaccò all'orlo del cappotto di una donna e si tirò su in piedi. Alcune manifestanti gettavano del pepe negli occhi degli uomini, ma nella confusione mietevano altrettante vittime fra le loro compagne.

La lotta si fece ancora più violenta. Charlotte vide una donna a terra col naso sanguinante. Avrebbe voluto soccorrerla ma era bloccata: era già tanto se riusciva a stare in piedi. La collera cominciò a prendere il sopravvento sulla paura. Gli uomini, tanto i poliziotti che i civili, parevano provarci gusto a dare pugni e calci alle donne. Charlotte, quasi isterica, si chiese perché sogghignassero in quel modo. Con raccapriccio, sentì una grande mano avida afferrarle un seno, poi stringerglielo e torcerglielo. Lei si girò, tentando di allontanare quel braccio. Si trovò faccia a faccia con un giovane sui venticinque anni, con un elegante vestito di tweed. Lui allungò le mani e le afferrò entrambi i seni, affondandovi le dita con forza. Nessuno l'aveva mai nemmeno toccata in quella parte del corpo. Charlotte si dibatté, e colse sul volto dell'uomo un'espressione selvaggia di odio misto a desiderio. Lui le urlò: «Questo è quello che volevi, vero?». Poi le diede un pugno nello stomaco. Charlotte si piegò di scatto, in preda al dolore, boccheggiante. Avrebbe voluto respirare, urlare, ma non poteva fare né l'una né l'altra cosa. "Sto per morire" pensò. Si accorse vagamente di un uomo alto che le si era avvicinato facendosi largo fra la ressa, fendendo la folla come se fosse stata un campo di grano. L'uomo alto afferrò per il bavero il tipo con il vestito di tweed e gli sferrò un pugno al mento. Il colpo parve sollevare da terra il giovane. La sua espressione stupefatta era quasi comica.

Charlotte fu finalmente in grado di respirare, e si riempì d'aria i polmoni. L'uomo alto le cinse saldamente le spalle e le sussurrò: «Da questa parte». Charlotte si rese conto che la stava portando in salvo, e provò un tale sollievo sentendosi nelle mani di una persona forte e protettiva che fu sul punto di svenire.

L'uomo alto la guidò attraverso la folla. Un sergente di polizia librò il manganello contro di lei. L'uomo alzò il braccio per parare il colpo, poi emise un grido di dolore quando gli arrivò la bastonata. Mollò Charlotte. Dopo una breve zuffa, il sergente era disteso per terra, sanguinante, e lo sconosciuto stava nuovamente conducendola tra la folla.

Poi, improvvisamente, ne furono fuori. Quando Charlotte si rese conto di essere in salvo, si mise a piangere, singhiozzando sommessamente, mentre le lacrime le rigavano le guance. L'uomo la sospinse avanti. «Allontaniamoci di qui» le disse. Aveva un accento straniero. Charlotte era priva di una volontà propria: si lasciò guidare da lui.

Dopo un po', cominciò a riprendersi. Si accorse che si trovavano dalle parti della stazione Victoria. L'uomo si fermò davanti a una Lyons Corner House e disse: «Le andrebbe una tazza di tè?».

Lei annuì, ed entrarono.

Lui l'accompagnò a un tavolo e le si sedette di fronte. Lei lo guardò per la prima volta. Per un attimo fu di nuovo assalita dalla paura. Aveva un viso lungo con il naso un po' ricurvo. I capelli erano tagliati molto corti, ma il volto non era rasato. Aveva qualcosa di rapace. Ma poi, nei suoi occhi, vide soltanto un'espressione di pietosa simpatia.

Charlotte trasse un profondo respiro e disse: «Come potrò mai esprimerle la mia gratitudine?».

Lui ignorò la domanda. «Vuole mangiare qualcosa?»

«Mi basta il tè.» Aveva riconosciuto il suo accento e cominciò a parlargli in russo. «Di dov'è?»

Parve contento che lei conoscesse la sua lingua. «Sono nato nella provincia di Tambov. Lei parla molto bene il russo.»

«Mia madre è russa, e anche la mia istitutrice.»

Arrivò una cameriera, e lui ordinò due tè.

Charlotte disse: «Non so nemmeno il suo nome. Io sono Charlotte Walden».

«Feliks Kšessinski. Ha avuto del coraggio, a partecipare a quel corteo.»

Lei scrollò la testa. «Il coraggio non c'entra. Semplicemente, non sapevo che sarebbe finito in quel modo.» Stava pensando: "Chi è quest'uomo? Da dove viene? Ha un'aria affascinante. Però è guardingo. Vorrei saperne di più su di lui".

Lui le chiese: «Che cosa si aspettava?».

«Dalla manifestazione? Non so... Perché quegli uomini parevano provarci gusto ad aggredire le donne?»

«Questa è una domanda interessante.» Si animò di colpo, e Charlotte notò che aveva un viso attraente ed espressivo. «Vede, noi uomini mettiamo le donne su un piedestallo e vogliamo credere che esse siano pure nell'animo e fisicamente indifese. Quindi, per lo meno nella buona società, gli uomini devono convincersi di non nutrire alcuna ostilità nei confronti delle donne, mai; e neppure di desiderare il loro corpo. Ora, ecco che arrivano delle donne, le suffragette, che non sono affatto indifese e che non hanno bisogno di essere venerate. E per di più, infrangono la legge. Distruggono i miti che gli uomini si sono costruiti: possono quindi essere aggredite impunemente. Gli uomini si sentono traditi, e danno libero sfogo a tutto il desiderio carnale e alla rabbia che hanno finto di non possedere. Questa è una buona occasione per allentare la tensione, e la colgono al volo.»

Charlotte lo guardava stupita. Era fantastico: le aveva dato una spiegazione perfetta, con la massima semplicità. "Quest'uomo mi piace" pensò. E gli chiese: «Che cosa fa per vivere?».

Lui assunse nuovamente un'espressione guardinga. «Filosofo disoccupato.»

Arrivò il tè. Era forte e dolce, e Charlotte si sentì rinfrancata. Quel russo così strano la incuriosiva, e sentiva il desiderio di farlo parlare. Osservò: «Lei ha l'aria di credere che tutto ciò, la condizione femminile e via dicendo, sia negativo per gli uomini quanto lo è per le donne».

«Ne sono convinto.»

«Perché?»

Lui ebbe un attimo di esitazione. «Uomini e donne sono felici quando amano.» Un'ombra gli oscurò il volto per un breve istante. «Il rapporto d'amore non è la stessa cosa di un rapporto di venerazione. Si venera un dio. Gli esseri umani possono solo essere amati. Quando si venera una donna non si può amarla. Poi, quando si scopre che non è un dio, la si odia. È triste.»

«Non ci avevo mai pensato» osservò Charlotte.

«E poi, tutte le religioni hanno dèi buoni e dèi cattivi. Il Signore e il Diavolo. Così, noi abbiamo donne buone e donne cattive. E si può fare tutto quello che si vuole alle donne cattive, per esempio alle suffragette e alle prostitute.»

«Chi sono le prostitute?»

Lui parve sorpreso. «Donne che si vendono per...» La parola russa che usò era sconosciuta a Charlotte.

«Me lo può tradurre?»

«...fare su e giù» disse lui in inglese.

Charlotte arrossì e distolse lo sguardo.

Lui le chiese: «È un'espressione volgare? Mi dispiace, non ne conosco altre».

Charlotte raccolse tutto il suo coraggio, e disse a bassa voce: «Rapporto sessuale».

Lui riprese a parlare in russo. «Mi sembra che lei sia stata tenuta all'oscuro di molte cose.»

«Non può immaginare quanto ciò sia insopportabile» ribatté lei con veemenza. «Essere così ignorante! Davvero le donne si vendono come ha detto lei?»

«Oh, sì. Le mogli rispettabili devono fingere di non provare alcun piacere nel rapporto sessuale. E questo lo rende a volte poco allettante per gli uomini, che quindi vanno con le prostitute. Le prostitute fingono di provare un enorme piacere, anche se, dal momento che lo fanno così spesso e con tanti uomini differenti, non è vero. Alla fine tutti mentono.»

"Queste erano proprio le cose che avevo bisogno di sapere!" pensò Charlotte. Avrebbe voluto portare quell'uomo in casa sua e incatenarlo nella sua stanza, per farsi spiegare le cose giorno e notte. Gli chiese: «Come mai siamo diventati così... Perché queste finzioni?».

«La risposta richiederebbe una ricerca che potrebbe durare una vita, come minimo. Comunque, sono convinto che la faccenda abbia a che fare con il potere. Gli uomini hanno il potere sulle donne, e i ricchi hanno il potere sui poveri. Sono necessari molti falsi idoli per legittimare questo sistema, idoli come la monarchia, il capitalismo, le buone maniere e il sesso. Questi falsi idoli ci rendono infelici, ma senza di essi qualcuno perderebbe il proprio potere. E gli uomini non sono disposti a rinunciare al potere, neanche se li rende infelici.»

«Che cosa bisogna fare, allora?»

«Ottima domanda. A chi non vuole cedere il potere, bisogna strapparlo con la forza. Il passaggio di potere da un gruppo a un altro all'interno della stessa classe si chiama colpo di stato, ma non produce alcun cambiamento. Il passaggio di potere da una classe all'altra si chiama rivoluzione, e invece cambia le cose.» Esitò. «Anche se le trasformazioni non sono sempre quelle cui aspiravano i rivoluzionari.» Proseguì: «Le rivoluzioni avvengono soltanto quando il popolo insorge compatto contro i suoi oppressori, come pare stiano facendo le suffragette. Le rivoluzioni sono sempre violente, perché chi detiene il potere è pronto a uccidere per conservarlo. Tuttavia esse avvengono storicamente, perché il popolo è sempre disposto a morire per la libertà».

«Lei è un rivoluzionario?»

Lui le disse in inglese: «Le concedo tre possibilità di indovinare la risposta giusta».

Charlotte rise.

Quel riso gli aprì gli occhi.

Mentre le parlava, Feliks l'aveva osservata, valutando le sue reazioni. Gli era simpatica e l'attrazione che esercitava su di lui gli era in un certo modo familiare. Pensò: "Dovrei essere io a incantarla, ma sta accadendo il contrario".

E poi lei rise.

Tese le labbra in un largo sorriso. Socchiuse gli occhi marroni. Rovesciò la testa all'indietro sollevando il mento pronunciato. Alzò le mani, con i palmi rivolti in avanti quasi in un gesto di difesa. E rise, rise di gusto.

A Feliks parve di tornare indietro di venticinque anni. Vide una baracca di tre stanze a ridosso di una chiesa di legno. All'interno un ragazzo e una ragazza sedevano l'uno di fronte all'altra a un tavolo fatto di assi di legno grezzo. Sul fuoco c'era una pentola di ghisa in cui stavano cuocendo un cavolo e un pezzetto di lardo con una grande quantità d'acqua. Fuori era quasi buio, e presto sarebbe tornato il padre per la cena. Feliks, quindici anni, aveva appena raccontato una barzelletta alla sorella Nataša, di diciotto.

Lei rovesciò la testa all'indietro e scoppiò a ridere.

Feliks osservò Charlotte. Era identica a Nataša. Le chiese: «Quanti anni ha?».

«Diciotto.»

Gli attraversò la mente un'idea assurda, incredibile, sconvolgente.

Deglutì e domandò: «Quando li compie?».

«Il 2 di gennaio.»

Feliks rimase senza fiato. Era nata esattamente sette mesi dopo il matrimonio di Lydia con Walden. Otto mesi e mezzo dopo l'ultima volta che Feliks aveva fatto l'amore con Lydia.

E Charlotte era identica a sua sorella Nataša.

Feliks seppe così la verità.

Charlotte era sua figlia.

IX

«Che cosa c'è?» chiese Charlotte.

«Scusi?»

«Sembra che abbia appena visto un fantasma.»

«Lei mi ha ricordato una persona. Mi dica tutto di lei.»

Charlotte lo guardò aggrottando la fronte. "Sembra che abbia un nodo alla gola" pensò. «Le sta venendo il raffreddore» disse.

«Io non prendo mai il raffreddore. Qual è il suo ricordo più lontano?»

Lei rifletté qualche istante. «Sono cresciuta in una residenza di campagna chiamata Walden Hall, a Norfolk. È un bell'edificio di pietra grigia con un magnifico giardino. D'estate prendevamo il tè all'aperto, sotto i castagni. Dovevo avere pressappoco quattro anni quando mi permisero per la prima volta di prendere il tè con papà e mamma. Fu una noia. Non c'era niente da esplorare sul prato. A me piaceva andare sul retro della casa, nelle scuderie. Un giorno sellarono un asino e me lo lasciarono montare. Avevo visto altra gente montare in sella, naturalmente, e pensavo di sapere come si faceva. Mi dissero di rimanere ferma, che altrimenti sarei caduta, ma io non volli dare loro retta. In un primo momento mi fecero andare al passo tenendo l'asino per la briglia. Poi mi permisero di tenere le redini da sola. Sembrava tutto così facile che diedi di gambe, come avevo visto fare da chi andava a cavallo, e misi l'asino al trotto. Dopodiché, mi ritrovai per terra in lacrime. Non riuscivo proprio a capacitarmi di essere caduta!» Scoppiò a ridere a quel ricordo.

«Si direbbe un'infanzia felice» commentò Feliks.

«Non parlerebbe così se conoscesse la mia istitutrice. Si chiama Marya, è russa, ed è molto severa. "Le signorine per bene hanno sempre le mani pulite." È ancora in circolazione. È la mia chaperon.»

«In ogni modo aveva cibo a sufficienza, e vestiti. Non ha mai sofferto il freddo. C'era sempre un medico quando non stava bene.»

«È questo che dovrebbe rendere felici?»

«Io mi sarei accontentato. Qual è il suo ricordo più bello?»

«Quando papà mi regalò un pony tutto per me» rispose di slancio Charlotte. «Lo desideravo tantissimo; era un sogno che s'avverava. Non dimenticherò mai quel giorno.»

«Lui com'è?»

«Chi?»

Feliks esitò. «Lord Walden.»

«Papà? Be'...» "È una bella domanda" pensò Charlotte. Per essere un completo estraneo, Feliks mostrava un notevole interesse per lei. Ma lei aveva un interesse ancora maggiore per lui. Dietro le sue domande pareva nascondersi una strana malinconia, imprevedibile fino a pochi minuti prima. Forse era perché aveva avuto un'infanzia infelice, e al confronto la sua gli sembrava spensierata. «Penso che papà sia una bravissima persona...»

«Ma...»

«Mi tratta come una bambina. Probabilmente sono molto ingenua, lo so, ma lo sarò sempre se vengo lasciata all'oscuro di tutto. Lui non mi spiega le cose nel modo... be', nel modo in cui me le spiega lei. Lui si imbarazza molto a parlare di... uomini e donne, capisce... e quando parla di politica il suo punto di vista sembra un po', come dire, altezzoso.»

«È perfettamente naturale. Per tutta la vita ha avuto tutto quello che voleva, e senza difficoltà. È ovvio che per lui il mondo vada bene così com'è, salvo che per alcuni piccoli problemi che saranno appianati a tempo debito. Gli vuole bene?»

«Sì, tranne quando lo odio.» L'intensità dello sguardo di Feliks cominciava a metterla a disagio. Pareva annotare mentalmente ogni parola che lei pronunciava e tutte le espressioni del suo viso. «Papà è una persona molto amabile. Perché le interessa tanto?»

Lui fece uno strano sorriso. «È tutta la vita che lotto contro la classe dominante, ma difficilmente ho avuto occasione di conversare con qualcuno che ne faccia parte.»

Charlotte era sicura che quello non fosse il vero motivo, e si chiese vagamente perché le stesse mentendo. Forse c'era qualcosa che lo metteva in imbarazzo: di solito era quello il motivo per cui la gente non era del tutto sincera con lei. «Io non sono un membro della classe dominante, non più di quanto lo sia uno dei cani di mio padre» disse.

Lui sorrise. «Mi parli di sua madre.»

«Ha i nervi fragili. A volte deve prendere il laudano.»

«Che cos'è?»

«Una medicina a base d'oppio.»

Lui inarcò le sopracciglia. «Sembrerebbe una cosa sconveniente.»

«Perché?»

«Credevo che consumare oppio fosse considerato un vizio.»

«Non se avviene per ragioni mediche.»

«Ah.»

«Mi sembra scettico.»

«Sempre.»

«Avanti, mi dica quello che pensa.»

«Se sua madre ha bisogno dell'oppio, ho il sospetto che sia perché è infelice, piuttosto che perché è malata.»

«Perché dovrebbe essere infelice?»

«Me lo dica lei, dal momento che è sua madre.»

Charlotte rifletté. Sua madre era infelice? Di certo non era soddisfatta come sembrava esserlo suo padre. Si preoccupava troppo, e perdeva la calma alla minima provocazione. «Non è rilassata,» disse alla fine «ma non vedo alcuna ragione perché debba essere infelice. Può darsi che senta la nostalgia per il vostro paese?»

«Può darsi» disse Feliks, in tono poco convinto. «Lei ha fratelli o sorelle?»

«No. La mia migliore amica è mia cugina Belinda. Abbiamo la stessa età.»

«Altre amicizie?»

«Nessuna, solo delle conoscenze.»

«Altri cugini?»

«Due gemelli di sei anni. Naturalmente ho un mucchio di cugini in Russia, ma non li ho mai conosciuti, all'infuori di Aleks, che è molto più grande di me.»

«E che cosa vuole fare nella vita?»

«Che domanda!»

«Non lo sa?»

«Non ho ancora deciso.»

«E che prospettive ha?»

«Questa sì che è una bella domanda. Voglio dire, è previsto che io mi sposi con un giovane della mia classe e che abbia dei bambini. Immagino che sarò costretta a farlo.»

«Perché?»

«Be', Walden Hall non sarà mia alla morte di papà.»

«Perché no?»

«Perché va a chi eredita il titolo, e io non posso diventare il conte di Walden. Così la casa verrà lasciata a Peter, il maggiore dei due gemelli.»

«Capisco.»

«E io non sarei in grado di guadagnarmi da vivere.»

«Certo che lo sarebbe.»

«Non ho ricevuto alcuna preparazione.»

«Se la faccia da sola.»

«Che cosa potrei fare?»

Feliks si strinse nelle spalle. «Allevare cavalli. Gestire un negozio. Fare l'impiegata statale. Diventare un'insegnante di matematica. Scrivere commedie.»

«Lei parla come se io potessi fare tutto quello che mi viene in mente.»

«Credo che ne sarebbe capace. Ma mi viene un'idea piuttosto concreta. Il suo russo è perfetto: potrebbe tradurre in inglese.»

«Pensa davvero che lo potrei fare?»

«Ne sono certo.»

Charlotte si morse un labbro. «Come si spiega che lei ha tanta fiducia in me e i miei genitori no?»

Lui rifletté un attimo, poi sorrise. «Se lei fosse stata mia figlia, si sarebbe lamentata di doversi sempre occupare di cose serie senza mai avere il permesso di andare a ballare.»

«Lei non ha figli?»

Lui guardò altrove. «Non mi sono sposato.»

Charlotte era incuriosita. «Avrebbe voluto?»

«Sì.»

Charlotte sentiva di non dover insistere su quel punto, ma non resistette: voleva sapere com'era quello strano uomo quando era innamorato. «Che cosa accadde?»

«La ragazza sposò un altro.»

«Come si chiamava?»

«Lydia.»

«Proprio come mia madre.»

«Davvero?»

«Si chiamava Lydia Šatova. Avrà sentito parlare del conte Šatov, se è stato qualche volta a Pietroburgo.»

«Sì, ne ho sentito parlare. Ha un orologio?»

«Come, scusi? No.»

«Neppure io.» Feliks si guardò intorno e vide un orologio a muro. Charlotte seguì il suo sguardo. «Cielo, sono le cinque! Volevo essere a casa prima che la mamma scendesse per il tè.» Si alzò.

«Passerà dei guai?» chiese lui, alzandosi a sua volta.

«Penso proprio di sì.» Si girò per uscire.

Lui mormorò: «Oh, Charlotte...».

«Che cosa c'è?»

«Potrebbe pagare lei il tè? Sono molto povero.»

«Oh! Chissà se ho dei soldi con me. Sì! Ecco, undici pence. Bastano?»

«Certo.» Lui le prese sei pence dal palmo della mano e andò alla cassa a pagare. "Incredibile" pensò Charlotte "le cose che capitano andando in giro. Che cosa penserebbe di me Marya, se sapesse che ho offerto una tazza di tè a uno sconosciuto? Le verrebbe un colpo."

Lui le diede il resto e le tenne aperta la porta. «L'accompagnerò, almeno per un pezzo di strada.»

«Grazie.»

Feliks la prese sottobraccio e si incamminarono. Il sole era ancora forte. Venne verso di loro un poliziotto, e Feliks la fece fermare davanti alla vetrina di un negozio aspettando che passasse oltre. Lei gli domandò: «Perché non vuole che ci veda?».

«Potrebbero essere ancora in cerca della gente che ha partecipato alla manifestazione.»

Charlotte aggrottò la fronte. Sembrava un po' improbabile, ma lui doveva saperla più lunga di lei.

Ripresero a camminare. Charlotte disse: «Adoro il mese di giugno».

«Il clima inglese è meraviglioso.»

«Trova? Allora non è mai stato nel Sud della Francia.»

«Lei sì, ovviamente.»

«Ci andiamo ogni inverno. Abbiamo una villa a Montecarlo.» Poi aggiunse: «Spero che lei non pensi che mi sto dando delle arie».

«Assolutamente, no.» Sorrise. «Dovrebbe ormai essersi resa conto che giudico la grande ricchezza come una cosa di cui bisognerebbe vergognarsi, e non gloriarsi.»

«Immagino che avrei dovuto capirlo. Invece mi è sfuggito. Allora mi disprezza?»

«No, ma la ricchezza non è sua.»

«Lei è la persona più interessante che io abbia mai conosciuto» esclamò Charlotte. «Potrò rivederla?»

«Sì» rispose lui. «Ha un fazzoletto?»

Lei ne prese uno dalla tasca del cappotto e glielo porse. Lui si soffiò il naso. «Sta proprio prendendosi il raffreddore» disse lei. «Le lacrimano gli occhi.»

«Forse ha ragione.» Si asciugò gli occhi. «Vogliamo incontrarci nello stesso caffè?»

«Non è un posto particolarmente accogliente, non le pare?» obiettò Charlotte. «Vediamo se possiamo trovare di meglio. Ci sono! Ci vedremo alla National Gallery. Così, se incontro qualcuno che conosco, potremo fingere di non essere insieme.»

«D'accordo.»

«Le piacciono i quadri?»

«Vorrei che lei mi aiutasse ad arricchire la mia cultura.»

«Allora ci vedremo lì. Va bene dopodomani alle due?»

«Perfetto.»

Le venne in mente che forse non sarebbe potuta uscire di casa. «Se succede qualcosa, e non posso venire, posso mandarle un biglietto?»

«Be'... mmh... io sono sempre in giro...» Ebbe un'idea. «Ma può lasciare un messaggio alla signora Bridget Callahan al numero diciannove di Cork Street, a Camden Town.»

Lei ripeté l'indirizzo. «Me lo scriverò appena arrivo a casa. Abito a poche centinaia di metri da qui.» Ebbe un attimo di esitazione. «Ora dobbiamo lasciarci. Spero che lei non si offenda, ma sarebbe proprio meglio che nessuno la vedesse con me.»

«Offendermi?» disse con quel suo strano sorriso. «No, assolutamente.»

Lei gli tese la mano. «Arrivederci.»

«Arrivederci» rispose Feliks, dandole una stretta vigorosa.

Charlotte si girò e si diresse verso casa. "Passerò dei guai, quando arrivo" pensò. "Avranno scoperto che non ero in camera mia, e mi sottoporranno a un interrogatorio. Dirò che sono andata a fare una passeggiata nel parco. Saranno contrariati."

Quando arrivò al cancello, si voltò. Lui era fermo dove l'aveva lasciato, e la guardava. Gli fece un rapido cenno con la mano. Lui ricambiò il suo saluto. Aveva un'aria stranamente vulnerabile e triste, lì in piedi da solo. "È soltanto una mia impressione" pensò Charlotte, ricordando come l'aveva tratta in salvo dalla mischia: in realtà era un uomo molto risoluto.

Entrò nel cortile e salì i gradini che conducevano alla porta d'ingresso.

Walden arrivò a Walden Hall con lo stomaco sottosopra. Era partito da Londra prima di pranzo, appena il disegnatore della polizia aveva ricostruito l'identikit del criminale, e aveva fatto uno spuntino pasteggiando con una bottiglia di Chablis durante il viaggio, senza far fermare l'automobile. Il nervosismo aveva fatto il resto.

Quel giorno era in programma un altro incontro con Aleks. Supponeva che il nipote avesse una controproposta e che stesse aspettando un telegramma di approvazione da parte dello zar. Sperava che l'ambasciata russa avesse avuto il buon senso di inoltrare a Walden Hall i telegrammi indirizzati a Orlov. Sperava che la controproposta sarebbe stata ragionevole, così da poter essere presentata a Churchill come una vittoria.

Era impaziente di riprendere la discussione, ma sapeva che in realtà pochi minuti non facevano la differenza, e che era sempre un errore mostrarsi ansiosi nel corso di una negoziazione. Perciò si fermò nell'atrio e si ricompose prima di entrare nell'Ottagono.

Aleks era seduto vicino alla finestra, pensieroso. Aveva accanto a sé un grande vassoio con tè e pasticcini: non li aveva neppure toccati. Alzò subito lo sguardo e domandò: «Che cos'è successo?».

«Il nostro uomo è venuto, ma non siamo riusciti a prenderlo» rispose Walden.

Aleks distolse lo sguardo. «Era venuto per uccidermi...»

Walden fu preso da un moto di compassione per lui. Era giovane, aveva una grossa responsabilità, si trovava in un paese straniero e c'era un criminale che voleva ammazzarlo. Ma non era il caso di lasciarlo rimuginare troppo. Walden assunse un tono disinvolto. «Ora abbiamo una sua descrizione: il disegnatore della polizia ne ha ricostruito il ritratto. Thomson lo acciufferà nel giro di un paio di giorni. E qui tu sei al sicuro: non può assolutamente scoprire dove ti trovi.»

«Pensavamo lo stesso dell'albergo, eppure è riuscito a rintracciarmi.»

«Non si ripeterà.» "Non è certo un bell'inizio per riprendere la nostra discussione" pensò Walden. Doveva trovare il modo per riportare l'attenzione di Aleks su argomenti meno funesti. «Hai preso il tè?»

«Non ho fame.»

«Facciamo una passeggiata, così a cena avrai più appetito.»

«D'accordo.» Aleks si alzò.

Walden prese un fucile – per i conigli, disse al nipote – e si diressero verso la fattoria padronale. Una delle due guardie del corpo fornite da Basil Thomson li seguiva a una decina di metri di distanza.

Walden mostrò ad Aleks la sua scrofa più bella, la Principessa di Walden. «Ha vinto il primo premio alla mostra agricola dell'East Anglia per due anni consecutivi.» Aleks guardò ammirato le solide case di mattoni dei fittavoli, gli alti granai dipinti di bianco, e i magnifici cavalli da tiro.

«Non ne ricavo alcun profitto, naturalmente» spiegò Walden. «Tutti gli utili vengono investiti per le scorte, o per le fognature, le case, i recinti... ma stabilisce un modello per le fattorie dei fittavoli. E alla mia morte la fattoria padronale avrà un valore molto più alto di quando l'ho ereditata.»

«In Russia non possiamo avere tenute agricole come questa»

osservò Aleks. "Bene," pensò Walden "sta pensando a qualcos'altro." Aleks continuò: «Non c'è da sperare che i nostri contadini russi usino nuovi metodi di coltivazione, introducano dei macchinari, si occupino della manutenzione dei fabbricati o degli utensili. Sono ancora dei servi della gleba, almeno a livello psicologico se non giuridico. Quando c'è un cattivo raccolto e muoiono di fame, sai che cosa fanno? Bruciano i granai vuoti».

I contadini stavano falciando il grano nel campo a sud. Erano in dodici e avanzavano in una fila compatta, chini sulle falci. Le alte spighe cadevano con un fruscio, come le tessere del domino.

Samuel Jones, il più anziano dei lavoranti, finì per primo la sua striscia di campo. Si avvicinò con la falce in pugno, e si toccò il berretto in cenno di saluto. Walden gli strinse la mano callosa: era come afferrare una roccia.

«Sua signoria ha trovato il tempo di andare a quella fiera a Lunnun?» chiese Samuel.

«Sì, ci sono andato» rispose Walden.

«E ha visto la macchina falciatrice di cui parlava?»

Walden assunse un'espressione dubbiosa. «È una gran bella macchina, ma non so...»

Sam annuì. «Certo il lavoro fatto con le macchine non sarà mai come quello che può fare un uomo.»

«D'altro canto, potremmo falciare il fieno in tre giorni invece che in quindici, e facendolo in un tempo così breve ci sarebbero meno rischi di piogge. Poi potremmo noleggiarla ai fittavoli.»

«Inoltre le sarebbe sufficiente un numero inferiore di contadini» rilevò Sam.

Walden esibì una falsa aria di disappunto. «No» dichiarò. «Non ci sarebbero licenziamenti. Semplicemente, non avremmo bisogno di ricorrere ad aiuti esterni nella stagione del raccolto.»

«Non farebbe molta differenza, allora.»

«No, in realtà. E non so, gli uomini, come la prenderebbero: sai che il giovane Peter Dawkins trova ogni scusa per creare guai.»

Sam emise un mugolio senza compromettersi.

«In ogni caso,» continuò Walden «la prossima settimana il signor Samson andrà a dare un'occhiata alla macchina.» Samson era il fattore. «Ehi!» esclamò Walden, come se gli fosse appena venuta un'idea. «Non è che vorresti andare con lui, Sam?»

Sam finse di non tenerci gran che. «A Lunnun?» disse. «Ci sono stato una volta, nel 1888. Non mi era piaciuta.»

«Potresti andarci in treno col signor Samson, e magari prenderti dietro anche il giovane Dawkins: vedere la macchina, pranzare a Londra, e poi tornare nel pomeriggio.»

«Non so che cosa dirà mia moglie.»

«Mi piacerebbe sentire la tua opinione su quella macchina.»

«Be', mi potrebbe interessare.»

«Allora è fatta. Dirò a Samson di organizzare il viaggio.» Walden gli rivolse un sorriso d'intesa. «Puoi lasciar intendere alla signora Jones che ti ci ho praticamente costretto.»

Sam fece un sorrisino. «Farò così, milord.»

Il fieno era stato quasi tutto falciato. Gli uomini smisero di lavorare. Eventuali conigli si sarebbero nascosti fra le poche spighe rimaste. Walden chiamò Dawkins, e gli consegnò il fucile. «Peter, tu che sei un bravo cacciatore, vedi se riesci a prenderne uno per te e uno per noi.»

I contadini si allinearono lungo il bordo del campo, fuori dalla linea di tiro, poi tagliarono le ultime spighe su un lato, per far uscire i conigli allo scoperto. Ne vennero fuori quattro, e Dawkins ne abbatté due con il primo colpo e uno con il secondo.

Walden prese il fucile e un coniglio, poi lui e Aleks tornarono verso la casa. Aleks scrollò la testa ammirato. «Tratti gli uomini in maniera perfetta» disse. «Io non riesco mai a trovare il giusto equilibrio fra disciplina e generosità.»

«Ci vuole esperienza» ribatté Walden. Sollevò il coniglio. «In realtà non ne avevamo bisogno, ma l'ho preso per rammentare loro che i conigli sono miei, e che quelli di cui dispongono sono un mio omaggio e non un loro diritto.» "Se avessi un figlio," pensò Walden "è così che gli spiegherei le cose."

«Si va avanti attraverso la discussione e il consenso.»

«È il metodo migliore, anche se alla fine bisogna sempre cedere qualcosa.»

Aleks sorrise. «Il che ci riporta ai Balcani.»

"Grazie a dio, finalmente" pensò Walden.

«Vogliamo fare il punto della situazione?» proseguì Aleks. «Noi siamo disposti a schierarci al vostro fianco contro la Germania e voi a riconoscerci il diritto di passaggio attraverso il

Bosforo e i Dardanelli. Tuttavia, noi vogliamo non soltanto il diritto, ma anche il potere di farlo rispettare. La nostra proposta – che voi riconosciate la penisola balcanica, dalla Romania a Creta, come una zona d'influenza russa – non vi ha trovato d'accordo: senza dubbio vi dev'essere parsa una richiesta eccessiva. Il mio compito allora era di formulare una richiesta più discreta, che ci garantisse il passaggio al mare senza peraltro impegnare l'Inghilterra in una politica balcanica incondizionatamente filo-russa.»

«Esatto.» Walden pensò: "Ha la mente affilata come un bisturi. Pochi minuti fa gli stavo dando dei consigli paterni, e ora, di colpo, siamo sullo stesso piano. Dev'essere così quando tuo figlio diventa uomo."

«Mi dispiace che la cosa abbia richiesto così tanto tempo» disse Aleks. «Ho dovuto inviare dei telegrammi in codice a Pietroburgo attraverso l'ambasciata russa, e questo sistema di colloqui a distanza non può essere rapido come si vorrebbe.»

«Capisco» disse Walden, pensando: "Forza, dillo".

«C'è un territorio di circa venticinquemila chilometri quadrati da Costantinopoli ad Adrianopoli – metà della Tracia – che attualmente fa parte della Turchia. La sua fascia costiera si affaccia sul Mar Nero, prosegue lungo il Bosforo, il Mar di Marmara e i Dardanelli, e finisce nell'Egeo. In altri termini, controlla l'intero passaggio fra il Mar Nero e il Mediterraneo.» Si interruppe. «Datecelo, e saremo al vostro fianco.»

Walden nascose la propria eccitazione. Quella era una base concreta per una trattativa. Disse: «Il fatto è che dovremmo darvi una cosa che non ci appartiene».

«Considera le varie possibilità se scoppia una guerra» disse Aleks. «Uno: se la Turchia è dalla nostra parte avremo comunque il diritto di passaggio. Però questa è un'ipotesi improbabile. Due: se la Turchia è neutrale, l'Inghilterra dovrebbe sostenere con fermezza il nostro diritto di passaggio, a conferma dell'effettiva neutralità dei turchi. E, qualora non ci riuscisse, dovrebbe approvare un nostro intervento armato in Tracia. Tre: se la Turchia si schiera con la Germania – ed è la possibilità più verosimile – l'Inghilterra dovrebbe riconoscere la Tracia come un nostro territorio appena l'avremo conquistata.»

Walden si mostrò perplesso. «Mi chiedo che cosa penserebbero i traci di tutta questa operazione.»

«Preferirebbero appartenere alla Russia che alla Turchia.»

«Suppongo che preferirebbero essere indipendenti.»

Aleks fece un sorriso divertito. «Né a te né a me, e neppure ai nostri governi, interessa quello che possono preferire gli abitanti della Tracia.»

«È vero» convenne Walden. Non poté fare a meno di mostrarsi d'accordo. Aleks aveva il potere di incantarlo con la sua ingenuità giovanile, per poi coglierlo di sorpresa con la fredda razionalità dell'adulto. Walden era convinto di avere il controllo del colloquio, finché Aleks non usciva con una battuta finale che rivelava come fosse stato lui in realtà a manovrare la discussione.

Risalirono la collina che conduceva sul retro di Walden Hall. Camminando, sollevavano nuvole di polvere. Il terreno era asciutto: non pioveva da tre mesi. Walden ripensava eccitato alla controproposta di Aleks. Che cosa avrebbe detto Churchill? Concedere ai russi una parte della Tracia era senz'altro possibile. A chi importava qualcosa della Tracia?

Attraversarono l'orto. Un aiuto giardiniere stava innaffiando le piante. Al loro apparire, si toccò il berretto. Walden stava cercando di farsi venire in mente il suo nome, ma Aleks lo batté sul tempo. «Una bella serata, vero, Stanley?»

«Ci vorrebbe un forte acquazzone, altezza.»

«Ma non troppo, eh?»

«Proprio così, altezza.»

"Aleks impara presto" pensò Walden.

Entrarono in casa. Walden suonò il campanello per chiamare un servitore. «Manderò un telegramma a Churchill fissando un appuntamento con lui per domani mattina. Partirò subito per Londra.»

«Bene» approvò Aleks. «Il tempo stringe.»

Il servitore in livrea che aprì la porta a Charlotte provò un visibile sollievo.

«Oh! Grazie al cielo è tornata, Lady Charlotte!» esclamò.

Charlotte gli consegnò il cappotto. «Non capisco perché devi ringraziare il cielo, William.»

«Lady Walden era preoccupata» spiegò. «Ha detto di mandarla subito da lei, appena fosse arrivata.»

«Salgo un attimo a ravviarmi i capelli» disse Charlotte.

«Lady Walden ha detto "immediatamente"...»

«E io ho detto che salgo a ravviarmi i capelli.» Charlotte andò nella sua stanza.

Si lavò la faccia e si sciolse i capelli. Si sentiva i muscoli dello stomaco indolenziti, per via del pugno che aveva ricevuto, e aveva le mani scorticate. Niente di serio, però. Doveva sicuramente avere delle escoriazioni alle ginocchia, ma quelle non gliele poteva vedere nessuno. Andò dietro il paravento e si tolse il vestito. Non si vedevano strappi. "Non ho l'aria di essere stata coinvolta in una rissa" si disse. Udì la porta che veniva aperta.

«Charlotte!» Era la voce di sua madre.

Si infilò una vestaglia, pensando: oddio, ora mi farà una scenata. Uscì da dietro il paravento.

«Ci hai fatto stare terribilmente in pensiero!» disse la madre.

Dietro di lei entrò Marya, con un'aria severa e di disapprovazione.

Charlotte disse: «Be', eccomi qui sana e salva, per cui adesso potete smettere di preoccuparvi».

Sua madre diventò rossa in viso. «Che impudenza!» strillò. Avanzò di un passo e le diede uno schiaffo.

Charlotte indietreggiò e cadde pesantemente a sedere sul letto. Era stordita, non tanto per lo schiaffo in sé, quanto per il valore del gesto. Sua madre non aveva mai alzato le mani su di lei. In un certo senso pareva farle più male di tutti i colpi che aveva ricevuto durante la manifestazione. Colse lo sguardo di Marya e vi lesse una strana soddisfazione.

Charlotte si ricompose e dichiarò: «Questo non te lo perdonerò».

«E adesso saresti tu a dover perdonare me!» Nella sua furia la madre stava parlando in russo. «E io, quando potrò perdonarti di esserti unita a una folla in tumulto davanti a Buckingham Palace?»

Charlotte annaspò. «Come fai a saperlo?»

«Marya ti ha visto mentre sfilavi lungo il Mall con... quelle suffragette. Mi vergogno profondamente. Dio sa quante altre persone possono averti notata. Se il re verrà a saperlo saremo banditi da corte.»

«Capisco.» Charlotte sentiva ancora il bruciore dello schiaffo. Osservò seccamente: «Allora non eri preoccupata per la mia incolumità, ma solo per la reputazione della famiglia».

Sua madre parve ferita. Marya intervenne: «Eravamo preoccupate per entrambe le cose».

«Tu non ti immischiare» disse Charlotte. «Hai fatto già abbastanza danni.»

«Marya ha fatto quello che era giusto fare!» esclamò la madre. «Come avrebbe potuto non dirmelo?»

«Non pensi che le donne dovrebbero avere il diritto di voto?» disse Charlotte.

«No di certo. E non dovresti pensarlo nemmeno tu.»

«E invece lo penso» ribatté Charlotte.

«Tu non sai niente, sei ancora una bambina.»

«Si arriva sempre a questo, vero? Sono una bambina, e non so niente. E chi è responsabile della mia ignoranza? Marya si occupa da quindici anni della mia educazione. Quanto al fatto di essere una bambina, sai perfettamente che non è vero. Saresti ben felice di vedermi sposata entro Natale. E alcune ragazze sono madri a tredici anni, sposate o no.»

La madre restò sbigottita. «Chi ti ha detto queste cose?»

«Di certo non Marya. Lei non mi ha mai detto niente di importante. E neppure tu.»

Sua madre assunse un tono quasi implorante. «Tu non hai alcun bisogno di sapere certe cose. Tu sei una lady.»

«Ecco, vedi quello che voglio dire? Tu vuoi che io resti ignorante. Ebbene, io non intendo farlo.»

«Io voglio solo che tu sia felice!» disse la madre in tono lamentoso.

«No, non è vero» replicò Charlotte con ostinazione. «Tu vuoi che io sia come te.»

«No, no, no!» gridò sua madre. «Non voglio che tu sia come me! Non lo voglio!» Scoppiò in lacrime, e corse fuori dalla stanza.

Charlotte la seguì con lo sguardo, turbata e confusa per la sua reazione.

«Guardi che cosa ha fatto» disse Marya.

Charlotte la squadrò dall'alto in basso: vestito grigio, capelli grigi, faccia antipatica, espressione compiaciuta. «Vattene, Marya.»

«Lei non ha idea dell'ansia e dell'angoscia che ha provocato questo pomeriggio.»

Charlotte ebbe la tentazione di dire: se tu avessi tenuto la bocca chiusa non ci sarebbero state angosce. Invece, disse solo: «Fuori di qui».

«Mi ascolti, piccola Charlotte...»

«Per te sono Lady Charlotte.»

«Lei è la mia piccola Charlotte, e...»

Charlotte prese uno specchio dal ripiano della toilette e lo lanciò contro Marya. La donna strillò. Lo specchio, tirato con mira imprecisa, andò a frantumarsi contro il muro. Marya lasciò di corsa la stanza.

"Ora so come trattarla" pensò Charlotte.

La sua, in fondo, era stata una vittoria. Aveva ridotto la madre in lacrime e cacciato Marya dalla sua stanza. "È già qualcosa" pensò. "Se voglio, posso essere più forte di loro. Si meritavano di essere trattate duramente: Marya ha parlato con la mamma alle mie spalle, e la mamma mi ha dato uno schiaffo. Però io non mi sono umiliata chiedendo scusa e promettendo di comportarmi bene in futuro. Ho reso loro pan per focaccia. Dovrei essere fiera di me, perché invece provo tanta vergogna?"

"Quanto mi odio" pensò Lydia. "Io so che cosa prova Charlotte, ma non posso dirle che la capisco. Perdo sempre il controllo. Una volta non ero così. Ero sempre calma e pacata. Quando era piccola potevo ridere delle sue marachelle. Ma adesso è una donna. Mio dio, che cosa ho fatto? È inquinata dal sangue di suo padre, Feliks, ne sono sicura. Che cosa devo fare? Pensavo che se avessi finto che era di Stephen, sarebbe realmente potuta diventare come una figlia sua: innocente, raffinata, inglese. Non è stato così. Per tutti questi anni il sangue guasto era in lei, latente. E ora si sta rivelando; ora l'amorale contadino russo suo antenato sta avendo il sopravvento. Quando colgo questi segni mi lascio prendere dal panico, non riesco a evitarlo. Sono maledetta, siamo tutti maledetti, i peccati dei padri ricadono sui figli, fino alla terza e quarta generazione. Potrò mai essere perdonata? Feliks è un anarchico e Charlotte una suffragetta. Feliks un amorale e Charlotte parla di madri tredicenni. Lei non ha idea di quanto sia terribile essere posseduta dalla passione. La mia vita è stata rovinata, e anche la sua lo sarà: questo è quello che temo, quello che mi fa gridare e piangere e diventare isterica, quello che mi spinge a schiaffeggiarla. Ma, Gesù mio, non lasciare che lei si rovini, lei è tutto quello per cui sono vissuta. La metterò sotto chiave. Se soltanto sposasse un bravo ragazzo, presto, prima di avere il tempo di seguire pienamente i suoi istinti, prima che tutti si accorgano che c'è qualcosa di sbagliato in lei. Chissà se Freddie chiederà la sua mano prima della fine della stagione mondana: questa sarebbe la soluzione. Devo assicurarmi che lo faccia, *devo* farla sposare al più presto! Poi sarà troppo tardi perché possa rovinarsi. Inoltre, con un bambino o due, non ne avrà il tempo. Devo fare in modo che veda Freddie più spesso. È graziosa, e sarà una buona moglie per un uomo forte che sappia tenerla a bada, un uomo per bene che la ami senza permetterle di dare libero sfogo ai suoi oscuri desideri, un uomo che dorma in una camera contigua e che venga nel suo letto una volta alla settimana con la luce spenta. Freddie è l'uomo che ci vuole per lei: allora non dovrà mai passare quello che ho passato io, non dovrà mai imparare sulla sua pelle che il desiderio carnale è perverso e distruttivo, il peccato non verrà trasmesso a un'altra generazione ancora, lei non sarà una degenere come me. Crede che io voglia fare di lei una come me. Se solo sapesse. Se solo sapesse!"

Feliks non riusciva a smettere di piangere.

La gente lo guardava, mentre camminava attraverso il parco per andare a riprendere la sua bicicletta. Era scosso da singhiozzi incontrollabili e le lacrime gli scorrevano copiose. Non gli era mai successo prima, e non se ne capacitava. Era distrutto dal dolore.

Trovò la bicicletta dove l'aveva lasciata, sotto un cespuglio, e alla vista di quell'oggetto familiare si calmò un po'. "Che cosa mi sta succedendo?" si chiese. "Un mucchio di gente ha dei figli. Ora so che ho una figlia anch'io. E allora?" Si sciolse ancora in lacrime.

Si sedette sull'erba secca accanto alla bicicletta. "È così bella" pensò. Ma lui non stava piangendo per quello che aveva scoperto, stava piangendo per quello che aveva perduto. Per diciotto anni era stato padre senza saperlo. Mentre peregrinava da uno squallido villaggio a un altro, mentre era in prigione e nella miniera d'oro, mentre attraversava la Siberia e fabbricava bombe a Białjstock, lei intanto cresceva. Aveva imparato a camminare, a parlare, a mangiare da sola e ad allacciarsi le scarpe. D'estate aveva giocato su un prato verde sotto un castagno, ed era caduta da un asino scoppiando a piangere. Suo "padre" le aveva regalato un pony mentre Feliks era ai lavori forzati. Aveva indossato vestitini bianchi l'estate e calze di lana l'inverno. Aveva sempre parlato due lingue, il russo e l'inglese. Qualcun altro le aveva letto delle storie. Qualcun altro le aveva detto "Adesso ti prendo", e l'aveva rincorsa ridendo su per le scale. Qualcun altro le aveva insegnato a stringere la mano alla gente e a dire "Buongiorno". Qualcun altro le aveva fatto il bagno, e spazzolato i capelli, e l'aveva esortata a finire la minestra. Molte volte Feliks aveva osservato i contadini russi con i loro figli e si era chiesto come riuscissero, nelle loro vite di miseria e povertà, a provare affetto e tenerezza per quei bambini che toglievano loro il pane di bocca. Adesso lo capiva: l'amore sgorgava spontaneo, che lo si volesse o no.

Dai suoi ricordi dei figli di altra gente poteva immaginarsi Charlotte nelle varie fasi di sviluppo. Una bimba panciuta e rotondetta. Una tumultuosa bambina di sette anni, con il vestitino strappato e le ginocchia sbucciate. Una ragazzina di dieci anni goffa e dinoccolata, con le dita macchiate d'inchiostro e gli abiti sempre un po' troppo piccoli. Una timida adolescente, che sorrideva impacciata ai ragazzini, usava in segreto i profumi della madre, andava pazza per i cavalli, e poi...

E poi quella splendida, coraggiosa, acuta, curiosa, ammirevole giovane donna.

"E io sono suo padre" pensò. "*Suo padre.*"

Che cosa gli aveva detto? "Lei è la persona più interessante che io abbia mai conosciuto. Potrò rivederla?" Lui si era preparato a dirle addio per sempre. Sapere che non era necessario gli aveva fatto perdere completamente il controllo. Lei aveva creduto che avesse il raffreddore. Ah, era ancora giovane per fare osservazioni tanto ingenue e allegre a un uomo cui si stava spezzando il cuore.

"Sto diventando patetico" pensò. "Devo riprendere il controllo di me stesso."

Si alzò e tirò su la bicicletta. Si asciugò il viso col fazzoletto che lei gli aveva dato. Su un angolo c'era ricamata una campanula, e Feliks si chiese se l'avesse ricamata lei. Inforcò la bicicletta e si diresse verso Old Kent Road.

Era ora di cena, ma sapeva che non sarebbe riuscito a mangiare niente. Meglio così, visto che i suoi pochi soldi si stavano esaurendo e quella sera non era nello spirito di rubare. Non vedeva l'ora di stare nell'oscurità della sua stanza, dove avrebbe potuto passare la notte solo coi propri pensieri. Avrebbe ricostruito mentalmente ogni istante di quell'incontro, da quando lei era uscita di casa all'ultimo cenno di saluto.

Avrebbe gradito la compagnia di una bottiglia di vodka, ma non poteva permettersela.

Si chiese se qualcuno avesse mai regalato a Charlotte una palla rossa.

La serata era tiepida, ma l'aria della città era viziata. I pub di Old Kent Road stavano già riempiendosi di donne della classe lavoratrice vestite in modo vivace con i loro mariti, fidanzati o padri. D'impulso, Feliks si fermò davanti alla porta di uno di essi. Dall'interno, giungevano le note di un vecchio pianoforte. Feliks pensò: "Ho bisogno che qualcuno mi faccia un sorriso, anche solo un barista. Posso permettermi una birra". Assicurò la bicicletta a una rastrelliera ed entrò.

Il locale era soffocante, pieno di fumo e del tipico odore di birra dei pub inglesi. Era presto, ma risuonavano già parecchie risate e gridolini femminili. Tutti sembravano straordinariamente allegri. Feliks pensò: "Nessuno sa come spendere i propri soldi meglio dei poveri". Si unì alla folla davanti al banco. Il pianoforte attaccò una nuova melodia, e tutti si misero a cantare.

Era una stupida, vuota canzone sentimentale, ma ascoltandola Feliks sentì gli occhi riempirsi di lacrime e uscì dal pub senza ordinare da bere.

Cominciò a pedalare, lasciandosi alle spalle le musica e le risate. Quel tipo di allegria non era fatto per lui: non lo aveva mai attratto. Tornò verso casa e portò la bicicletta su per le scale fino in camera sua, all'ultimo piano. Si tolse berretto e giaccone, e si sdraiò sul letto. Fra due giorni l'avrebbe rivista. Avrebbero ammirato insieme i quadri. Prima di incontrarla, sarebbe andato in un bagno pubblico, decise. Si strofinò il mento. Non poteva farci niente: due giorni non sarebbero certo stati sufficienti perché la sua barba assumesse un aspetto decente. Riandò con la memoria al momento in cui lei era uscita di casa. L'aveva vista da lontano, e non poteva certo immaginare che...

"Che cosa stavo pensando in quel momento?" si chiese.

E poi ricordò.

"Stavo chiedendomi se lei poteva sapere dove si trovava Orlov. Non ho pensato a Orlov per tutto il pomeriggio. Con ogni probabilità, lei sa dov'è. Oppure potrebbe scoprirlo. Potrei usarla per farmi aiutare a ucciderlo. Ne sarei capace? No, non posso. Non lo farò. No, no, no! Che cosa mi sta succedendo?"

Walden incontrò Churchill al ministero della Marina a mezzogiorno. Il ministro apparve favorevolmente colpito. «La Tracia?» disse. «Certo che possiamo dare loro metà della Tracia. Possono prendersela anche tutta, per quello che ce ne importa!»

«Come pensavo» commentò Walden. Era soddisfatto della reazione di Churchill. «Ma i suoi colleghi saranno d'accordo?» «Penso di sì» rispose Churchill assorto. «Vedrò Grey dopo pranzo e Asquith stasera.»

«E il consiglio?» Walden non voleva concludere un accordo con Aleks, per poi vedersi porre il veto dal consiglio.

«Domani mattina.»

Walden si alzò. «Quindi posso pensare di tornare a Norfolk domani nel pomeriggio.»

«Benissimo. Hanno già preso quel maledetto anarchico?»

«Lo saprò tra poco: pranzo con Basil Thomson della Sezione Speciale.»

«Mi tenga informato.»

«Naturalmente.»

«E grazie. Per questa proposta, intendo.» Churchill guardò fuori dalla finestra con aria sognante. «La Tracia!» mormorò fra sé e sé. «Chi mai ne ha sentito parlare?»

Walden lo lasciò alle sue fantasticherie.

Era di ottimo umore quando uscì dal ministero per recarsi nel suo club sul Pall Mall. Di solito pranzava a casa, ma non voleva turbare Lydia con la presenza di poliziotti, soprattutto in un momento in cui sembrava già particolarmente preoccupata. Indubbiamente era in ansia per Aleks, come del resto lo era lui. Quel ragazzo era quasi come un figlio per loro: se gli fosse successo qualcosa...

Salì le scale del club e, appena entrato, diede cappello e guanti a un servitore in livrea. «Una splendida estate, vero milord?» osservò il servitore.

Erano mesi che c'era un tempo davvero stupendo, convenne Walden mentre saliva nella sala da pranzo. Prima o poi bisognava aspettarsi dei temporali. "In agosto avremo degli acquazzoni" pensò.

Thomson lo stava aspettando. Aveva un'aria piuttosto soddisfatta. "Che sollievo sarebbe se avesse preso quel criminale" pensò Walden. Si scambiarono una stretta di mano, poi Walden si sedette. Un cameriere portò il menu.

«Ebbene?» chiese Walden. «Lo avete preso?»

«Quasi» rispose Thomson.

"Questo significa no" pensò Walden. Ebbe un tuffo al cuore. «Accidenti» imprecò.

Arrivò il sommelier. Walden chiese a Thomson: «Vuole un cocktail?».

«No, grazie.»

Walden approvò. I cocktail erano una sgradevole usanza americana. «Magari un bicchierino di sherry?»

«Volentieri.»

«Due» ordinò Walden al sommelier.

Ordinarono zuppa Windsor e salmone al vapore, e Walden scelse un bianco del Reno per accompagnare il pasto.

«Mi chiedo se lei si rende conto dell'importanza del suo compito» disse Walden. «Le trattative con il principe Orlov sono a un passo dalla conclusione. Se lui ora venisse assassinato, andrebbe tutto all'aria, con gravi conseguenze per la sicurezza di questo paese».

«Certo che me ne rendo conto, milord» asserì Thomson. «Lasci che le esponga i progressi che abbiamo fatto. Il nostro uomo è Feliks Kšessinski, un nome talmente difficile che proporrei di chiamarlo Feliks. Quarant'anni, figlio di un prete di campagna, viene dalla provincia di Tambov. Il mio collega a Pietroburgo possiede un folto incartamento su di lui. È stato arrestato tre volte ed è ricercato per una mezza dozzina di omicidi.»

«Mio dio» mormorò Walden.

«Il mio amico a Pietroburgo mi ha anche fatto sapere che è un esperto nella fabbricazione di bombe.» Si interruppe. «Lei è stato incredibilmente coraggioso ad afferrare al volo quella bottiglia.»

Walden accennò un sorriso: preferiva non ripensarci.

Arrivò la zuppa Windsor e i due uomini mangiarono in silenzio. Thomson si concedesse qualche sorso di vino. Walden amava quel posto. Non si mangiava bene come a casa, ma c'era un'atmosfera rilassata. Le sedie erano vecchie e comode, i camerieri anziani e lenti, la tappezzeria consunta. C'era ancora l'illuminazione a petrolio. Walden, come altri uomini, ci veniva ogni tanto per sfuggire a una casa tutta lustra come la volevano le donne.

«Mi pareva che lei avesse detto che ormai l'avevate in pugno» disse quando arrivò il salmone.

«Non le ho ancora raccontato nemmeno la metà di quanto ho da dirle.»

«Ah!»

«A fine maggio si è presentato al circolo anarchico di Jubilee Street. Loro non sapevano chi fosse, e lui raccontò delle bugie. È un uomo cauto, e a ragione, dal suo punto di vista, perché un paio di quegli anarchici lavorano per me. I miei informatori avevano segnalato la sua presenza, ma allora il tipo sembrava innocuo, e non vi diedi molta importanza. Diceva che stava scrivendo un libro. Poi ha rubato una pistola ed è sparito dalla circolazione.»

«Senza dire a nessuno dove andava, ovviamente.»

«Proprio così.»

Un cameriere venne a ritirare i piatti e chiese: «I signori vogliono assaggiare il piatto del giorno? Montone arrosto».

Presero entrambi il montone, servito con gelatina di ribes, patate al forno e asparagi.

Thomson continuò: «Ha comprato gli ingredienti per la nitroglicerina in quattro negozi diversi di Camden Town. Abbiamo fatto ricerche di casa in casa nella zona». Mangiò un boccone di carne.

«E...?» fece Walden con impazienza.

«Abitava al diciannove di Cork Street, a Camden Town, a casa di una vedova di nome Bridget Callahan.»

«Ma adesso se n'è andato.»

«Già.»

«Accidenti, Thomson, non vede che quel tipo è più scaltro di lei?»

Thomson gli lanciò una gelida occhiata e non replicò.

«Mi scusi,» aggiunse Walden «non volevo offenderla, ma questa faccenda mi fa saltare i nervi».

Thomson continuò: «La signora Callahan dice che ha buttato fuori Feliks perché le sembrava un tipo poco raccomandabile».

«E perché non lo ha segnalato alla polizia?»

Thomson finì di mangiare il montone, e posò forchetta e coltello. «Dice che non aveva un motivo specifico per farlo. Questo mi ha fatto nascere dei sospetti, così ho fatto dei controlli su di lei. Suo marito era un ribelle irlandese. Se fosse stata al corrente dei progetti del nostro amico Feliks, può anche darsi che lo spalleggiasse.»

Walden avrebbe preferito che Thomson non chiamasse Feliks "il nostro amico". Domandò: «Crede che sappia dove si trova?».

«Se anche lo sa, non ce lo dice. Ma non vedo perché lui avrebbe dovuto dirglielo. Il punto è se potrebbe tornare.»

«Ha messo il posto sotto sorveglianza?»

«Con discrezione. Uno dei miei uomini ha preso in affitto la stanza nel seminterrato. Per inciso: ha trovato una bacchetta di vetro, di quelle che si usano nei laboratori chimici. Evidentemente, Feliks ha fabbricato la nitroglicerina in quel lavandino.»

Walden trovava agghiacciante pensare che nel cuore di Londra qualcuno potesse acquistare dei prodotti chimici, mescolarli in un lavandino, riempire una bottiglia con quel micidiale liquido esplosivo, e poi portarla con sé in una stanza d'albergo del West End.

Il montone fu seguito da un assaggio di foie gras. «Quale sarà la sua prossima mossa?» chiese Walden.

«L'identikit di Feliks è esposto in tutte le stazioni di polizia della contea di Londra. A meno che non se ne stia tutto il giorno rinchiuso da qualche parte, prima o poi verrà per forza avvistato. Ma perché questo avvenga il più presto possibile, i miei uomini stanno passando in rassegna gli alberghi economici e le case con camere in affitto, mostrando il suo ritratto.»

«E se si camuffasse, modificando il proprio aspetto?»

«Nel suo caso non è facile.»

Thomson venne interrotto dal cameriere. Rifiutarono tutti e due la torta Foresta Nera e presero il gelato. Walden ordinò mezza bottiglia di champagne.

Thomson riprese a parlare. «Non può nascondere la sua statura, né l'accento russo. Ha dei lineamenti piuttosto marcati e non ha ancora avuto il tempo di farsi crescere la barba. Potrebbe vestirsi in modo diverso, radersi i capelli a zero, oppure mettersi una parrucca. Se fossi in lui, mi metterei una divisa di qualche tipo, da marinaio, o da lacchè, oppure da prete. Ma i poliziotti stanno attenti a quei generi di travestimenti.»

Dopo il gelato, presero dello stilton e dei biscotti con una bottiglia di Porto Vintage del club.

A Walden sembrava tutto troppo vago. Feliks era ancora a piede libero, e lui non si sarebbe sentito tranquillo finché quell'uomo non fosse stato rinchiuso e incatenato al muro.

«Feliks è chiaramente un personaggio importante della cospirazione rivoluzionaria internazionale» disse Thomson. «Ed è molto ben informato: per esempio, sapeva che il principe Orlov sarebbe venuto in Inghilterra. È anche intelligente, ed estremamente risoluto. Comunque, abbiamo nascosto Orlov in un posto sicuro.»

Walden si chiese dove volesse arrivare.

«Per contro,» continuò Thomson «lei se ne va ancora tranquillamente in giro per le strade di Londra.»

«Perché non dovrei?»

«Se fossi Feliks, a questo punto mi concentrerei su di lei. La seguirei nella speranza che possa condurmi fino a Orlov; oppure la rapirei e la sottoporrei a tortura fino a farle rivelare dove si nasconde.»

Walden abbassò gli occhi per nascondere la paura. «Come potrebbe fare tutto questo da solo?»

«Potrebbe trovare qualcuno che lo aiuta. Voglio che lei abbia una guardia del corpo.»

Walden scosse la testa. «Ho Pritchard. Rischierebbe la vita per me: lo ha già fatto in passato.»

«È armato?»

«No.»

«Sa sparare?»

«Benissimo. Mi accompagnava in Africa all'epoca delle mie partite di caccia grossa. È stato allora che ha rischiato la vita per me.»

«D'ora in poi gli faccia portare la pistola.»

«D'accordo» acconsentì Walden. «Domani andrò in campagna. Lì ne ho una che andrà bene.»

Walden concluse il pasto con una pesca e Thomson con una Pera Melba. Poi si trasferirono nel fumoir per il caffè. Walden si accese un sigaro. «Penso che andrò a casa a piedi; gioverà alla mia digestione.»

«Preferirei che non lo facesse» obiettò Thomson. «Non è venuto con la sua carrozza?»

«No...»

«Sarei più tranquillo se d'ora in poi lei usasse sempre uno dei suoi mezzi di trasporto.»

«Va bene» sospirò Walden. «Allora dovrò mangiare di meno.»

«Per oggi prenda un taxi. L'accompagnerò io.»

«Lo ritiene proprio necessario?»

«Potrebbe attenderla fuori da questo stesso club.»

«Come farebbe a sapere di quale club sono socio?»

«Consultando l'annuario delle persone importanti.»

«Già, certo.» Walden scosse la testa. «Uno non pensa a queste cose.»

Thomson guardò l'orologio. «Adesso io dovrei tornare in ufficio... se lei è pronto.»

«Certo.»

Uscirono dal club. Feliks non era appostato fuori. Presero un taxi fino a casa di Walden, poi Thomson proseguì per Scotland Yard. Walden si sentiva a terra. Salì in camera sua e si sedette alla finestra a finire il suo sigaro.

Sentiva il bisogno di parlare con qualcuno. Guardò l'orologio: a quell'ora Lydia, dopo aver riposato, si stava preparando per il tè e per ricevere visite. Andò nella sua stanza.

Lei era seduta in vestaglia davanti allo specchio. Aveva un'aria tesa. "È per via di tutta questa faccenda" pensò Walden. Le mise le mani sulle spalle, guardandola nello specchio, poi si chinò a baciarla sulla testa. «Feliks Kšessinski.»

«*Cosa?*» Lei parve terrorizzata.

«È il nome del nostro uomo. Ti dice qualcosa?»

«No.»
«Sembravi averlo riconosciuto.»
«In effetti mi ricordava qualcosa...»
«Basil Thomson ha scoperto tutto di lui. È un assassino, un individuo spietato. Non è da escludere che tu l'abbia incontrato da qualche parte a Pietroburgo: questo spiegherebbe come mai ti è parso vagamente familiare quando è venuto qui, e perché il suo nome ti ricorda qualcosa.»
«Sì... dev'essere così.»
Walden andò alla finestra e guardò verso il parco. Era l'ora in cui le bambinaie uscivano con le carrozzine. I sentieri erano affollati, e tutte le panchine erano occupate da donne in abiti modesti che chiacchieravano animatamente. Walden fu attraversato dal pensiero che Lydia potesse aver avuto qualche rapporto con Feliks, a Pietroburgo, un rapporto che non voleva rivelare. Era un pensiero vergognoso, e lo cacciò dalla sua mente. Disse: «Thomson teme che quando Feliks capirà che Aleks è nascosto lontano, tenterà di rapirmi».
Lydia si alzò e gli andò vicino. Gli mise le braccia intorno alla vita e appoggiò la testa sul suo petto. Non disse nulla.
Walden le accarezzò i capelli. «Dovrò spostarmi sempre in carrozza, e Pritchard dovrà portare con sé una pistola.»
Lei alzò lo sguardo, e Walden vide con sorpresa che i suoi occhi grigi erano colmi di lacrime. Lydia singhiozzò: «Perché doveva capitarci una cosa del genere? Prima Charlotte che partecipa a una manifestazione conclusasi in un tumulto, e adesso tu sotto minaccia. Pare che siamo tutti in pericolo».
«Sciocchezze. Tu non corri alcun pericolo, Charlotte ha commesso solo una stupidaggine, e io sarò ben protetto.» Le accarezzò i fianchi. Sentì il calore del suo corpo attraverso il tessuto leggero: non indossava il bustino. Lo prese il desiderio di fare l'amore con lei, immediatamente. Non lo avevano mai fatto di giorno.
La baciò. Lei premette il proprio corpo contro il suo, e lui capì che anche lei voleva fare l'amore. Prima di allora, non aveva mai sentito quello slancio in lei. Lanciò un'occhiata alla porta, con l'intenzione di chiuderla a chiave. Guardò Lydia, che annuì con un lieve cenno. Una lacrima le scivolò lungo il naso. Walden andò verso la porta.

Qualcuno bussò.
«Accidenti» imprecò Walden sottovoce.
Lydia voltò la faccia dall'altra parte e si asciugò gli occhi con un fazzoletto.
Entrò Pritchard. «Mi scusi, milord. Una telefonata urgente dal signor Basil Thomson. Hanno rintracciato l'alloggio di quel Feliks. Se lei vuole essere presente alla cattura, il signor Thomson verrà a prenderla fra pochi minuti.»
«Portami subito cappello e cappotto» gli disse Walden.

X

Quando Feliks uscì per comprare il giornale del mattino, gli sembrava di vedere bambini dappertutto. Nel cortile, un gruppo di bambine ripeteva una filastrocca accompagnandola con canti e balli. I maschi giocavano a cricket con una porta disegnata col gesso sul muro e un'asse marcia come mazza. Per la strada, ragazzini più grandi spingevano delle carriole. Comprò il giornale. Mentre stava tornando nella sua camera, fu bloccato da una bimbetta nuda che si arrampicava su per le scale. Quando la guardò, lei si alzò traballando e capitombolò all'indietro. Feliks la sollevò e la depose sul pianerottolo. Da una porta aperta uscì la madre. Era una giovane pallida con i capelli unti, già in evidente attesa di un altro figlio. Prese in braccio la piccina e tornò in casa dopo aver lanciato un'occhiata sospettosa a Feliks.

Ogni volta che pensava a come avrebbe raggirato Charlotte per indurla a rivelargli il nascondiglio di Orlov, gli pareva di andare a cozzare contro un muro nella sua mente. Si raffigurava mentre le carpiva informazioni in modo subdolo, senza che lei si accorgesse di dargliele. Oppure mentre le propinava una menzogna simile a quella che aveva raccontato a Lydia. Oppure mentre le diceva chiaro e tondo che lui aveva intenzione di uccidere Orlov. E la sua immaginazione opponeva un intimo rifiuto a ognuna di queste scene.

Quando però rifletteva sulla posta in gioco, i suoi sentimenti gli apparivano ridicoli. Aveva l'occasione di salvare la vita a milioni di persone e forse di far scoccare la scintilla della rivoluzione in Russia... e si preoccupava di dover mentire a una ragazza dell'aristocrazia! Non intendeva farle del male, solo usarla, ingannarla, e tradire la sua fiducia. La fiducia della figlia che aveva appena conosciuto...

Tanto per tenersi occupato, cominciò a trasformare la sua dinamite fatta in casa in una bomba rudimentale. Infilò l'imbottitura di cotone imbevuta di nitroglicerina in un vaso di porcellana cinese crepato. Ora ci voleva un detonatore sicuro. Non sempre era sufficiente limitarsi a dare fuoco alla carta. Inserì una mezza dozzina di fiammiferi nell'imbottitura in modo che rimanesse visibile solo la capocchia rossa. Gli riuscì difficile mettere i fiammiferi diritti, perché aveva le mani malferme.

"Le mie mani non tremano *mai*. Che cosa mi sta succedendo?"

Attorcigliò un pezzo di carta di giornale e ne infilò un'estremità in mezzo alle capocchie di fiammifero, poi le legò con un filo di cotone. Fare il nodo in quelle condizioni fu un'impresa quasi disperata.

Lesse tutte le notizie di politica internazionale sul «Times», sforzandosi di capire ogni vocabolo. Era più o meno sicuro che ci sarebbe stata una guerra, ma essere più o meno sicuro non gli era sufficiente. Sarebbe stato contento di uccidere un fannullone come Orlov, anche se poi avesse scoperto che non ce ne sarebbe stato bisogno. Ma distruggere il suo rapporto con Charlotte invano...

Rapporto? Quale rapporto?

Lo sapeva bene.

La lettura del «Times» gli fece venire mal di testa. I caratteri erano piccoli e la sua stanza era buia. Si trattava di un giornale terribilmente conservatore. Avrebbero dovuto farlo saltare in aria.

Non vedeva l'ora di rivedere Charlotte.

Udì un fruscio di passi dietro la porta, poi qualcuno bussò.

«Avanti» disse in tono distratto.

Entrò il portinaio, tossendo. «Buongiorno.»

«Buongiorno, signor Pricè.» Che cosa voleva ora quel vecchio scemo?

«Che roba è?» chiese Price, accennando alla bomba sul tavolo.

«Una candela fatta in casa» rispose Feliks. «Dura mesi. Che cosa vuole?»

«Mi chiedevo se aveva bisogno di un paio di lenzuola di ricambio. Potrei procurargliele a un prezzo stracciato...»

«No, grazie» disse Feliks. «Arrivederci.»

«Arrivederci, allora.» Price uscì.

"Avrei dovuto nascondere la bomba" pensò Feliks. "Che cosa mi sta succedendo?"

«Sì, è dentro» riferì Price a Basil Thomson.

Walden sentì una stretta allo stomaco.

Erano seduti in una macchina della polizia parcheggiata dietro l'angolo dei Canada Buildings, dove alloggiava Feliks. Con loro c'erano un ispettore della Sezione Speciale e un commissario della stazione di polizia di Southwark.

"Se riuscissero a prenderlo, Aleks sarebbe salvo, con grande sollievo di tutti" pensò Walden.

Thomson spiegò: «Il signor Price è andato alla stazione di polizia a riferire di avere affittato una stanza a un individuo sospetto con l'accento straniero, senza soldi e con la barba lunga, come uno che vuole cambiare aspetto. Ha riconosciuto Feliks dal ritratto che gli abbiamo mostrato. Bravo, Price».

«Grazie, signore.»

Il commissario di polizia aprì una cartina a grande scala. Era lento e pignolo. «I Canada Buildings sono composti da tre case di cinque piani disposte attorno a un cortile. Ogni edificio ha tre scale. Guardando dall'ingresso, la Toronto House è quella sulla destra. Feliks alloggia nella scala centrale, all'ultimo piano. Dietro la Toronto House c'è il cortile di un commerciante di laterizi.»

Walden trattenne la propria impazienza.

«Sulla sinistra c'è la Vancouver House, e dietro c'è un'altra strada. Il terzo edificio, quello di fronte all'entrata, si chiama Montreal House, e il retro dà sulla ferrovia.»

Thomson indicò un punto sulla mappa. «Che cos'è questo, al centro del cortile?»

«Il gabinetto» rispose il commissario. «Un vero schifo, con tutta la gente che lo adopera.»

Walden pensò: "Avanti, sbrigati!".

Poi Thomson disse: «Mi sembra che Feliks abbia tre vie d'uscita. L'entrata, che ovviamente bloccheremo. Poi, all'estremità opposta del cortile, sulla sinistra, il vicolo fra la Vancouver House e la Montreal House, che dà sulla strada successiva. Commissario, metta lì tre uomini».

«Bene, signore.»

«Infine, il vicolo fra la Montreal House e la Toronto House, che porta al cortile del commerciante. Altri tre uomini anche lì.»

Il commissario annuì.

«Questi caseggiati hanno delle finestre sul retro?»

«Sì, signore.»

«Quindi Feliks ha una quarta via di scampo dalla Toronto House: raggiungere attraverso una finestra sul retro il cortile del commerciante. Meglio piazzarci sei uomini. Infine, mettiamo un bello spiegamento di forze proprio qui, in mezzo al cortile, per indurlo ad arrendersi senza opporre resistenza. È d'accordo con questa strategia, commissario?»

«La trovo più che adeguata, signore.»

"Lui non sa che genere di uomo è quello con cui abbiamo a che fare" pensò Walden.

Poi Thomson aggiunse: «Lei e l'ispettore Sutton procederete all'arresto. Ha con sé la pistola, Sutton?».

Sutton aprì il cappotto ed esibì una piccola rivoltella in una fondina sotto l'ascella. Walden rimase sorpreso: pensava che nessun poliziotto inglese fosse armato. Evidentemente, la Sezione Speciale costituiva un'eccezione. Si sentì più tranquillo.

Thomson disse a Sutton: «Mi dia retta: la impugni quando bussa alla sua porta». Poi si rivolse al commissario: «Sarà meglio che lei prenda la mia».

Il commissario assunse un'espressione vagamente offesa. «Sono nella polizia da venticinque anni e non ho mai sentito la mancanza di un'arma, signore. Quindi se per lei fa lo stesso non comincerò ora.»

«Sono già morti dei poliziotti per arrestare quest'uomo.»

«Temo che non mi sia mai stato insegnato a sparare, signore.»

"Mio dio," pensò Walden scoraggiato "come può gente come noi affrontare uno come Feliks?"

«Lord Walden e io saremo all'entrata del cortile» disse Thomson.

«Starete in macchina, signore?»

«Staremo in macchina.»
"Andiamo" pensò Walden.
«Andiamo» disse Thomson.

Feliks si accorse di avere fame. Erano più di ventiquattr'ore che non mangiava. Si interrogò sul da farsi. Ora i negozianti, vedendolo con la barba lunga e malvestito, sarebbero stati più guardinghi e gli sarebbe stato più difficile rubare.

Si ribellò a quel pensiero. "Rubare non è mai difficile" si disse. "Vediamo: potrei andare in qualche casa della periferia residenziale, di quelle in cui ci sono soltanto un paio di domestici, ed entrare dall'ingresso di servizio. In cucina troverò una cameriera, o magari una cuoca. 'Sono pazzo,' le direi sorridendo 'ma se mi prepari un panino non ti violento.' Poi mi metterei davanti alla porta per bloccarle la fuga. Lei forse urlerebbe, nel qual caso dovrei andarmene e tentare da un'altra parte. Ma più probabilmente, mi darebbe da mangiare. 'Grazie' direi. 'Sei gentile.' Dopodiché me ne andrei. Rubare non è mai difficile."

I soldi erano un problema. Feliks pensò: "Come se potessi permettermi un paio di lenzuola!" Il portinaio era proprio un ottimista. Sicuramente sapeva che lui non aveva soldi...

"Sicuramente sa che non ho soldi..."

Riflettendoci, il motivo per cui Price era venuto nella sua stanza era sospetto. Era solo un ottimista? Oppure aveva fatto un controllo? "Sto perdendo colpi" pensò Feliks. Si alzò e andò alla finestra.

"Cristo!"

Il cortile era pieno di poliziotti in divisa.

Feliks li guardò, pietrificato.

La loro vista gli ricordava un nido di vermi che si contorcevano e strisciavano l'uno sull'altro in una buca nel terreno.

Doveva fuggire.

Dove?

Avevano bloccato tutte le uscite dal cortile.

Feliks si ricordò delle finestre sul retro.

Corse fuori dalla stanza e percorse il pianerottolo fino alla parte posteriore del caseggiato. Lì c'era una finestra che si affacciava sul cortile di un commerciante di materiali edili. Guardò giù e vide cinque o sei poliziotti che si stavano appostando fra le pile di mattoni e le cataste di assi. Non c'erano possibilità di fuga da quella parte.

Gli rimaneva soltanto il tetto.

Tornò di corsa nella sua stanza e guardò fuori. I poliziotti erano immobili, a parte due, uno in divisa e l'altro in borghese, che stavano attraversando il cortile dirigendosi verso la sua scala.

Feliks prese la bomba e la scatola dei fiammiferi, e corse fino al pianerottolo sottostante. Una piccola porta con un chiavistello dava su uno sgabuzzino nel sottoscala. Feliks aprì la porta e mise dentro la bomba. Accese la miccia di carta e chiuse la porta dello sgabuzzino. Si girò. Aveva giusto il tempo di salire di corsa le scale prima che la miccia si consumasse.

La bimbetta stava arrampicandosi sugli scalini.

"Merda!"

La prese in braccio e si precipitò nella stanza da cui prima era uscita sua madre. La donna era seduta sul letto lurido, con lo sguardo fisso verso il muro. Feliks le buttò la bambina fra le braccia e urlò: «Ferma lì! Non ti muovere!». La donna parve spaventata.

Corse fuori. I due uomini erano arrivati al piano di sotto. Feliks corse come un folle su per le scale...

"Non esplodere adesso non esplodere adesso..."

... fino al suo pianerottolo. Lo udirono, e uno gridò: «Ehi, lei!». Si misero a correre.

Feliks si precipitò nella sua stanza, prese la seggiola, la portò fuori nel pianerottolo e la mise sotto la botola che portava al solaio.

La bomba non era esplosa.

Forse non aveva funzionato.

Feliks salì in piedi sulla seggiola.

I due arrivarono in cima alle scale.

Feliks spinse la botola e la aprì.

Il poliziotto in divisa gridò: «Lei è in arresto!».

L'uomo in borghese spianò una pistola e la puntò contro Feliks.

La bomba esplose.

Ci fu un tonfo sordo come se fosse caduto qualcosa di molto pesante. La scala andò in pezzi, e schizzarono schegge di legno dappertutto. I due uomini furono scaraventati all'indietro, mentre pezzi di legno sparsi prendevano fuoco. Feliks si issò nel solaio.

«Accidenti, ha fatto esplodere una bomba» gridò Thomson. E Walden pensò: "Sta andando tutto storto, anche questa volta".

Si udì un fragore e una pioggia di schegge di vetro cadde da una finestra del terzo piano.

Walden e Thomson balzarono fuori dalla macchina e attraversarono di corsa il cortile.

Thomson scelse due poliziotti a caso. «Tu e tu, venite con me.» Poi si girò verso Walden. «Lei rimanga qui.» Entrarono di corsa nel caseggiato.

Walden indietreggiò, guardando verso le finestre della Toronto House.

"Dov'è Feliks?"

Udì un poliziotto che diceva: «Quello è scappato dal retro, da' retta a me».

Dal tetto caddero quattro o cinque tegole. "Sarà un effetto dell'esplosione" pensò Walden.

Sentì l'impulso di guardarsi alle spalle, come se Feliks potesse apparire improvvisamente dietro di lui, dal nulla.

Gli abitanti della casa si affacciarono a porte e finestre per vedere che cosa stava succedendo, e il cortile cominciò a riempirsi di gente. Alcuni poliziotti fecero il tentativo di respingere tutti dentro. Una donna corse fuori dalla Toronto House urlando: «Al fuoco!».

"Dov'è Feliks?"

Uscirono Thomson e un poliziotto trasportando Sutton. Era privo di sensi, oppure morto. Walden guardò più da vicino. No, non era morto: teneva la pistola stretta in pugno.

Dal tetto caddero altre tegole.

Il poliziotto che era con Thomson disse: «C'è un maledetto trambusto là dentro».

Walden chiese: «Avete visto dov'è Feliks?».

«Non si riusciva a vedere niente.»

Thomson e il poliziotto tornarono dentro.

Caddero altre tegole...

A Walden venne un'idea. Guardò in su.

Sul tetto c'era un abbaino, dal quale si stava issando Feliks.

«Eccolo!» gridò Walden.

Guardarono tutti, impotenti, mentre Feliks usciva dal solaio e strisciava sul tetto.

"Se avessi una pistola..."

Walden si chinò sul corpo privo di sensi di Sutton e gli sfilò la pistola dalle dita.

Guardò in alto. Feliks stava in ginocchio sul colmo del tetto. "Vorrei che fosse un fucile" pensò Walden mentre alzava la pistola. Prese la mira. Feliks lo guardò. I loro sguardi si incrociarono.

Feliks avanzò.

Esplose uno sparo.

Feliks restò illeso.

Cominciò a correre.

Era come correre su una fune. Doveva tenere le braccia allargate per stare in equilibrio, mettere i piedi esattamente sulla stretta linea di displuvio, ed evitare di pensare al salto di venti metri fino al cortile.

Riecheggiò un altro sparo.

Feliks fu preso dal panico.

Si mise a correre più veloce. Si stava avvicinando all'estremità del tetto. Più avanti, c'era la falda spiovente di quello della Montreal House. Lui non aveva idea di quanto spazio ci fosse fra i due edifici. Rallentò, esitando; Walden sparò un altro colpo.

Feliks fece uno scatto fino all'estremità del tetto.

Saltò.

Volò nell'aria. Udì la propria voce, come in lontananza, che urlava.

Scorse per un attimo tre poliziotti, nel vicolo sotto di lui, che lo guardavano a bocca aperta.

Arrivò sul tetto della Montreal House, atterrando pesantemente su mani e ginocchia.

L'impatto lo sbilanciò. Scivolò. I suoi piedi incontrarono la grondaia, che parve cedere. Pensò che stava per scivolare oltre il bordo del tetto, e precipitare irrimediabilmente. Ma la grondaia resse, e lui smise di scivolare.

Si era spaventato.
Un angolo remoto della sua mente protestò: ma io non ho mai paura!
Si arrampicò sul tetto, e poi scese giù dall'altra parte.
Il retro della Montreal House dava sulla ferrovia. Lungo i binari, nessun poliziotto. "Questo non l'avevano previsto" pensò Feliks con un moto di esultanza. "Pensavano che io fossi intrappolato nel cortile, non hanno nemmeno immaginato che io potessi fuggire dal tetto. Ora devo solo trovare il modo per scendere."
Guardò al di là della grondaia il muro dell'edificio sotto di lui. Non c'erano tubi di scarico: le grondaie si svuotavano attraverso beccucci che sporgevano dal tetto come dei gargoyle. Ma le finestre dell'ultimo piano erano vicine alla grondaia e avevano un ampio davanzale.
Feliks afferrò con la mano destra la grondaia e la tirò, per saggiarne la resistenza.
"Da quando in qua mi preoccupo se vivo o se muoio?" si chiese. (Lo sapeva benissimo.)
Si posizionò sopra una finestra, afferrò la grondaia con entrambe le mani, e lentamente si calò oltre il bordo del tetto.
Per un attimo rimase sospeso nel vuoto.
I suoi piedi trovarono il davanzale. Tolse la mano destra dalla grondaia e tastò il muro intorno alla finestra alla ricerca di un appiglio. Trovò una scanalatura, e mollò la grondaia anche con l'altra mano.
Guardò attraverso i vetri della finestra. All'interno, un uomo lo vide e lanciò un grido.
Feliks aprì la finestra con un calcio e balzò nella stanza. Spinse da parte l'uomo terrorizzato e corse fuori dalla porta.
Scese le scale a quattro gradini per volta. Se fosse riuscito a raggiungere il pianterreno, sarebbe potuto uscire dalle finestre sul retro verso la ferrovia.
Arrivò all'ultimo pianerottolo e si fermò in cima alla rampa, col fiato corto. All'entrata dell'edificio apparve un poliziotto in uniforme. Feliks fece rapidamente dietrofront e corse verso la parete che dava sul retro. Fece per aprire la finestra a ghigliottina. Era inceppata. Ci mise tutta la forza che aveva, e finalmente riuscì ad alzare il vetro. Udì dei passi precipitosi sulle scale. Si arrampicò

sul davanzale, passò dall'altra parte, rimase appeso per un attimo, poi si spinse lontano dal muro e saltò giù.

Atterrò nell'erba alta del terrapieno. Alla sua destra, due uomini stavano scavalcando il recinto del cortile del commerciante di materiali edili. Da sinistra echeggiò in lontananza uno sparo. Dalla finestra da cui era saltato, si affacciò un poliziotto.

Feliks risalì il terrapieno verso la ferrovia.

C'erano quattro o cinque binari. In lontananza scorse un treno in arrivo. Gli sembrò che occupasse il binario più lontano. Ebbe un attimo di esitazione, preso dalla paura di passare davanti al treno: poi si mise a correre. I due poliziotti provenienti dal cortile del commerciante di materiali edili e quello che aveva scavalcato dopo di lui la finestra della Montreal House lo seguirono tra i binari. Da sinistra una voce gridò: «Toglietevi dalla linea di tiro!». Walden non poteva sparare, con quei tre uomini fra lui e il bersaglio.

Feliks si lanciò un'occhiata alle spalle. I tre si erano tirati da parte. Esplose uno sparo. Lui si chinò correndo a zig zag. Il treno sferragliava sempre più vicino. Udì il suo fischio. Risuonò un altro sparo. Lui si girò di scatto, inciampò e cadde sull'ultimo binario. Nelle sue orecchie riecheggiò un rombo spaventoso. Vide la locomotiva avventarsi su di lui. Con movimenti convulsi, riuscì a catapultarsi al di là della rotaia, sulla ghiaia. Il treno passò con frastuono dietro la sua testa. Feliks scorse per un istante il viso del macchinista, bianco e spaventato.

Si alzò e corse giù dal terrapieno.

Walden rimase immobile a guardare il treno. Basil Thomson lo raggiunse.

I poliziotti che avevano inseguito Feliks sui binari corsero fino all'ultima rotaia, poi si fermarono, aspettando inermi che il treno passasse. Parve trascorrere un'eternità.

Quando il treno si allontanò, non c'era più traccia di Feliks.

«Quel bastardo è sparito» esclamò un poliziotto.

«Maledizione!» ruggì Basil Thomson.

Walden si voltò e tornò verso la macchina.

Feliks saltò giù dall'altra parte del muro, in una strada di misere casette a schiera. Era atterrato proprio in mezzo alla porta di un campo di calcio improvvisato. Un gruppo di ragazzini col berretto smise di giocare e lo guardò con stupore. Lui si allontanò di corsa.

I poliziotti ci avrebbero messo qualche minuto per arrivare dall'altra parte della ferrovia. Lo avrebbero cercato, ma ormai sarebbe stato tardi: prima che loro fossero arrivati, lui sarebbe già stato quasi a un chilometro di distanza.

Continuò a correre finché non arrivò in una strada affollata piena di negozi. Lì, d'impulso, saltò su un autobus.

Ce l'aveva fatta, ma era molto preoccupato. Non gli era mai successa una cosa del genere. Fino a quel giorno non aveva mai avuto paura, non si era mai lasciato prendere dal panico. Ricordò quello che aveva pensato mentre si stava calando giù dal tetto: non voglio morire.

In Siberia aveva perso la capacità di provare paura. E adesso gli era ritornata. Per la prima volta, dopo tanti anni, era attaccato alla vita. "Sono di nuovo un essere umano" pensò.

Guardò fuori dal finestrino verso le strade squallide della zona sud-orientale di Londra, chiedendosi se quei bambini sudici e quelle donne pallide potessero scorgere l'uomo rinato che era in lui.

Questa era la cosa peggiore che potesse succedergli: avrebbe offuscato la sua lucidità, ostacolato i suoi movimenti, contrastato il suo compito.

"Ho paura" pensò. "Voglio vivere. Voglio rivedere Charlotte."

XI

Feliks fu svegliato dallo sferragliare del primo tram della giornata. Aprì gli occhi e lo guardò passare, lanciando scintille azzurrognole tra l'asta e il filo sovrastante. Dietro i finestrini, uomini in abiti da lavoro con gli occhi assonnati, che fumavano e sbadigliavano, diretti alle loro occupazioni quotidiane di facchini, spazzini o riparatori di strade.

Il sole era basso e chiaro, ma Feliks era all'ombra del Waterloo Bridge. Era sdraiato sul marciapiede con la testa verso il muro, avvolto in fogli di giornale. Vicino a lui c'era una vecchia puzzolente con la tipica faccia rossa dell'avvinazzata. Sembrava grassa, ma Feliks scorse, fra l'orlo della veste e gli stivali, un paio di gambe bianche e sudicie che sembravano due stecchini e concluse che la sua apparente mole era determinata da vari strati di indumenti. Quella donna gli piaceva: la sera prima aveva fatto divertire tutti i vagabondi insegnandogli una serie di espressioni volgari per definire le varie parti del corpo. Feliks le aveva ripetute dopo di lei fra le risate generali.

Dall'altra parte c'era un ragazzo scozzese coi capelli rossi. Per lui dormire all'aperto era una specie di avventura. Era forte, vigoroso e allegro. Guardando ora la sua faccia addormentata, Feliks vide che non aveva un filo di barba: era giovanissimo. Che cosa gli sarebbe successo quando fosse arrivato l'inverno?

Erano una trentina allineati lungo il marciapiede, tutti con la testa rivolta verso il muro e i piedi verso la strada, coperti con cappotti, sacchi e giornali. Feliks fu il primo a svegliarsi. Si chiese se qualcuno di loro fosse morto durante la notte.

Si alzò. Era tutto indolenzito dopo la notte all'addiaccio. Uscì da sotto il ponte alla luce del sole. Quel giorno doveva incontrarsi con Charlotte. Aveva di certo l'aspetto e l'odore di un miserabile vagabondo. Prese in considerazione l'idea di lavarsi nel Tamigi, ma il fiume sembrava più sporco di lui. Si mise alla ricerca di un bagno pubblico.

Ne trovò uno sulla riva meridionale del fiume. Un cartello sulla porta annunciava l'apertura alle nove. Feliks pensò che era tipico di un governo socialdemocratico: costruivano un bagno pubblico per dare ai lavoratori la possibilità di lavarsi, e poi lo aprivano quando tutti erano già al lavoro. Senza dubbio poi si lamentavano che le masse non usufruivano dei servizi tanto generosamente messi loro a disposizione.

Trovò un chiosco vicino alla stazione di Waterloo e fece colazione. Fu molto tentato da un sandwich con l'uovo fritto, ma non poteva permetterselo. Prese come al solito tè e pane tostato, serbando il resto dei soldi per il giornale.

Si sentiva infettato dalla notte trascorsa con i vagabondi. Pensò che era assurdo, dopo che in Siberia era stato felice di dormire con i maiali per stare al caldo. Non era difficile intuire il perché di quel cambiamento: doveva incontrare sua figlia, e lei sarebbe stata fresca e pulita, profumata e vestita di seta, con guanti e cappello e forse con un parasole a ombreggiarle il viso.

Entrò in stazione e acquistò una copia del «Times», poi si sedette su una panchina di pietra davanti al bagno pubblico a leggere il giornale aspettando l'ora di apertura.

I titoli lo lasciarono esterrefatto.

ASSASSINATI DA UNO STUDENTE IN BOSNIA
L'EREDE AL TRONO AUSTRIACO E SUA MOGLIE

POCO PRIMA LE DUE VITTIME
ERANO SFUGGITE A UNA BOMBA

IL CORDOGLIO DELL'IMPERATORE

L'erede dell'Impero austro-ungarico, l'arciduca Francesco Ferdinando, e sua moglie, la duchessa di Hohenberg, sono stati assassinati ieri mattina a Sarajevo, la capitale della Bosnia. Il colpevole è stato identificato in uno studente delle scuole superiori, che ha scaricato una pistola automatica contro le vittime mentre tornavano da un ricevimento presso il municipio.

L'attentato è stato con tutta evidenza il frutto di un complotto meticolosamente organizzato. Poco prima, mentre si recavano al municipio, l'arciduca e la consorte erano sfuggiti alla morte quasi per miracolo. Un individuo, identificato come un tipografo di Trebinje, una città sede di presidio all'estremo sud dell'Erzegovina, aveva lanciato una bomba contro la loro automobile. Di questo primo attentato sono pervenuti pochi particolari. L'arciduca avrebbe deviato la bomba con un braccio, ed essa sarebbe esplosa dietro l'automobile, ferendo gli occupanti della vettura successiva.

Il responsabile del secondo attentato è nativo di Grahovo, in Bosnia. Non si hanno informazioni riguardo alla sua razza e religione. Si presume che appartenga al gruppo serbo o ortodosso della popolazione della Bosnia.

Entrambi i criminali sono stati immediatamente arrestati, e salvati a stento dal linciaggio.

Mentre nella capitale della Bosnia si svolgevano questi tragici avvenimenti, l'anziano imperatore Francesco Giuseppe era in viaggio da Vienna alla sua residenza estiva a Ischl. È stato salutato con calore dai sudditi alla sua partenza da Vienna e ha ricevuto un'accoglienza entusiastica al suo arrivo a Ischl...

Feliks era stordito. Era felice che un altro inutile parassita aristocratico fosse stato eliminato, un altro colpo inferto alla tirannia, ma provava un senso di vergogna, perché uno studente era riuscito a uccidere l'erede al trono austriaco, mentre lui aveva fallito ripetuti tentativi di uccidere un principe russo. Ma quello che più gli dava da pensare era il cambiamento nel quadro politico internazionale che ne sarebbe sicuramente conseguito. Gli austriaci, con il sostegno dei tedeschi, si sarebbero rivalsi sulla Serbia. I russi avrebbero protestato. Avrebbero anche mobilitato l'esercito? Se fossero stati sicuri del sostegno britannico, era probabile. La mobilitazione russa avrebbe significato la mobilitazione tedesca; e una volta che i tedeschi si fossero mobilitati, nessuno avrebbe potuto fermare i loro generali decisi a scendere in guerra.

Feliks decifrò faticosamente l'inglese contorto degli altri articoli, sulla stessa pagina, relativi all'attentato. C'erano corrispondenze intitolate *Rapporto ufficiale sul delitto*, *Ultime notizie sull'imperatore austriaco*, *Tragedia di una famiglia reale* e *La scena dell'attentato* C'era una notevole quantità di sciocchezze riguardo alla costernazione e al cordoglio generale. E si affermava ripetutamente che non c'era motivo di un allarme eccessivo: l'episodio, per quanto tragico, non avrebbe avuto reali conseguenze in Europa. Questi atteggiamenti, Feliks aveva già imparato a riconoscerli come caratteristici del «Times», che avrebbe presentato i quattro cavalieri dell'Apocalisse come degli uomini forti che avrebbero solo migliorato la stabilità della situazione internazionale.

Ancora non si accennava a rappresaglie da parte dell'Austria, ma ci sarebbero state, Feliks ne era sicuro. E allora...

Allora sarebbe scoppiata la guerra.

La Russia non aveva alcun motivo reale per entrare in guerra, pensò Feliks con astio. Lo stesso poteva dirsi per l'Inghilterra. Le due nazioni belligeranti erano Francia e Germania: la Francia era dal 1871 che voleva riconquistare i territori perduti dell'Alsazia e della Lorena, e i generali tedeschi ritenevano che la Germania sarebbe rimasta una potenza di seconda classe, finché non avesse dato il via a una politica espansionistica.

Che cosa avrebbe potuto impedire alla Russia di entrare in guerra? Una controversia coi suoi alleati. Che cosa avrebbe potuto determinare una controversia fra Russia e Inghilterra? L'uccisione di Orlov.

Se l'assassinio di Sarajevo poteva scatenare una guerra, un altro assassinio a Londra l'avrebbe potuta scongiurare.

E Charlotte poteva trovare Orlov.

Ancora una volta, Feliks si ritrovò di fronte al dilemma che lo aveva angosciato nelle ultime quarantotto ore. L'assassinio dell'arciduca aveva cambiato qualcosa? Quell'avvenimento lo autorizzava ad approfittare di Charlotte?

Era quasi arrivata l'ora di apertura del bagno pubblico. Davanti all'ingresso si era riunita una piccola folla di donne cariche di panni da lavare. Feliks ripiegò il giornale e si alzò.

Sapeva che avrebbe strumentalizzato Charlotte. Non aveva risolto il dilemma: aveva semplicemente deciso che cosa fare. Tutta la sua vita pareva indirizzata all'obiettivo di uccidere Orlov. Quella era la meta da raggiungere, senza deviazioni. Non poteva fermarlo neppure la consapevolezza che la sua vita era stata basata su un errore.

Povera Charlotte.

Il bagno pubblico venne aperto e Feliks entrò.

Charlotte aveva già pianificato tutto. Quando non avevano ospiti il pranzo veniva servito all'una. Per le due e mezzo sua madre si sarebbe ritirata in camera a riposare. Lei sarebbe potuta sgusciare fuori di casa in tempo per incontrare Feliks alle tre. Avrebbe trascorso un'ora con lui. E per le quattro e mezzo sarebbe stata di nuovo nel soggiorno, cambiata e rinfrescata, pronta per versare il tè e ricevere visite con la madre.

Ma le cose non andarono così. A mezzogiorno sua madre mandò in fumo l'intero piano dicendo: «Oh, mi sono dimenticata di avvisarti... Siamo a colazione dalla duchessa di Middlesex, nella sua casa in Grosvenor Square».

«Oddio,» esclamò Charlotte «non ho proprio voglia di pranzare fuori.»

«Non fare la sciocchina, vedrai che ti divertirai.»

"Ho sbagliato" pensò subito Charlotte. "Avrei dovuto accusare un mal di testa lancinante. Sono stata poco furba. Avrei potuto mentire se mi fossi preparata, ma non riesco a improvvisare. Fece un altro tentativo. «Mi dispiace, mamma, ma non ho proprio voglia di venire.»

«Invece verrai, basta con queste sciocchezze» ribatté seccamente la madre. «Voglio farti conoscere la duchessa: potrà esserti molto utile. E ci sarà anche il marchese di Chalfont.»

Questi pranzi cominciavano in genere all'una e mezzo e proseguivano fin oltre le tre. "Potrei essere a casa alle tre e mezzo, e trovarmi alla National Gallery alle quattro" pensò Charlotte. "Ma per quell'ora lui se ne sarà già andato, e comunque, anche se mi stesse ancora aspettando, dovrei lasciarlo quasi subito per poter essere a casa per il tè." Avrebbe voluto discutere con lui dell'assassinio: era ansiosa di conoscere la sua opinione. Non voleva andare a pranzo con la vecchia duchessa e...

«Chi è il marchese di Chalfont?»

«Lo conosci: Freddie. È attraente, non trovi?»

«Ah, quello. Attraente? Non ci ho fatto caso.» "Potrei scrivere un biglietto, mettere sulla busta l'indirizzo di Camden Town e lasciarlo sul tavolo dell'atrio quando esco, in modo che il lacchè lo imposti. Ma Feliks non abita a quell'indirizzo, e in ogni caso non potrà ricevere il messaggio prima delle tre."

La madre stava dicendo: «Be', oggi facci caso. Pare che tu l'abbia ammaliato».

«Chi?»

«*Freddie.* Charlotte, devi mostrare un po' d'interesse per un giovane che ti rivolge tante attenzioni.»

Ecco dunque perché ci teneva tanto a quel pranzo. «Oh, mamma, che sciocchezze...»

«Che cosa c'è di sciocco in quello che ho detto?» la interruppe sua madre esasperata.

«Avrò scambiato sì e no quattro frasi con lui.»

«Vorrà dire che quello che l'ha colpito non sarà stata la tua conversazione.»

«Per favore!»

«Va bene, non ti prendo più in giro. Va' a cambiarti. Metti quel vestito di pizzo color crema con il bordo marrone: si adatta alla tua carnagione.»

Charlotte si arrese, e salì nella sua stanza. "Immagino che dovrei sentirmi lusingata per Freddie" pensò mentre si spogliava. "Perché non riesco a provare interesse per nessuno di quei giovanotti? Forse non sono ancora pronta per queste cose. Al momento ce ne sono altre che mi occupano la mente. A colazione papà ha detto che ci sarà una guerra, come conseguenza dell'assassinio dell'arciduca. Ma questo è un genere di argomento che non si presume interessi le ragazze. Il massimo delle mie aspirazioni dovrebbe essere quello di fidanzarmi entro la fine della stagione mondana: così almeno pensa Belinda. Ma non tutte le ragazze sono come Belinda. Basta pensare alle suffragette."

Si vestì e scese da basso. Si sedette e conversò blandamente mentre sua madre beveva un bicchiere di sherry. Poi, si diressero verso Grosvenor Square.

La duchessa era una sessantenne con parecchi chili di troppo: a Charlotte faceva venire in mente una vecchia nave il cui legno marcisce sotto uno strato di vernice fresca. Il pranzo sembrava una vera e propria riunione di galline. Se si fosse trattato di una rappresentazione teatrale, pensò Charlotte, ci sarebbero stati un poeta dallo sguardo allucinato, un ministro riservato, un colto banchiere ebreo, un principe della corona, e almeno una donna bellissima. Di fatto, gli unici uomini presenti, a parte Freddie, erano un nipote della duchessa e un deputato conservatore. Ogni donna fu presentata come la moglie del Tal dei Tali. "Se mai mi sposerò," pensò Charlotte "insisterò per essere presentata come me stessa, non come la moglie di qualcuno."

Certo per la duchessa era difficile avere ospiti interessanti, perché così tante persone erano bandite da casa sua: tutti i liberali, tutti gli ebrei, chiunque fosse nel commercio, chiunque appartenesse al mondo del teatro, tutti i divorziati e tutti quelli che in un modo o nell'altro avevano trasgredito alle regole della duchessa in fatto di decoro. Questa dura selezione aveva come risultato un giro di amicizie assai noioso.

L'argomento preferito della duchessa verteva intorno alle cause che stavano portando il paese alla rovina. I principali responsabili erano la sovversione (attraverso Lloyd George e Churchill), la volgarità (Djagilev e i post-impressionisti) e l'imposta complementare (uno scellino e tre pence per ogni sterlina).

Quel giorno, però, la rovina dell'Inghilterra era retrocessa al secondo posto. Il primo se l'era guadagnato la morte dell'arciduca. Il deputato conservatore spiegò con una certa pedanteria perché non ci sarebbe stata la guerra. La moglie di un ambasciatore sudamericano osservò con un tono infantile che rese furiosa Charlotte: «Quello che non capisco è perché quei nichilisti debbano lanciare bombe e sparare alla gente».

La duchessa aveva la risposta. Il suo medico le aveva spiegato che tutte le suffragette soffrivano di un disturbo nervoso conosciuto dalla scienza medica come isteria. Secondo lei, i rivoluzionari erano affetti dall'equivalente maschile della stessa malattia.

Charlotte, che quella mattina aveva letto il «Times» da cima a fondo, dichiarò: «D'altro canto, può anche darsi che i serbi, molto semplicemente, non vogliano sottostare al dominio dell'Austria». Sua madre le lanciò un'occhiata fulminante, e tutti gli altri la fissarono per un attimo come se fosse impazzita. Poi, fecero finta di non aver sentito quello che aveva detto.

Freddie era seduto accanto a lei. Il suo viso arrotondato sembrava sempre un po' lucido. Le sussurrò: «Perbacco, ha fatto un'affermazione scandalosa».

«Che cosa c'era di scandaloso?» chiese Charlotte.

«Be', chiunque penserebbe che lei approvi che si spari agli arciduchi.»

«Credo che se gli austriaci tentassero di sottomettere l'Inghilterra, anche lei sparerebbe agli arciduchi, no?»

«Lei è impagabile» commentò Freddie.

Charlotte si voltò dall'altra parte. Cominciò ad avere l'impressione di avere perso la voce: nessuno pareva sentire quello che diceva. Questo la irritò molto.

Intanto la duchessa stava continuando la sua requisitoria. I ceti bassi erano pigri, diceva. E Charlotte pensò: "Tu non hai lavorato neanche un giorno in vita tua!". La duchessa imperversava. Aveva saputo che tutti gli operai avevano un ragazzo che portava loro gli arnesi: insomma, un uomo sarà ben in grado di portarsi i propri arnesi, esclamò, mentre un servitore in livrea le reggeva un vassoio d'argento di patate bollite. Sorseggiando il terzo bicchiere di vino dolce, la duchessa dichiarò che gli operai bevevano così tanta birra a mezzogiorno che poi non erano in grado di lavorare nel pomeriggio. «La gente, di questi tempi, vuole stare troppo bene» disse mentre tre servitori e due cameriere ritiravano la terza portata e servivano la quarta. E, senza concedersi pause, rincarò la dose: non era compito del governo fornire sussidi ai poveri, assistenza medica e pensioni. «La povertà incoraggerà le classi più umili a essere frugali, e questo una volta era una virtù» disse alla fine di un pasto che avrebbe potuto sfamare per quindici giorni una famiglia di dieci persone della classe lavoratrice. «La gente deve contare su se stessa» concluse mentre il maggiordomo l'aiutava ad alzarsi da tavola e passare in soggiorno.

Charlotte ribolliva di collera repressa. Chi poteva biasimare i rivoluzionari se sparavano a gente come la duchessa?

Freddie le porse una tazza di caffè e osservò: «È una magnifica lottatrice, vero?».

Charlotte rispose: «Io trovo che sia la persona più malevola che ho mai conosciuto».

Freddie assunse un'espressione circospetta, e sussurrò: «Sst».

"Quanto meno" pensò Charlotte "nessuno potrà dire che l'ho incoraggiato."

L'orologio sulla cappa del camino suonò le tre. Charlotte si sentiva in prigione. Feliks la stava aspettando sui gradini della National Gallery. Doveva lasciare la casa della duchessa. Si chiese: "Che cosa ci faccio qui, quando potrei essere con qualcuno che dice cose sensate?".

Il deputato conservatore annunciò: «Devo tornare alla Camera». Sua moglie si alzò per seguirlo. Charlotte intravide una via di fuga. Si avvicinò a lei e disse sottovoce: «Ho un leggero mal di testa. Potrei venire con voi? Per andare a Westminster dovete passare davanti a casa mia».

«Ma certo, Lady Charlotte» rispose la moglie del deputato.

Sua madre stava parlando con la duchessa. Charlotte le interruppe e ripeté la storia del mal di testa. «Sono certa che la mamma vorrà trattenersi ancora un poco, quindi vado con la signora Shakespeare. Grazie per il piacevole pranzo, duchessa.»

La duchessa le rivolse un cenno regale.

"Me la sono cavata piuttosto bene" pensò Charlotte scendendo le scale.

Diede il suo indirizzo al cocchiere degli Shakespeare e aggiunse: «Non c'è bisogno che entriate dal cancello: fermatevi pure davanti all'ingresso».

Durante il tragitto, la signora Shakespeare le consigliò di prendere un cucchiaio di laudano contro il mal di testa.

Il cocchiere fece come gli era stato detto, e alle tre e venti Charlotte era sul marciapiede davanti a casa e guardava la carrozza allontanarsi. Invece di entrare, si diresse verso Trafalgar Square.

Arrivò poco dopo le tre e mezzo, e corse su per i gradini della National Gallery. Non vide Feliks. "Se n'è andato" pensò. "Dopo tutto il da fare che mi sono data." Poi, lui sbucò da dietro una delle poderose colonne, come se fosse stato in agguato. Lei fu così felice di vederlo che quasi lo avrebbe baciato.

«Mi rincresce di averla fatta aspettare» si scusò lei stringendogli la mano. «Sono stata coinvolta in uno sgradito invito a pranzo.»

«Non ha importanza, adesso che lei è qui.» Sorrideva, ma con un certo disagio, notò Charlotte.

Entrarono. Charlotte amava quel museo fresco e silenzioso, con le sue volte di vetro e le colonne di marmo, i pavimenti grigi e le pareti beige, e i quadri pieni di colore, bellezza e passione. «I miei genitori mi hanno almeno insegnato ad ammirare i quadri» disse.

Lui la guardò con quei suoi occhi scuri e tristi. «Ci sarà la guerra.»

Di tutte le persone che quel giorno avevano parlato di quella possibilità, solo Feliks e suo padre erano sembrati turbati. «Papà dice la stessa cosa. Ma non capisco perché.»

«Sia la Francia sia la Germania pensano di trarre grandi vantaggi da una guerra. Austria, Russia e Inghilterra potrebbero esservi coinvolte.»

Continuarono a camminare. Feliks non mostrava interesse per i quadri. Charlotte gli chiese: «Perché è tanto preoccupato? Dovrà combattere?».

«Io sono troppo vecchio. Ma penso a tutti i milioni di ragazzi russi, portati in guerra direttamente dai campi, che saranno mutilati o uccisi per una causa che non capiscono e che anche se capissero non li riguarderebbe.»

Charlotte aveva sempre pensato alla guerra in termini di uomini che si uccidevano l'un l'altro, ma Feliks la vedeva in termini di uomini uccisi dalla guerra. Ancora una volta, le mostrava le cose sotto una luce nuova. Gli disse: «Non avevo mai considerato la guerra da questo punto di vista».

«Nemmeno il conte di Walden l'ha mai considerata da questo punto di vista. Ecco perché permetterà che scoppi.»

«Sono sicura che papà non la farebbe scoppiare, se potesse...»

«Lei si sbaglia» la interruppe Feliks. «Sta facendo in modo che scoppi.»

Charlotte aggrottò la fronte, confusa. «Che cosa intende dire?»

«È per questo motivo che il principe Orlov è qui.»

Lei fu ancora più confusa. «Come fa a sapere di Aleks?»

«Ne so più di lei. La polizia ha le sue spie fra gli anarchici, ma gli anarchici hanno le loro spie fra le spie della polizia. Veniamo a sapere certe cose. Walden e Orlov stanno negoziando un accordo, il cui effetto sarà quello di trascinare in guerra la Russia al fianco dell'Inghilterra.»

Charlotte stava per protestare che suo padre non avrebbe mai fatto una cosa del genere, poi si rese conto che Feliks aveva ragione. Questo spiegava alcuni scambi di vedute tra suo padre e Aleks, quando era a casa loro, e spiegava anche il motivo per cui suo padre scandalizzava gli amici frequentando liberali come Churchill.

«E perché lo farebbe?» chiese.

«Temo che a lui non importi quanti contadini russi possano morire, purché l'Inghilterra mantenga la supremazia in Europa.»

Di certo suo padre avrebbe visto la cosa in quei termini, pensò Charlotte. «Ma è terribile» esclamò. «Perché non lo dice alla gente? Riveli tutto! Lo gridi dai tetti!»

«Chi mi starebbe ad ascoltare?»

«In Russia non la ascolterebbero?»

«Lo farebbero se trovassimo un modo drammatico per richiamare la loro attenzione su quello che sta succedendo.»

«E come?»

Feliks la guardò. «Per esempio, rapendo il principe Orlov.»

Era un'idea talmente incredibile che le venne da ridere, poi si fece di colpo seria. In un primo momento, le sorse il dubbio che Feliks stesse scherzando, che lo dicesse tanto per rendersi importante. Poi lo guardò in faccia e vide che era serissimo. Per la prima volta si domandò se fosse del tutto sano di mente. «Non dirà sul serio» replicò incredula.

Lui sorrise tristemente. «Pensa che io sia pazzo?»

Charlotte credeva di no, e scosse la testa. «Lei è l'uomo più di buon senso che abbia mai conosciuto.»

«Allora sediamoci. Le spiegherò tutto.»

Lei si lasciò condurre verso una sedia.

«Lo zar nutre già poca fiducia negli inglesi, perché permettono a profughi politici come me di trovare asilo in Inghilterra. Se uno di noi dovesse rapire il suo nipote preferito, nascerebbero grossi contrasti, e allora i due paesi non potrebbero più far conto l'uno sull'aiuto dell'altro in caso di guerra. E se il popolo russo venisse a sapere quello che Orlov stava tramando, si infurierebbe, tanto che lo zar non sarebbe comunque in grado di mandare i giovani al macello. Capisce?»

Charlotte lo guardò in faccia, mentre lui parlava: era pacato, ragionevole, solo leggermente teso. Nei suoi occhi non c'era la luce folle del fanatismo. Tutto quello che diceva aveva un senso, ma seguiva la logica di una fiaba: i concetti erano concatenati, ma sembravano narrare la storia di un altro mondo, diverso da quello in cui lei viveva.

«Sì, capisco,» rispose «ma lei non può rapire Aleks: è così una cara persona.»

«Quella *cara* persona condurrà un milione di altre care persone alla morte, se glielo si permette. Questa è la *realtà*, Charlotte, non come le battaglie di dèi e cavalli che si vedono in questi dipinti. Walden e Orlov stanno parlando di *guerra*: uomini che si squartano con le spade, ragazzi a cui saltano via le gambe sotto i colpi delle palle di cannone, gente che sanguina e muore sui campi di battaglia, urlando di dolore, senza che nessuno possa soccorrerli. Questo è il meccanismo che Walden e Orlov stanno cercando di mettere in moto. Metà delle miserie del mondo è provocata da care persone come Orlov, che pensano di avere il diritto di organizzare guerre fra nazioni.»

Charlotte fu colpita da un pensiero spaventoso. «Lei ha già tentato una volta di rapirlo.»

Feliks annuì. «Nel parco. Lei era nella carrozza. Ho fallito.»

«Oh, mio dio.» Si sentì affranta.

Le prese la mano. «Lei sa che sono nel giusto, vero?»

Pensava di sì. Il suo era il mondo reale: era lei che viveva in una fiaba. Nel paese delle fiabe le debuttanti vestite di bianco venivano presentate al re e alla regina, il principe andava in guerra, il conte era buono con i suoi servitori e tutti lo amavano, la duchessa era un'anziana signora dignitosa, e non c'erano cose come i rapporti sessuali. Nel mondo reale il bimbo di Annie era nato morto perché sua madre l'aveva licenziata senza il benservito, e una madre tredicenne era stata condannata perché aveva fatto morire il suo bambino, la gente dormiva in strada perché non aveva una casa, c'erano istituti per i bambini abbandonati, la duchessa era una vecchia strega, e un uomo con il vestito di tweed, sogghignando, le aveva dato un pugno nello stomaco davanti a Buckingham Palace.

«So che lei è nel giusto» disse.

«Questo è molto importante, perché lei è la chiave di tutto.»

«Io? Oh, no!»

«Ho bisogno del suo aiuto.»

«No, la prego, non dica così!»
«Vede, non trovo Orlov.»
"Non è giusto" pensò Charlotte. Tutto era accaduto troppo in fretta. Si sentiva inesorabilmente in trappola. Voleva aiutare Feliks, e capiva quanto ciò fosse importante, ma Aleks era suo cugino, ed era stato ospite in casa sua. Come poteva tradirlo?
«Mi aiuterà?» chiese Feliks.
«Non so dove si trovi Aleks» disse Charlotte, evasiva.
«Ma potrebbe riuscire a saperlo.»
«Sì.»
«Lo farà?»
«Non lo so» sospirò.
«Charlotte, lei *deve* farlo.»
«E perché?» reagì la giovane. «Tutti continuano a dirmi quello che devo fare: pensavo che lei provasse maggior rispetto nei miei confronti!»
Feliks chinò il capo. «Non avrei dovuto chiederglielo.»
Lei gli strinse la mano. «Ci penserò.»
Feliks aprì la bocca per protestare, ma Charlotte allungò la mano e gli pose l'indice sulle labbra, per far sì che non proseguisse. «Dovrebbe già ritenersi soddisfatto» disse.

Alle sette e mezzo Walden salì a bordo della Lanchester, in abito da sera e con il cappello a cilindro di seta. Ora, usava sempre l'automobile: in caso di necessità sarebbe stata più veloce e agile di una carrozza. Pritchard sedeva al volante, con una pistola nella fondina sotto la giacca. Walden si sentiva come se il concetto di vita civilizzata fosse stato d'improvviso abolito. Arrivarono all'ingresso posteriore del numero dieci di Downing Street. Poche ore prima, nel pomeriggio, il governo si era riunito per discutere l'accordo che Walden aveva elaborato con Aleks. Walden era lì per sapere se era stato approvato oppure no.
Fu condotto nella piccola sala da pranzo. Churchill era già lì con il primo ministro Asquith. Stavano sorseggiando uno sherry. Walden e Asquith si strinsero la mano.
«Come sta, signor primo ministro?»
«Sono felice di vederla, Lord Walden.»
Asquith aveva capelli color argento e il viso appena rasato. Le

rughe attorno agli occhi denotavano una tendenza all'allegria, ma aveva la bocca piccola, le labbra sottili e l'espressione caparbia. Il mento era largo e quadrato. Walden notò nella sua voce un lieve accento dello Yorkshire che aveva resistito alla City of London School e al Balliol College di Oxford. Aveva una testa decisamente grossa rispetto al resto del corpo, e si diceva che il suo cervello funzionasse come uno strumento di precisione, ma poi Walden pensò che la gente crede sempre che i primi ministri abbiano il cervello più fino di quanto non sia nella realtà.

Asquith disse: «Temo che il consiglio dei ministri non possa approvare il vostro piano».

Walden ebbe un tuffo al cuore. Per nascondere il suo disappunto reagì con una domanda concisa: «Perché no?».

«È soprattutto Lloyd George che si oppone.»

Walden guardò Churchill e alzò le sopracciglia.

Churchill annuì. «Lei, come chiunque altro, pensa che Lloyd George e io votiamo all'unisono su ogni progetto o proposta. Ora sa che non è così.»

«E il motivo della sua opposizione?»

«Una questione di principio» rispose Churchill. «Lloyd George dice che offriamo i Balcani come se fossero una scatola di cioccolatini: "Prego, scegliete il vostro gusto preferito. Tracia, Bosnia, Bulgaria, Serbia". Anche i piccoli staterelli hanno i loro diritti, dice. Be', questo è quello che può succedere quando nel governo c'è un gallese che è anche procuratore legale: non so quale delle due cose sia peggiore.»

Il tono leggero di Churchill esasperò Walden. "Questo piano è tanto suo quanto mio" pensò. "Perché non è irritato come lo sono io?"

Si sedettero a tavola per il pranzo, servito da un solo cameriere. Asquith mangiò con parsimonia. Churchill beveva troppo, pensò Walden, che era di pessimo umore. Malediceva Lloyd George a ogni boccone.

Terminato il primo piatto, Asquith disse: «Lei sa benissimo che dobbiamo concludere questo patto. Prima o poi, tra Francia e Germania ci sarà una guerra. E se i russi rimarranno neutrali, la Germania conquisterà l'Europa. E questo non possiamo permetterlo».

«Che cosa occorre fare perché Lloyd George cambi opinione?» chiese Walden.

Asquith accennò un sorriso. «Se ricevessi una sterlina per ogni volta che mi è stata posta questa domanda, sarei un uomo ricco.»

Il cameriere servì loro una quaglia a ciascuno e versò del chiaretto. Churchill disse: «Dobbiamo elaborare una proposta che superi le obiezioni di Lloyd George».

Il tono salottiero di Churchill irritò Walden. «Lei sa perfettamente che non è una cosa semplice» sbottò.

«Ne siamo tutti convinti» intervenne tranquillo Asquith. «Però, bisogna tentare. Per esempio, una Tracia che mantenga sì la sua indipendenza, ma sotto la protezione dei russi. O qualcosa del genere.»

«Mi sono scervellato per un mese nella ricerca di alternative» disse Walden con aria stanca.

«Be', l'assassinio del povero Francesco Ferdinando modifica il quadro» disse Asquith. «Ora che l'Austria dà di nuovo segni di aggressività sul fronte dei Balcani, i russi hanno più bisogno che mai nella zona di quella solida posizione che noi stiamo cercando di offrire loro.»

Walden mise da parte la sua irritazione e cominciò a pensare in termini costruttivi. Dopo un po' disse: «E se fosse Costantinopoli?».

«Che cosa intende dire?»

«Supponiamo che noi offrissimo ai russi Costantinopoli. Pensa che Lloyd George avrebbe qualcosa da obiettare?»

«Potrebbe dire che sarebbe come offrire Cardiff ai repubblicani irlandesi» disse Churchill.

Walden lo ignorò e guardò Asquith.

Il primo ministro posò coltello e forchetta. «Be', ora che Lloyd George ha segnato un punto a suo favore su questioni di principio, può darsi che sia disposto a essere più ragionevole se gli si propone una soluzione di compromesso. Penso che potrebbe accettare. Ma per i russi sarebbe un'offerta sufficiente?»

Walden non ne era sicuro, ma la nuova idea lo eccitava. D'impulso, disse: «Se voi convincerete Lloyd George, io convincerò Orlov».

«Magnifico» disse Asquith. «A proposito, che ne è di quell'anarchico?»

L'ottimismo di Walden vacillò. «Stanno facendo tutto il possibile per proteggere Orlov. Però la situazione desta ancora molta preoccupazione.»

«Pensavo che Basil Thomson fosse un tipo in gamba.»

«Lo è» disse Walden. «Ma temo che Feliks lo sia ancora di più.»

«Non penso che dovremmo lasciarci spaventare da quell'individuo...» intervenne Churchill.

«Io lo sono» lo interruppe Walden. «Per tre volte è sfuggito alle reti che gli avevamo teso. L'ultima volta erano stati impiegati trenta poliziotti. Non so come possa fare ad arrivare a Orlov adesso, ma questo non significa che Feliks non lo sappia. E sappiamo tutti e tre che cosa succederebbe se Orlov fosse assassinato: la nostra alleanza con la Russia salterebbe. Feliks è, attualmente, l'uomo più pericoloso che ci sia in Inghilterra.»

Asquith scosse la testa, scuro in volto: «Se dovesse ritenere che la protezione di Orlov non è del tutto soddisfacente, si metta pure in contatto direttamente con me».

«La ringrazio.»

Il cameriere offrì un sigaro a Walden, che però si rese conto di avere finito la sua parte. «La vita continua» disse «e io devo andare a un ricevimento dalla signora Glenville. Fumerò là il mio sigaro.»

«Non dica che è stato a pranzo qui» disse Churchill sorridendo.

«Non oserei farlo: non mi rivolgerebbero più la parola.» Walden finì il suo Porto e si alzò.

«Quando farà la nuova proposta a Orlov?» chiese Asquith.

«Tornerò a Norfolk già domattina.»

«Ottimo.»

Il cameriere portò guanti e cappello a Walden, che si congedò.

Pritchard era accanto al cancello del giardino. Stava chiacchierando con il poliziotto di servizio. «Si torna a casa» gli disse Walden.

Era stato un po' precipitoso, pensò mentre la vettura procedeva. Aveva promesso di convincere Aleks per il progetto Costantinopoli, ma non sapeva come, ed era preoccupato. Cominciò a mettere ordine negli argomenti che avrebbe usato l'indomani.

Quando la macchina si fermò davanti a casa non aveva fatto alcun progresso. «Tra qualche minuto avremo di nuovo bisogno dell'automobile, Pritchard.»

«Bene, milord.»

Walden entrò in casa e andò di sopra a lavarsi le mani. Sul pianerottolo incontrò Charlotte. «La mamma si sta preparando?» chiese.

«Sì, sarà pronta tra qualche minuto. Come procedono le tue questioni di politica?»

«Lentamente.»

«Come mai, d'un tratto, ti sei trovato di nuovo coinvolto in queste cose?»

Walden sorrise. «A fartela breve: per impedire che la Germania conquisti l'Europa. Ma questo non deve preoccupare la tua graziosa testolina...»

«Io non me ne preoccupo affatto. Ma dove hai nascosto mio cugino Aleks?»

Walden esitò. Il fatto che lei lo sapesse non rappresentava un pericolo. Ma una volta che l'avesse saputo, il segreto sarebbe potuto sfuggirle. Anche incidentalmente. Meglio lasciarla all'oscuro. «A chiunque te lo chieda, tu di' che non lo sai.» Sorrise e salì in camera.

In certe occasioni, a Lydia il fascino della vita inglese appariva un po' spento.

Di solito i grandi ricevimenti la divertivano. Alcune centinaia di invitati si riunivano a casa di qualcuno senza fare nulla di specifico. Non c'erano balli, né una cena formale, e neppure si giocava a carte. Si stringeva la mano ai padroni di casa, si prendeva una coppa di champagne, poi si andava in giro da una sala all'altra chiacchierando con gli amici e ammirando gli abiti degli invitati. Quel giorno, Lydia si soffermò a riflettere sulla vacuità di quel genere di intrattenimento. E dal suo senso di scontentezza riemerse la nostalgia per la Russia. Lì, immaginò, c'erano sicuramente donne dalla bellezza più radiosa, intellettuali meno cortesi, argomenti di conversazione più profondi e un'atmosfera non così quieta e soporifera. In realtà era troppo preoccupata – per Stephen, per Feliks, e per Charlotte – per avere voglia di mondanità.

Salì l'ampia scalinata con Stephen da un lato e Charlotte dall'altro. La signora Glenville ammirò la sua collana di brillanti. Proseguirono. Stephen si fermò a parlare con uno dei suoi amici della

Camera dei Lord: Lydia udì solo la parola "emendamento". Lei e Charlotte passarono fra la folla, sorridendo e salutando. Lydia continuava a chiedersi: " Che cosa ci faccio qui?".

Charlotte le chiese: «A proposito, mamma, dov'è finito Aleks?».

«Non lo so, cara» rispose Lydia in tono distratto. «Chiedilo a tuo padre. Buonasera, Freddie.»

Freddie si mise subito a parlare con Charlotte. «Ho riflettuto su quello che ha detto a pranzo» disse. «Ho stabilito che c'è una differenza: noi siamo inglesi.»

Lydia li lasciò alla loro conversazione. "Ai miei tempi" pensò "le discussioni politiche non erano decisamente il sistema adatto per conquistare un uomo. Ma forse i tempi sono cambiati. Comincio ad avere l'impressione che Freddie sia interessato a qualsiasi argomento di cui Charlotte voglia parlare. Chissà se chiederà la sua mano. Oddio, che sollievo sarebbe per me."

Nel primo salone, dove la musica suonata da un quartetto d'archi faceva da sottofondo al cicaleccio generale, incontrò sua cognata Clarissa. Parlarono delle rispettive figlie, e Lydia si sentì segretamente confortata nell'apprendere che Clarissa era molto preoccupata per Belinda.

«Non ho nulla in contrario se si compra quegli abiti all'ultima moda che lasciano scoperte le caviglie, e non avrei nulla da ridire sul fatto che fuma sigarette, se solo lo facesse in modo un po' più discreto» disse Clarissa. «Ma frequenta dei posti orribili dove complessi negri suonano musica jazz, e la scorsa settimana è andata ad assistere a un incontro di pugilato!»

«Ma non esce accompagnata?»

Clarissa emise un sospiro. «Le ho dato il permesso di uscire da sola, se è con delle ragazze di nostra conoscenza. Ora mi rendo conto che è stato un errore. Charlotte, invece, è sempre accompagnata?»

«In teoria, sì» rispose Lydia. «Ma è terribilmente disobbediente. L'altro giorno è uscita di nascosto ed è andata a un raduno di suffragette.» Lydia presentò a Clarissa una verità leggermente alterata: "raduno" suonava meglio di "dimostrazione". Aggiunse: «Charlotte mostra interesse per le cose meno adatte a una signora, come per esempio la politica. Non so da dove le vengano certe idee».

«Oh, ti capisco bene» disse Clarissa. «Belinda è cresciuta frequentando il fior fiore della società, fra buona musica e libri sani, con un'istitutrice severa... C'è proprio da chiedersi da dove le sia nata questa inclinazione per le cose volgari. E il peggio è che non vuole capire che mi preoccupo della sua felicità, e non della mia.»

«Oh, quanto mi rincuora quello che dici!» replicò Lydia. «A casa nostra la situazione è identica. Pare che Charlotte giudichi falsa o sciocca la protezione di cui la circondiamo.» Sospirò. «Dobbiamo al più presto trovare loro un marito, prima che si mettano nei guai.»

«Assolutamente! C'è già in vista qualcuno per Charlotte?»

«Freddie Chalfont.»

«Ah, sì, l'ho sentito dire.»

«Pare perfino disposto a discutere con lei di politica. Ma temo che Charlotte non sia molto interessata a lui. E Belinda?»

«Il problema opposto. Le piacciono tutti.»

«Oh, mio dio!» rise Lydia, e si allontanò, sentendosi un po' consolata. In un certo senso Clarissa, come matrigna, aveva un compito ancora più difficile. "Dovrei ringraziare il cielo di non essere al suo posto" pensò Lydia.

Nel salone successivo c'era la duchessa di Middlesex. A quel tipo di ricevimenti la maggior parte delle persone stava in piedi, lei invece amava starsene seduta e aspettava che la gente andasse a renderle omaggio. Lydia le si avvicinò nel momento in cui Lady Gay-Stephens stava allontanandosi.

«Suppongo che Charlotte si sia rimessa dal suo mal di testa» disse la duchessa.

«Oh, sì, perfettamente. È gentile da parte sua avermelo chiesto.»

«Ma la mia non era una domanda» ribatté la duchessa. «Mio nipote l'ha vista alle quattro alla National Gallery.»

Alla National Gallery! Che cosa mai ci faceva in quel posto, in nome del cielo? Ancora una volta era uscita di casa di nascosto! Ma la duchessa non doveva saperlo. «L'arte le è sempre piaciuta molto» improvvisò Lydia.

«Era con un uomo» continuò la duchessa. «Freddie Chalfont deve avere un rivale.»

"Che svergognata!" Lydia mascherò la sua collera. «Infatti» replicò con un sorriso forzato.

«Chi è?»

«Oh, uno del loro gruppo» rispose Lydia disperata.

«Oh, no» controbatté la duchessa con un sorriso maligno. «Era un uomo sulla quarantina, con un berretto di tweed.»

«Un berretto di tweed!» Lydia aveva subito un'umiliazione, ma questo passava in second'ordine di fronte a quella rivelazione. Chi poteva essere quell'uomo? Charlotte non si rendeva conto? La sua reputazione...

«Erano mano nella mano» specificò la duchessa, e fece un ampio sorriso, mettendo in mostra una fila di denti guasti.

Lydia non poté più fingere che tutto andasse per il meglio. «Oh, mio dio» mormorò. «In che pasticcio è andata a cacciarsi la mia bambina?»

La duchessa disse: «Ai miei tempi, le ragazze uscivano accompagnate: era un sistema efficace per prevenire questo genere di cose».

Lydia fu presa da una violenta collera di fronte all'evidente compiacimento della duchessa. «Questo succedeva cent'anni fa!» sbottò. Si allontanò dalla duchessa. Un berretto di tweed! Mano nella mano! Un uomo di quarant'anni! Era troppo orribile pensarci. Il berretto significava che l'uomo apparteneva alla classe operaia, l'età lo qualificava come un libertino, e il fatto che si tenessero per mano indicava che le cose si erano spinte molto, forse troppo in là. "Che cosa posso fare" pensò disperata "se mia figlia esce di casa a mia insaputa? Oh, Charlotte, non sai quello che ti stai facendo!"

«Com'era l'incontro di pugilato?» chiese Charlotte a Belinda.

«Nella sua atrocità, terribilmente eccitante» rispose la cugina. «Quei due giganti, vestiti solo con dei calzoncini, si avventavano l'uno contro l'altro, decisi a stendere l'avversario.»

Charlotte non capiva come la cosa potesse essere eccitante. «Mi sembra spaventoso.»

«Ero talmente elettrizzata, che quasi quasi permettevo a Peter di spingersi troppo in là.»

«Che cosa intendi dire?»

«Ma sì, insomma, nel taxi che ci stava riportando a casa. Mi sono lasciata... baciare, e così via.»

«In che senso: "e così via"?»

Belinda bisbigliò: «Mi ha baciato il seno».

«Oh!» Charlotte inarcò le sopracciglia. «È stato bello?»

«Divino!»

«Capisco.» Charlotte cercò di immaginarsi Freddie che le baciava il seno, e in qualche modo intuì che non sarebbe stato divino.

Sua madre passò accanto a loro, e annunciò: «Noi andiamo, Charlotte».

Belinda osservò: «Sembra di cattivo umore».

Charlotte alzò le spalle. «Non è un fatto insolito.»

«Più tardi andiamo a sentire dei musicisti neri. Perché non vieni con noi?»

«Musicisti neri?»

«Suonano musica jazz. Fantastica!»

«Non credo che la mamma sarebbe d'accordo.»

«Tua madre è così all'antica.»

«Non dirlo a me! Adesso devo andare.»

«Ciao.»

Charlotte scese da basso e ritirò il suo mantello al guardaroba Le sembrava che convivessero in lei due personalità, come dottor Jekyll e mister Hyde. Una Charlotte sorrideva, conversava educatamente e parlava di cose frivole con Belinda. L'altra, pensava a rapimenti e inganni, e poneva timide domande in tono innocente.

Senza aspettare i genitori, uscì e disse al lacchè: «L'automobile del conte di Walden».

Due minuti dopo, la Lanchester si accostò al marciapiede. Era una serata tiepida e Pritchard aveva abbassato la capote. Scese dalla vettura e tenne aperta la portiera a Charlotte.

Lei gli chiese: «Pritchard, dov'è il principe Orlov?».

«Non lo si deve sapere, milady.»

«Ma a me lo puoi dire.»

«Preferirei che lo chiedesse a suo padre, milady.»

Inutile: non poteva fare la prepotente con quei domestici che la conoscevano fin da bambina. Rinunciò, e disse: «Forse è meglio che tu vada ad avvertirli che sto aspettando in macchina».

«Benissimo, milady.»

Charlotte si appoggiò allo schienale di pelle. Aveva rivolto la domanda alle tre persone che potevano sapere dove si trovava Aleks, e nessuna di loro aveva voluto dirglielo. Non si fidavano della sua capacità di mantenere il segreto. D'altronde la loro sfiducia era ben fondata, e il riconoscerlo la faceva impazzire. Tuttavia, non aveva ancora deciso se aiutare Feliks. Ora, se non fosse riuscita a ottenere l'informazione che gli serviva, forse non sarebbe stata costretta a prendere quell'angosciosa decisione. Che sollievo avrebbe provato.

Si sarebbe incontrata con Feliks di lì a due giorni, stesso posto, stessa ora. Che cosa le avrebbe detto, quando lei si fosse presentata a mani vuote? L'avrebbe disprezzata per aver fallito? No, non era da lui. Sarebbe rimasto profondamente deluso. Forse sarebbe riuscito a escogitare un altro sistema per rintracciare Aleks. Aspettava con ansia di rivederlo. Era un uomo così interessante, e aveva talmente tante cose da imparava da lui, che ormai il resto della sua vita le appariva di una noia insopportabile. Perfino l'ansia di fronte al grave dilemma che le aveva posto era preferibile alla monotona routine della scelta dell'abito per un nuovo, interminabile giorno di vuoti impegni mondani.

I suoi genitori salirono in macchina, e Pritchard mise in moto. Il padre disse: «C'è qualcosa che non va, Lydia? Sembri turbata».

La madre guardò Charlotte. «Che cosa ci facevi alla National Gallery questo pomeriggio?»

Charlotte ebbe un tuffo al cuore. Era stata scoperta. Qualcuno l'aveva spiata. Le mani cominciarono a tremarle e lei le tenne intrecciate sul grembo. «Guardavo i quadri.»

«Eri con un uomo.»

Suo padre intervenne: «Oh, *no*. Charlotte, cos'è questa storia?».

«È soltanto uno che ho incontrato» rispose. «A voi non piacerebbe.»

«Certo che a noi non piacerebbe!» ribatté sua madre accalorandosi. «Aveva un berretto di tweed.»

«Un berretto di tweed!» s'indignò il padre. «Chi diavolo è?»

«È un uomo molto interessante, e capisce le cose...»

«E ti teneva la mano!» la interruppe la madre.

Il padre esclamò in tono accorato: «Charlotte, che volgarità! Alla National Gallery!».

«Non c'è nessuna storia sentimentale» disse Charlotte. «Non avete nulla da temere.»

«Nulla da temere?» ripeté sua madre con un risolino isterico.

«Quella vecchia duchessa diabolica sa tutto della faccenda, e andrà a raccontarla in giro.»

«Come hai potuto fare una cosa del genere a tua madre?» disse il padre.

Charlotte non riusciva a parlare. Aveva un nodo alla gola. Pensò: "Non ho fatto niente di male, ho solo conversato con una persona che parla di cose ragionevoli. Come possono essere così... così brutali? Li odio!".

Suo padre disse: «Sarà meglio tu mi dica chi è. Immagino che lo si possa sistemare con un po' di denaro».

Charlotte gridò: «Penso che sia una delle poche persone al mondo indifferente a questo tipo di argomenti!».

«Suppongo che sia una specie di radicale» disse sua madre. «È di certo lui che ti ha riempito la testa di sciocchezze a proposito delle suffragette. Probabilmente è uno che porta i sandali e mangia le patate con la buccia.» Si fece più accesa. «Probabilmente crede nel libero amore! Se tu hai...»

«No, non ho fatto niente» disse Charlotte. «Ve l'ho detto, non ci sono storie sentimentali.» Una lacrima le scivolò sul naso. «Non sono un tipo romantico.»

«Non ti credo» dichiarò suo padre con disgusto. «Né ti crederà nessun altro. Che tu te ne renda conto oppure no, questo episodio segna la rovina della nostra reputazione.»

«Dovremmo metterla in un convento!» gridò la madre. Poi, scoppiò a piangere.

«Sono sicuro che non sarà necessario» obiettò il padre.

Lydia scosse la testa. «Non dicevo sul serio. Mi dispiace di essere così fuori di me, ma sono talmente angosciata...»

«Comunque, non può rimanere a Londra, dopo questo fatto.»

«Certamente no.»

La macchina entrò nel giardino di casa. La madre si asciugò gli occhi perché i domestici non vedessero che era sconvolta. Charlotte pensò: "E così mi impediranno di vedere Feliks, mi manderanno via e mi terranno segregata. Vorrei avergli promesso di aiutarlo, invece di essermi mostrata esitante e dirgli che ci avrei pensato. Per lo meno ora saprebbe che sono dalla sua parte. Ebbene, non l'avranno vinta: non farò la vita che loro hanno stabilito per me. Non sposerò Freddie e non diventerò Lady Chalfont.

Non alleverò bambini grassi e ben educati. Non possono tenermi reclusa in eterno. Appena avrò ventun anni andrò a lavorare per la signora Pankhurst, leggerò libri sull'anarchismo e aprirò una casa per ragazze-madri, e se avrò dei figli non dirò loro mai delle bugie".

Entrarono in casa. Il padre le disse: «Vieni in soggiorno».

Pritchard li seguì dentro la stanza. «Desidera dei tramezzini, milord?»

«No, grazie. Ora lasciaci soli per un po'.»

Pritchard uscì.

Il padre si versò un brandy e soda, e lo sorseggiò. «Ripensaci, Charlotte» disse. «Vuoi dirci chi è quell'uomo?»

Charlotte avrebbe voluto rispondere: "Un anarchico che vuole impedirti di far scoppiare la guerra!". Ma si limitò a scuotere la testa.

«Allora devi capire» disse lui quasi con dolcezza «che non possiamo più avere fiducia in te.»

"Avresti potuto averla," pensò lei con amarezza "ma ora non più."

Walden si rivolse a Lydia. «Non c'è altro da fare che mandarla per un mese in campagna: è l'unico modo per tenerla fuori dai guai. Poi, dopo la regata di Cowes potrà venire in Scozia per la stagione della caccia.» Emise un sospiro. «Forse sarà più docile per la prossima stagione.»

La madre concluse: «La manderemo a Walden Hall, allora».

Charlotte pensò: "Stanno parlando di me come se io non fossi presente".

Suo padre disse: «Domani mattina vado a Norfolk, per parlare ancora con Aleks. La porterò con me».

Charlotte rimase sbalordita.

Aleks era a Walden Hall.

"Non me lo ero nemmeno lontanamente immaginata! Adesso lo so!"

«Sarà il caso che salga a prepararsi per la partenza» disse sua madre.

Charlotte si alzò e uscì, tenendo la testa bassa in modo che non potessero notare la luce di trionfo nei suoi occhi.

XII

Alle tre meno un quarto Feliks era nell'ingresso della National Gallery. Charlotte sarebbe forse arrivata in ritardo, come la volta precedente. Comunque, lui non aveva niente di meglio da fare.

Era nervoso e inquieto, stanco di aspettare e di nascondersi. Aveva dormito altre due notti all'addiaccio, una volta in Hyde Park e l'altra sotto i portici di Charing Cross. Di giorno si era nascosto nei vicoli, lungo i raccordi della ferrovia e nelle discariche, uscendo solo per procurarsi da mangiare. Tutto questo gli aveva rammentato l'epoca in cui era fuggiasco in Siberia, ed era un brutto ricordo. Anche adesso non riusciva a stare fermo. Continuava ad andare dall'ingresso alle sale a volta, guardava i quadri, poi tornava nell'ingresso per vedere se Charlotte era arrivata. Doveva essere stata trattenuta da qualche altro stupido impegno mondano.

Sarebbe stata sicuramente capace di scoprire dove si nascondeva Orlov. Era una ragazza piena di risorse, ne era certo. Anche se non fosse riuscita a saperlo direttamente dal padre, avrebbe trovato un modo per carpire il segreto. Ma sarebbe stata poi disposta a dargli l'informazione? Era anche una ragazza molto ostinata.

Feliks avrebbe voluto...

Avrebbe voluto tante cose. Avrebbe voluto non averla ingannata. Avrebbe voluto poter trovare Orlov senza ricorrere al suo aiuto. Avrebbe voluto che gli esseri umani non diventassero principi e conti, Kaiser e zar. Avrebbe voluto aver sposato Lydia e aver conosciuto Charlotte da piccola. Avrebbe voluto che lei arrivasse: erano le quattro.

La maggior parte dei quadri non gli diceva niente: stucchevoli scene religiose e ritratti di compiaciuti mercanti olandesi nelle loro case prive di vita. Gli piacque l'*Allegoria* del Bronzino, ma solo per la sua carica di sensualità. L'arte era una sfera dell'esperienza umana che fino ad allora aveva ignorato. Forse un giorno Charlotte l'avrebbe condotto in un bosco e gli avrebbe mostrato i fiori. Ma era improbabile. Prima di tutto, sarebbe dovuto sopravvivere ai giorni successivi, e riuscire a fuggire dopo aver ucciso Orlov: il che non era sicuro. Poi, avrebbe dovuto conservarsi l'affetto di Charlotte, anche dopo averla sfruttata, ingannata, e dopo aver ucciso suo cugino. Il che era quasi impossibile. Ma se anche ci fosse riuscito, avrebbe dovuto trovare il modo di vedere Charlotte senza farsi prendere dalla polizia... No, non aveva molte possibilità di frequentarla ancora, dopo l'assassinio. Per conoscerla, aveva quell'unica occasione.

Erano le quattro e mezzo.

"Non è semplicemente in ritardo" pensò Feliks col batticuore. "Non può venire. Spero che non sia nei guai con Walden. Spero che non corra dei rischi, e si faccia scoprire. Vorrei vederla arrivare di corsa su per le scale, col fiato corto e col colorito un po' acceso, con il cappello leggermente storto e un'espressione inquieta sul viso grazioso, e sentirla dire: 'Mi spiace moltissimo di averla fatta aspettare, ma sono stata coinvolta in un...'"

Il museo si stava svuotando. Feliks era incerto sul da farsi. Uscì e scese gli scalini fino al marciapiede. Charlotte non si vedeva. Ritornò su per le scale e sulla porta fu bloccato da un portiere. «Troppo tardi, amico» disse l'uomo. «Stiamo chiudendo.» Feliks si girò.

Non poteva aspettare sulla scalinata, nella speranza che lei arrivasse: si sarebbe fatto notare, proprio lì in Trafalgar Square. E comunque era ormai in ritardo di due ore: non sarebbe venuta.

Non sarebbe venuta.

"Questa è la realtà" si disse. "Ha deciso di non avere più a che fare con me. È una decisione ragionevole, del resto. Ma non sarebbe venuta anche soltanto per dirmelo? Avrebbe potuto mandarmi un biglietto..."

Avrebbe potuto mandargli un biglietto.

Aveva l'indirizzo di Bridget. Gli aveva sicuramente mandato un biglietto.

Feliks si incamminò verso nord.

Passò per le vie della zona dei teatri e per le piazze tranquille di Bloomsbury. Il tempo stava cambiando. Da quando era in Inghilterra c'erano sempre state giornate serene e senza pioggia. Ma da qualche ora l'aria si era fatta opprimente, come se fosse in arrivo un temporale.

Pensò: "Chissà come si vive a Bloomsbury, in questa atmosfera della borghesia agiata, dove i soldi per mangiare non mancano mai e ne avanzano per comprarsi i libri. Ma dopo la rivoluzione abbatteremo tutti i recinti intorno ai parchi".

Aveva mal di testa. Non aveva mai sofferto di mal di testa. Lo attribuì all'aria pesante, ma più probabilmente era dovuto all'inquietudine. "Dopo la rivoluzione" pensò "i mal di testa saranno proibiti."

A casa di Bridget avrebbe certo trovato un messaggio di Charlotte. Provò a immaginarne il contenuto. "Caro signor Kšessinski, mi rincresce di non poter venire al nostro appuntamento di oggi. Distinti saluti, Lady Charlotte Walden." No, non sarebbe stato certamente così. "Caro Feliks, il principe Orlov si trova a casa dell'addetto alla Marina russa, al numero 25A di Wilton Place, secondo piano, camera da letto sul fronte a sinistra. La sua affezionata amica, Charlotte." Suonava molto meglio. "Caro papà: sì, ho appreso la verità. Ma mio 'padre' mi ha chiusa a chiave nella mia camera. Ti prego, vieni a salvarmi. La tua amorevole figlia, Charlotte Kšessinski." "Sono un maledetto idiota."

Raggiunse Cork Street e scrutò la strada. Non c'erano poliziotti a sorvegliare la casa, né individui robusti in abiti borghesi che leggevano il giornale davanti al pub. Non parevano esserci pericoli. Feliks si sentì il cuore più leggero. C'è qualcosa di meraviglioso nell'affettuosa accoglienza di una donna, sia una ragazza fresca e vivace come Charlotte, o una vecchia grassona come Bridget. "Ho trascorso troppa parte della mia vita con altri uomini. O da solo."

Bussò alla porta di Bridget. Mentre aspettava, lanciò un'occhiata alla finestra della sua vecchia camera nel seminterrato, e vide che c'erano delle tendine nuove. Gli aprì.

Bridget lo guardò e gli fece un ampio sorriso. «Ecco il mio terrorista internazionale preferito» disse. «Entra, ragazzo mio.»

Feliks si diresse nel soggiorno.

«Vuoi una tazza di tè? È ancora caldo.»

«Sì, grazie.» Si sedette. «Ha avuto noie con la polizia?»

«Sono stata interrogata da un commissario. Devi essere un personaggio importante.»

«Che cosa gli ha detto?»

Lei assunse un'espressione sprezzante. «Aveva lasciato a casa il manganello: non mi ha cavato fuori niente.»

Feliks sorrise: «Ha ricevuto una lettera...».

Ma lei stava ancora parlando. «Vuoi riprendere la tua stanza? L'ho affittata a un altro, ma lo butterò fuori. Ha i favoriti, e io non ho mai sopportato gli uomini con i favoriti.»

«No, non voglio la stanza...»

«Hai dormito all'addiaccio. Basta guardarti per capirlo.»

«Sì.»

«Qualunque cosa tu sia venuto a fare a Londra, non l'hai ancora fatta.»

«No.»

«È successo qualcosa... Sei cambiato.»

«Sì.»

«Che cosa?»

Si sentì di colpo felice di avere qualcuno con cui potersi confidare. «Anni fa ho avuto una storia d'amore. Io non lo sapevo, ma quella donna era rimasta incinta. Qualche giorno fa... ho conosciuto mia figlia.»

«Ah.» Bridget gli rivolse uno sguardo compassionevole. «Povero briccone. Come se tu non avessi già abbastanza cose per la testa. È lei che ti ha scritto?»

Feliks emise un mormorio soddisfatto. «Dunque c'è davvero una lettera.»

«Immagino che tu sia venuto per questo.» La donna si avvicinò al caminetto e prese una busta sotto l'orologio. «E la povera ragazza si trova in mezzo a oppressori e tiranni?»

«Sì.»

«L'ho capito dallo stemma. Non sei molto fortunato, tu, eh?» Gli porse la busta.

Feliks vide lo stemma sul retro. La aprì. Conteneva due fogli coperti da una scrittura elegante e ordinata.

Walden Hall, 1° luglio 1914

Caro Feliks,

quando riceverà questa mia mi avrà aspettato invano al nostro appuntamento. Mi dispiace moltissimo di non essere potuta venire. Disgraziatamente lunedì sono stata vista insieme a lei e ora pensano che io abbia un amante clandestino!!!

"Se sta passando dei guai," pensò Feliks "sembra prendere la cosa piuttosto allegramente."

Sono stata relegata per tutta l'estate in campagna. Tuttavia, non tutti i mali vengono per nuocere. Nessuno voleva dirmi dov'era Aleks, ma ora lo so: è qui!!!

Feliks fu invaso da un senso selvaggio di trionfo. «Ecco dov'è il nascondiglio di quel traditore!»

Bridget gli chiese: «La tua bambina ti aiuta?».

«Era la mia unica speranza.»

«Ovvio allora che tu avessi un'aria inquieta.»

«Infatti.»

Prenda un treno per Waldenhall Halt alla stazione di Liverpool Street. La casa è a quasi cinque chilometri dal paese sulla strada verso nord. Però, naturalmente, non venga alla casa!!! Sul lato sinistro della strada vedrà un bosco. Io ci vado sempre a cavallo, lungo il sentiero, prima di colazione, fra le sette e le otto. Guarderò tutti i giorni, fino a quando lei arriverà.

"Una volta che ha deciso da che parte stare," pensò Feliks "non ha mezze misure."

Non so esattamente quando verrà spedita questa lettera. La metterò sul tavolo dell'ingresso non appena ci saranno altre lettere da impostare. In tal modo, nessuno noterà la mia scrittura su una busta, e il lacchè non farà che prenderla insieme alle altre quando andrà all'ufficio postale.

«È una ragazza coraggiosa» disse Feliks ad alta voce.

Sto facendo questo perché lei è l'unica persona che in tutta la mia vita mi abbia fatto dei discorsi sensati.

La sua affezionatissima Charlotte

Feliks si appoggiò allo schienale e chiuse gli occhi. Si sentiva molto fiero di lei, e allo stesso tempo provava disprezzo per se stesso. Fu sul punto di piangere.

Bridget gli sfilò di mano la lettera e cominciò a leggerla.

«Dunque non sa che sei suo padre» disse.

«No.»

«E allora perché ti aiuta?»

«Crede in quello che sto facendo.»

Bridget emise un brontolio disgustato. «Gli uomini come te trovano sempre delle donne che li aiutano. Io dovrei saperlo, perdio.» Continuò a leggere. «Scrive come una scolaretta.»

«Sì.»

«Quanti anni ha?»

«Diciotto.»

«È abbastanza grande per sapere quello che fa. Questo Aleks è l'uomo che stai cercando?»

Feliks annuì.

«Chi è?»

«Un principe russo.»

«Allora merita di morire.»

«Sta trascinando la Russia in guerra.»

Bridget annuì. «E tu stai coinvolgendo Charlotte nella vicenda.»

«Pensa che io stia facendo una cosa sbagliata?»

Lei gli restituì la lettera. Sembrava in collera. «Non lo sapremo mai, vero?»

«Così è la politica.»

«Così è la vita.»

Feliks fece a pezzi la busta e la buttò nel cestino della carta straccia. Avrebbe voluto strappare anche la lettera, ma non ci riuscì. "Quando tutto sarà finito," pensò "questo potrebbe essere l'unico ricordo di lei che mi rimarrà." Piegò i due fogli e se li mise in tasca.

Si alzò.

«Devo prendere il treno.»
«Vuoi che ti prepari un panino per il viaggio?»
Lui scosse la testa. «Grazie, non ho fame.»
«Hai i soldi per il biglietto?»
«Non lo pago mai.»
Bridget infilò una mano nella tasca del grembiule e ne trasse una sovrana. «Ecco. Puoi anche prenderti una tazza di tè.»
«Lei è troppo generosa.»
«Questa settimana me lo posso permettere. Esci, prima che cambi idea.»
Feliks prese la moneta e salutò Bridget con un bacio d'addio. «È stata molto gentile con me.»
«Non è per te, è per il mio Sean, che dio abbia cura della sua anima.»
«Addio.»
«Buona fortuna.»
Feliks uscì.

Walden era di buonumore entrando nel ministero della Marina. Aveva fatto quanto stabilito: aveva promesso Costantinopoli ad Aleks. Il pomeriggio precedente questi aveva mandato un messaggio allo zar raccomandandogli di accettare l'offerta degli inglesi. Walden era fiducioso: lo zar, con tutta probabilità, avrebbe seguito il consiglio del suo nipote preferito, specie dopo l'attentato di Sarajevo. Non era altrettanto sicuro che Lloyd George si sarebbe piegato al volere di Asquith.
Venne introdotto nell'ufficio del ministro della Marina. Churchill balzò in piedi e girò intorno alla scrivania per andare a stringergli la mano. «Abbiamo convinto Lloyd George» annunciò trionfante.
«Fantastico!» disse Walden. «E io ho convinto Orlov!»
«Sapevo che ce l'avrebbe fatta. Si sieda.»
"Mi sarei dovuto immaginare che non c'erano da aspettarsi ringraziamenti" pensò Walden. Ma quel giorno neppure Churchill poteva smorzare il suo entusiasmo. Si sedette nella poltrona di pelle e si guardò intorno, le carte nautiche alle pareti e gli appunti sulla scrivania. «Dovremmo ricevere da un momento all'altro una risposta da Pietroburgo» disse. «L'ambasciata russa manderà un messaggio a lei personalmente.»

«Prima è, meglio è» dichiarò Churchill. «Il conte Hoyos è stato a Berlino. Secondo le informazioni raccolte dai nostri servizi segreti, portava una lettera in cui si chiedeva al Kaiser se la Germania fosse disposta ad appoggiare l'Austria in una guerra contro la Serbia. Il nostro agente segreto ci ha anche riferito che la risposta è stata affermativa.»

«I tedeschi non vogliono combattere contro la Serbia...»

«No,» lo interruppe Churchill «vogliono una scusa per combattere contro la Francia. Se la Germania si mobilita, si mobiliterà anche la Francia, e questo fornirà alla Germania il pretesto per invaderla. Nulla a questo punto la fermerà.»

«I russi ne sono al corrente?»

«Li abbiamo informati. Spero che ci vorranno credere.»

«Non c'è nulla che si possa fare per mantenere la pace?»

«Si sta facendo tutto il possibile» rispose Churchill. «Sir Edward Grey lavora giorno e notte, e altrettanto fanno i nostri ambasciatori a Berlino, Parigi, Vienna e Pietroburgo. Perfino il re tempesta di telegrammi i suoi cugini, il Kaiser "Willy" e lo zar "Nichy". Non servirà a niente.»

Si udì bussare alla porta. Entrò un giovane segretario con un pezzo di carta in mano. «Un messaggio dell'ambasciatore russo, signore» disse.

Walden si fece attento.

Churchill lanciò un'occhiata al foglio e alzò gli occhi in uno sguardo di trionfo. «Hanno accettato.»

Walden era raggiante. «Successo strepitoso!»

Il segretario uscì. Churchill si alzò. «Questo esige un whisky e soda. Mi fa compagnia?»

«Certamente.»

Churchill aprì un mobiletto. «Farò preparare una copia del trattato stanotte e gliela porterò a Walden Hall domani pomeriggio. Potremo avere concluso la piccola cerimonia della firma per domani sera. Andrà ratificata dallo zar e da Asquith, naturalmente, ma questa sarà una formalità, una volta che Orlov e io avremo firmato.»

Entrò nuovamente il segretario. «C'è il signor Basil Thomson, signore.»

«Lo faccia accomodare.»

Thomson entrò e si mise a parlare senza tanti preamboli. «Abbiamo notizie del nostro anarchico.»

«Bene» esclamò Walden.

Thomson si sedette. «Come ricorderà, avevo messo un uomo nella stanza che lui aveva occupato in un seminterrato di Cork Street, nell'eventualità che si fosse fatto rivedere.»

«Sì, me lo ricordo» confermò Walden.

«È tornato. Quando è uscito, il mio uomo lo ha seguito.»

«E dove è andato?»

«Alla stazione di Liverpool Street.» Thomson si interruppe. «E ha preso un biglietto per Waldenhall Halt.»

XIII

Walden rimase pietrificato.

Il suo primo pensiero fu Charlotte. Lei laggiù era in pericolo: le guardie del corpo erano concentrate su Aleks e lei non aveva nessuno che la proteggesse all'infuori dei domestici. "Come ho potuto essere così stupido?" pensò.

Era quasi altrettanto preoccupato per Aleks. Aveva pensato che a Walden Hall sarebbe stato al sicuro, e ora Feliks stava andando là, con una pistola o una bomba, per uccidere lui e forse anche Charlotte, e sabotare il trattato.

Walden esplose: «Perché diavolo non lo avete fermato?».

Thomson rispose in tono pacato: «Non credo sarebbe stata una buona idea che un uomo da solo affrontasse il nostro amico Feliks, non trova? Abbiamo visto quello di cui è capace con parecchi avversari. Sembra che non abbia alcun interesse per la propria vita. Ho dato ordine al mio uomo di seguirlo e di fare rapporto».

«Ma non è sufficiente...»

«Lo so, milord» lo interruppe Thomson.

Churchill intervenne: «Stiamo calmi, signori. Per lo meno sappiamo dov'è. Con tutte le risorse del governo di Sua Maestà a nostra disposizione, lo prenderanno. Che cosa propone di fare, Thomson?».

«In realtà mi sono già mosso, signore. Ho parlato per telefono con il capo della polizia della contea. Avremo un grosso distaccamento di uomini pronti ad arrestare Feliks appena scenderà dal treno a Waldenhall Halt. Nel contempo, se qualcosa andasse storto, il mio uomo gli starà addosso.»

«Non funzionerà» disse Walden. «Fermi il treno e lo arresti prima che arrivi così vicino a casa mia.»

«Ci ho pensato» disse Thomson. «I pericoli superano i vantaggi. Molto meglio lasciarlo proseguire nella convinzione di essere al sicuro, per poi coglierlo di sorpresa.»

«Sono d'accordo» disse Churchill.

«Non è casa sua!» protestò Walden.

«Lasci che se ne occupino dei professionisti» replicò Churchill.

Walden si rese conto di avere le mani legate. Si alzò. «Andrò a Walden Hall immediatamente. Viene con me, Thomson?»

«Non stasera. Procederò all'arresto della Callahan. Quando avremo preso Feliks, dovremo fare un processo, e lei potrebbe essere il nostro testimone chiave. Verrò domani per interrogare Feliks.»

«Non capisco come possa essere tanto fiducioso» ringhiò Walden.

«Questa volta lo prenderemo» gli assicurò Thomson.

«Prego iddio che lei abbia ragione.»

Il treno sbuffava nell'aria sempre più scura. Feliks guardò il sole tramontare sui campi di grano inglese. Non era abbastanza giovane per considerare un fatto naturale i mezzi di trasporto meccanici: viaggiare in treno aveva ancora per lui il sapore di un'esperienza quasi magica. Il bambino che era andato in giro in zoccoli per i prati paludosi della Russia non si sarebbe mai sognato una cosa del genere.

Oltre a lui, nello scompartimento c'era solo un giovanotto che pareva assorto nella lettura della «Pall Mall Gazette» di quel pomeriggio. Feliks era quasi allegro. L'indomani mattina avrebbe visto Charlotte. Come sarebbe stata bella in groppa a un cavallo, con i capelli al vento. Avrebbero lavorato insieme. Lei gli avrebbe detto qual era la camera di Orlov, dove si sarebbe trovato nelle varie ore del giorno. Lo avrebbe aiutato a procurarsi un'arma.

Era stata la sua lettera a metterlo così di buon umore, si rese conto. Ora lei era dalla sua parte, qualsiasi cosa potesse succedere. Salvo che...

Salvo che lui le aveva detto di voler rapire Orlov. Ogni volta che se ne ricordava, era preso da una profonda agitazione. Cercava di allontanare quel pensiero dalla mente, ma senza riuscirvi. "Bene," pensò "che cosa posso fare? Devo cominciare per lo meno a preparare Charlotte al cambio di programma. Forse dovrei dirle che sono suo padre. Che shock sarà per lei!"

Per un attimo fu tentato di andarsene, di svanire, e di non rivederla mai più, di lasciarla in pace. "No, non è il suo destino, e neppure il mio" si disse.

"Mi domando quale sarà il mio destino, dopo che avrò ucciso Orlov. Morirò?" Scosse la testa, come se potesse liberarsi da quel pensiero così come si scaccia una mosca. Quello non era il momento di lasciarsi prendere dal pessimismo: doveva fare dei piani.

"Come ucciderò Orlov? Nella residenza di campagna di un conte ci saranno sicuramente delle armi: Charlotte potrà dirmi dove si trovano, o portarmene una. Altrimenti ci saranno dei coltelli in cucina. O posso anche servirmi solo delle mie mani. Dovrò entrare in casa, oppure Orlov verrà fuori? Dovrò farlo di giorno o di notte? Ucciderò anche Walden? Dal punto di vista politico, la morte di Walden non farà alcuna differenza, ma mi piacerebbe ucciderlo ugualmente. Quindi è un fatto personale. Be', e allora? Devo assicurarmi che Charlotte abbia un alibi. Nessuno dovrà mai sapere che mi ha aiutato."

Il treno rallentò ed entrò in una piccola stazione di campagna. Feliks cercò di riportare alla memoria la mappa cui aveva dato un'occhiata alla stazione di Liverpool Street. Gli sembrava di ricordare che Waldenhall Halt fosse la quarta stazione dopo quella dove si erano appena fermati.

Il suo compagno di viaggio terminò infine la lettura della «Pall Mall Gazette» e la posò sul sedile accanto a lui. Feliks decise che non poteva progettare l'assassinio finché non aveva visto il luogo, e allora disse: «Posso dare un'occhiata al giornale?».

L'uomo parve sorpreso. "Gli inglesi non parlano in treno con gli sconosciuti" ricordò Feliks. «Ma certo» rispose l'uomo.

Feliks lo ringraziò e prese il quotidiano.

Diede un'occhiata ai titoli. Intanto il suo compagno guardava fuori dal finestrino, con aria imbarazzata. Aveva le basette lunghe, com'era di moda quando Feliks era bambino. Cercò di ricordare la parola inglese... ecco, era "favoriti".

Favoriti.

"Vuoi riprendere la tua stanza? L'ho affittata a un altro, ma lo butterò fuori. Ha i favoriti, e io non ho mai sopportato gli uomini con i favoriti."

E adesso Feliks si ricordò che quell'uomo era dietro di lui anche quando era in coda alla biglietteria della stazione.

Si sentì invadere dalla paura.

Teneva il giornale davanti al viso, temendo che l'espressione potesse rivelare i suoi pensieri. Si impose di rimanere calmo e lucido. Bridget doveva aver detto qualcosa che aveva insospettito la polizia, tanto da indurla a far sorvegliare la casa. Non avevano fatto altro che mettere un agente nella camera in affitto lasciata libera da Feliks. Lui lo aveva visto arrivare a casa di Bridget, lo aveva riconosciuto, e lo aveva seguito fino alla stazione. Messosi in coda dietro di lui, lo aveva sentito chiedere un biglietto per Waldenhall Halt, e ne aveva acquistato uno a sua volta per la stessa destinazione. Poi era salito sul treno con lui.

No, non proprio. Feliks era già seduto da una decina di minuti nello scompartimento, quando il treno si era messo in moto. L'uomo coi favoriti era salito all'ultimo momento. Che cosa aveva fatto nel frattempo?

Probabilmente aveva fatto una telefonata.

Feliks si immaginò la conversazione dell'agente al telefono dell'ufficio del capostazione:

"L'anarchico è tornato nella casa di Cork Street, signore. Lo sto pedinando."

"Adesso dove ti trovi?"

«Alla stazione di Liverpool Street. Ha preso un biglietto per Waldenhall Halt. Ora è sul treno."

"È già partito?"

"No, mancano... sette minuti."

"Ci sono altri agenti nella stazione?"

"Solo un paio di poliziotti."

"Non bastano... Si tratta di un individuo pericoloso."

"Posso fare aspettare il treno finché manda una squadra."

"Il nostro anarchico potrebbe insospettirsi e filarsela. No. Tu rimani con lui..."

"E poi," si chiese Feliks "che cosa faranno?" Potevano prenderlo sul treno lungo il tragitto, oppure aspettarlo a Waldenhall Halt.

In ogni caso doveva scendere al più presto.

E quell'agente? Doveva seminarlo, lasciarlo sul treno, metterlo nell'impossibilità di dare l'allarme, in modo da avere il tempo di dileguarsi.

"Potrei legarlo, se avessi qualcosa con cui farlo" pensò Feliks. "Potrei tramortirlo, se avessi qualcosa di duro e pesante con cui colpirlo. Potrei strangolarlo, ma ci vorrebbe del tempo, e qualcuno potrebbe vedermi. Potrei buttarlo giù dal treno, ma voglio che resti a bordo...

Il treno cominciò a rallentare. "Potrebbero aspettarmi alla prossima stazione" pensò. "Vorrei essere armato. L'agente avrà una pistola? Ne dubito. Potrei rompere il finestrino e usare un pezzo di vetro per tagliargli la gola, ma questo richiamerebbe sicuramente l'attenzione di un sacco di gente. Devo scendere dal treno."

Si vedevano case sparse lungo i binari della ferrovia. Stavano entrando in un paese o in una cittadina. Il treno cominciò a frenare stridendo, e apparve la stazione. Feliks scrutò attentamente la banchina, ma non vide nulla che segnalasse la presenza di poliziotti. La locomotiva si fermò con un sobbalzo, emettendo uno sbuffo di vapore.

I passeggeri cominciarono a scendere. Un gruppetto di persone passò davanti con due bambini, una donna con una cappelliera, un uomo alto con un vestito di tweed.

"Potrei sferrare un pugno all'agente, ma è difficile mettere fuori combattimento così un uomo addestrato. La polizia potrebbe essere in agguato alla prossima stazione. Devo scendere subito."

Si udì un fischio.

Feliks si alzò.

L'agente parve stupito.

Feliks gli chiese: «C'è una toilette sul treno?».

La domanda lasciò l'agente sconcertato. «Ehm... deve esserci di certo» rispose.

«Grazie.» "Non sa se credermi" pensò Feliks.

Uscì dallo scompartimento e s'incamminò lungo il corridoio.

Si mise a correre fino in fondo alla carrozza. Si guardò indietro. L'agente mise la testa fuori dallo scompartimento. Feliks entrò nella toilette, poi ne uscì. L'agente stava ancora guardando. Il treno cominciò a riprendere velocità. Feliks si avvicinò alla porta della carrozza. L'agente arrivò di corsa.

Feliks si girò e gli diede un pugno in piena faccia. Il colpo bloccò l'uomo. Feliks lo colpì ancora, allo stomaco. Una donna urlò. Feliks lo prese per il cappotto e lo trascinò nella toilette. L'agente si divincolò e colpì Feliks con un tremendo pugno nelle costole. Feliks gli afferrò la testa e gliela sbatté contro il bordo del lavandino, una volta, e poi un'altra, e un'altra ancora. L'uomo si afflosciò. Feliks lo lasciò andare e balzò fuori dalla toilette. Si avvicinò a una porta e l'aprì. Ormai il treno aveva preso velocità. All'altro capo del corridoio una donna lo guardava, pallida in viso. Feliks spiccò un salto. La porta si richiuse sbattendo dietro di lui. Atterrò in corsa. Barcollò, poi riprese l'equilibrio. Il treno procedeva, sempre più spedito.

Feliks tornò verso la stazione e si diresse all'uscita.

«È sceso un po' in ritardo» osservò il controllore.

Feliks annuì e gli porse il biglietto.

«Doveva scendere fra tre stazioni» disse il controllore.

«Ho cambiato idea all'ultimo momento.»

Ci fu uno stridore di freni. Guardarono tutti e due verso le rotaie. Il treno si stava fermando: qualcuno aveva tirato il freno d'emergenza. Il controllore disse: «Fermo, che cosa sta succedendo?».

Feliks si strinse nelle spalle con indifferenza. «Mi perquisisca» disse. Avrebbe voluto scappare, ma quella era la cosa peggiore che avrebbe potuto fare.

Il bigliettaio parve esitare, sospettoso nei confronti di Feliks, e nello stesso tempo preoccupato per il treno. Alla fine gli intimò: «Mi aspetti qui» e corse lungo la banchina. Il treno si fermò a poche centinaia di metri dalla stazione. Feliks osservò l'uomo correre fino in fondo al marciapiede, fermarsi un attimo e poi proseguire.

Si guardò attorno. Era solo. Uscì a passo veloce dalla stazione e si inoltrò nella cittadina. Pochi minuti dopo, gli passò accanto una macchina con tre poliziotti, diretta alla stazione.

Ai limiti della città, Feliks scavalcò un cancello ed entrò in un campo di grano. Si distese e aspettò che facesse buio.

La grossa Lanchester percorse rombando il viale di Walden Hall. Tutte le luci della casa erano accese. Davanti alla porta c'era un poliziotto in divisa, e un altro faceva da sentinella sul terrazzo. Pritchard fermò la macchina. Il poliziotto all'ingresso si mise sull'attenti e fece il saluto. Pritchard aprì la portiera e Walden uscì.

La signora Braithwaite, la governante della casa, gli venne incontro. «Buonasera, milord.»

«Salve, signora Braithwaite. Chi c'è in casa?»

«Sir Arthur è in soggiorno con il principe Orlov.»

Walden annuì ed entrarono insieme. Sir Arthur Langley era il capo della polizia della contea e un vecchio compagno di scuola di Walden.

«Ha già mangiato, milord?» chiese la signora Braithwaite.

«No.»

«Le andrebbe del pasticcio di selvaggina e della borgogna?»

«Faccia lei.»

«Benissimo, milord.»

La signora Braithwaite si allontanò e Walden entrò nel soggiorno. Aleks e Sir Arthur erano appoggiati alla cappa del camino con un bicchiere di brandy in mano. Indossavano entrambi la marsina.

Sir Arthur lo salutò: «Salve, Stephen. Come stai?».

Walden gli strinse la mano. «Avete preso quell'anarchico?»

«Temo che ci sia sfuggito...»

«Accidenti!» imprecò Walden. «Come temevo! Nessuno ha voluto darmi ascolto.» Poi si ricordò delle buone maniere e strinse la mano a Aleks. «Non so che cosa dirti, caro figliolo. Devi pensare che siamo un branco di stupidi.» Tornò a rivolgersi a Sir Arthur. «Che cosa diavolo è successo?»

«Feliks è saltato giù dal treno a Tingley.»

«Dov'era il prezioso agente di Thomson?»

«Nella toilette con la testa rotta.»

«Splendido!» commentò Walden con amarezza. Si lasciò cadere su una poltrona.

«Quando è arrivata la polizia locale, Feliks si era già volatilizzato.»

«Sta venendo qui, te ne rendi conto?»

«Sì, certo» disse Sir Arthur in un tono che voleva essere rassicurante.

«I tuoi uomini dovrebbero avere l'ordine di spararagli a vista, la prossima volta.»

«In teoria, sì. Peccato che non abbiano le pistole.»

«E invece dovrebbero!»
«Sono d'accordo con te, ma l'opinione pubblica...»
«Prima di metterci a discutere di questo, dimmi che cosa si sta facendo.»
«Benissimo. Ci sono cinque pattuglie che controllano le strade fra Tingley e qui.»
«Non lo vedranno, con il buio.»
«Forse no, ma per lo meno la loro presenza lo indurrà ad avanzare più lentamente, se non a fermarsi del tutto.»
«Ne dubito. E poi?»
«Ho messo un poliziotto e un sergente di guardia alla casa.»
«Li ho visti qui fuori.»
«Avranno il cambio ogni otto ore, giorno e notte. Il principe ha già due guardie del corpo della Sezione Speciale e Thomson ne manderà altre quattro stasera. Faranno turni di dodici ore, per cui il principe avrà sempre tre uomini a proteggerlo. I miei uomini non sono armati, ma quelli di Thomson sì: hanno delle pistole. Quello che io raccomando è che fino alla cattura di Feliks il principe Orlov rimanga in camera sua e che i pasti e tutto quanto gli vengano serviti dalle guardie del corpo.»
Aleks disse: «Farò così».
Walden lo guardò: era pallido ma calmo. "È molto coraggioso" pensò. "Se fossi al suo posto, starei tuonando contro l'incompetenza della polizia inglese." Poi disse: «Non ritengo che qualche guardia del corpo possa bastare. Ci servirebbe un battaglione dell'esercito».
«Ne avremo uno domani mattina» rispose Sir Arthur. «Daremo il via a una battuta della zona, a cominciare dalle nove.»
«Perché non all'alba?»
«Perché bisogna radunare l'esercito. Verranno qui in centocinquanta da tutto il paese. La maggior parte di loro in questo momento sta dormendo. Devono ricevere precise istruzioni, e devono arrivare fin qui.»
Entrò la signora Braithwaite con un vassoio. C'era del pasticcio di selvaggina, mezzo pollo, delle patate in insalata, tramezzini, salsicce, pomodori, un pezzo di cheddar, diversi tipi di chutney e della frutta. Arrivò poi un servitore con una bottiglia di vino, una brocca di latte, una caffettiera fumante, un vassoio di gelato, una torta di mele e metà di una grossa torta di cioccolato. Il

servitore disse: «Temo che la borgogna sia stata stappata da troppo poco tempo, milord; devo travasare il vino in un decanter?».

«Sì, grazie.»

Il servitore apparecchiò un tavolino su cui servire la cena. Walden aveva fame, ma era troppo teso per mangiare. "Non credo che riuscirò nemmeno a dormire" pensò.

Aleks si versò dell'altro brandy. "Sta bevendo parecchio" osservò Walden. Si muoveva in modo cauto e meccanico, come tenendosi sotto controllo.

«Dov'è Charlotte?» chiese all'improvviso.

«È andata a dormire» rispose Aleks.

«Non voglio che esca di casa, finché questa storia non sarà finita.»

«Devo andarglielo a dire, milord?» chiese la signora Braithwaite.

«No, non la svegli. La vedrò domattina a colazione.» Walden bevve un sorso di vino, sperando che lo aiutasse a rilassarsi un po'. «Potremmo trasferirti un'altra volta, se questo servirà a farti sentire più tranquillo.»

Aleks tirò le labbra in un sorriso forzato. «Non mi pare abbia molto senso, non credi? Feliks riesce sempre a trovarmi. La cosa migliore è starmene chiuso in camera mia, firmare il trattato al più presto e poi tornarmene a casa.»

Walden annuì. I domestici uscirono. Sir Arthur disse: «Senti, Stephen, c'è un'altra cosa...». Pareva imbarazzato. «Voglio dire, non si capisce che cosa abbia improvvisamente spinto Feliks a prendere il treno per Waldenhall Halt.»

Nell'agitazione, Walden non ci aveva nemmeno pensato. «Già... Come accidenti l'ha saputo?»

«Per quanto ne so io, solo due gruppi di persone sapevano dov'era il principe Orlov. Il personale dell'ambasciata, da cui sono passati telegrammi e messaggi in arrivo e in partenza. E poi la gente di questa casa.»

«Un traditore fra i miei domestici?» intervenne Walden. L'idea era agghiacciante.

«Sì» disse Sir Arthur in tono esitante. «Oppure, fra i membri della famiglia.»

La cena organizzata da Lydia fu un vero disastro. Non essendoci Stephen, toccò a George sedersi a capotavola, col risultato che gli altri convitati rimasero in numero dispari. Cosa ancora più spiacevole, Lydia era talmente pensierosa che riuscì a stento a sostenere una conversazione anche solo educata, per non dire brillante. Tranne gli ospiti più sensibili, tutti le chiedevano di Charlotte pur essendo perfettamente a conoscenza del vergognoso episodio di cui era stata protagonista. Lei rispondeva meccanicamente, senza quasi badare a quello che stava dicendo. Nella sua mente si affollavano mille pensieri angosciosi: Feliks arrestato, Stephen colpito da una pallottola, Feliks che veniva picchiato, Stephen sanguinante, Feliks che scappava, Stephen che moriva. Avrebbe tanto voluto confidarsi con qualcuno, ma coi suoi ospiti poteva parlare solo del ballo della sera precedente, dell'imminente regata di Cowes, della situazione nei Balcani e del bilancio presentato da Lloyd George.

Per fortuna non si trattennero dopo cena: andavano tutti a un ballo, a un ricevimento o a un concerto. Non appena fu uscito l'ultimo invitato, Lydia andò nell'atrio e prese il telefono. Non poteva parlare con Stephen, perché a Walden Hall non c'era ancora la linea, così chiamò la casa di Winston Churchill in Eccleston Square. Non lo trovò. Chiamò allora il ministero della Marina, a Downing Street, e il circolo nazionale liberale. Invano. *Doveva* sapere che cos'era accaduto. Alla fine le venne in mente Basil Thomson, e telefonò a Scotland Yard. Thomson era ancora alla sua scrivania, intento a lavorare.

«Come sta, Lady Walden?» disse lui.

Lydia pensò: "Qualcuno sa ancora essere gentile!". «Che notizie ci sono?» chiese.

«Brutte, purtroppo. Il nostro amico Feliks ci è sfuggito di nuovo.»

Lydia provò un senso di sollievo. «Grazie... grazie mille» disse.

«Non deve stare troppo in ansia» proseguì Thomson. «Il principe Orlov adesso è ben sorvegliato.»

Lydia si sentì arrossire per la vergogna. Aveva provato una tale gioia nell'apprendere che Feliks era salvo, che per un attimo si era perfino dimenticata di preoccuparsi per Aleks e Stephen.

«Io... cercherò di non stare in ansia» disse. «Buonanotte.»

«Buonanotte, Lady Walden.»

Lydia abbassò il ricevitore.

Salì nella sua stanza e suonò il campanello per chiamare la cameriera. Era distrutta. Non si era risolto nulla: tutti quelli che lei amava erano ancora in pericolo. Quanto sarebbe durato quel supplizio? Feliks non avrebbe desistito, di questo era certa, a meno che non venisse arrestato.

Arrivò la cameriera a sbottonarle il vestito e a slacciarle il bustino. Alcune signore si confidavano con la loro cameriera. Lei no. Una volta l'aveva fatto, a Pietroburgo...

Decise di scrivere a sua sorella, perché era troppo presto per andare a letto. Si fece portare dalla cameriera della carta da lettere dal soggiorno. Si mise uno scialle e si sedette vicino alla finestra aperta, a fissare l'oscurità del parco. Era una serata afosa. Non pioveva da tre mesi, ma negli ultimi giorni il tempo si era fatto minaccioso, e presto sarebbe sicuramente scoppiato un temporale.

La cameriera le portò carta, penna, inchiostro e buste. Lydia prese un foglio e iniziò: «Cara Tatiana...».

Non sapeva da dove cominciare. "Come posso spiegarle di Charlotte," pensò "quando io stessa non la capisco? E non oso raccontarle nulla di Feliks, perché Tatiana potrebbe riferire qualcosa allo zar, e se lui sapesse quale rischio ha corso suo nipote di essere ucciso... Feliks è davvero molto abile. Come ha fatto a scoprire il nascondiglio di Aleks? Non l'avevamo detto nemmeno a Charlotte! Charlotte..."

Lydia rimase paralizzata. "Charlotte!"

Si raddrizzò e gridò: «Oh, no!».

Un uomo sulla quarantina, con un berretto di tweed.

Cadde in preda a una profonda angoscia. Le pareva di vivere in un incubo, come quando si pensa alle più tragiche eventualità, e queste paiono concretizzarsi: la scala cade, il bambino viene investito, la persona amata muore.

Affondò la testa fra le mani. Era stordita.

"Devo pensare, devo sforzarmi di *pensare.* Ti prego, mio dio, aiutami a pensare. Charlotte incontra un uomo alla National Gallery. La sera, mi chiede dov'è Aleks. Io non glielo dico. Forse lo chiede anche a Stephen. Ma sicuramente lui non glielo dice. Poi viene mandata a Walden Hall, e naturalmente scopre che Aleks è lì. Due giorni dopo Feliks va a Walden Hall. Fa' che sia un sogno" pregò. "Fa' che io mi svegli, e che mi ritrovi nel mio letto. Fa' che sia mattino."

Ma non era un sogno. Feliks era l'uomo con il berretto di tweed. Charlotte aveva incontrato suo padre, e si erano tenuti per mano.

Era orribile. Orribile.

Feliks aveva detto la verità a Charlotte? Le aveva detto: "Il tuo vero padre sono io"? Le aveva rivelato il segreto mantenuto per diciannove anni? Certo che lo aveva fatto. Perché altrimenti Charlotte avrebbe... collaborato con lui?

"Mia figlia, che cospira con un anarchico per commettere un omicidio. Probabilmente lo sta aiutando ancora. Che cosa posso fare? Devo avvertire subito Stephen. Ma come posso farlo senza dirgli che lui non è il padre di Charlotte? Vorrei riuscire a *pensare*."

Suonò di nuovo il campanello. "Devo trovare un modo per porre fine a tutto questo. Non so che cosa farò, ma qualcosa devo fare." Quando arrivò la cameriera le ordinò: «Comincia a preparare le valigie. Domani mattina parto per Walden Hall».

Quando si fece buio, Feliks attraversò il campo. Era una serata calda, umida e molto cupa: dense nubi celavano la luna e le stelle. Doveva camminare lentamente, perché avanzava quasi alla cieca. Trovò i binari della ferrovia e si diresse verso nord.

Seguendo le rotaie, poteva procedere un po' più spedito, grazie al lieve riverbero sull'acciaio dei binari e alla certezza di non trovare ostacoli. Superò una stazione buia, avanzando furtivo sul marciapiede deserto. Nelle sale d'attesa vuote udì correre i topi. Non aveva paura dei topi: tanto tempo prima, li uccideva con le sue mani e poi li mangiava. I nomi delle stazioni erano stampigliati su cartelli di lamiera, di modo che riusciva a leggerli al tatto.

Quando raggiunse Waldenhall, ricordò le indicazioni fornitegli da Charlotte: "La casa è a quasi cinque chilometri dal paese sulla strada verso nord". La ferrovia andava pressappoco in direzione nord-nord-est. La seguì per circa un chilometro e mezzo, contando i passi per calcolare la distanza. Era arrivato a milleseicento, quando andò a sbattere contro qualcuno.

L'uomo lanciò un grido di sorpresa, e la reazione immediata di Feliks fu di prenderlo per la gola.

Gli arrivò un forte odore di birra, e allora si rese conto che si trattava soltanto di un ubriaco che stava tornando a casa, e mollò la presa.

«Non si spaventi» biascicò l'uomo.

«D'accordo» disse Feliks, e lo lasciò andare.

«È l'unico modo per tornare a casa, senza perdermi.»

«Vada pure, allora.»

L'uomo ripartì. Un attimo dopo si voltò e gli gridò: «Ehi, non si metta a dormire sui binari. L'accelerato passa alle quattro del mattino».

Feliks non rispose e l'ubriaco si allontanò barcollando.

Feliks scosse la testa, disgustato di se stesso. Avrebbe anche potuto ucciderlo. Doveva assolutamente controllare le proprie reazioni.

Decise di cercare la strada. Lasciò la ferrovia, avanzò incerto per un breve tratto di terreno disuguale, finché non incontrò un recinto di filo spinato. Si fermò un momento. Che cosa c'era davanti a lui? Un campo? Il giardino di una casa? I giardinetti del paese? Nulla è più buio di una notte buia in campagna, con le luci stradali più vicine a cento chilometri di distanza. Udì un movimento improvviso vicino a lui, e con la coda dell'occhio scorse qualcosa di bianco. Si chinò e cercò a tastoni per terra finché trovò un sassolino. Lo lanciò in direzione della macchia bianca. Udì un nitrito, e un cavallo fuggì al galoppo.

Feliks restò in ascolto. Se ci fossero stati dei cani nelle vicinanze, udendo il nitrito si sarebbero messi ad abbaiare. Non udì nulla.

Si chinò e passò al di là del filo spinato. Attraversò lentamente il paddock. A un certo punto, inciampò in un cespuglio. Udì un altro cavallo, ma non lo vide.

Arrivò a un altro filo spinato, lo oltrepassò, e andò a sbattere contro una costruzione di legno. Subito, si scatenò un tremendo chiocciare di galline. Un cane si mise ad abbaiare. La finestra di una casa si illuminò. Feliks si buttò a terra e rimase immobile. Il fascio di luce gli permise di vedere che si trovava in una piccola fattoria. Era andato a sbattere contro il pollaio. Al di là della fattoria poté scorgere la strada che stava cercando. Le galline si azzittirono, il cane emise un ultimo, deluso latrato e la luce si spense.

Feliks si diresse verso la strada.

Era una strada sterrata fiancheggiata da un canale asciutto. Al di là del canale gli parve di vedere degli alberi. Feliks ricordò: "Sul lato sinistro della strada vedrà un bosco". C'era quasi.

Si diresse a nord lungo la strada accidentata, tendendo l'orecchio, pronto a nascondersi se si fosse avvicinato qualcuno. Dopo più di un chilometro e mezzo, trovò un muro sulla sinistra. Un po' più avanti, il muro era interrotto da un cancello, e c'era una luce.

Si avvicinò alle sbarre di ferro del cancello e guardò attraverso. Intravide un lungo viale. In fondo, alla tenue luce di due lampade tremule, c'era un porticato con le colonne di una grande casa. Mentre stava guardando, passò una figura alta: una guardia.

"In quella casa" pensò "c'è il principe Orlov. Chissà qual è la finestra della sua stanza?"

D'un tratto udì il rombo di una macchina che si avvicinava a tutta velocità. Indietreggiò rapidamente e si gettò nel canale. Un attimo dopo il muro fu illuminato dai fari, e la macchina si fermò davanti al cancello. Qualcuno scese dalla vettura.

Feliks udì bussare. Deve esserci una portineria, dedusse. Nell'oscurità non l'aveva notata. Venne aperta una finestra e una voce gridò: «Chi è?».

Un'altra voce rispose: «Polizia. Sezione Speciale di Scotland Yard».

«Un attimo.»

Feliks restò immobile. Udì i passi dell'uomo che era sceso dalla macchina e che camminava su e giù inquieto. Si aprì una porta. Un cane abbaiò e una voce ordinò: «Zitto, Rex!».

Feliks trattenne il fiato. Il cane era al guinzaglio? Avrebbe sentito il suo odore? Si sarebbe avvicinato al canale fiutando e lo avrebbe trovato, mettendosi ad abbaiare?

Il cancello si aprì con un cigolio. Il cane abbaiò nuovamente. La voce ripeté: «Zitto, Rex!».

Una portiera sbatté e la macchina avanzò lungo il viale. Il canale tornò buio. "Ora," pensò Feliks "se il cane mi trova posso uccidere lui e il portiere e fuggire..."

Si irrigidì, pronto a scattare non appena avesse udito il cane fiutare vicino a lui.

Il cancello venne richiuso.

Poco dopo, udì sbattere la porta della portineria.

Feliks ricominciò a respirare.

XIV

Charlotte si svegliò alle sei. Aveva tirato le tende della finestra in modo che i primi raggi del sole le colpissero il viso e la destassero dal sonno: era un trucco cui ricorreva anni prima, quando c'era anche Belinda, e tutt'e due si divertivano a girare per la casa mentre gli adulti dormivano ancora e non c'era nessuno a dire loro che dovevano comportarsi da brave signorine.

Il suo primo pensiero fu per Feliks. Non erano riusciti a prenderlo: era talmente astuto! Quel giorno l'avrebbe sicuramente aspettata nel bosco. Charlotte balzò giù dal letto e guardò fuori. Non pioveva ancora: per lo meno lui aveva passato la notte all'asciutto.

Si lavò con l'acqua fredda e si infilò rapidamente una gonna lunga, gli stivali da cavallo e una giacca. Per le sue cavalcate mattutine non metteva mai il cappello.

Scese da basso. Non vide in giro nessuno. Dovevano sicuramente esserci un paio di cameriere in cucina, ad accendere il fuoco e a scaldare l'acqua, ma il resto della servitù dormiva ancora. Charlotte uscì dalla porta sulla facciata sud e andò quasi a sbattere contro un grosso poliziotto in uniforme.

«Cielo!» esclamò. «E lei chi è?»

«Agente Stevenson, signorina.»

L'aveva chiamata "signorina" perché non sapeva chi fosse.

«Sono Charlotte Walden» disse lei.

«Mi perdoni, milady.»

«Non importa. Che cosa ci fa qui?»

«Sorvegliamo la casa, milady.»

«Oh, capisco. Proteggete il principe Orlov, vuole dire. È rassicurante saperlo. In quanti siete?»

«Due fuori e quattro dentro. Quelli dentro sono armati. Ma tra poco saremo molti di più.»

«Come mai?»

«È in arrivo una grossa squadra di ricerca, milady. Ho sentito che per le nove ci saranno qui centocinquanta uomini. Prenderemo quell'anarchico, non abbia paura.»

«Magnifico.»

«Aveva intenzione di uscire a cavallo, milady? Io se fossi in lei non lo farei. Non oggi.»

«No, non ci andrò» mentì Charlotte.

Si allontanò, girando intorno all'ala est e dirigendosi verso il retro della casa. Le scuderie erano deserte. Entrò e trovò la sua cavalla, Spats. Le disse qualche parolina affettuosa, strofinandole il muso, e le diede una mela. Poi la sellò, la tirò fuori dalla scuderia, e la montò.

Si allontanò dalla casa e attraversò il parco compiendo un ampio cerchio, tenendosi fuori dalla vista del poliziotto. Attraversò al galoppo il paddock ovest, saltò la bassa palizzata e si addentrò nel bosco. Avanzò al passo tra gli alberi finché non arrivò al sentiero, poi si mise al trotto.

Il bosco era fresco. Le querce e i faggi frondosi ombreggiavano il sentiero. Nei tratti dove il sole filtrava attraverso le foglie, salivano dal terreno fumi di vapore. Charlotte sentiva ogni tanto sul suo corpo il calore di quei raggi di sole. Gli uccelli cinguettavano forte.

Pensò: "Che cosa può fare contro centocinquanta uomini?". Il suo piano ormai era irrealizzabile: Aleks era troppo ben sorvegliato, e troppo ben organizzata era la caccia all'uomo predisposta per Feliks. Ma almeno lei poteva avvertirlo.

Raggiunse l'estremità del bosco senza vederlo. Era delusa: se non fosse riuscita a incontrarlo, non avrebbe potuto avvertirlo, e allora lo avrebbero sicuramente preso. Ma non erano neppure le sette: forse Feliks non si era ancora appostato in attesa che lei arrivasse. Charlotte smontò dalla sella e tornò indietro a piedi, tenendo Spats per le redini. Forse lui l'aveva vista e aspettava per controllare che non l'avessero seguita. Si fermò in una radura a guardare uno scoiattolo: quelle bestiole non temevano gli uomini, anche se fuggivano alla vista dei cani. Di colpo, Charlotte si sentì osservata. Si voltò, e lui era lì, che la guardava con un'espressione strana e triste.

«Buongiorno, Charlotte» disse.

Si avvicinò e le prese le mani fra le sue. Ormai la sua barba era folta. Aveva gli abiti tutti coperti di fili d'erba. «Ha un'aria molto stanca» disse Charlotte in russo.

«Sono affamato. Mi ha portato qualcosa da mangiare?»

«Oh, mio dio, no!» Aveva portato una mela per la sua cavalla e non aveva pensato a Feliks. «Non mi è venuto in mente.»

«Non importa. Sono stato più affamato di così.»

«Mi ascolti» disse Charlotte. «Deve andarsene, immediatamente. Solo così riuscirà a fuggire.»

«Perché dovrei fuggire? Io voglio rapire Orlov.»

Lei scosse la testa. «È impossibile. Ha delle guardie del corpo armate, la casa è sorvegliata dai poliziotti e alle nove arriveranno qui centocinquanta uomini a darle la caccia.»

Lui sorrise. «E se fuggo, che cosa farò per il resto della mia vita?»

«Ma io non la voglio aiutare a suicidarsi!»

«Sediamoci sull'erba» propose lui. «Devo spiegarle una cosa.»

Lei si mise a sedere con la schiena contro una grossa quercia. Feliks le si sedette di fronte e incrociò le gambe, come i cosacchi. I raggi di sole creavano giochi di luce sul suo viso stanco. Cominciò a parlare in un tono piuttosto formale, come se si fosse già preparato il discorso. «Le ho raccontato che, tanto tempo fa, sono stato innamorato di una donna che si chiamava Lydia. Lei ha detto: "Come mia madre". Se lo ricorda?»

«Ricordo ogni frase che ci siamo detti.» Charlotte si chiese dove volesse arrivare con quel discorso.

«Era tua madre, Charlotte.»

Lei lo fissò. «Lei era innamorato della mamma?»

«Qualcosa di più. Eravamo amanti. Lei veniva nel mio appartamento, da sola. Capisci quello che voglio dire?»

Charlotte arrossì confusa e imbarazzata. «Sì, capisco.»

«Suo padre, cioè tuo nonno, scoprì la nostra relazione. Il vecchio conte mi fece arrestare, poi costrinse tua madre a sposare Walden.»

«Oh, che cosa terribile» mormorò Charlotte. Temeva quello che avrebbe ancora potuto ascoltare.

«Tu sei nata sette mesi dopo il matrimonio.»

Questo pareva sembrargli molto significativo. Charlotte aggrottò la fronte.

Feliks le chiese: «Sai quanto ci mette un bambino a formarsi e nascere?».

«No.»

«In genere, nove mesi, anche se a volte può essere di meno.»

Charlotte si sentiva il cuore pesante. «Dove vuole arrivare?»

«Potresti essere stata concepita prima del matrimonio.»

«Questo significa che lei potrebbe essere mio padre?» domandò Charlotte incredula.

«Non solo. Sei il ritratto preciso di mia sorella Nataša.»

Charlotte sentì il cuore balzarle in gola, e riuscì a stento a parlare. «Pensa davvero di essere mio padre?»

«Ne sono sicuro.»

«Oddio!» Charlotte mise la testa fra le mani e guardò davanti a sé, con gli occhi fissi nel vuoto. Si sentiva come se si fosse svegliata dal sonno e non sapesse distinguere tra sogno e realtà. Pensò a suo padre, che però non era suo padre; pensò a sua madre, che aveva un amante; pensò a Feliks, suo amico e ora, di colpo, suo padre...

«Mi hanno mentito anche su questo?» disse.

Era così confusa che le sembrava di non avere più la forza di alzarsi. Era come se le avessero detto che tutte le carte geografiche che aveva visto erano delle contraffazioni e che in realtà lei viveva in Brasile, o che il vero padrone di Walden Hall era Pritchard, oppure che i cavalli sapevano parlare ma stavano zitti per scelta; ma era molto peggio di tutte quelle cose. Disse: «Se lei mi avesse detto che io sono un maschio, ma che mia madre mi ha sempre vestito come una femmina... sarei altrettanto sconvolta».

Pensò: "La mamma... e Feliks insieme?". Quel pensiero la fece nuovamente arrossire.

Feliks le prese una mano e la accarezzò. Le disse: «Penso che tutto l'amore e le cure che normalmente un uomo dedica alla moglie e ai figli, nel mio caso siano stati indirizzati alla politica. Devo tentare di prendere Orlov, anche se sembra impossibile, così come un uomo tenterebbe, anche senza saper nuotare, di salvare il figlio che sta annegando».

Charlotte si rese improvvisamente conto di quanto Feliks dovesse sentirsi confuso di fronte a *lei*, la figlia che non aveva mai davvero avuto. Comprese, ora, quel modo strano e triste in cui talvolta l'aveva guardata.

«Come devi essere infelice» lo compianse.

Lui si morse il labbro. «Tu hai un animo così generoso.»

Charlotte non capiva perché le avesse voluto dire quella cosa. «Che cosa faremo?»

Lui trasse un profondo respiro. «Puoi farmi entrare in casa e nascondermi?»

Lei rifletté. «Sì» rispose.

Feliks montò in sella dietro di lei. La cavalla scrollò la testa e sbuffò, quasi fosse offesa che le si volesse far portare un doppio peso. Charlotte la spronò per metterla al trotto. Seguirono il sentiero per un certo tratto, poi deviarono e si inoltrarono nel bosco. Superarono un cancello, attraversarono un paddock, poi imboccarono un vialetto. Feliks non aveva ancora visto la casa: capì che Charlotte stava facendo un ampio giro per avvicinarsi dal lato nord.

Era una ragazza straordinaria. Aveva un'incredibile forza d'animo. L'aveva presa da lui? Quel pensiero lo riempì d'orgoglio. Era felice di averle detto la verità sulla sua nascita. Aveva la sensazione che lei non l'avesse del tutto accettata, ma era solo una questione di tempo. Era stata ad ascoltarlo mentre lui mandava all'aria il suo mondo, e aveva reagito con un evidente turbamento, ma senza isterismi. Di certo non aveva ereditato quella calma da sua madre.

Dal vialetto girarono in un frutteto. Ora, guardando fra le cime degli alberi, Feliks riuscì a scorgere i tetti di Walden Hall.

In fondo al frutteto c'era un muro. Charlotte fermò la cavalla e disse: «Sarà meglio che tu cammini al mio fianco da questa parte. Così, se qualcuno dovesse guardare da una finestra, ti vedrà meno facilmente».

Feliks smontò. Costeggiarono il muro, e girarono intorno a un angolo. «Che cosa c'è dietro questo muro?» chiese Feliks.

«L'orto. Adesso è meglio non parlare.»

«Sei meravigliosa» sussurrò Feliks, ma lei non lo udì.

Si fermarono all'angolo successivo. Feliks vide alcune costruzioni basse e un cortile. «Le scuderie» spiegò Charlotte sottovoce. «Aspetta qui un momento. Quando ti darò il segnale, seguimi più presto che puoi.»

«Dove andiamo?»

«Sui tetti.»

Charlotte guidò la cavalla fin dentro il cortile, smontò di sella e legò le redini a uno steccato. Feliks la vide arrivare a piedi fino in fondo al cortile, guardare a destra e a sinistra, poi tornare indietro e dare un'occhiata nelle scuderie.

La udì che diceva: «Oh, ciao, Peter».

Uscì un ragazzino sui dodici anni, togliendosi il berretto. «Buongiorno, milady.»

Feliks si chiese come sarebbe riuscita a liberarsi di lui.

«Dov'è Daniel?» domandò Charlotte.

«Sta facendo colazione, milady.»

«Va' a chiamarlo, per favore, e digli di venire a dissellare Spats.»

«Posso farlo io, milady.»

«No, voglio Daniel» ribatté Charlotte in tono autoritario. «Vai.»

"Meravigliosa" pensò Feliks.

Il ragazzino corse via. Charlotte si voltò verso Feliks e gli fece un cenno. Lui la raggiunse immediatamente.

Lei si arrampicò su una bassa carbonaia di ferro, poi salì sulla copertura di lamiera ondulata di un capanno, e da lì passò sul tetto d'ardesia di una bassa costruzione di pietra.

Feliks la seguì.

Avanzarono lungo il bordo del tetto d'ardesia, spostandosi lateralmente carponi, finché non si trovarono davanti un muro di mattoni. Strisciarono lungo il tetto inclinato fino ad arrivare in cima.

Feliks si sentiva terribilmente visibile e vulnerabile.

Charlotte si alzò in piedi e sbirciò attraverso una finestra nel muro di mattoni.

Feliks bisbigliò: «Che cosa c'è lì dentro?».

«Le stanze da letto delle cameriere. Ma a quest'ora sono da basso, ad apparecchiare la tavola per la colazione.»

Charlotte si arrampicò sul davanzale della finestra e si raddrizzò in piedi. La camera era mansardata, e la finestra si trovava in mezzo ai due spioventi. Charlotte si spostò sul davanzale, poi mise una gamba sul bordo del tetto.

Feliks trattenne il fiato. Era pericoloso, e Charlotte sarebbe potuta cadere. Ma lei si issò agilmente sul tetto.

Feliks la seguì.

«Ora nessuno può più vederti» gli disse Charlotte.

Feliks si guardò intorno. Era vero: dal basso nessuno avrebbero potuto vederli. Si rilassò un po'.

«Ci sono quasi quattro ettari di tetto» lo informò Charlotte.

«Quattro ettari! La maggior parte dei contadini russi non ha nemmeno così tanta terra.»

Era incredibile: ovunque guardasse, c'erano tetti di materiale, misura e inclinazione diversi. Scalette e percorsi coperti consentivano di muoversi in ogni direzione senza scivolare sulle tegole. Il sistema delle grondaie era complesso come quello delle condutture nella raffineria di petrolio che Feliks aveva visitato a Batum. «Non ho mai visto una casa così grande» disse.

«Vieni, seguimi» lo spronò Charlotte.

Lo condusse su per una scala fino a un tetto più in alto, poi lungo delle assi di legno, e infine superati alcuni gradini arrivarono a una porticina quadrata inserita nel muro. Gli spiegò: «Questo una volta doveva essere il percorso che facevano per raggiungere i tetti e fare i lavori di manutenzione; ma ora tutti lo hanno dimenticato». Aprì la porta e si infilò dentro.

Con un senso di sollievo, Feliks la seguì nell'accogliente oscurità.

Lydia si fece prestare un'automobile con autista da suo cognato George e, non avendo chiuso occhio tutta notte, partì da Londra prestissimo. La macchina imboccò il viale di Walden Hall alle nove, e Lydia rimase stupefatta vedendo centinaia di poliziotti, decine di veicoli e cani, davanti alla casa e disseminati per il parco. L'autista di George manovrò la macchina fra quella folla per raggiungere il lato sud. Nel prato c'era un enorme pentolone del tè, e una fila di poliziotti aspettava con la tazza in mano. Passò Pritchard, con un'aria esausta, portando un grande vassoio carico di tramezzini. Non si accorse nemmeno che la sua padrona era arrivata. Sul terrazzo era stato montato un tavolo con i cavalletti, a cui sedevano Stephen e Sir Arthur Langley, che stavano dando istruzioni a una mezza dozzina di agenti in piedi disposti a semicerchio di fronte a loro. Lydia li raggiunse. Sir Arthur aveva una mappa davanti a sé. Lo udì dire: «Ogni squadra avrà con sé uno del posto, per non rischiare di perdersi, e un motociclista, che tornerà qui a fare rapporto ogni ora». Stephen alzò lo sguardo, vide Lydia e si alzò subito per andare a salutarla.

«Buongiorno, cara, che bella sorpresa. Come sei arrivata qui?»

«Mi sono fatta prestare la macchina da George. Che cosa sta succedendo?»

«Stanno organizzando delle squadre di ricerca.»

«Oh.» Con tutti quegli uomini che gli davano la caccia, quali possibilità di fuga poteva mai avere Feliks?

Stephen le disse: «Però, avrei preferito che tu fossi rimasta in città. Mi sarei sentito più tranquillo sapendoti al sicuro».

«E io sarei stata tutto il tempo in ansia, temendo di ricevere cattive notizie.» E quali sarebbero state quelle buone, per lei? Forse che Feliks avesse rinunciato ai suoi propositi e se ne fosse andato. Ma lui non l'avrebbe mai fatto, ne era certa. Scrutò il viso del marito: dietro la sua consueta compostezza apparivano segni di stanchezza e tensione. Povero Stephen: ingannato prima da sua moglie, e ora anche da sua figlia. Mossa dal senso di colpa, tese la mano e lo accarezzò. «Non angosciarti» gli disse.

Risuonò un fischietto. I poliziotti vuotarono in fretta le loro tazze, si ficcarono in bocca i tramezzini, indossarono gli elmetti e si divisero in sei gruppi, ciascuno intorno a un caposquadra. Lydia rimase con Stephen a guardare. Udirono gridare degli ordini, suonare i fischietti. Infine i poliziotti si mossero. La prima squadra si diresse a sud, aprendosi a ventaglio nel parco, ed entrarono nel bosco. Altre due andarono verso ovest, nel paddock. Le altre tre scesero lungo il viale verso la strada.

Lydia guardò il prato davanti a lei. Sembrava il luogo dove c'è stata una gita domenicale del catechismo, dopo che i bambini sono tornati a casa. La signora Braithwaite cominciò a organizzare le pulizie, con un'espressione sofferente sul viso. Lydia rientrò in casa.

Nell'atrio incontrò Charlotte, che fu sorpresa di vederla. «Ciao, mamma» la salutò. «Non sapevo che dovessi venire.»

«Ci si annoia talmente in città» disse Lydia in modo automatico, poi pensò: "Quante stupidaggini diciamo".

«Come sei arrivata qui?»

«Mi sono fatta prestare la macchina dallo zio George.» Lydia notò che anche Charlotte parlava distrattamente, e sembrava pensare ad altro.

«Devi essere partita prestissimo» osservò Charlotte.

«Sì.» Lydia avrebbe voluto dire: "Basta! Smettiamola di fingere! Perché non ci diciamo la verità?". Ma non ne aveva la forza.

«Quei poliziotti se ne sono andati tutti?» chiese Charlotte. Stava guardando Lydia in un modo strano, come se la vedesse per la prima volta. Lydia si sentiva a disagio. "Vorrei poterle leggere nel pensiero."

«Sì, se ne sono andati tutti» rispose.

«Splendido!»

Quella era un'espressione di Stephen: "Splendido!". In fondo, c'era in lei qualcosa di suo: la curiosità, la determinazione, la calma. Visto che non aveva ereditato tali qualità, doveva averle acquisite per imitazione...

«Spero che prendano quell'anarchico» dichiarò Lydia, e osservò la reazione di Charlotte.

«Certo che lo prenderanno» disse allegra Charlotte.

"Ha un'espressione raggiante" pensò Lydia. "Come mai ha un'aria così serena, quando centinaia di poliziotti stanno setacciando la zona alla ricerca di Feliks? Perché non è cupa e angosciata, come me? Dev'essere perché è convinta che non lo prenderanno. Per qualche ragione ritiene che sia al sicuro."

Charlotte le chiese: «Dimmi una cosa, mamma. Quanto ci mette un bambino a formarsi e nascere?».

Lydia aprì la bocca e impallidì. Fissò Charlotte, pensando: "Lei sa tutto!".

Charlotte sorrise e annuì, con un velo di tristezza sul volto. «Non importa» disse. «Hai già risposto alla mia domanda.» Scese gli ultimi gradini della scala.

Lydia si resse alla ringhiera, sentendosi svenire. Feliks glielo aveva detto. Era una vera perfidia, dopo tutti quegli anni. In quel momento lo odiò: perché aveva rovinato la vita di Charlotte in un modo così crudele? Le pareti cominciarono a girarle intorno, e Lydia udì la voce di una cameriera che le diceva: «Non si sente bene, milady?».

La mente le si schiarì. «Sono un po' stanca per il viaggio» rispose. «Lascia che mi appoggi al tuo braccio.»

La cameriera la sostenne e salirono insieme fino alla camera di Lydia. Un'altra cameriera stava già disfando le valigie. Nello spogliatoio era stata preparata dell'acqua calda. Lydia si sedette. «Ora lasciatemi sola» disse. «Penserete più tardi alle valigie.»

Le cameriere uscirono. Lydia si sbottonò il soprabito ma non ebbe la forza di toglierselo. Pensò a Charlotte. Era quasi vivace e di buonumore, anche se la sua mente doveva essere occupata da mille pensieri. Lydia capiva quello stato d'animo. Lo riconosceva: si era sentita anche lei così, qualche volta. Era come ci si sentiva dopo aver trascorso un po' di tempo con Feliks. Si aveva l'impressione che la vita fosse affascinante e sorprendente, che ci fossero cose importanti da fare, che il mondo fosse pieno di colore, passione e novità. Charlotte aveva visto Feliks, e lo riteneva al sicuro.

Lydia pensò: "Che cosa posso fare?".

Esausta, si spogliò. Si lavò e si rivestì lentamente, cercando di recuperare la calma. Si chiese che cosa provasse Charlotte, sapendo che Feliks era suo padre. Era chiaro che le piaceva molto. "Piace a tutti" pensò Lydia. "Tutti lo amano." Da dove aveva preso, Charlotte, la forza per assorbire simili notizie senza crollare?

Era meglio occuparsi del pranzo, decise. Si guardò allo specchio e si ricompose; poi uscì. Per le scale incontrò una domestica con un vassoio su cui c'erano fette di prosciutto, uova strapazzate, pane fresco, latte, caffè e uva. «Per chi è?» chiese.

«Per Lady Charlotte, milady» rispose la cameriera.

Lydia proseguì. Charlotte non aveva neppure perso l'appetito? Andò in soggiorno e fece venire la cuoca. La signora Rowse era una donna asciutta e nervosa che non mangiava mai le elaborate pietanze che preparava per la famiglia. «Mi è stato riferito, milady, che avremo a pranzo il signor Thomson, e a cena anche il signor Churchill.» Lydia decise con lei il menu, poi la cuoca uscì. "Perché mai Charlotte si è fatta portare in camera una colazione così abbondante?" si chiese Lydia. E a quell'ora! In campagna Charlotte si alzava sempre presto, e aveva già finito di fare colazione prima ancora che lei scendesse.

Fece chiamare Pritchard e si accordò con lui sulla disposizione dei posti a tavola. Pritchard la informò che fino a nuovo ordine Aleks avrebbe consumato tutti i pasti in camera. La cosa non faceva molta differenza per quanto riguardava i posti: ci sarebbero stati comunque troppi uomini, e data la situazione non poteva certo fare degli inviti per avere il giusto numero di ospiti femminili. Fece del suo meglio, poi congedò Pritchard.

Ma dove Charlotte aveva visto Feliks? E perché era così sicura che non sarebbe stato preso? Gli aveva trovato un nascondiglio? Oppure lui si celava dietro un travestimento che lo rendeva irriconoscibile?

Cominciò a camminare su e giù per la stanza, guardando i quadri, le piccole sculture in bronzo, i soprammobili di vetro, lo scrittoio. Aveva mal di testa. Si mise a sistemare i fiori in un grande vaso davanti alla finestra, e lo rovesciò. Suonò il campanello per far venire qualcuno a pulire, poi uscì dalla stanza.

Che cosa avrebbe fatto ora Charlotte? Avrebbe mantenuto il segreto? Perché i figli non si confidano con la loro mamma?

Si diresse verso la biblioteca con l'intenzione di prendere un libro per distrarsi. Quando entrò, fu colta dal senso di colpa, vedendo che Stephen era lì, alla scrivania. Lui alzò lo sguardo, le fece un sorriso gentile e riprese a scrivere.

Lydia fece correre lo sguardo lungo gli scaffali. Fu incerta se leggere la Bibbia. A casa sua, quando lei era piccola, non si faceva altro che leggere la Bibbia, recitare preghiere e andare in chiesa. Lei era cresciuta con bambinaie severe, che le avevano descritto le atroci pene dell'inferno destinate ai peccatori, e con un'istitutrice tedesca luterana che parlava sempre del peccato. Ma da quando Lydia aveva violato il comandamento sulla fornicazione, meritandosi il castigo divino per sé e per sua figlia, non era più riuscita a trovare conforto nella religione. "Sarei dovuta andare in quel convento" pensò "e mettermi direttamente nelle mani di Dio. La prima idea di mio padre era stata giusta."

Scelse un libro a caso e si sedette. «È una scelta insolita per te» commentò Stephen. Da dove stava non poteva aver letto il titolo, ma conosceva la collocazione di tutti gli autori sugli scaffali. Lui leggeva un'incredibile quantità di libri. Lydia non sapeva dove trovasse il tempo. Guardò il dorso del libro che aveva preso. Erano le *Poesie del Wessex* di Thomas Hardy. Lei non amava Hardy: non le piacevano i suoi personaggi femminili così risoluti e appassionati, né gli uomini energici che quelle donne riducevano alla disperazione.

Lei e Stephen avevano trascorso molto tempo seduti così in quella stanza, soprattutto la prima volta che erano venuti a Walden Hall. Ripensò con nostalgia a quando lei sedeva a leggere mentre lui lavorava. A quell'epoca Stephen era inquieto: diceva che nessuno poteva più guadagnare con l'agricoltura, e che se la sua famiglia voleva continuare a essere ricca e potente si sarebbe dovuta preparare per il ventesimo secolo. Allora aveva venduto alcune fattorie, molte migliaia di ettari a prezzi bassissimi; poi aveva investito il ricavato in azioni di compagnie ferroviarie, in immobili a Londra, e in banca. L'operazione doveva essere andata bene, perché in breve aveva smesso di mostrarsi preoccupato per il denaro.

Era stato dopo la nascita di Charlotte che tutto sembrò andare a posto. La servitù adorava la bambina, e amava Lydia che l'aveva messa al mondo. Lydia si abituò alle usanze inglesi e fu ben accetta nella buona società londinese. Erano stati diciotto anni sereni.

Lydia sospirò. Quel periodo stava per finire. Per un po' di tempo, era riuscita a tenere nascosto il suo segreto. Nessun altro ne aveva dovuto soffrire, e lei stessa a volte era riuscita a dimenticarlo; ma ora il lontano passato riaffiorava. Lei aveva pensato che Londra fosse a una distanza sicura da Pietroburgo, ma forse la California sarebbe stata una scelta migliore; o magari nessun posto era abbastanza lontano. Il tempo della serenità era finito. Tutto stava andando in pezzi. Che cosa sarebbe successo?

Abbassò gli occhi sul libro aperto e lesse:

Tutto avrebbe dato la donna per rispondere un sì sincero,
tanto la sua vita sembrava dipendere da lei completamente;
perciò mentì nell'assoluta certezza che l'essere gentile,
anche un solo istante, valesse pure il prezzo della sua anima.

"Sono io, questa? Ho venduto la mia anima quando ho sposato Stephen per far liberare Feliks dalla fortezza di San Pietro e Paolo? Da allora ho sempre recitato una parte, fingendo di non essere una donnaccia, una peccatrice, una sgualdrina. E invece lo sono! E non sono la sola. Anche altre donne sono come me. Perché altrimenti la viscontessa e Charlie Scott vorrebbero camere da letto contigue? E perché Lady Girard me lo avrebbe detto con una strizzatina d'occhio, con quell'aria di complicità? Se fossi stata appena un po' licenziosa, forse Stephen sarebbe venuto più spesso nel mio letto, e avremmo forse anche potuto avere un maschio." Si lasciò sfuggire un altro sospiro.

«Un penny per i tuoi pensieri» disse Stephen.

«Come?»

«Un penny per i tuoi pensieri.»

Lydia sorrise. «Non finirò mai di imparare nuove espressioni inglesi? Questa non l'avevo mai sentita.»

«Nessuno finisce mai di imparare. Significa: dimmi a che cosa stai pensando.»

«Stavo pensando che alla tua morte Walden Hall andrà al figlio di George.»

«Se non facciamo un figlio maschio.»

Lei guardò il suo viso: gli occhi azzurri, la barba grigia ordinata. Indossava una cravatta blu a pallini bianchi.

Lui le chiese: «È troppo tardi?».

«Non lo so» rispose Lydia, e pensò: "Dipende da quello che farà Charlotte".

«Proviamoci» disse Stephen.

Stavano conversando in modo insolitamente esplicito: Stephen aveva intuito il bisogno di franchezza di Lydia. Lei si alzò e gli andò vicino. Stephen aveva un accenno di calvizie in cima alla testa, notò. Da quanto tempo ce l'aveva? «Sì,» gli rispose «proviamoci.» Si chinò a baciarlo sulla fronte; poi, d'impulso, lo baciò sulle labbra. Lui chiuse gli occhi.

Dopo un attimo lei si staccò. Lui aveva un'aria un po' imbarazzata: era raro che si scambiassero affettuosità del genere di giorno, con tutta la servitù in giro. Lei pensò: "Perché viviamo in questo modo, se non ci rende felici?". Disse: «Ti amo».

Lui sorrise. «Lo so.»

Improvvisamente, le venne voglia di scappare. «Devo andarmi a cambiare per il pranzo,» annunciò «prima che arrivi Thomson».

Lui annuì.

Uscendo dalla stanza, Lydia sentì su di sé lo sguardo di Stephen. Salì di sopra, chiedendosi se ci fosse ancora una possibilità che lei e Stephen fossero felici.

Andò in camera sua. Aveva ancora in mano il libro di poesie. Lo posò. Charlotte possedeva le chiavi del loro destino. Doveva parlarle. Se uno ha coraggio, riesce a dire anche cose difficili, e in fondo ormai che cosa aveva da perdere? Senza avere un'idea precisa di quello che le avrebbe detto, si diresse verso la camera di Charlotte, al piano di sopra.

Il tappeto attutiva il rumore dei suoi passi. Lydia arrivò in cima alle scale e nel corridoio vide Charlotte entrare nella vecchia nursery. Stava per chiamarla, poi si trattenne. Che cosa aveva in mano? Sembrava proprio un piatto con dei panini e un bicchiere di latte.

Perplessa, Lydia andò nella camera di Charlotte. Sul tavolo c'era il vassoio che le aveva portato la cameriera da lei incontrata per le scale. Il pane e il prosciutto erano spariti. Perché Charlotte si era fatta preparare un vassoio, aveva fatto dei panini e stava andando nella nursery? A quanto lei ne sapeva, là dentro c'erano solo mobili coperti da teli polverosi. Che Charlotte fosse così angosciata da sentire il bisogno di rifugiarsi nel mondo protettivo della sua infanzia?

Lydia decise di sincerarsene. Non voleva disturbare Charlotte mentre svolgeva un suo intimo rituale, ma poi si disse: "Questa è casa mia, lei è mia figlia, e io forse devo sapere. Chissà che fra noi non si crei un clima di maggiore confidenza, e io riesca anche a dirle quello che vorrei". Uscì dalla camera di Charlotte e attraversando il corridoio raggiunse la nursery.

Charlotte non c'era.

Lydia si guardò intorno. Vide il vecchio cavallo a dondolo, di cui si indovinavano le orecchie a punta sotto il telo polveroso. Attraverso una porta aperta scorse l'aula, con le carte geografiche e i disegni infantili alle pareti. Un'altra porta dava su una cameretta da letto: anche quella vuota, salvo che per i mobili coperti dalle lenzuola. Lydia si chiese se quelle stanze sarebbero state usate ancora. "Avremo ancora bambinaie, pannolini e vestitini, soldatini di piombo, quaderni riempiti con scrittura incerta e macchiati d'inchiostro?"

Ma dov'era finita Charlotte?

La porta del ripostiglio era aperta. Di colpo Lydia si ricordò: ma certo, il suo nascondiglio segreto! Lo stanzino di cui credeva nessuno sapesse niente, dove si rifugiava quando era stata cattiva. L'aveva arredato lei stessa, con oggetti presi qua e là per la casa, e tutti avevano finto di non sapere come mai certe cose sparivano. Lydia aveva deciso di essere indulgente, una volta tanto, e aveva lasciato che Charlotte conservasse il suo piccolo rifugio, proibendo anche a Marya di "scoprirlo". Lei stessa qualche volta si nascondeva nella stanza dei fiori, perciò capiva quanto fosse importante avere un posto tutto per sé dove potersi isolare.

Dunque Charlotte usava ancora quella stanzetta! Lydia si avvicinò, sempre più restia a disturbare l'intimità di Charlotte, ma nondimeno incuriosita. "No," decise alla fine "la lascerò in pace."

In quel momento udì delle voci.

Charlotte parlava da sola?

Lydia ascoltò attentamente.

Parlava da sola in russo?

Poi udì un'altra voce, maschile, che rispondeva con toni bassi in russo. Una voce carezzevole, che le fece correre un fremito per tutto il corpo.

Feliks era lì.

Lydia fu sul punto di svenire. Feliks! A un palmo di distanza! Nascosto a Walden Hall, mentre la polizia lo cercava per tutta la contea! Nascosto da Charlotte.

"Non devo urlare."

Si mise un pugno davanti alla bocca e se lo morse. Stava tremando.

"Devo fuggire. Non riesco a connettere. Non so che cosa fare." Aveva un mal di testa lancinante. "Ho bisogno di prendere del laudano" pensò. Quella prospettiva le diede un po' di forza. Riuscì a controllare il tremito. Dopodiché uscì in punta di piedi dalla nursery.

Percorse quasi di corsa il corridoio e le scale finché arrivò nella sua stanza. Il laudano era nella toilette. Aprì la bottiglia. Non poteva tenere fermo il cucchiaio, per cui bevve direttamente dalla bottiglia. Dopo qualche istante cominciò a sentirsi più calma. Ripose cucchiaio e bottiglia nel cassetto. In lei si diffuse una sensazione di sereno appagamento, mentre i nervi si rilassavano. Il mal di testa diminuì. Nulla in quel momento sarebbe potuto importarle. Andò nello spogliatoio e aprì la porta. Rimase a contemplare con sguardo assente la fila di vestiti, del tutto incapace di scegliere quale indossare per il pranzo.

Feliks camminava su e giù per lo stanzino come un leone in gabbia, facendo tre passi in ogni direzione, chinando la testa per evitare il soffitto, e ascoltando Charlotte che gli parlava.

«La porta della camera di Aleks è sempre chiusa a chiave» diceva. «Ci sono due uomini armati dentro e uno fuori. Quelli dentro non aprono la porta, a meno che il collega fuori non dica loro di farlo.»

«Uno fuori, e due dentro.» Feliks si grattò la testa e imprecò in russo. "Difficoltà, ci sono sempre delle difficoltà" pensò. "Sono qui, all'interno della casa, con una complice della famiglia, e ancora non è facile. Perché non ho la fortuna di quei ragazzi a Sarajevo? Perché doveva saltar fuori che ho dei legami con questa famiglia?" Guardò Charlotte e pensò: "Non che questo mi dispiaccia".

Lei si accorse del suo sguardo e gli chiese: «Che cosa c'è?».

«Niente. Comunque vada a finire, sono contento di averti trovata.»

«Anch'io. Ma come farai con Aleks?»

«Saresti in grado di disegnarmi una pianta della casa?»

Charlotte fece una smorfia. «Posso provarci.»

«Devi conoscerla bene... hai abitato qui tutta la vita.»

«Be', conosco questa parte, naturalmente... ma ce ne sono altre dove non sono mai stata: la camera del maggiordomo, le stanze della governante della casa, le cantine, i locali sopra le cucine dove tengono la farina e il resto...»

«Fai del tuo meglio. Una mappa per ogni piano.»

Lei trovò un pezzo di carta e una matita fra i suoi tesori infantili e si inginocchiò davanti al piccolo banco.

Feliks mangiò un altro panino e finì il latte. Charlotte ci aveva messo un po' a portargli da mangiare, perché nel corridoio c'erano le cameriere che facevano le pulizie. Mentre masticava, la osservò disegnare, aggrottando la fronte e mordendo la matita. A un certo punto lei esclamò: «Finché non si prova, non ci si rende conto di quanto sia difficile». In mezzo alle sue vecchie matite trovò una gomma, che usò più volte per correggere lo schizzo. Feliks notò che sapeva tracciare linee perfettamente diritte senza usare la riga. Guardarla lo commosse. "Deve avere trascorso molte ore seduta a quel banco" pensò "a disegnare case, poi mamma e 'papà', la cartina dell'Europa, le foglie degli alberi inglesi, il parco d'inverno... Walden deve averla vista tante volte così."

«Perché ti sei cambiata?» le chiese.

«Oh, qui ci si deve cambiare tutti i momenti. Ogni ora del giorno ha un abbigliamento appropriato, capisci. Devi mostrare le spalle nude a cena, ma non a pranzo. Devi indossare il bustino a pranzo, ma non all'ora del tè. Non puoi indossare un vestito da casa per uscire. Puoi metterti le calze di lana in biblioteca, ma non nel soggiorno. Non immagini quante regole ci siano da ricordare.»

Lui annuì. Non era più capace di essere sorpreso dalla degenerazione della classe dominante.

Lei gli porse i disegni, e Feliks riprese un atteggiamento professionale. Li studiò con attenzione. «Dove sono i fucili?» chiese.

Charlotte gli sfiorò il braccio. «Non essere così brusco con me» disse. «Io sono dalla tua parte, ricordi?»

Di colpo era di nuovo un'adulta. Feliks fece un breve sorriso. «Me n'ero dimenticato» rispose.

«I fucili sono nella sala delle armi.» Gliela indicò. «Hai davvero avuto una storia d'amore con la mamma?»

«Sì.»

«Mi riesce talmente difficile credere che lei abbia fatto una cosa del genere.»

«Era molto impetuosa, allora. Lo è ancora, ma finge di essere diversa.»

«Invece pensi che sia ancora così?»

«Lo so.»

«Tutto, *tutto* è diverso da come io pensavo che fosse.»

«Questo significa crescere.»

Charlotte assunse un'espressione assorta. «Mi chiedo come ti dovrei chiamare.»

«Che cosa intendi dire?»

«Mi sembrerebbe molto strano chiamarti "papà".»

«Per ora va bene "Feliks". Hai bisogno di tempo per abituarti all'idea che sono tuo padre.»

«Lo avrò, questo tempo?»

Feliks vide un'ombra di tristezza calare sul suo giovane viso, e le prese la mano. «Perché no?»

«Che cosa farai, dopo che avrai preso Aleks?»

Lui distolse lo sguardo, perché lei non gli leggesse negli occhi il senso di colpa che lo tormentava. «Dipende da come e quando lo rapirò, ma la cosa più probabile è che lo terrò prigioniero in questo stanzino. Dovrai portarci da mangiare, e manderai un telegramma in codice ai miei compagni a Ginevra, dicendo loro quanto è accaduto. Poi, quando la notizia avrà raggiunto il suo scopo, libereremo Orlov.»

«Dopodiché?»

«Sarò ricercato a Londra, quindi fuggirò al nord. Ci sarà pure qualche grande città – Birmingham, Manchester, Hull – dove potrò far perdere le mie tracce. Dopo qualche settimana tornerò in Svizzera, e infine a Pietroburgo: è lì che devo essere, è da lì che avrà inizio la rivoluzione.»

«Allora non ti rivedrò mai più.»

"Non lo vorrai" pensò Feliks. Disse: «Perché no? Potrei tornare a Londra. O tu potresti venire a Pietroburgo. Potremmo incontrarci a Parigi. Chi lo sa? Se esiste un destino, sembra intenzionato a farci incontrare». "Vorrei tanto poter credere in quello che dico."

«È vero» convenne lei con un sorriso freddo, e Feliks capì che non ci credeva nemmeno lei. Charlotte si alzò. «Adesso vado a prenderti dell'acqua per lavarti.»

«Non ti preoccupare. Sono stato ben più sporco di così. Non m'importa.»

«A me sì, però. Emani un odore terribile. Torno subito.»

Al che uscì.

Fu il pranzo più tetro che Walden ricordasse da anni. Lydia sembrava come stordita. Charlotte era silenziosa ma insolitamente tesa: per il nervosismo, fece cadere una posata e rovesciò un bicchiere. Thomson era taciturno. Sir Arthur Langley cercava di essere conviviale, ma nessuno gli dava retta. Anche Walden era chiuso nei suoi pensieri, ossessionato dall'incapacità di spiegarsi come Feliks avesse fatto a scoprire che Aleks era a Walden Hall. Lo torturava l'orribile sospetto che avesse a che fare con Lydia. In fondo, era stata lei a dirgli che Aleks alloggiava all'Hotel Savoy, e aveva anche ammesso che quell'uomo le era "vagamente familiare" dai tempi di Pietroburgo. Era possibile che Feliks avesse qualche influenza su di lei? Lydia aveva avuto un atteggiamento strano, come distratta, per tutta l'estate. E adesso, che pensava a lei in modo distaccato, per la prima volta in diciannove anni doveva ammettere di fronte a se stesso che era una donna sessualmente tiepida. Certo, tutte le donne ben educate erano tenute a essere così; ma lui sapeva che era una finzione, e che generalmente le donne avevano gli stessi desideri degli uomini. Era possibile che Lydia desiderasse qualcun altro, qualcuno del suo passato? Questo avrebbe spiegato tutte quelle cose cui fino ad allora non era sembrato necessario dare una spiegazione. Era spaventoso, pensò, guardare la compagna della propria vita e vedere un'estranea.

Dopo pranzo Sir Arthur tornò all'Ottagono, dove aveva installato il suo quartier generale. Walden e Thomson si misero il cappello e andarono a fumare il sigaro sul terrazzo. Il parco illuminato dal sole era meraviglioso, come sempre. Dal salone giunsero in lontananza i sonori accordi iniziali del concerto per pianoforte di Čajkovskij: Lydia stava suonando. Walden si rattristò. Poi la musica fu coperta dal rombo di una motocicletta: un altro messaggero che veniva a fare rapporto a Sir Arthur sull'andamento delle ricerche. Fino a quel momento, non c'era stata alcuna novità.

Un servitore in livrea portò loro il caffè e li lasciò soli.

Thomson confidò: «Non volevo dirlo alla presenza di Lady Walden, ma credo di avere una traccia che ci porterà all'identificazione del traditore».

Walden si irrigidì.

Thomson continuò: «La scorsa notte ho interrogato Bridget Callahan, l'affittacamere di Cork Street. Temo di non essere riuscito a cavarle nulla. A ogni buon conto, ho lasciato là i miei uomini perché perquisissero l'appartamento. E questa mattina mi hanno mostrato quello che avevano rinvenuto». Trasse dalla tasca una busta strappata a metà, che porse a Walden. Nel vedere stampato lo stemma di Walden Hall, Stephen rimase sbigottito.

Thomson chiese: «Riconosce la calligrafia?».

Walden collegò i due pezzi della busta e lesse l'indirizzo:

SIGNOR KŠESSINSKI
c/o 19 Cork Street
Londra, Nord

Walden gemette: «Mio dio, Charlotte! No, non può...». Gli venne da piangere.

Thomson rimase in silenzio.

«È lei che lo ha fatto arrivare qui» disse Walden. «Mia figlia.» Fissò la busta, desiderando che svanisse. La scrittura non lasciava dubbi, assomigliava alla sua da giovane.

«Guardi il timbro» disse Thomson. «L'ha scritta appena arrivata qui. È stata imbucata in paese.»

«Com'è possibile?» chiese Walden.

Thomson non rispose.

«Feliks era l'uomo con il berretto di tweed» disse Walden. «Tutto torna.» Si sentiva infinitamente triste, svuotato, come se fosse morto qualcuno a lui caro. Guardò fuori: il parco, gli alberi piantati cinquant'anni prima da suo padre, il prato che per cent'anni la sua famiglia aveva curato. Tutto gli pareva inutile, privo di valore. Disse piano: «Uno combatte per il proprio paese, e viene tradito all'interno da socialisti e rivoluzionari; uno combatte per la propria classe sociale, e a tradirlo ci pensano i liberali. Uno combatte per la propria famiglia, e anch'essa tradisce. Charlotte, perché? Perché?». Lo colse un senso di soffocamento. «Che vita maledetta, Thomson. Che vita maledetta...»

«Dovrò interrogarla» disse Thomson.

«Anch'io.» Walden si alzò. Osservò il suo sigaro: si era spento. Lo gettò via. «Andiamo.»

Entrarono in casa.

Nell'atrio, Walden fermò una cameriera. «Sai dove si trova Lady Charlotte?»

«Credo nella sua camera, milord. Vuole che vada a controllare?»

«Sì, avvisala che voglio parlarle immediatamente nella sua camera.»

«Subito, milord.»

Thomson e Walden attesero nell'atrio. Walden si guardò intorno. Il pavimento di marmo, il legno intagliato delle scale, il soffitto con gli stucchi, tutto era inutile, privo di valore. Un servitore gli scivolò accanto silenziosamente, con gli occhi bassi. Un motociclista entrò e si diresse verso l'Ottagono. Pritchard raccolse le lettere da imbucare, lasciate sul tavolo dell'atrio. Esattamente come il giorno in cui Charlotte aveva spedito la sua lettera infida a Feliks. La cameriera scese le scale.

«Lady Charlotte è pronta a riceverla, milord.»

Walden e Thomson salirono.

La camera di Charlotte era al secondo piano, dava sulla facciata anteriore della residenza, con le finestre sul parco. Era molto luminosa: il sole filtrava dalle tendine e batteva sui bei mobili in stile moderno.

«Mi sembri piuttosto arrabbiato, papà» disse Charlotte.

«E ho tutte le ragioni di esserlo» replicò Walden. «Il signor Thomson mi ha appena dato la peggiore notizia della mia vita.»

Charlotte si accigliò.

«Lady Charlotte, dov'è Feliks?» chiese Thomson.

Charlotte impallidì visibilmente. «Non ne ho idea.»

«Non essere così maledettamente distaccata!» intervenne Walden.

«Come osi insultarmi?»

«Scusami.»

«Forse, se lasciasse fare a me, milord...»

«Faccia pure.» Walden si sedette di fronte alla finestra. Pensò: "Come mai mi sono trovato a dovermi scusare?".

Thomson si rivolse a Charlotte. «Lady Charlotte, io sono un poliziotto, e posso provare la sua complicità in un tentativo di omicidio. Ora, né io né suo padre vorremmo che la cosa si spingesse più in là. In realtà, la nostra preoccupazione è di evitarle lunghi anni di carcere.»

Walden fissò Thomson. "La prigione! Sta solo tentando di spaventarla" pensò. Poi, con un senso crescente di panico e impotenza si rese conto che Thomson aveva ragione, Charlotte era una criminale...

Thomson proseguì: «Nel caso riuscissimo a prevenire l'assassinio, pensiamo di poterla tenere fuori dalla faccenda. Ma qualora il delitto venisse commesso, non avrei scelta: dovrei farla processare... e allora l'accusa non sarebbe cospirazione all'omicidio, ma complicità in omicidio. In teoria lei potrebbe essere impiccata».

«No!» gridò Walden, involontariamente.

«Sì» ribatté Thomson, in tono pacato.

Walden si coprì il volto con le mani.

Thomson continuò: «Sta a lei evitare questa agonia, e non solo a se stessa, ma anche a sua madre e a suo padre. Deve fare tutto il possibile per aiutarci a trovare Feliks e salvare il principe Orlov».

"Non può essere" pensò Walden, disperato. Si sentiva sull'orlo della follia. "Mia figlia non può essere impiccata." Se Feliks avesse ucciso Aleks, Charlotte sarebbe risultata sua complice. Ma non si sarebbe mai arrivati a un processo. Chi era il ministro degli Interni? McKenna. Walden non lo conosceva, ma Asquith sarebbe intervenuto per evitare un'incriminazione... lo avrebbe fatto davvero?

Thomson chiese: «Quando è stata l'ultima volta che ha visto Feliks?».

Walden osservò la figlia, aspettando di una risposta. Charlotte era in piedi dietro una sedia, le sue dita stringevano lo schienale. Le nocche delle mani erano bianche, ma l'espressione del viso era calma. Infine parlò. «Non ho niente da dire.»

Walden emise un verso strozzato. Come faceva a comportarsi così, anche dopo che era stata scoperta? Che cosa le passava per la testa? Gli pareva un'estranea. "Quando l'ho perduta?" si domandò Walden.

«Sa dove si trova Feliks in questo momento?» chiese Thomson.

Charlotte non disse nulla.

«Lo ha avvertito delle misure di sicurezza che abbiamo preso qui a Walden Hall?»

Il suo volto restò inespressivo.

«Di quali armi dispone?»

Ancora niente.

«A ogni domanda cui si rifiuta di rispondere, lei diventa un po' più colpevole. Se ne rende conto?»

Walden notò un cambiamento nel tono di voce di Thomson. Lo guardò: adesso era proprio furibondo.

«Lasci che le spieghi una cosa» proseguì Thomson. «Forse lei pensa che suo padre possa salvarla dalla giustizia. E magari anche lui sta pensando la stessa cosa. Ma se Orlov dovesse morire, giuro che la farò processare per omicidio. Se lo ricordi bene.»

Thomson lasciò la stanza.

A Charlotte dispiacque che se ne fosse andato. Con un estraneo presente, bene o male era riuscita a controllarsi. Da sola con il padre, temeva di crollare.

«Io ti salverò, se potrò» disse Walden, mestamente.

Charlotte sentì un nodo alla gola e guardò altrove. "Vorrei che fosse arrabbiato" pensò. "Quello potrei reggerlo."

Walden guardò fuori dalla finestra. «Sono io il responsabile» disse, addolorato. «Ho scelto tua madre, ti ho generato, ti ho educato. Tu sei opera mia. Non riesco a capacitarmi di come ciò sia potuto accadere.» La guardò. «Potresti spiegarmelo?»

«Sì, posso» rispose Charlotte. Era ansiosa di fargli capire, ed era sicura di poterlo farlo, scegliendo le parole giuste. «Non voglio che tu trascini la Russia in guerra, perché se lo facessi, milioni di russi innocenti verrebbero uccisi o feriti, senza motivo.»

Walden la guardò sorpreso. «È per questo?» chiese. «È per questo che hai fatto tutte quelle cose orribili? È questo l'obiettivo che Feliks sta cercando di raggiungere?»

"Forse capirà" pensò Charlotte, speranzosa. «Sì» disse. E proseguì con entusiasmo. «Feliks vuole anche che in Russia scoppi la rivoluzione – persino tu potresti convenire che sarebbe un evento positivo – ed è convinto che questo avverrà quando il popolo saprà che Aleks ha tentato di trascinarlo in una guerra.»

«Tu pensi che io voglia la guerra?» chiese Walden, incredulo. «Credi che ne sarei contento? Ritieni che ne trarrei qualche vantaggio?»

«No di certo, ma in determinate circostanze non muoveresti un dito affinché non scoppiasse.»

«Non sono il solo, anche Feliks, che vuole la rivoluzione, come dici tu. E se ci sarà una guerra, dobbiamo vincerla. È una cosa così brutta da dire?» Il suo tono era quasi di supplica.

Charlotte era disperata. Voleva che suo padre capisse. «Non so se sia una cosa brutta, ma so che è sbagliata. I contadini russi non sanno nulla delle questioni politiche europee, e a loro non importano. Tuttavia, saranno fatti a pezzi, maciullati da bombe e pallottole, perché tu e Aleks avrete concluso un patto.» Trattenne a stento le lacrime. «Papà, non ti rendi conto che è sbagliato?»

«Ma prova a valutare la cosa dal punto di vista inglese... dal tuo punto di vista personale. Immagina Freddie Chalfont, Peter e Jonathan ufficiali al fronte. E ai loro ordini, Daniel lo staffiere, lo stalliere Peter, lo strigliatore Jimmy, il lacchè Charles e Peter Dawkins dalla fattoria padronale. Pensaci: non vorresti che fossero aiutati? Non saresti felice che tutta la Russia fosse dalla loro parte?»

«Certo... se il popolo russo avesse deciso di aiutarli. Ma i russi non avranno scelta, vero, papà? Sarete tu e Aleks a scegliere. Voi dovreste darvi da fare per prevenire la guerra, non per vincerla.»

«Se la Germania attaccherà la Francia, noi dovremo aiutare i nostri amici. E se la Germania dovesse conquistare l'Europa, per l'Inghilterra sarà un disastro.»

«Come può esistere un disastro peggiore di una guerra?»

«Dunque, secondo te, non dovremmo mai combattere...»

«Solo se fossimo invasi.»

«Se non combatteremo i tedeschi in Francia, saremo costretti a combatterli qui, sulla nostra terra.»

«Sei sicuro?»

«È probabile.»

«Be', quando accadrà, combatteremo.»

«Stammi a sentire. Questo paese non è stato invaso per ottocentocinquant'anni. E perché? Perché abbiamo combattuto i nemici sul loro territorio, e non sul nostro. Ed è questo il motivo per cui tu, Lady Charlotte Walden, sei cresciuta in un paese prospero e pacifico.»

«Quante guerre sono state combattute per evitarne delle altre? Se noi non avessimo combattuto sui territori di altri popoli, questi avrebbero mai combattuto?»

«Chissà» disse Walden stancamente. «Vorrei che tu avessi studiato di più la storia. Vorrei che tu e io avessimo parlato di più di questi argomenti. Con un figlio, l'avrei fatto... ma non mi sarei mai immaginato che mia figlia si interessasse di politica estera. Santo iddio! Ora sto pagando il prezzo del mio errore. E che prezzo! Charlotte, ti assicuro che l'aritmetica della sofferenza umana non è così lineare come quel Feliks ti ha indotto a pensare. Non riesci a credermi? Non hai fiducia in me?»

«No» replicò lei, ostinata.

«Feliks vuole uccidere tuo cugino. Non te ne importa niente?»

«Vuole rapirlo, non ucciderlo.»

Walden scosse la testa. «Charlotte, ha già tentato due volte di uccidere Aleks e una volta di uccidere me. Ha ammazzato parecchia gente in Russia. Quello non è un rapitore, è un assassino.»

«Non ti credo.»

«Perché?» chiese Walden con voce lamentosa.

«Mi hai forse detto la verità sulle suffragette? Mi hai forse detto la verità su Annie? Mi hai forse detto che nella democratica Gran Bretagna la maggior parte della gente non ha ancora il diritto di voto? Mi hai forse detto la verità sui rapporti sessuali?»

«No, non l'ho fatto.» Charlotte vide con orrore le sue guance rigarsi di lacrime. «Forse tutto quello che ho fatto come padre è stato sbagliato. Non mi sono reso conto di come il mondo stesse cambiando. Non mi sono reso conto di quale ruolo avrebbe avuto la donna nel 1914. Un fallimento completo, a quanto pare. Ma ho sempre fatto ciò che credevo meglio per te, perché ti volevo bene, e te ne voglio ancora. Non sono le tue idee politiche che mi fanno piangere. È il tradimento. Comunque, farò di tutto per tenerti fuori dalle aule dei tribunali, anche se tu riuscirai ad assassinare il povero Aleks. Lo farò perché sei mia figlia, la persona che mi è più cara al mondo. Per te manderò al diavolo la giustizia, la reputazione, la stessa Inghilterra. Per te commetterei le peggiori ingiustizie, senza un attimo di esitazione. Per me, sei al di sopra di ogni principio, di ogni manovra politica, di tutto. È questo ciò che accade in una famiglia. Quello che mi ferisce è che tu non faresti altrettanto per me. O lo faresti?»

Charlotte avrebbe voluto disperatamente poter rispondere di sì.

«Sarai leale nei miei confronti, anche se sono nell'errore, non fosse altro che perché sono tuo padre?»

"Ma tu non lo sei" pensò Charlotte.

Walden si soffiò il naso, si alzò e andò verso la porta. Tolse la chiave dalla serratura. Dopo che fu uscito, Charlotte sentì la chiave girare nella toppa: l'aveva chiusa nella sua camera.

Scoppiò a piangere.

Fu la seconda cena orribile che Lydia diede in due giorni. Era l'unica donna a tavola. Sir Arthur era cupo, perché tutti i suoi sforzi per trovare Feliks erano risultati vani. Charlotte e Aleks erano chiusi a chiave nelle rispettive camere. Basil Thomson e Stephen Walden erano di una gentilezza glaciale l'uno verso l'altro, da quando Thomson aveva scoperto di Charlotte e Feliks, e aveva minacciato di mandare Charlotte in prigione.

Era arrivato Winston Churchill, portando con sé il trattato, che lui e Aleks avevano già firmato. Ma nessuno ne era rallegrato, perché tutti sapevano che se Aleks fosse stato ucciso, lo zar si sarebbe rifiutato di ratificare il patto. Churchill dichiarò che prima Orlov lasciava l'Inghilterra, meglio era. Thomson disse che avrebbe preparato un itinerario sicuro, provvedendo a una protezione massiccia, e che sarebbe potuto partire da Walden Hall già l'indomani. Tutti andarono a letto presto: non c'era altro da fare.

Lydia sapeva che non avrebbe dormito. Non era stato risolto nulla. Aveva passato il pomeriggio tormentata dall'indecisione, imbottendosi di laudano, tentando di dimenticare che Feliks era lì, in casa sua. Aleks se ne sarebbe andato l'indomani: se solo fosse stato possibile proteggerlo per poche ore ancora... Si chiese se poteva esserci un sistema per fare in modo che Feliks rimandasse i suoi piani di almeno un giorno. Sarebbe potuta andare da lui con una bugia, per esempio che la sera successiva gli si sarebbe presentata una magnifica occasione per uccidere Orlov? Non le avrebbe mai creduto. Era un piano destinato a fallire in partenza. Ma, una volta sfiorata l'idea di vedere Feliks, non poté più liberarsene. Pensò: "Esco dalla porta, percorro il corridoio, poi le scale, poi un altro corridoio, la nursery, il ripostiglio, e là...".

Chiuse gli occhi, e si tirò il lenzuolo sopra la testa. Era troppo pericoloso: meglio non fare nulla, stare immobile, paralizzata, lasciar perdere Charlotte, lasciar perdere Feliks, dimenticare Aleks, dimenticare Churchill.

Ma non sapeva che cosa sarebbe successo. "Charlotte potrebbe andare da Stephen e dirgli: 'Tu non sei mio padre'. Stephen potrebbe uccidere Feliks. Feliks potrebbe uccidere Aleks. Charlotte potrebbe essere accusata di omicidio. Feliks potrebbe venire qui, nella mia stanza, e baciarmi."

Sentiva che i suoi nervi stavano di nuovo cedendo, e che era in arrivo un'altra emicrania. L'effetto del laudano stava finendo, ma a cena aveva bevuto molto e si sentiva ubriaca. Per qualche ragione, quella sera la sua pelle era ipersensibile, e ogni volta che si muoveva la seta della camicia da notte sembrava raschiarle il seno. Si sentiva eccitabile, sia fisicamente sia mentalmente. Desiderò quasi che Stephen potesse venire da lei, poi pensò: "No, non ce la farei".

La presenza di Feliks nella nursery era come la luce di un faro puntato negli occhi che la teneva sveglia. Scostò il lenzuolo, si alzò e andò alla finestra. La spalancò. Fuori l'aria era appena più fresca che in camera. Sporgendosi, vide le lampade gemelle illuminare il porticato e il poliziotto che camminava davanti alla casa; la ghiaia del sentiero scricchiolava sotto i suoi stivali.

Che cosa stava facendo Feliks, lassù? Preparava una bomba? Caricava una pistola? Affilava un coltello? Oppure stava dormendo, tranquillo, in attesa del momento giusto? O forse si aggirava per la casa, cercando un modo per eludere le guardie del corpo di Aleks.

"Non posso fare niente" pensò. "Niente."

Prese le *Poesie del Wessex* di Hardy. "Perché ho scelto proprio questo libro?" si chiese. Lo aprì alla stessa pagina che aveva già scorso quella mattina. Accese la lampada sul comodino, si sedette e lesse la poesia per intero. Era intitolata *Il suo dilemma*.

Sostavano tutti e due silenziosi nella penombra della chiesa
le cui pareti ammuffite, le incisioni ingiallite, le pietre sconnesse
mai avrebbero destato l'interesse di qualsiasi antiquario.
Nulla interrompeva l'orologio nel suo monotono scandire il tempo.

Appoggiato all'elaborato e tarlato schienale di uno scranno,
fragile e consunto da riuscire a stento a stare eretto
– certo lo sarebbe stato ancora per poco – l'uomo le disse sottovoce
«Dimmi che mi ami» stringendole con passione una mano.

Tutto avrebbe dato la donna per rispondere un sì sincero,
tanto la sua vita sembrava dipendere da lei completamente;
perciò mentì nell'assoluta certezza che l'essere gentile,
anche un solo istante, valesse pure il prezzo della sua anima.

Ma quel che poi fu necessario e l'avvicinarsi della morte
una tal beffa furon alla sua umanità che ebbe vergogna di lodare
un mondo ridotto in tale stato e continuare a respirare
in un posto dove la natura imponeva simili dilemmi.

"Bene," pensò "se la vita è così, chi può essere nel giusto?"

L'emicrania era così forte, che pensava le si sarebbe spaccata la testa. Andò alla toilette e bevve un sorso dalla bottiglia di laudano. Poi un altro.

Dopodiché si incamminò verso la nursery.

XV

Qualcosa era andato storto. Feliks non vedeva Charlotte da mezzogiorno, quando gli aveva portato una bacinella, una brocca d'acqua, un asciugamano e un pezzo di sapone. Doveva essere insorto qualche problema che la teneva lontano: forse era stata costretta a lasciare la casa, oppure si sentiva controllata. Di certo però non lo aveva tradito, visto che lui era ancora lì, indisturbato.

Comunque, non aveva più bisogno di lei.

Sapeva dov'era Orlov e sapeva dov'erano le pistole. Non poteva entrare nella camera di Orlov, perché era troppo protetta, quindi avrebbe dovuto trovare il modo per far uscire Orlov. E sapeva come.

Non aveva usato né l'acqua né il sapone: quello stanzino era troppo angusto per potersi mettere in piedi e lavarsi. E comunque, la pulizia era l'ultimo dei suoi pensieri; ma adesso faceva molto caldo, si sentiva tutto appiccicaticcio e voleva darsi una rinfrescata prima di entrare in azione, così prese la brocca e passò nella nursery.

Era strano essere lì, dove Charlotte doveva avere trascorso tante ore della propria infanzia. Si riscosse: non era un buon momento per i sentimentalismi. Si spogliò e si lavò al lume di una candela. "Questa notte vincerò" pensò con furia selvaggia. "Ce la farò, non importa quante persone dovrò ammazzare." Provava un piacevole miscuglio di attesa ed eccitazione a lui familiare, ed era come se si sentisse ardere la pelle. Si asciugò con vigore. I suoi movimenti erano a scatti, e dalla gola gli salì la voglia di urlare. "Deve essere per questo che i guerrieri emettono quelle grida in combattimento" pensò. Abbassò lo sguardo, e vide che aveva un inizio di erezione.

Poi sentì Lydia esclamare: «Ti sei fatto crescere la barba».

Stupefatto, ruotò su se stesso, scrutando nell'oscurità.

Lydia avanzò nella luce della candela. I capelli biondi sciolti le ricadevano sulle spalle. Indossava una camicia da notte lunga e chiara, con il corpetto aderente e la vita alta. Le braccia erano nude e candide. Sorrideva.

Rimasero immobili, a guardarsi. Lydia aprì più volte la bocca per parlare, ma non disse nulla. Feliks sentì il sangue scorrergli più veloce nelle vene. "Da quanto tempo" si chiese "non mi trovo nudo di fronte a una donna?"

Lydia si mosse, ma questo non spezzò l'incantesimo. Si inginocchiò davanti a lui, chiuse gli occhi e strofinò il naso contro il suo corpo. Quando Feliks guardò in giù, distinse solo alla luce della candela le lacrime che bagnavano le sue guance.

Lydia aveva di nuovo diciannove anni, il suo corpo era giovane, forte e instancabile. La semplice cerimonia nuziale era finita; lei e il suo nuovo marito erano nella loro casetta di campagna. Fuori nevicava. Fecero l'amore al lume di candela. Lydia coprì di baci tutto il suo corpo, e lui le disse: «Ti ho sempre amata, per tutti questi anni», anche se erano passate solo poche settimane da quando si erano conosciuti. La sua barba le pungeva i seni: non ricordava che si fosse fatto crescere la barba. Guardò le sue mani che le accarezzavano tutto il corpo, fin nei più segreti recessi, e disse: «Sei tu, Feliks, tu... che mi fai impazzire...», come se nessun altro riuscisse a darle piacere. Con le lunghe unghie gli graffiò una spalla, guardò uscire il sangue, poi si chinò e lo leccò avidamente. «Sei un animale» disse lui. Continuavano a toccarsi, cercarsi, frugarsi. Come bambini in una pasticceria, lasciati liberi di passare da un dolce all'altro e all'altro ancora, incapaci di credere alla loro fortuna. Lei disse: «Sono così felice che siamo fuggiti insieme». Per qualche ragione incomprensibile lo vide rabbuiarsi, allora gli sussurrò: «Prendimi». E la tristezza fu sostituita dal desiderio, ma lei si ritrovò in lacrime, senza capire perché. E improvvisamente si rese conto che era soltanto un sogno. Spaventata dall'idea di risvegliarsi, disse: «Facciamolo, qui. Subito. Presto». Si unirono, e tra le lacrime lei sorrise: «Ci sei». Sembrava che si muovessero come ballerini, o farfalle che si fanno la corte, e lei disse: «Dio che bello, che meraviglia...» e poi aggiunse: «Pensavo che non mi sarebbe più successo», e il respiro diventò un gemito. Lui immerse la testa nel suo collo, ma lei gli prese il viso tra le mani e lo scostò in modo che potessero guardarsi. Allora capì che non era un sogno. Era sveglia. C'era come una corda, tesa tra il fondo della sua gola e la base della spina dorsale, e ogni volta che essa vibrava, tutto il corpo sprigionava una nota di piacere, sempre più forte. «Guardami!» gli disse mentre perdeva il controllo di se stessa. «Ti sto guardando...» rispose lui dolcemente, e la nota risuonò ancora più forte. «Sono perversa» gridò mentre raggiungeva l'orgasmo. «Guardami! Sono una viziosa» e il suo corpo sussultò, la corda si tese ancora di più, e il piacere l'attraversò, finché le sembrò di essere sul punto di impazzire, e infine l'ultima nota acuta di felicità spezzò la corda e lei svenne.

Feliks l'adagiò delicatamente sul pavimento. Dal suo viso era scomparsa ogni traccia di tensione: aveva l'aria di una persona che è morta felice. Era pallida, ma respirava con regolarità. "Probabilmente è imbottita di laudano" pensò Feliks, ma non gli importava. Si sentiva debole, svuotato, indifeso, pieno di gratitudine e molto innamorato. "Potremmo ricominciare" pensò. "È una donna libera, potrebbe lasciare il marito, potremmo andare a vivere in Svizzera, Charlotte potrebbe raggiungerci..."

Poi si riscosse: lui non aveva preso il laudano. Con Lydia aveva già fatto piani simili diciannove anni prima, a Pietroburgo, ed erano stati infranti dai desideri della cosiddetta gente rispettabile. "No, non succederà, non nella vita reale. Ce lo impediranno ancora" pensò.

"Non mi permetteranno mai di farla mia. Ma io mi vendicherò."

Si alzò in piedi e, veloce, si rivestì. Prese la candela. Guardò Lydia un'ultima volta: i suoi occhi erano ancora chiusi. Avrebbe voluto toccarla di nuovo, baciare le sue dolci labbra. Si fece forza. "Mai più" pensò. Si voltò e uscì dalla stanza.

Avanzò senza far rumore sul tappeto del corridoio, poi scese le scale. La sua candela disegnava ombre minacciose lungo le pareti, nell'arco di ogni porta. "Stanotte posso anche morire" pensò "ma non prima di avere ucciso Orlov e Walden. Ho visto mia figlia, ho fatto l'amore con mia moglie. Adesso ucciderò i miei nemici, dopodiché posso morire."

Sul pianerottolo del primo piano calpestò un pavimento duro e il tacco del suo stivale fece un rumore così forte che lo raggelò. Vide che lì non c'era il tappeto, e il pavimento era di marmo. Tese l'orecchio, in attesa. Nessun suono proveniva dal resto della casa. Si tolse gli stivali e proseguì a piedi nudi: non portava le calze.

Tutte le luci erano spente. E se qualcuno, insonne, avesse deciso di uscire a fare due passi? O affamato fosse andato in dispensa a prepararsi uno spuntino nel cuore della notte? E se un cameriere credendo di avere udito dei rumori si fosse messo a fare il giro della casa? O se le guardie del corpo di Orlov avessero dovuto andare in bagno? Feliks acuì l'udito, pronto a cogliere il minimo rumore, per poi spegnere la candela e nascondersi.

Si fermò nell'atrio e tirò fuori dalla tasca del cappotto la piantina della casa che Charlotte gli aveva disegnato. Consultò rapidamente la disposizione del pianterreno, tenendo la candela vicina al foglio. Poi, prese a destra e si incamminò lungo il corridoio.

Attraversò la biblioteca per arrivare alla sala delle armi.

Chiuse senza fare rumore la porta alle proprie spalle e si guardò intorno. Una grande testa orribile sembrò balzargli addosso dalla parete. Si ritrasse di scatto, ed emise un grugnito per lo spavento. La candela si spense. Nel buio, si rese conto che si trattava della testa di una tigre. Accese di nuovo la candela. Tutte le pareti erano tappezzate di trofei: un leone, un cervo, persino un rinoceronte. Walden aveva fatto parecchia caccia grossa, ai suoi tempi. C'era anche un grosso pesce, dentro una bacheca.

Feliks posò la candela sul tavolo. Le armi erano allineate su un lato della stanza. C'erano tre doppiette, un Winchester e quello che secondo Feliks doveva essere un fucile per elefanti. Feliks non aveva mai visto un fucile per elefanti, né aveva mai visto un elefante. I fucili erano bloccati da una catena che passava attraverso i paragrilletti. Feliks notò che un grosso lucchetto alla fine della rastrelliera la fissava a un anello avvitato nel legno.

Pensò al da farsi. Gli occorreva un fucile. Forse sarebbe riuscito a far saltare il lucchetto, se avesse trovato un pezzo di ferro, una sbarra, con cui fare leva; ma trovò che sarebbe stato più semplice svitare l'anello fissato nel legno. Poi, avrebbe fatto passare anello, lucchetto e catena attraverso i paragrilletti dei vari fucili.

Diede un'altra occhiata alla piantina di Charlotte. Accanto alla sala delle armi c'era la stanza dei fiori. Prese la candela e oltrepassò la porta di comunicazione. Si ritrovò in una piccola stanza fredda, con un tavolo di marmo e un acquaio di pietra. Udì dei passi. Spense la candela e si acquattò. Il rumore proveniva dall'esterno, dal sentiero di ghiaia: doveva essere una delle sentinelle. Fuori tremolò una torcia. Feliks si appiattì contro la porta, accanto alla finestra. Il fascio di luce diventò più forte e i passi risuonarono più pesanti. Si fermarono proprio alla sua altezza, e la torcia illuminò la stanza. Feliks poté così vedere appesi a una scaffalatura sopra l'acquaio alcuni attrezzi da giardino: cesoie, forbici, una zappetta e un coltello. La guardia provò la maniglia della porta dietro la quale era nascosto Feliks. Era chiusa a chiave. I passi si allontanarono e con essi la luce. Feliks attese un momento. Che cosa avrebbe fatto la guardia? Probabilmente aveva scorto il balenìo della candela all'interno. Ma avrebbe anche potuto pensare che si fosse trattato di un riflesso proveniente dalla sua torcia. Oppure che qualcuno della casa, per qualche ragione, fosse andato nella stanza dei fiori. Oppure la guardia poteva essere un tipo zelante e decidere di venire a controllare.

Lasciando aperte le porte, Feliks uscì dalla stanza dei fiori, attraversò a tentoni quella delle armi e raggiunse la biblioteca, sempre con la candela spenta in mano. Si sedette sul pavimento dietro un ampio divano in pelle e contò lentamente fino a mille. Non arrivò nessuno. La guardia non era un tipo zelante.

Tornò nella sala delle armi e accese la candela. Le finestre erano protette da pesanti tendaggi: nella stanza dei fiori, invece, non ce n'erano. Rientrò con cautela nella stanza dei fiori, prese il coltello che aveva scorto alla luce della torcia, tornò nella sala delle armi e cominciò ad allentare le viti che tenevano fisso l'anello alla rastrelliera. Il legno era vecchio e duro, ma alla fine le viti uscirono e Feliks poté liberare le armi dalla catena.

Nella stanza c'erano tre armadi. Uno conteneva bottiglie di brandy e whisky, con i relativi bicchieri. Un altro, copie rilegate della rivista «Horse and Hound» e un grosso volume rilegato in pelle, intitolato *Game Book*. Il terzo era chiuso a chiave. Lì, pensò Feliks, dovevano essere custodite le munizioni.

Servendosi del coltello da giardinaggio scardinò la serratura. Dei tre tipi di fucili che aveva a disposizione – da caccia, Winchester, per elefanti – Feliks scelse il Winchester. Ma, cercando tra le scatole di munizioni, si accorse che non ce n'erano né per il Winchester né per il fucile da elefanti: quelle armi dovevano essere state lì solo come ricordo. Dovette accontentarsi di un fucile da caccia. Erano tutti e tre calibro dodici, e le munizioni erano calibro sei. Per essere sicuro di uccidere Orlov e Walden doveva sparare da vicino: una ventina di metri, non di più. E avrebbe avuto solo due colpi a disposizione, prima di dover ricaricare.

"In fondo," pensò "devo uccidere solo due persone."

L'immagine di Lydia distesa sul pavimento della nursery continuava a tornargli alla mente. Ripensando a come avevano fatto l'amore esultò. Non provava più il fatalismo che l'aveva assalito subito dopo. "Perché dovrei morire?" pensò. "E quando avrò ucciso Walden, chi lo sa che cosa potrà accadere?"

Caricò il fucile.

"Adesso," pensò Lydia "non mi resta che uccidermi."

Non vedeva altra possibilità. Per la seconda volta in vita sua era sprofondata nell'abisso della depravazione. Tutti quegli anni di autodisciplina si erano volatilizzati, e solo perché Feliks era riapparso. Non poteva sopravvivere a quella vergogna. Voleva morire.

Cominciò a pensare come. Che cosa poteva ingerire di velenoso? Da qualche parte doveva esserci del veleno per topi, solo che lei non sapeva dove. Una dose massiccia di laudano? Non era sicura di averne a sufficienza. Ci si poteva anche uccidere con il gas, ricordò, ma Stephen aveva convertito l'impianto a energia elettrica. Si chiese se, buttandosi dal tetto più alto, sarebbe morta. Temeva che la caduta potesse provocare solo una lesione alla spina dorsale e magari lasciarla per anni su una carrozzella. Non aveva abbastanza coraggio per tagliarsi le vene dei polsi, e poi per morire dissanguata ci voleva troppo tempo. Il sistema più rapido era spararsi. Pensò che sarebbe stata in grado di caricare un'arma e sparare: l'aveva visto fare innumerevoli volte. Ma sapeva che le armi erano sottochiave.

Poi le venne in mente il lago. Sì, quella era la soluzione. Sarebbe andata nella sua stanza, si sarebbe messa addosso qualcosa, sarebbe uscita da una porta di servizio in modo che i poliziotti non potessero vederla; avrebbe attraversato la zona est del parco, costeggiando i rododendri, e si sarebbe addentrata nel bosco, fino a raggiungere la riva. Poi le sarebbe stato sufficiente continuare a camminare, fino a quando l'acqua non le si fosse chiusa sopra la testa. Avrebbe aperto la bocca e, dopo qualche minuto tutto sarebbe finito.

Lasciò la nursery e si incamminò nel corridoio al buio. Da sotto la porta di Charlotte filtrava una lama di luce. Lydia esitò. Desiderava rivedere per l'ultima volta la sua bambina. La chiave era nella serratura, all'esterno. Aprì la porta ed entrò.

Charlotte era seduta su una sedia vicino alla finestra, vestita di tutto punto, ma stava dormendo. Era pallida, a parte il rosso attorno agli occhi. Aveva sciolto i capelli. Lydia chiuse la porta e si avvicinò. Charlotte aprì gli occhi.

«Che cosa è successo?» chiese.

«Niente» disse Lydia e si sedette.

Charlotte domandò: «Ricordi quando Nannie se ne andò?».

«Sì. Eri abbastanza grande per essere affidata a un'istitutrice, e io non ho più avuto altri bambini.»

«Per tutti questi anni, me n'ero dimenticata... Adesso mi è ritornato alla mente. Forse tu non l'hai mai saputo, ma io credevo che Nannie fosse mia madre.»

«Lo credevi davvero? Hai sempre chiamato me mamma, e lei Nannie...»

«Già.» Charlotte parlava a bassa voce, un po' a scatti, come se fosse persa nella nebbia di ricordi lontani. «Tu eri mamma, e Nannie era Nannie. Tutti hanno una madre, e quando Nannie mi disse che tu eri la mia, io ribattei: "Non scherzare, mia madre sei tu". E Nannie scoppiò a ridere. Poi, tu l'hai mandata via, spezzandomi il cuore.»

«Io non sapevo che...»

«Marya non te l'ha mai detto. Certo, quale istitutrice mai lo farebbe?»

Charlotte stava mettendo insieme i ricordi: non voleva accusare sua madre, tentava solo spiegare qualcosa. Proseguì: «Vedi, ho la madre sbagliata, e adesso ho anche il padre sbagliato. Immagino che questa novità mi abbia fatto ripensare al passato».

«Tu devi odiarmi,» disse Lydia «e lo capisco: io stessa mi odio».

«Io non ti odio, mamma. Mi sono arrabbiata tantissimo con te, ma non ti ho mai odiata.»

«Però pensi che io sia un'ipocrita.»

«Neanche questo.»

Un senso di pace pervase Lydia.

Charlotte continuò: «Sto cominciando a capire perché sei così rispettabile, perché non volevi che io sapessi qualcosa sul sesso. Volevi solo evitare che mi accadesse quello che era accaduto a te. E ho scoperto che ci sono decisioni difficili da prendere, che a volte non si può stabilire che cosa è giusto o sbagliato. Penso di averti giudicata con durezza, quando non avevo alcun diritto di giudicarti... non sono molto fiera di me stessa».

«Sai che ti voglio bene?»

«Sì... e te ne voglio anch'io, mamma, ed è per questo che mi sento così meschina.»

Lydia la fissò sbalordita. Quello proprio non se l'aspettava. Dopo tutto quello che era accaduto (bugie, tradimenti, rabbia, amarezza), Charlotte le voleva ancora bene. Si sentì colma di gioia, serena. "Perché dovrei uccidermi?" pensò.

«Avremmo dovuto parlarci prima» disse.

«Oh, non immagini quanto l'ho desiderato» replicò Charlotte. «Sei sempre stata così brava nell'insegnarmi a essere educata, a portare lo strascico e sedermi con grazia, a puntarmi i capelli... e io speravo che con la stessa dolcezza mi avresti parlato delle cose importanti, per esempio dell'amore, o di come si fanno i bambini, ma tu non l'hai mai fatto.»

«Non ne sono stata capace» disse Lydia. «Non so perché.»

Charlotte sbadigliò. «Penso che adesso andrò a dormire.» Si alzò.

Lydia la baciò sulla guancia, poi la strinse tra le sue braccia.

«Voglio bene anche a Feliks» disse Charlotte. «Questo, nulla può modificarlo.»

«Lo capisco» disse Lydia. «Gli voglio bene anch'io.»

«Buonanotte, mamma.»

«Buonanotte.»

Lydia uscì in fretta e richiuse la porta alle sue spalle. Poi esitò. Che cosa avrebbe fatto Charlotte se quella porta fosse rimasta aperta? Lydia decise di risparmiarle l'ansia di una scelta. Girò la chiave nella toppa.

Scese le scale, diretta verso la sua camera. Era molto contenta di avere parlato con lei. "Forse," pensò "questa famiglia può ancora ritrovarsi: non so come, ma può tornare a essere una famiglia." Tornò in camera sua.

«Dove sei stata?» le chiese Stephen.

Adesso che aveva un'arma, a Feliks non rimaneva che far uscire Orlov dalla sua camera. E sapeva come: avrebbe dato fuoco alla casa.

Con il fucile in una mano e la candela nell'altra attraversò, sempre a piedi nudi, l'ala ovest. Oltrepassò l'atrio ed entrò nel soggiorno. "Qualche minuto" pensò. "Datemi solo qualche minuto ancora e sarà tutto finito." Superò due sale da pranzo, una stanza di servizio ed entrò nelle cucine. Poi la mappa di Charlotte diventava vaga, per cui dovette cercare l'uscita da solo. Trovò una porta di legno massiccia chiusa con una sbarra. Rimosse la sbarra, e aprì piano la porta.

Spense la candela e si fermò sulla soglia. Dopo un po' cominciò a distinguere il profilo degli edifici. Si sentì sollevato: temeva di usare la candela all'esterno, per via delle guardie.

C'era un piccolo cortile in acciottolato. In fondo, se la piantina di Charlotte era esatta, dovevano esserci un garage, un'officina e... il serbatoio del carburante.

Attraversò il cortile. Una volta, la costruzione che aveva di fronte doveva essere stata un granaio. Una parte era chiusa – forse l'officina – e il resto aperto. Individuò vagamente i fari anteriori di due grosse automobili. Ma dov'era il serbatoio? Alzò lo sguardo. L'edificio era abbastanza alto. Mentre avanzava, qualcosa urtò la sua fronte. Era un tubo flessibile con un beccuccio all'estremità. Pendeva dall'alto.

Era logico: le macchine stavano nel granaio e il serbatoio di sopra, nel fienile. Così bastava portare le macchine nel cortile per fare rifornimento con la pompa.

"Bene!" pensò.

A quel punto gli serviva un contenitore, possibilmente una tanica da dieci litri. Entrò nel garage e girò intorno alle macchine, tastando il terreno con il piede per non inciampare in qualcosa che potesse fare rumore.

Non vide taniche in giro.

Riesaminò mentalmente la mappa. Era vicino all'orto: lì avrebbe potuto trovare un secchio. Stava per incamminarsi quando udì uno starnuto.

Si bloccò.

Stava arrivando il poliziotto.

Feliks poteva sentire il battito del proprio cuore.

La luce della sua lampada a petrolio ondeggiò nel cortile. "Avrò chiuso la porta della cucina?" si chiese Feliks, preso dal panico. Un fascio di luce illuminò la porta: era chiusa.

Il poliziotto passò oltre.

Feliks si accorse che aveva trattenuto il respiro, e lasciò uscire il fiato dai polmoni.

Rimase immobile ancora un minuto, in attesa che la guardia si allontanasse, poi andò nella stessa direzione, incamminandosi verso l'orto.

Anche lì, non trovò né taniche né secchi, ma inciampò in un tubo arrotolato. Calcolò che doveva essere lungo una trentina di metri: gli venne un'idea.

Per prima cosa, doveva calcolare ogni quanto tempo passava la ronda. Cominciò a contare. Sempre contando, trasportò il tubo nel cortile e lo nascose dietro una macchina.

Quando il poliziotto riapparve, era arrivato a novecento e due.

Calcolò che aveva circa quindici minuti a disposizione.

Attaccò un'estremità del tubo al beccuccio della pompa di benzina, poi attraversò il cortile srotolando via via il resto del tubo. Si fermò in cucina a cercare uno spiedo robusto e accese di nuovo la candela.

Ripercorse a ritroso il tragitto in casa, facendo passare il tubo in cucina, nella stanza di servizio, nelle due sale da pranzo, nell'atrio e in biblioteca. Il tubo era pesante, e non era facile compiere quell'impresa senza fare rumore. Feliks rimase tutto il tempo in ascolto, per cogliere eventuali rumori di passi. Ma tutto ciò che udì furono i rumori di una vecchia casa immersa nel sonno. Erano tutti a letto, ne era sicuro, ma se qualcuno fosse sceso per prendere un libro in biblioteca, versarsi un bicchierino di brandy in soggiorno o prepararsi un panino in cucina?

Se fosse accaduto in quel momento, la partita sarebbe stata chiusa.

"Solo qualche minuto, qualche minuto ancora."

Aveva temuto che il tubo non sarebbe stato abbastanza lungo, invece arrivò oltre la soglia della biblioteca. Feliks ripercorse per la terza volta lo stesso tragitto, e con la punta dello spiedo forò il tubo ogni due o tre metri. Poi uscì dalla porta della cucina e andò nel garage. Lì, restò in agguato, impugnando il fucile con entrambe le mani, come una mazza.

Gli sembrò di aspettare un'eternità.

Alla fine, udì dei passi. Il poliziotto lo superò e si fermò, illuminando il tubo con la torcia. Poi emise un'esclamazione di sorpresa. Feliks lo colpì con il fucile. Il poliziotto barcollò.

«Cadi, maledetto! Cadi!» sibilò Feliks, e lo colpì ancora, con tutte le sue forze.

Il poliziotto stramazzò a terra, e Feliks si avventò su di lui, selvaggiamente.

L'uomo giacque immobile.

Feliks si voltò verso la pompa e cercò il punto che aveva agganciato al tubo. Lì c'era un rubinetto che regolamentava la fuoriuscita del combustibile.

Lo aprì.

«Prima che noi ci sposassimo, ho avuto un amante» disse Lydia d'impulso.

«Oh, mio dio!» esclamò Stephen.

"Perché l'ho detto?" pensò Lydia. "Perché mentire ha reso tutti infelici, e non ne posso più."

Continuò: «Mio padre scoprì tutto. Fece arrestare e torturare il mio amante. Poi, disse che se io avessi acconsentito a sposarti, le torture sarebbero state immediatamente sospese, e che appena noi fossimo partiti per l'Inghilterra, il mio amante sarebbe stato scarcerato».

Scrutò il viso di Stephen. Non era sconvolto come lei si era aspettata, ma aveva un'espressione inorridita, e disse: «Tuo padre è stato perfido».

«La perfida sono stata io, a sposarti senza amarti.»

«Oh...» Stephen adesso pareva afflitto. «Per quello che può valere, anch'io allora non ero innamorato di te. Ho chiesto la tua mano perché mio padre era morto e avevo bisogno di una moglie che diventasse contessa di Walden. È stato in un secondo tempo che mi sono perdutamente innamorato di te. Direi che ti perdono, anche se non c'è niente da perdonare.»

"Può essere così semplice?" si chiese Lydia. "Può davvero perdonarmi e continuare ad amarmi?" Forse era quel senso di morte nell'aria che rendeva tutto possibile. Decise di proseguire. «C'è dell'altro, che è peggio ancora» disse.

Stephen la guardò con ansia. «È meglio che tu me lo dica.»

«Quando ci siamo sposati... io ero già incinta!»

Stephen impallidì. «Charlotte!»

Lydia annuì in silenzio.

«Charlotte non è... figlia mia?»

«No.»

«Oddio!»

"Adesso ti ho ferito" pensò Lydia. "Questo non l'avresti mai immaginato." Disse: «Oh, Stephen, mi dispiace tantissimo».

Lui la fissava. «Non è figlia mia...» ripeté inebetito.

Lydia pensò a ciò che questo significava per lui: la nobiltà inglese teneva, più di ogni altra, alla purezza dell'albero genealogico. Ricordò come Stephen guardava Charlotte dicendole: "Carne della mia carne, sangue del mio sangue". Era l'unico versetto della Bibbia che Lydia gli avesse mai sentito recitare. Pensò ai propri sentimenti, al mistero della vita del bambino che inizia come una parte di sé e poi si stacca diventando un individuo distinto, mai però del tutto separato. Doveva essere lo stesso anche per gli uomini: a volte si crede che i sentimenti siano diversi, invece no.

Il volto di Stephen era grigio e tirato. Di colpo, pareva più vecchio. «Perché mi stai dicendo queste cose adesso?» le chiese.

"Non posso" pensò Lydia. "Non posso dirgli altro. L'ho già ferito abbastanza." Ma era come se si trovasse su una discesa molto ripida e non potesse più fermarsi. Sussurrò: «Perché Charlotte ha conosciuto il suo vero padre, e sa tutto».

«Oh, povera la mia bambina...» Stephen si coprì il viso con le mani.

Lydia sapeva che la domanda successiva sarebbe stata: "E il padre chi è?". Fu sopraffatta dal panico. Non poteva dirglielo: l'avrebbe ucciso. Ma sentiva il bisogno di dire tutto: *doveva* togliersi una volta per tutte il peso di quelle colpe. "Non chiederlo, Stephen" pregò. "Non adesso, sarebbe troppo.

Lui la guardò. La sua faccia era totalmente inespressiva. Sembrava un giudice, pensò, che pronuncia impassibile la sentenza di condanna; e la colpevole era lei, seduta al banco degli imputati.

"Non chiederlo."

Stephen disse: «E ovviamente il padre è Feliks».

Lydia boccheggiò.

Lui annuì, come se quella reazione fosse la conferma che si aspettava.

"Adesso che cosa farà?" si chiese Lydia spaventata. Lo guardò, ma non riuscì a capire la sua espressione. Era come un estraneo.

Stephen sollevò lo sguardo. «Oh, dio mio che sei nei cieli, che cosa mai abbiamo fatto...»

Lydia sentì un'improvvisa esigenza di parlare. «È arrivato proprio quando Charlotte stava cominciando a vedere i suoi genitori come fragili esseri umani. È piombato in mezzo a noi con la sua vitalità, le sue idee, il suo anticonformismo... un iconoclasta... proprio il personaggio che può affascinare una ragazza dallo spirito indipendente... Una cosa del genere era successa anche a me... Così Charlotte lo ha conosciuto, gli si è affezionata, lo ha aiutato... Ma lei ti vuole bene, Stephen, in questo senso è tua figlia... Non si può fare a meno di volerti bene... è impossibile...»

Il volto di Stephen pareva intagliato nel legno. Lydia avrebbe voluto che urlasse o imprecasse, la maledicesse, la violentasse, la picchiasse. Invece, se ne stava lì seduto, con quella faccia da giudice. «E tu, l'hai aiutato?»

«Non intenzionalmente, no... ma non ho aiutato nemmeno te. Dio, che donna orribile sono!»

Stephen si alzò e la prese per le spalle. Le sue mani erano gelide come la morte. Disse: «Ma tu, sei mia?».

«Volevo esserlo, Stephen... davvero.»

Le sfiorò una guancia, ma il suo sguardo era privo di amore.

Lydia fu scossa da un brivido. Disse: «Te l'avevo detto che c'era troppo da perdonare».

«Sai dove si trova adesso Feliks?»

Nessuna risposta. "Se glielo dico," pensò Lydia "è come se condannassi Feliks a morte. E se non glielo dico, è come se uccidessi Stephen."

«So che lo sai» disse lui.

Lei annuì, inebetita.

«Me lo dirai?»

Lydia lo guardò negli occhi. "Se glielo dico, mi perdonerà?"

Stephen disse: «Scegli».

Lydia si sentì precipitare in un pozzo senza fondo. Poi disse: «Qui, in questa casa».

«Mio dio! E dove?»

Lydia si sentì svenire. Era finita. Aveva tradito Feliks per l'ultima volta. «È nascosto nella nursery» sussurrò.

Il volto di Stephen non era più inespressivo: le guance gli si arrossarono e gli occhi lampeggiarono d'ira.

Lydia proruppe: «Mi perdonerai mai?... Ti prego».

Stephen si voltò e uscì di corsa dalla stanza.

Feliks attraversò rapidamente la cucina e la stanza di servizio, tenendo in mano il fucile, la candela e i fiammiferi. L'odore dolciastro, vagamente nauseante, della benzina gli pungeva le narici. Nella sala da pranzo, un getto continuo zampillava da uno dei fori che Feliks aveva praticato nel tubo. Feliks spostò il tubo nella stanza, affinché il fuoco non fosse troppo distruttivo, una volta scoppiato l'incendio. Poi accese un fiammifero e lo gettò sul tappeto inzuppato di benzina. Le fiamme divamparono all'istante.

Feliks sogghignò e proseguì.

In soggiorno prese un cuscino di velluto, lo avvicinò a un altro zampillo di benzina e attese pazientemente che si imbevesse di liquido. Poi lo buttò su un divano, gli diede fuoco e alimentò le fiamme con altri cuscini. Nuove lingue di fuoco guizzarono impetuose.

Attraversò l'atrio e corse fino alla biblioteca. Qui la benzina stava fuoriuscendo dall'estremità del tubo e colava sul pavimento. Feliks tirò giù manciate di libri dagli scaffali e li lasciò cadere nelle pozze che si stavano formando a terra. Poi andò ad aprire la porta di comunicazione con la stanza delle armi. Si soffermò per un momento sulla soglia, poi gettò la candela nella pozza.

Ci fu un rumore simile a una forte raffica di vento. I libri cominciarono a bruciare. In un attimo presero fuoco anche i tendaggi; poi le poltrone e i mobili. E intanto la benzina continuava a fuoriuscire, alimentando le fiamme. Feliks scoppiò in una sonora risata.

Andò nella sala delle armi. Mise un'altra manciata di cartucce nella tasca del cappotto. Passò nella stanza dei fiori, tolse la sbarra dalla porta che dava sul giardino, l'aprì con cautela e uscì all'aperto.

Si diresse a ovest, allontanandosi di un centinaio di metri dalla casa. Fremeva d'impazienza. Poi svoltò a sud, tenendosi alla stessa distanza. Infine, curvò a est. Adesso era esattamente di fronte all'ingresso principale della casa, che poteva tenere d'occhio al di là del prato, protetto dall'oscurità della notte.

Scorse un secondo poliziotto, fermo davanti al porticato, illuminato dalle lampade gemelle. Fumava la pipa. Il suo collega giaceva svenuto, forse morto, nel cortile sul retro. Feliks vedeva le fiamme attraverso le finestre della biblioteca, ma il poliziotto era a una certa distanza, e non le aveva ancora notate. Lo avrebbe fatto da un momento all'altro.

Tra Feliks e la casa, a una quarantina di metri dal porticato, c'era un vecchio castagno. Feliks lo raggiunse, attraversando il prato. Il poliziotto sembrava guardare in quella direzione, ma non lo vide. A Feliks non importava. "Se mi vede, lo ammazzo con una fucilata' pensò. Ormai non aveva più importanza. Nessuno poteva fermare l'incendio, tutti dovevano lasciare la casa. "Tra pochi minuti li ammazzo entrambi" pensò Feliks.

Uscì da dietro l'albero e si appoggiò con le spalle al castagno, sempre imbracciando il fucile.

Ora poteva vedere le fiamme in fondo alla casa, attraverso le finestre della sala da pranzo.

"Che cosa fanno ancora là dentro?" pensò.

Walden percorse il corridoio che portava all'ala maschile e bussò alla porta della Stanza blu, dove dormiva Thomson. Entrò.

«Che c'è?» chiese Thomson dal letto.

Walden accese la luce. «Feliks è qui, nella casa.»

«Dio santo!» Thomson saltò fuori dal letto. «Come...»

«Lo ha fatto entrare Charlotte» rispose Walden, con amarezza.

Thomson indossò in fretta i pantaloni e la giacca. «Sa dove si trova?»

«Nella nursery. Ha con sé una pistola?»

«No, ma con Orlov ci sono tre dei miei uomini, ricorda? Ne stacchiamo due e andiamo a catturare Feliks.»

«Vengo con lei.»

«Preferirei...»

«Non discuta!» urlò Walden. «Voglio vederlo crepare.»

Thomson gli lanciò un'occhiata di simpatia. Poi uscì di corsa dalla stanza, seguito da Walden.

Arrivarono alla camera di Aleks. La guardia davanti alla porta si alzò e fece il saluto.

«Tu sei Barrett, vero?» chiese Thomson.

«Sissignore.»

«Dentro chi c'è?»

«Bishop e Anderson, signore.»

«Dica loro di aprire la porta.»

Barrett bussò.

Dall'interno una voce gridò: «Parola d'ordine?».

«Mississippi» disse Barrett.

La porta si aprì. «Che cosa c'è, Charlie? Oh, è lei signore...»

«Come sta Orlov?» si informò Thomson.

«Dorme come un bambino, signore.»

"Forza, sbrighiamoci" pensò Walden.

Thomson comunicò: «Feliks è all'interno della casa. Barrett, Anderson, venite con me e sua signoria. Bishop, tu starai nella camera. Controllate tutti che le vostre armi siano cariche».

Walden fece strada, dall'ala maschile su fino alla nursery. Gli batteva forte il cuore: lo aveva preso quello strano miscuglio di paura e impazienza, come quando un grosso leone entrava nel mirino del suo fucile.

Indicò la porta della nursery.

Thomson sussurrò: «C'è la luce elettrica nella stanza?».

«Sì» rispose Walden.

«Dov'è l'interruttore?»

«A sinistra della porta, all'altezza della spalla.»

Barrett e Anderson estrassero le pistole.
Walden e Thomson si misero ai due lati della porta, fuori tiro.
Barrett spalancò la porta, Anderson si precipitò dentro mettendosi di profilo e Barrett fece scattare l'interruttore.
Non accadde nulla.
Walden si guardò intorno.
Barrett e Anderson ispezionarono la stanza da letto e l'aula.
«Qui non c'è nessuno, signore» disse Barrett dopo qualche istante.
La nursery era vuota e illuminata a giorno. Sul pavimento, una brocca d'acqua sporca, e accanto un asciugamano spiegazzato.
Walden indicò la porta del ripostiglio. «Da quella parte si arriva in una piccola soffitta.»
Barrett aprì la porta del ripostiglio. Tutti erano tesi. Barrett avanzò con la pistola puntata.
Tornò un attimo dopo. «Era lì.»
Thomson si grattò la testa.
Walden disse: «Dobbiamo setacciare la casa».
«Vorrei avere più uomini a disposizione» disse Thomson.
«Cominceremo dall'ala ovest» disse Walden. «Muoviamoci.»
Lo seguirono fuori dalla nursery, nel corridoio, fino alle scale. Mentre scendevano, Walden sentì odore di fumo. «Che cos'è?» chiese.
Thomson annusò l'aria.
Walden guardò Barrett e Anderson: nessuno dei due stava fumando.
L'odore diventava sempre più forte, e Walden udì un rumore simile allo stormire delle fronde.
D'improvviso, fu preso dal panico. «La mia casa sta andando a fuoco!» gridò. E si precipitò giù per le scale.
L'atrio era invaso dal fumo.
Walden attraversò l'atrio di corsa e spalancò la porta del soggiorno. Fu investito da una violenta ondata di calore. Fece un balzo indietro. La stanza era un inferno: non si poteva fare niente per spegnere l'incendio. Volse lo sguardo verso l'ala ovest: anche la biblioteca era in fiamme. Si girò. Thomson era subito dietro di lui. Walden ripeté urlando: «La mia casa sta bruciando!».
Thomson lo prese per un braccio e lo trascinò verso le scale, dove si erano fermati Barrett e Anderson. Al centro dell'atrio

Walden riuscì a respirare con minore difficoltà. Thomson rimase freddo e controllato: cominciò a impartire ordini.

«Anderson, va' a chiamare i due poliziotti che stanno fuori. Manda uno di loro a cercare una pompa da giardino e un secchio, e di' all'altro di correre in paese e telefonare ai pompieri. Poi sali le scale sul retro che portano alle stanze della servitù, e sveglia tutti. Di' loro di radunarsi al più presto davanti alla casa, in modo che si possa contarli. Barrett, va' a svegliare il signor Churchill. Io penso a Orlov e lei, Walden, si occupi di Lydia e Charlotte. Muovetevi!»

Walden corse su per le scale ed entrò nella camera di Lydia. Era in camicia da notte su una chaise longue, e i suoi occhi erano rossi di pianto. «La casa è in fiamme» annunciò Walden, senza fiato. «Presto, esci sul prato davanti all'ingresso. Io vado a chiamare Charlotte.» Poi ebbe un'idea: la campanella della cena. «Aspetta. Va' tu da Charlotte. Io suonerò la campanella.»

Ridiscese le scale a precipizio, pensando: "Perché non mi è venuto in mente prima?". Nell'atrio c'era un lungo cordone di seta che azionava dei campanelli in tutta la casa per avvertire padroni, ospiti e domestici che il pasto stava per essere servito. Walden tirò il cordone, e sentì in lontananza la risposta dei campanelli in varie parti della casa. Notò un tubo da giardino che attraversava l'atrio. Qualcuno stava già cercando di spegnere l'incendio? Era improbabile. Continuò a tirare il cordone.

Feliks aspettava, ansioso. L'incendio si stava propagando troppo rapidamente. Già buona parte del primo piano era invaso dalle fiamme che vedeva riverberare attraverso le finestre. "Maledetti pazzi, uscite!". Che cosa stavano facendo? Non voleva che morissero tutti bruciati in quel rogo, ma che uscissero. Il poliziotto di guardia all'ingresso sembrava dormire. "Darò l'allarme" pensò Feliks, disperato. "Non voglio che muoiano le persone sbagliate."

D'improvviso, il poliziotto si guardò intorno. Gli cadde la pipa di bocca. Si avventò contro la porta, tempestandola di pugni. "Alla buon'ora!" pensò Feliks. "Da' l'allarme, pezzo di cretino!"

Il poliziotto corse a una finestra e ruppe il vetro.

In quel momento, la porta si aprì e qualcuno corse fuori, avvolto da una nuvola di fumo. "Ecco" pensò Feliks. "Ci siamo."

Alzò il fucile e lo puntò nell'oscurità. Non riusciva a vedere la faccia dell'uomo che era uscito: lo udì gridare qualcosa e il poliziotto che aveva rotto la finestra corse via. "Devo poter vedere le loro facce" pensò Feliks. "Ma se mi avvicino troppo verrò scoperto prima di aver portato a termine la mia missione." L'uomo rimasto sulla porta rientrò senza che Feliks fosse riuscito a riconoscerlo. "Devo avvicinarmi, e che la fortuna mi assista" pensò Feliks. Si incamminò nel prato. All'interno della casa, cominciarono a squillare dei campanelli.

"Adesso usciranno" si disse Feliks.

Lydia corse nel corridoio invaso dal fumo. Come era potuto succedere tutto così velocemente? Stando in camera non aveva sentito alcun odore, ma adesso c'erano lingue di fuoco che uscivano da sotto le porte delle stanze da letto davanti a cui passava. "Sta bruciando tutta la casa." L'aria era troppo calda per essere respirabile. Raggiunse la camera di Charlotte e girò il pomello della porta. Ovviamente era chiusa. Girò la chiave e tentò di nuovo. Niente. Girò ancora il pomello e si appoggiò con tutto il suo peso contro la porta. C'era qualcosa che non andava, era bloccata. Lydia cominciò a gridare con tutte le sue forze.

«Mamma!» La voce di Charlotte arrivò dall'interno della camera.

Lydia si morse il labbro inferiore e smise di urlare. «Charlotte!»

«Apri la porta, mamma!»

«Non posso, non ci riesco...»

«È chiusa a chiave!»

«Ho girato la chiave, ma è bloccata... e la casa sta bruciando. Dio mio, aiuto!»

Il pomello si mosse e la porta fu scossa con violenza disperata, mentre Charlotte tentava di aprirla dall'interno.

«Mamma!»

«Sì?»

«Smettila di urlare e ascoltami bene: il pavimento si è inclinato e la porta non è più in squadra. Bisogna abbatterla! Va' a chiamare aiuto!»

«Ma non posso lasciarti...»

«*Mamma! Va' a chiamare aiuto, altrimenti brucerò viva!*»

«Oh, mio dio!» Tossendo, Lydia si precipitò verso le scale.

Walden continuava a suonare la campanella. Attraverso il fumo vide Aleks, con al suo fianco Thomson. Il terzo poliziotto, Bishop, stava scendendo le scale. "Anche Lydia, Churchill e Charlotte dovrebbero ormai essere a pianterreno" pensò. Poi, gli venne in mente che potevano essere scesi da una delle altre scale della casa. L'unico modo per controllare era andare nel prato: a tutti era stato detto di ritrovarsi lì.

«Bishop!» gridò Walden. «Venga qui!»

Il poliziotto accorse.

«Continui a suonare la campanella più a lungo che può.»

Bishop afferrò il cordone, e Walden seguì Aleks all'esterno.

Per Feliks fu un momento dolcissimo.

Sollevò il fucile e cominciò a camminare verso la casa.

Orlov e un altro uomo avanzavano verso di lui. Non l'avevano ancora visto. Mentre si stavano avvicinando, apparve Walden alle loro spalle.

"Come topi in trappola" pensò Feliks trionfante.

L'uomo vicino a Orlov si voltò indietro e disse qualcosa a Walden.

Orlov era a una ventina di metri.

"Ci siamo" si disse Feliks.

Appoggiò il calcio del fucile alla spalla, mirò con cura al petto di Orlov, e proprio mentre il nobile russo apriva la bocca per parlare, premette il grilletto.

Una grande macchia scura apparve sulla camicia da notte di Orlov quando un'oncia di piombo di una cartuccia calibro sei, circa quattrocento pallini, gli dilaniò le carni. Gli altri due uomini udirono lo sparo e fissarono Feliks sbalorditi. Un fiotto di sangue uscì dal petto di Orlov, che cadde riverso.

"Ce l'ho fatta" esultò Feliks. "L'ho ammazzato."

Adesso toccava all'altro tiranno.

Puntò il fucile verso Walden. «Non muovetevi!» urlò.

Walden e l'uomo che era con lui rimasero immobili.

Tutti e tre udirono il grido.

Feliks guardò nella direzione da cui proveniva.

Lydia era uscita dalla casa con i capelli in fiamme.

Feliks esitò per una frazione di secondo, poi corse verso di lei.

Lo stesso fece Walden.

Mentre correva, Feliks lasciò cadere il fucile e si tolse il cappotto. Raggiunse Lydia un attimo prima di Walden. Le gettò il cappotto sulla testa, soffocando le fiamme.

Lydia si tolse il cappotto dalla testa e gridò: «Charlotte è rimasta intrappolata in camera sua!».

Walden si voltò e si precipitò verso la casa.

Feliks lo seguì.

Lydia, singhiozzante, scorse Thomson fare qualche passo e raccogliere il fucile che Feliks aveva lasciato cadere. Poi vide con orrore che lo sollevava e mirava alla schiena di Feliks.

«No!» urlò. E si lanciò a corpo morto contro Thomson, facendogli perdere l'equilibrio.

La pallottola finì nel prato.

Thomson la fissò con rabbia.

«Lei... lei non sa!» strillò Lydia, isterica «Ha già sofferto abbastanza!»

Il tappeto della camera di Charlotte stava bruciando.

Charlotte chiuse la mano a pugno e se la ficcò in bocca, per non gridare.

Andò al lavabo, riempì la brocca d'acqua e la gettò in mezzo alla stanza. Il fumo invece di diminuire aumentò.

Andò alla finestra, l'aprì e guardò fuori. Fumo e fiamme uscivano dalle altre finestre sotto di lei. La facciata della casa era in pietra liscia: nessuna possibilità di calarsi di lì. "Se ci sarò costretta, salterò; sempre meglio che bruciare viva" pensò. Quell'idea la terrorizzò: si morse di nuovo la mano. Corse alla porta, e la scrollò disperata.«Qualcuno mi aiuti! Presto!» gridò.

Dal tappeto salivano le fiamme, e al centro del pavimento si era formata una voragine. Charlotte ci girò attorno per avvicinarsi di nuovo alla finestra, pronta a saltare giù.

Sentì qualcuno singhiozzare, e si rese conto che era lei.

L'atrio era invaso dal fumo. Feliks ci vedeva a malapena. Era subito dietro a Walden. Pensò: "Charlotte no. Non la lascerò morire. Lei no".

Corsero su per le scale. L'intero primo piano era un mare di fuoco. Il caldo era insopportabile. Walden saltò oltre una barriera di fiamme. Feliks lo seguì.

Walden si fermò davanti a una stanza e fu colto da un accesso di tosse. Indicò la porta. Feliks scosse la maniglia, e prese a spallate la porta. Non si muoveva. Allora scosse Walden e gridò: «Proviamoci insieme». Tossendo, si allontanarono e presero la rincorsa.

«Via!» disse Feliks.

I due uomini si avventarono contro la porta.

Il legno si scheggiò, ma resse all'urto.

Walden non tossiva più. Il suo volto era una maschera di terrore. «Riproviamo!» urlò a Feliks.

Arretrarono fino alla parete.

«Pronti, via!»

Caricarono di nuovo.

La porta cedette un po'.

Udirono Charlotte gridare dall'altra parte.

Walden lanciò un urlo di rabbia. Si guardò intorno, disperato. Vide una pesante sedia di quercia. Feliks pensò che era troppo pesante, ma Walden la sollevò sopra la testa e la scaraventò contro la porta. Il legno cominciò a fessurarsi.

L'impazienza indusse Feliks a infilare la mano nella fenditura, e cominciò a strappare via pezzi di legno. Il sangue rese le sue dita scivolose.

Si ritrasse mentre Walden scagliava di nuovo la sedia. E di nuovo Feliks si scorticò strappando via pezzi di legno. Le sue mani erano piene di schegge. Udì Walden mormorare qualcosa e capì che era una preghiera. Walden sollevò la sedia per la terza volta: lo schienale si staccò dal sedile e dalle gambe. Ma nella porta si era formata una spaccatura sufficientemente ampia perché Feliks, non Walden che era più corpulento, potesse introdursi nella camera di Charlotte.

Feliks passò a fatica e precipitò all'interno della stanza.

Il pavimento era in fiamme, e non riusciva a vedere Charlotte.

«Charlotte!» chiamò.

«Sono qui!» rispose lei dal lato opposto della stanza.

Feliks l'attraversò costeggiando le pareti, dove il fuoco era più basso. Charlotte era seduta sul davanzale della finestra aperta e faceva fatica a respirare. L'afferrò per la vita e se la caricò sulle spalle. Poi corse di nuovo verso la porta.

Walden infilò un braccio e la testa nella fenditura, per prendere Charlotte. Vide che la faccia e le mani di Feliks si erano annerite e i suoi pantaloni avevano preso fuoco. Gli occhi di Charlotte erano sbarrati dal terrore. Alle spalle di Feliks, il pavimento cominciò a collassare. Walden passò un braccio sotto il corpo di Charlotte. Feliks parve barcollare. Walden ritirò la testa, allungò l'altro braccio attraverso la fenditura e abbrancò Charlotte sotto un'ascella. La sua camicia da notte era lambita dalle fiamme: Charlotte urlava. Walden disse: «Va tutto bene, cara. Adesso papà ti porta in salvo». D'improvviso sentì sulle braccia tutto il peso di Charlotte. Riuscì a farla passare attraverso la fenditura. Era svenuta. In quel momento, il pavimento della camera cedette. Walden vide il viso di Feliks, mentre veniva inghiottito da quell'inferno.

Walden mormorò: «Che dio abbia pietà della tua anima».

Poi si precipitò al pianterreno.

Thomson tratteneva in una morsa di ferro Lydia che voleva lanciarsi nella casa in fiamme. Lei fissava la porta, sperando di vedere apparire i due uomini e Charlotte.

Apparve una sagoma. Chi era?

Si avvicinò. Era Stephen. Portava in braccio Charlotte.

Thomson mollò la presa. Lydia corse verso di loro. Stephen adagiò Charlotte sull'erba, con delicatezza. Lydia lo fissò, presa dal panico. Disse: «Che cosa... che cosa...».

«Non è morta» disse. «È soltanto svenuta.»

Lydia cadde in ginocchio sull'erba e cominciò a cullare la testa di Charlotte, stringendola al seno. Sentì il suo cuore battere forte.

«La mia bambina... la mia bambina...» cantilenò Lydia.

Stephen si sedette lì accanto. Lei lo guardò. Aveva i pantaloni bruciacchiati, la pelle annerita, e gonfia di vesciche. Ma era vivo.

Guardò verso la porta.

Stephen se ne accorse.

Lydia vide che anche Churchill e Thomson si erano avvicinati ed erano in ascolto.

Stephen prese la mano di Lydia: «È lui che l'ha salvata. Me l'ha passata attraverso la porta. Poi il pavimento ha ceduto. È morto».

Gli occhi di Lydia si riempirono di lacrime. Stephen comprese il suo dolore e le strinse la mano. Disse: «Ho visto la sua faccia, mentre precipitava. Penso che non la dimenticherò mai finché vivrò. I suoi occhi erano aperti, si rendeva conto di quello che stava succedendo, ma non era spaventato. Anzi, sembrava soddisfatto...».

Lacrime copiose rigarono il volto di Lydia.

Churchill disse a Thomson: «Si sbarazzi del cadavere di Orlov».

Thomson esclamò incredulo: «Che cosa?».

Churchill rispose, secco: «Lo nasconda, lo seppellisca, lo butti tra le fiamme, non m'importa. Voglio soltanto che lo faccia sparire».

Lydia lo fissò stupita, e attraverso un velo di lacrime vide che estraeva delle carte dalla tasca della veste da camera.

«L'accordo è stato firmato» disse Churchill. «Allo zar verrà comunicato che Orlov è morto in un incidente, nell'incendio che ha distrutto Walden Hall. Orlov non è stato ucciso, avete capito? Non c'è stato alcun omicidio.» Li guardò uno per uno, con espressione minacciosa. «E non è mai esistito un uomo chiamato Feliks.»

Stephen si alzò e si diresse verso il posto dove giaceva il corpo inerte di Aleks. Qualcuno gli aveva coperto la faccia. Lydia udì le parole di Stephen: «Aleks, ragazzo mio... che cosa dirò a tua madre?». Si inginocchiò e gli congiunse le mani sopra lo squarcio che aveva nel petto.

Lydia guardò il fuoco bruciare quegli anni di storia, consumare il passato.

Stephen si avvicinò, e si fermò al suo fianco. Sussurrò: «Non è mai esistito un uomo chiamato Feliks».

Lei lo guardò. Dietro a Stephen, il cielo stava assumendo un color grigio perla. Presto sarebbe sorto il sole, sarebbe stato un nuovo giorno.

Epilogo

Il 2 agosto 1914 la Germania invase il Belgio. Pochi giorni dopo, l'esercito tedesco dilagava in Francia. Verso la fine di agosto, quando pareva che Parigi dovesse cadere, ci fu un massiccio ritiro di truppe tedesche dalla Francia, richiamate in patria per difendere la Germania da un'invasione russa a est, e Parigi non cadde.

Nel 1915, Costantinopoli e il Bosforo passarono ufficialmente sotto il controllo russo.

Molti dei giovani con i quali Charlotte aveva danzato alla festa di Belinda furono uccisi in Francia. Freddie Chalfont morì a Ypres. Peter tornò dalla guerra affetto da psicosi traumatica. Charlotte seguì un corso di infermiera e si fece mandare al fronte.

Nel 1916 Lydia diede alla luce un maschietto. Vista l'età avanzata della madre, ci si aspettava un parto difficile, ma andò tutto bene. Il bambino fu chiamato Aleks.

Charlotte si ammalò di polmonite nel 1917, e venne congedata. Durante la convalescenza, tradusse *La figlia del capitano* di Puškin in inglese.

Dopo la guerra le donne conquistarono il diritto di voto. Lloyd George diventò primo ministro e Thomson ottenne il cavalierato.

Charlotte sposò un giovane ufficiale che aveva curato in Francia. La guerra lo aveva fatto diventare pacifista e socialista: fu uno dei primi parlamentari laburisti inglesi. Charlotte, da parte sua, diventò una delle più famose traduttrici di narrativa russa. Nel 1931 si recò a Mosca con il marito: tornarono entusiasti, dichiarando che l'Unione Sovietica era il paradiso dei lavoratori. Cambiarono idea all'epoca del patto tra Hitler e Stalin. Il marito di Charlotte fu vice ministro nel governo laburista del 1945.

Charlotte vive ancora, in una dépendance di quella che era la fattoria padronale. L'aveva fatta costruire suo padre per l'amministratore della tenuta: è un edificio spazioso, robusto e arredato con gusto. La fattoria è ora un centro residenziale, ma Charlotte ama stare in mezzo alla gente. Walden Hall è stata ricostruita da Lutyens, e adesso è di proprietà del figlio di Aleks Walden.

Charlotte ha qualche problema di memoria riguardo agli avvenimenti recenti, ma ricorda l'estate del 1914 come se fosse ieri. Il suo sguardo si perde lontano, e comincia a raccontare una delle sue storie avvincenti.

Però non si limita a vivere nel passato. Accusa il Partito Comunista sovietico di aver dato una pessima fama al socialismo e Margaret Thatcher di aver dato una pessima fama al femminismo. Se le si dice che la signora Thatcher non è una femminista, ribatte che allora il signor Brežnev non è un socialista.

Naturalmente non traduce più, ma sta leggendo *Arcipelago Gulag* in lingua originale. Dice che Solženicyn è farisaico, ma è decisa ad arrivare in fondo al libro. Poiché può dedicare alla lettura solo mezz'ora la mattina e mezz'ora il pomeriggio, ha calcolato che lo finirà all'età di novantanove anni.

Io penso che ce la farà.